Mozarts Zauberkutsche

Transfer LXVIII

Arnulf Knafl (Hg.)

Mozarts Zauberkutsche

Neue literarische Nachschriften

Folio Verlag

Der Verlag dankt folgenden Förderern und Sponsoren:

Österreichische Kulturvereinigung

KulturKontakt

WIENER MOZARTJAHR 2006

Stadt Wien

Österreich-Kooperation, mit freundlicher Unterstützung des bm:bwk

Der Verlag dankt dem Herausgeber für seine zielgenaue und sichere Kutschfahrt über das Pflaster des Mozartmarktes.

Die meisten in dieser Anthologie versammelten Beiträge sind Originalbeiträge. Der Drucknachweis der wenigen bereits veröffentlichten Beiträge findet sich in den biobibliografischen Anmerkungen zu den Autorinnen und Autoren.
Die Orthographie der verschiedenen Beiträge folgt dem Wunsch der Autorinnen und Autoren sowie dem der Übersetzerinnen und Übersetzer.

Die Handzeichnungen auf dem Umschlag und auf der Haupttitelseite stammen von Paul Thuile. Das Bild auf dem Schutzumschlag paraphrasiert ein beliebtes Süßwarenmotiv.

Graphische Gestaltung: Dall'O & Freunde
Druckvorbereitung: Graphic Line, Bozen
Druck: Dipdruck, Bruneck

ISBN-10: 3-85256-333-X
ISBN-13: 978-3-85256-333-6

www.folioverlag.com

[INHALT]

Musik *von* Mozart

Spuren der Dichtung – Sprachbilder

Figurationen – Umstellungen

Täuschungen

Geschichten um Mozart

ARNULF KNAFL

[VORWORT]

Ein Aufruf unter dem Motto *Mozart literarisch* – unter anderen Umständen hätte irgendeine Akademie für Dichtung, Musik und Sprache ihn veranstaltet – steht wohl kaum im Verdacht, im Jahr 2006 im Rahmen der großen Mozart-Feierlichkeiten – wie sie in der Aufführungspraxis, im Ausstellungswesen oder in der wissenschaftlichen Forschung begangen werden – einen zu prominenten Platz einzunehmen. Die vorliegende Anthologie – Resultat eines solchen Aufrufs, den der Herausgeber aus freien Stücken im Vorfeld des Mozart-Jahres bestritt – ist mit dieser Nebenrolle ganz einverstanden. Da Mozart bekanntlich die Fähigkeit besaß, sein Ausdrucksspektrum auf verschiedene Stimmen gleichzeitig zu verteilen, bleiben der Literatur als einer Art Neben- oder Gegenstimme ja noch einige Möglichkeiten offen. Das war denn auch die Motivation, Autorinnen und Autoren einzuladen, über Mozart zu schreiben, über die Gestalt, über die Musik, über die Verwendung Mozarts, in literarischer oder in essayistischer Form. Diejenigen, die der Einladung gefolgt sind, haben zu einem Kaleidoskop der Wahrnehmung des Komponisten beigetragen, indem sie einen, ihren Ansatz der Begegnung mit Mozart zu einer poetischen oder essayistischen Gestalt geführt haben. Was an Mozart heute reizt, erscheint somit in einer Transposition, die sich über Kunstsparten hinweg setzt und an dieser Transpositionsleistung auch zu messen ist. Die Zugänge – ob für sich genommen oder in ihrer Versammlung und Anordnung in einem Lesebuch – tragen zu einem Gedächtnis bei, das Mozart über das Jubiläum hinaus – und gewissermaßen auch quer zu ihm – gegenwärtig erhält.

*

In der Begegnung von Tonkunst und Sprachkunst mag man sich einer Formulierung Mozarts entsinnen, wie er den Kenner und den gewöhnlichen Publikumsgeschmack charakterisierte: *die Concerten sind eben das Mittelding zwischen zu schwer, und zu leicht – sie sind Brillant – angenehm in die ohren – Natürlich, ohne in das leere zu fallen – hie und da – können auch* kenner allein *satisfaction erhalten – doch so – dass die nichtkenner damit zufrieden seyn müssen, ohne zu wissen warum.* (Brief an den Vater vom 28. 12. 1782)? *Natürlich, ohne in das leere zu fallen* ist – musikästhetische Implikationen der Epoche einmal in Abzug gebracht – eine Formel, die unterschiedliche Bedürfnislagen und Fähigkeiten der Rezeption nebeneinander bestehen lässt. Auf das Feld des Schreibens über Musik übertragen, lotet sie die schwierige Vorgabe aus, zwischen zwei Kunstsphären dem Kenner die Möglichkeit zu neuer Erfahrung zu geben und dem Nichtkenner keine unüberwindlichen Verständnisschwierigkeiten zu bereiten. Diese Vorgabe kann den Anlass, das Jubiläum des 250. Geburtstag Mozarts im Jahr 2006, nicht leugnen, soll über diesen hinaus jedoch einen nachhaltig wirkenden Beitrag für die Begegnung zwischen Literatur und Musik leisten, durchgeführt an einem alles andere als dafür günstigen Gegenstand, nämlich Wolfgang Amadeus Mozart.

Zur Rezeption Mozarts in der österreichischen Literatur

Die Rezeption Mozarts in der österreichischen Literatur kennt sie, diese Anlasspoesie: Grillparzers Hymne *Mozarts Feier* aus dem Jahr 1841 gehört in diese Gruppe ebenso wie Josef Weinhebers Prolog *An Mozart* genau 100 Jahre später, aber auch Ingeborg Bachmanns *Ein Blatt für Mozart*, 1956 anlässlich des 200. Geburtstags geschrieben und Gerhard Rühms *Mozartlitanei* aus dem Jahr 1991, die in diese Sammlung aufgenommen wurde. Und doch liegen diese Texte alles andere als auf einer Linie, vielmehr bilden sie zusammen mit ihren Entstehungs- und Erscheinungskontexten eine besondere Facette der Mozart-Rezeption. Bei Grillparzer ist es der sperrige Versuch, Mozart, *den größten Künstler deutscher Nation* (Grillparzer), von platter Verehrung fern zu halten und eine Vorstellung von *Größe* zu schaffen. Bei Weinheber erscheint Mozart im Prolog zu einer offiziellen Feierlichkeit der nationalsozialistischen Gauleitung im Spiegelsaal des Schlosses Schönbrunn und in der Rezitation durch Raoul Aslan, als Text abgedruckt am Beginn der Festschrift zur Mozart-Woche 1941 – noch vor den Vorworten von Goebbels und Baldur von Schirach – mit passgenauer Politisierung des Ästhetischen, die in dem Vers *[d]as zwecklos Schöne als das sinnvoll Gute* nachlesbar bleibt. In Ingeborg Bachmanns Skizze ist das Gebot der „Entvertikalisierung" Mozarts zu erkennen, mit der die Topoi des Himmlischen und des überirdischen Genies unterlaufen werden sollten, Topoi, wie sie seinerzeit von Karl Barth oder Joseph Krips verwendet wurden. In Gerhard Rühms *Mozartlitanei* wiederum werden die sprachkritischen Verfahren der Wiener Gruppe greifbar. Die Reihung nackter Komposita mit *Mozart* scheint historisch überholt gerade dadurch, was in diesem Text thematisiert wird, nämlich die Entleerung des Sinns durch die Überhäufung mit Marken des Konsums und Etikettierungen des Raumes. Die Verwertungsindustrie hat Texten wie diesen durch Überbietung wohl mehr an Schärfe genommen, als der Autor ahnen konnte.

Jubiläen sind freilich nicht die einzigen Anlässe für die Erprobung von Mozart als Sujet der Literatur. Erstaunlich aber ist der Befund, dass Prominenz und Kanonisierung zu einem vergleichsweise matten Niederschlag in der österreichischen Literatur geführt haben. Mozart taucht zwar immer wieder auf, bei Adalbert Stifter als Lieblingskomponist feinsinniger bürgerlicher Mädchen, bei Ferdinand von Saar als elegisches Emblem der untergegangenen Epoche *Alt-Wien*, in Theaterstücken Arthur Schnitzlers als Büste in Bühnenbeschreibungen bürgerlicher Salons.

In Spielformen des Zitierens wird Mozart zu einem wichtigen sekundären Bedeutungsträger entfaltet – nicht nur in Form von Zitaten der Rokoko-Welt wie in Hofmannsthals *Der Rosenkavalier*. In Brochs letztem Roman *Die Schuldlosen* (1950) erstreckt sich das Zitatgeflecht der *Erzählung der Magd Zerline* und der *Nachtgeschichte steinerner Gast* auch auf Mozarts Oper *Don Giovanni*. Dies geschieht jedoch in der paradoxen Verkehrung, dass der Protagonist sich selbst umbringt, nachdem er zuvor zum läuterungsfähigen Sünder mutiert war. In der jüngsten Dramatik sind es Stücke von Elfriede

Jelinek, die Mozarts Opern als intertextuelle Ebene mitführen bzw. sollten, in *Raststätte oder Sie machens alle* (1994) in Anspielung auf *Così fan tutte* zur Demaskierung Gewalt ausübender Geschlechterverhältnisse, im unterbliebenen Opernprojekt für das Mozart-Jahr 2006 (mit Olga Neuwirth) im Rahmen der Darstellung eines österreichischen Kriminalfalles, der zu einer *Don Giovanni*-Paraphrase erweitert werden sollte.

Mozart-Anthologien und zur Entstehungsgeschichte dieses Buches

Aber so vielschichtig, indirekt und vage die literarische Rezeption Mozarts in der österreichischen Literatur auch sein mag, den Herausgebern von Anthologien scheint daraus kein Problem zu erwachsen. In puncto Mozart konnte man sich schließlich ja auch darauf verlassen, dass die Rezeptionsgeschichte für alle Zukunft mit einschlägigen Zitaten und Auszügen sorgen würde. Allerdings verdienen die daraus hervorgegangenen Sammlungen kaum die Bezeichnung *Anthologie*, weil sie sich in der Wiedergabe der Stimmen zum Gegenstand weder um Fragen des Rezeptionskontextes, noch um thematische, ästhetische oder gattungsspezifische Voraussetzungen kümmern und auch die Problematik einer erkenntnisfördernden Anordnung und Gruppierung der ausgewählten Beispiele ausblenden. Von *Stimmen* spricht denn auch verlegen ein renommierter Verlag im Untertitel, der anlässlich des Mozart-Jubiläums 2006 eine Zitatsammlung zu Mozart mit „Texten" unterschiedlichster Provenienz herausgebracht hat und dabei im Wesentlichen die Sammlung aus dem Jahr 1991 wieder auflegt. Er bedient damit das Moment der Zufälligkeit ebenso, wie er ihm Dauer verleiht, wohl weil dies dem Klassischen so ansteht. So nebenbei bedient er sich auch eines Marktes, der Jahrestage – gleichsam komplementär zu Moden – zur Wiederholung nutzt und braucht. Und so ganz nebenbei wird Mozart als Konsumgegenstand reanimiert, die Blockierung von Wahrnehmung zugunsten von bloßer Wiedererkennung mit eingeschlossen.

Mit der vorliegenden Anthologie sollte diesem Elend des Genres zumindest in einigen Aspekten entgegen gewirkt werden. Ausgangspunkt war nicht der

Überfluss des Enthusiasmus – dem eine zweifelhafte Stimme hinzuzufügen allein schon die Flut der Mozart-Vermarktung untersagte – sondern die Erprobung einer Leerstelle, die aus einer Untersuchung im Rahmen eines Lexikon-Artikels hervorging und zu dem oben beschriebenen Befund führte, wonach in der österreichischen Literatur das allzu Vertraute des Klassischen in merkwürdigem Kontrast steht zur Präsenz als literarischem Sujet.

Der gezielte Aufruf, einen Text über Mozart zu schreiben, war gleichsam der Versuch, die Probe aufs Exempel zu machen. Eingeladen wurden Autorinnen und Autoren, in deren Schreiben die Musik einen besonderen Stellenwert einnimmt, so dass angenommen werden konnte, ein Text über Mozart würde eine besondere Herausforderung bedeuten. Einige Widerstände gegen ein solches Vorgehen wurden auch sichtbar: prinzipielle Ablehnung von Auftragsarbeit, ostentative Verweigerung des Jubiläums-Anlasses, die Diskrepanz zwischen passiver Wertschätzung und kreativer Umsetzung des großen oder geliebten Komponisten in Sprache und die Konzentration auf andere literarische Arbeiten waren Begründungen, die Einladung, die der Herausgeber im Spätsommer des Jahres 2005 aussprach, abzulehnen. Die ursprüngliche Ambition, die Musiknähe von Schreibweisen und Autorinnen und Autoren in der Anthologie vollständig vertreten zu sehen, erwies sich als zu hoch gegriffen.

Idee und Motivation zu der vorliegenden Anthologie konnten aber dennoch beibehalten werden. Zunächst ging es um eine Umkehrung des so häufig anzutreffenden retrospektiven Charakters einer Anthologie. Nicht die Wiederaufnahme verstreuter Stimmen, sondern eine Versammlung aktueller und neuer literarischer Versuche wurde angestrebt. Das Jubiläum sollte Anlass sein, eine literarische Produktivität zu stimulieren und zu dokumentieren, um aus dem Jubiläums-Jahr ein literarisches Gedächtnis zu schöpfen und den Vergleich mit literarischen Dokumenten zu Mozart anlässlich anderer Jubiläen zu ermöglichen. Schaffung und nicht Reproduktion des literarischen Gedächtnisses angesichts eines Jubiläums war demnach das eine Motto, die Stiftung des Dialoges mit anderen Mozart-Jubiläen das andere.

Erwartungen und Vorgaben

Welche Erwartungen hegte der Herausgeber nun im Speziellen an die literarischen Beiträge? Die Vorgaben an die Autorinnen und Autoren waren programmatisch offen und unbestimmt (und die Resultate sollten dem Recht geben). Es sollten vor allem keine wissenschaftlichen Texte sein, sondern poetische oder essayistische. Wie in Abgrenzung zum wissenschaftlichen Diskurs sollte die Anthologie auch Distanz halten zur Jubiläums-Publizistik, etwa zu Meinungsumfragen, wie sie von Beilagen von Tages- und Wochenzeitungen gerne veranstaltet werden. Diese oft an Images von Persönlichkeiten orientierten Erhebungen hätten einer poetischen Auseinandersetzung mit dem Thema zu enge Grenzen gesetzt. Demgegenüber kam es für eine Anthologie darauf an, in eigenständigen Texten und exemplarisch eine Begegnung mit Mozart darzustellen und damit möglichst unterschiedliche Schreibweisen und Zugänge nebeneinander zu stellen. Sie sollten den Rahmen des Erscheinens in einer Anthologie berücksichtigen und daher nicht zu umfangreich ausfallen. Begegnungen mit musikalischen Werken Mozarts und die Umsetzung des Hörerlebnisses in Sprache waren ebenso gefragt wie Kennzeichnendes zu Mozart aus der Sicht der Beiträger, zu Zügen seiner Biographie und Gestalt, seien sie in seinen Briefen vorgefunden oder allgemein in seiner Lebensgeschichte, aber auch Aspekte seiner Rezeption bis hin zur Vermarktung heutigentags konnten Themen der Auseinandersetzung sein. Verbunden war damit die Erwartung, dass unterschiedliche Anknüpfungspunkte zu Mozart in ein möglichst weites Spektrum von Inspiration und Imagination führen können, einem Spektrum, das nicht nur thematischen Niederschlag finden, sondern auch unterschiedliche poetische Register zeigen sollte.

Eine besondere Dimension nahm die Anthologie mit der Präsenz von einem Dutzend Autoren und Autorinnen aus Mittel-, Ost- und Südosteuropa an. Deren großteils originale Texte in originalen Übersetzungen ermöglichen eine Gegenüberstellung mit den Autorinnen und Autoren aus Österreich bzw. mit starkem Österreich-Bezug. Dies bedeutet, dass neben der Individualität der Schreibweise auch eine Profilierung der Texte vor dem Hintergrund unterschiedlicher literarischer Traditionen entstehen konnte. Diesem transnationalen Anliegen zur Begegnung von Musik und Literatur trug eine Äußerung Peter Handkes Rechnung, auf die der Herausgeber in dessen Petrarca-Preisrede für Jan Skácel aus dem Jahr 1989 stieß. In Anspielung auf eine Japan-Reise bemerkt der Laudator: „Die Mozartsche Musik [...] ließ mich [...] zum ersten Mal das von mir bis dahin als bloße Ideologie abgelehnte Mitteleuropa sehen, mit einem einzigen, tschechischen, österreichischen, ungarischen, bayrischen, slowenischen Volk in dieser Landschaft, zu den heiteren Mollklängen einen Reigen tanzend, damals im achtzehnten Jahrhundert wie auch jetzt hier vor meinen Augen in Kyoto, einen Reigen, welchem nichts fehlte zum allervollkommensten, dem Dankgebet." Das Bemerkenswerte dieser Beobachtung Handkes liegt im erlebnishaften Innewerden einer zeitenthobenen Nachbarschaft aus der Distanz des Raumes. Diese Verräumlichung verstanden als eine der Ausweitung und nicht Verengung bedeutet keineswegs nur eine Abwehr trivialisierender nationaler Vereinnahmung. Sie ermöglicht den Zugang zu nationalen Schreibweisen und macht dabei auch deutlich, wie unterschiedlich die Zugänge zu Mozart sein können, wenn man auch die jeweilige politische Gegenwart mit einbezieht.

Anordnung und Gruppierung

Dass es bei Texten mit dem gleichen Ausgangspunkt neben ihrem Eigenwert auch darauf ankommt, sie durch eine bewusste Anordnung für zusätzliche Wirkungsmöglichkeiten zu öffnen, gehört zu den lustvollsten Geschäften bei der Herausgabe von Anthologien. So wie offene Vorgaben die Rolle des Sammlers befördern, zeigt die Anordnung und die damit einher gehende Betonung von Nachbarschaften, welche Schwerpunkte sich aus dieser Sammlung ergeben. Die dabei entstehenden Optionen ermöglichten denn auch neue Blickfelder der Betrachtung und Wahrnehmung des Gegenstandes und es war wichtig, dass dem Aufruf Antworten aus möglichst vielen Richtungen folgten.

Die Anordnung der Texte in mehreren Gruppen schafft Verbindungen und Kontraste, stiftet Korrespondenzen, macht Übergänge sichtbar und illustriert und gliedert so die Vielfalt der sprachlichen Begegnung mit Mozart. Die einzelnen Gruppen sind jedoch nicht als abgeschlossene Einheiten zu verstehen, da so manche Beiträge über Gruppengrenzen hinweg miteinander kommunizieren. So könnte etwa Martin Kubaczeks Beitrag auch in die Gruppe der Texte von Ernst Nowak, Peter Henisch und Hermann Schlösser (*Musik mit Mozart*) gestellt werden, die Zuordnung zum Komplex *Musik von Mozart* folgt vielmehr dem Umstand, dass der Autor sich schon dem Titel gemäß (*KV 304*) auf ein einzelnes Werk konzentriert und seine Musikbeschreibung das Terrain der musikalischen Sozialisation mehrfach überschreitet. Die beiden Texte von Ferdinand Schmatz waren ursprünglich als *ein* geschlossener Beitrag konzipiert, die mit dem Einverständnis des Autors vollzogene Platzierung des Briefes *Mon très cher ami* in die erste Gruppe (*Anrufungen*) steht aber in einem Dialogverhältnis zum Poem *Das Schälen der Pomeranze* in der Gruppe *Spuren der Dichtung und Sprachbilder*, wie das im Untertitel dort („Eine Antwort") auch klar werden soll. Der Szenenausschnitt aus Peter Turrinis Stück *Da Ponte in Santa Fe* hätte sich für eine Nachbarschaft zu den *Don-Giovanni*-Texten von Schutting, Tomas Venclova und Bodo Hell angeboten, durch den gemeinsamen Amerika-Bezug und das Motiv der Mozart-Täuschung wurde schließlich jedoch einer gemeinsamen Anordnung u. a. mit dem Librettotext von Herbert Rosendorfer der Vorzug gegeben, die Nähe zu den Beiträgen von Jost Perfahl und Franzobel bringt überdies die Bruchstellen zwischen Schein und Wirklichkeit, zwischen Wirklichkeit und grotesker Vermarktung und Vereinnahmung zum Vorschein.

Die Gruppe *Anrufungen* mit den beiden Gedichten von Slavko Mihalić, einem Gedicht und einem imaginierten Brief von Mila Haugová sowie den österreichischen Beiträgen von Ferdinand Schmatz, Friederike Mayröcker und Peter Waterhouse versammelt Texte, die sich jeweils mit der Möglichkeit, Mozart überhaupt zu begreifen, befassen. Dabei geht es um die Topoi des Zauberhaften wie des oft zitierten „Ineffabile", um die Verschmelzung der Genres Hymne und Brief mit ihren Ausdrucksfacetten der subjektiven Befragung und Beschwörung. Wie weit diese aufschiebende Sprachbewegung auf Mozart zu gehen kann, zeigt der Prosatext Friederike Mayröckers. Hier wird in einer Art Traumsequenz die Anarchie der assoziativen Reihung zuletzt in einer Art Verfugung eines Mozart- und eines Hölderlin-Zitats zu einer selbsttragenden Sinnstiftung verdichtet.

Die Gruppe *Musik mit Mozart* schildert in den Texten von Ernst Nowak, Peter Henisch und Hermann Schlösser verschiedene Formen der aktiven Hör-

und Eigenspielbegegnung mit Mozarts Musik. Die mitunter lebensnahen Schilderungen vermitteln nicht nur Biographisches, sondern inszenieren auch ein Sprechen über das musikalische Erlebnis selbst. Sie demonstrieren damit das schwankende Verhältnis zwischen transitorischer Erfahrung und sprachlicher Haltfindung, das durch die vielzitierte Schwierigkeit, die Gegenständlichkeit von Mozarts Musik zu erfassen, noch verschärft wird.

Mit Martin Kubaczeks *KV 304* wird die Gruppe der Werkbegegnungen in Einzelbeispielen (*Musik von Mozart*) eingeleitet. Der Text schildert autobiographische Begegnungen mit Mozart, im Zentrum steht jedoch die Entzifferung einer Narration, die mit einem konkreten Musikstück verbunden wird. Die Texte dieser Gruppe sind insgesamt poetische Transpositionen musikalischer Erfahrungen, die aus der Begegnung mit Mozarts Werken hervorgehen. Eine kleinere Untergruppe bilden die Texte von Julian Schutting (Szene aus *Gralslicht*), Tomas Venclova und Bodo Hell, die sich jeweils mit der Oper *Don Giovanni* auseinandersetzen. Schuttings *Don-Giovanni*-Paraphrase ist kein neuer Text, sondern versammelt Abschnitte aus der „lyrischen Lese-Oper“ (Schutting) *Gralslicht*, einem Theater-Libretto, das in der ursprünglichen Form dem *Parsifal* von Richard Wagner folgt. Sie wurde hier aufgenommen, weil sie aus dem ursprünglichen Kontext herausgenommen eine höchst brisante Deutung der Mozartschen Figur zum Vorschein bringt, wie sie der Autor in seinem einleitenden Kommentar zu den hier versammelten Textstellen auch explizit macht.

Die Gruppe *Spuren der Dichtung und Sprachbilder* versammelt zunächst Texte, die von ein und derselben klassischen Erzählung ihren Ausgang nehmen, nämlich von Eduard Mörikes *Mozart auf der Reise nach Prag* (1855). Das Poem von Ferdinand Schmatz steht in bewusster Nachbarschaft zu einem bereits publizierten Text von Gerhard Rühm, weil es hier – ebenso wie im darauf folgenden Text von Margret Kreidl – darauf ankam, einerseits sprachkritische Positionen vertreten zu wissen, andererseits aber auch Mozarts eigene zum Sprach- und Wortspiel neigende Sprechweise thematisiert zu finden. Dies kommt etwa in den Texten von Herbert Maurer und Adam Wiedemann zur Geltung.

Das Verbindende der Gruppe *Figurationen – Umstellungen* ist das Rollenhafte, das diese Texte inszenieren und imaginieren. Dies geht bis hin zu imitierenden Verfahren wie etwa in Maurers Dialog mit Mozarts *Bäsle-Briefe*, umfasst historiographische Muster durchspielende Erzählansätze wie in dem Text von Andrej Blatnik oder zitiert in musikalisch-parodistischer Form die Gattung der pointierten historischen Anekdote wie bei Adam Wiedemann. Weiters kommen sowohl sprachspielerische wie dramaturgische Konzepte zur Sprache (Birgit Schwaner), aber auch erkenntniskritische wie bei Lew Rubinstein.

Die Gruppe *Täuschungen* enthält Texte, die die Scheinhaftigkeit bis hin zur Scheinheiligkeit des Historischen thematisieren und Mozart in den Klauen seiner Rezeption und Vermarktung vorführen. Der Szenenausschnitt aus *Da Ponte in Santa Fe* von Peter Turrini stellt auch einen bereits aufgeführten und publizierten Text vor, der eine illusionsreiche Verschränkung von historischer Wirklichkeit, grotesker Ausbeutung des Historischen und unentschiedener, ja unentscheidbarer Selbsterfindung vorführt. Wie sehr sich unter heutigen Vermarktungsprämissen der Schein absurder Illusion ins Stadium der Realsatire weiterentwickelt, zeigt der Text von Franzobel. Er wurde ans Ende dieser Gruppe gestellt, um ein Feld der Mozart-Rezeption anzudeuten, das die Wahrheit der Suche nach Mozart schon längst ertränkt hat in den Erfordernissen der Ware Mozart.

Die letzte Gruppe *Geschichten um Mozart* braucht hier nicht näher angekündigt zu werden. Es sind Erzählungen, historische wie die von Michal Ajvaz oder grotesk-diabolische wie die von István Vörös, die ihren Ausgangs- bzw. Endpunkt bei zentralen Mozart-Mythen nehmen, dem auserwählten Gesandten des Himmels bzw. dem Gestalter ewiggültiger musikalischer Gedanken. Mit der Erzählung von Zoran Ferić wird diese Anthologie abgeschlossen, nicht bloß des Titels wegen, sondern weil sie auch eine Welt gegenwärtig werden lässt, die im Zusammenhang mit Mozart nicht erwartet wird, aber eine andere Realität vor Augen führt, *die* Realität.

Die Vielzahl und Vielfalt der Texte, die hier versammelt wurden, ergeben einen willkommenen Kontrapunkt zu einem einheitlichen Mozart-Bild. Die Unterschiedlichkeit der Zugänge garantiert per se die Absage an eine Objektivität, wie sie uns biographische und wissenschaftliche Arbeit so gerne vorspiegeln. Die Vielfalt trägt weiters auch dazu bei, die Distanz zu Mozart bewusst werden zu lassen und die Bedingungen unseres Verstehens dieser Gestalt deutlicher in den Vordergrund zu rücken. Drei Beispiele müssen hier genügen: Julian Schutting ortet in Mozarts Don-Giovanni-Figur latente Züge der Homosexualität, aber auch die dezidierte Ausstattung der Figurenrede mit Reflexionen, wie sich Don Giovanni von seiner Umwelt wahrgenommen sieht, ist eine ostentative Umkehrung des Topos von Giovannis ausschließlicher Fixierung auf das Musikalische abseits jeder Selbstreflexion; dem *génie de la nature* wird also ein *génie de la raison* (G. Bizet) beiseite gestellt. Leopold Mozarts von István Vörös imaginierte Zusammenkunft mit einem Engel des Herren, der eine Art von Gottespakt vorschlägt, ist die Neuschreibung des dionysischen Teufels-Pakts, der vom Faust-Stoff her vertraut ist, sich aber kaum auf Mozarts Gestalt und sein Image der bedingungslosen Fähigkeit zur Kreativität projizieren ließ. Michal Ajvaz' Imagination des Hauptmotivs der *Kleinen Nachtmusik* wiederum kontrastiert die apollinische Leichtigkeit des „Resultats" mit der tragischen Dimension seiner Vorgeschichte und positioniert sich – freilich in fiktiver Gestalt – damit in der Frage der lebensgeschichtlichen Quellen von Mozarts Musik, ein Feld, das bekanntlich zu vielerlei Spekulation Anlass gegeben hat. In allen drei Beispielen wird der Topos der zeitenthobenen Absolutheit von Mozarts Wesen und Musik umgekehrt, die Standorte der Betrachtung sind aber jeweils Paradigmen für die Gebrochenheit eines Mythos bei gleichzeitiger Bewahrung seiner Existenz. Damit wird ein Unterschied markiert, der in der Vielfalt der Auseinandersetzung neben der Unberechenbarkeit von Kreativität den Absolutheitsanspruch von Erkenntnis relativiert.

Dem jeweiligen Wunsch der Autoren entsprechend, erscheinen die Texte in alter oder in neuer Orthographie, vereinheitlicht nur innerhalb der Grenzen des jeweiligen Textes. Die Beiträge von Mayröcker, Schmatz oder auch Nowak hätten auch viel von ihrer Eigenart eingebüßt, wenn sie nach Regeln der Kommasetzung, der Getrennt- und Zusammenschreibung oder der Groß-/Kleinschreibung „korrigiert" worden wären. So hoffen wir, dass bereits durch die Orthographie etwas von der Unmittelbarkeit oder Genauigkeit des Verhältnisses zum Gegenstand erkennbar wird.

Danksagung

Was dem Aufruf den erforderlichen Nachdruck verlieh, für das Jubiläum Mozarts einen literarischen oder essayistischen Text zu schreiben und schließlich zu diesem Buch führte, ist die für die kurze Entstehungszeit große Anzahl von Gesprächspartnern und Förderern, die der Herausgeber fand. Die Begegnungen mit den Autorinnen und Autoren waren höchst spannend und aufschlussreich, übrigens auch mit jenen, die der Einladung nicht folgten. Dass die Idee zu diesem Buch über den ersten Einfall hinaus weitergeführt werden konnte, verdankt es – wahrlich – der Großherzigkeit seiner Förderer und Sponsoren. Einem, nämlich Bernhard Stillfried, sei an dieser Stelle und in diesem Zusammenhang besonders und ausdrücklich gedankt.

Wien, Anfang 2006

Slavko Mihalić

[Mozarts Zauberkutsche]

Auch die Erde ist eine Zauberkutsche, meine Liebe,
sieh dort die Feenschwärme, die sie
durch die dunklen Urwälder des Alls ziehen,
dabei natürlich auch manche Hexe, die sie
in den Schmusegraben lenken möchte
zu brünstiger Umarmung.

Aber in der Kutsche ist noch eine Kutsche,
und der Reisende ist ein Knabe
mit ständig wechselndem Antlitz, von Stadt zu Stadt,
golden oder verlaust, von Schenke zu Schenke,
im Wald, unter uralten Bäumen,
die singend mit den Häuptern kreisen,
am Ackerrain, wo Zauberpflüger
aus leidenschaftlichen Erdentiefen Goldkörner klauben,
von Pianino bis Violine und heftigem Tympanon.

Zuweilen, meine Liebe, ist Mozart der Kutscher,
zuweilen aber auch die Pferde, die die Kutsche
in den Himmel ziehen,
daß die erschrockenen Winde in alle
Donau-, Moldau- und Rheinländer zerstieben,
zuweilen ein lüsterner Reisender, der süßesten Wein
aus Frauenmund trinkt, aus Glockenbrüsten.

Denn Musik ist alles, denn Musik vermag alles.
Wenn die Musik verlischt, ist alle Magie
nur bescheidenes Handwerk. Wie schellt das Hufebeschlagen
in den Flöten, wenn der Hufschmied Mozart ist.
Und wie singt der weingefüllte Pokal, wenn Mozarts Lippen
die Oboe berühren. Regen glitzert, Schritte finden
ihren Sinn, Berge erblauen, Straßen geraten
ins Laufen, und Schleier werden zu nackten Frauenrücken,
wenn es wie von selbst erklingt – Mozarts Klavier.

Deutsch von Klaus Detlef Olof

Mila Haugová

[Mozart]

Wie beginnen?
Wie von neuem beginnen zu schreiben über Musik.
Die Musik strahlen sehen und denken.
Im Lichte Gottes.
Ein Sehnen größer als Leben.
Geige.
Vision: Der heutige Tag singt sich satt in Spiralen.
Bewegung der Bewegung: Vogelwesen im bereiften Garten.
Unerwartet hingegeben duckt sich ein Klang an der Windgrenze:
Adagio E-Dur.
Nach innen zurückgezogener Wind. Saugt mich ein.
Was bleibt, ist schmerzhafte Freude: Flügel des Verkündigungs-Engels.
Unbarmherzig reinigt sich die Seele (von sich selbst).

Zwei Klänge steigen empor und suchen einander am Rande des Weltenleibs.
Gleiches sucht aufmerksam Gleiches: Stimme: Weg aus dem Labyrinth:
Ungleiche Spiegel der Töne zerfallen dicht nebeneinander.

Kindlich kühle Engelsstimmen: Der fünfjährige Mozart
konzertiert in Preßburg.
Der Palast steht noch: Wir nennen ihn Mozart-Haus.

Ewige Richtung: Erinnerung des Atems an den ersten Klang.

Er selbst ist Klang: Der zu seiner eigenen Musik wird.
Zum Geist einer inneren Ordnung.
Zu einem Flügelwesen im Licht der Arien.

Ruhig.

Musik beobachtet uns. Spricht: Vergiß den Tod: Denk an den Tod.
Korridor des Schlafs. Goldene Stimmen der Erinnerung:
Wenn du fortgehst, nimm mich mit dir.

Kleiner Bub im Spitzenhemd.
Woher weiß er, was wir nicht wissen?
Wo sind wir, wenn wir in der Musik sind?

Traumhafte Sicherheit der Seele.

September 2005

Aus dem Slowakischen von Ursula Macht

Friederike Mayröcker

[Die Gärtnerin aus Liebe]

die Gärtnerin aus Liebe, die grünen Zitzen des Wassers, Max Ernst hat sie auch gemalt, sie war auch eine Lenz Malerin, es war auch eine Alpen Verzierung : rosiges Knäuel Sonne unschuldiges Funkeln eines Waldes und ich verwüstete mich. Ein weiszer Gartenstuhl im Hintergrund des Gartens, das Licht fieberte weil die Wolken so an der Sonne vorüberfliegen ach mit alten Wäldern unterwegs zum Tag lieblicher Garten : hängender Garten mit einer breiten Treppe über die wir (Mozart und ich) zum Palast, fanden ein paar Narzissen wild aber welkend (weinend) . .

Kraut oder Fruchtbäume ihm (Mozart) entgegen, ich stelle mir vor wir (Mozart und ich) raufen Robinienblätter Feigenblätter von den Ästen, da waren wieder die Schattierungen die nach uns züngelten, zärtliche Äffchen im Feigenwald : Kapuziner Äffchen dahinter die Robinienhaine karminroter Gartensaal wohlriechendes Veilchen. Die gewaltigen Gewitter donnerten über uns, und die Wasserfluten schwemmten uns (Mozart und mich) beinah davon – etwas fliegt am Horizont des Zimmers, die verblasenen schwach gerougeten Wald- und Wolken Landschaften über das Gartenparkett hinweg, wir steigen durch 1 Blumengewirr durch den Vogelgarten und sammeln Knoblauch Blätter im Frühlingswind, fast als ein Traum. Mozart notiert, es ist eine gewisse Leere die mir halt weh tut ein gewisses Sehnen welches nie befriedigt wird folglich nie aufhört, ja von Tag zu Tag wächst. *Pierre Michon schreibt über die Heiligkeit des Schreibens und das macht mich ganz wach und dann äugelt mein Ich aus dem Äther* oder dieses sich fast Gestochenhaben. Ich hatte damals den Begriff, so Mozart, dasz Concert spielen und Mirakel wirken einerley sein müsse, in einem Brief rate ich ihm er solle in seinen Kompositionen auch immer seine Briefe mitkomponieren weil sie solch Mundöffnungs Rituale, *er ist auch so ein Direktor, sage ich, oder so ein Thier, usw., die Gipfel die umher sind (Höld.)*

10.–13.12.

Slavko Mihalić

[W. A. Mozart]

Spät nachts, im Gewitter,
stürzte Mozart durch die Flügeltür in den Lustersaal,
ein Wilder aus vergessenen Urwäldern,
ein Ruderer, der zwei Ufer zu verbinden sucht,
schweißnasser Schmied und Kurier
mit geheimnisvollen Botschaften von Meer zu Meer,
Flüchtling aus Verliesen, in denen keiner
den Namen des Königs kennt.
Und später Pilger aus dem Heiligen Land,
voller Narben von den Klauen der Höllenmonster.
Kellermeister. Feuerschlucker. Schlangenbändiger.
Und als er die Finger wieder von den Tasten hob,
rührte sich niemand.
Tot saßen alle in ihren Sesseln,
nur ein Leuchten in den Augen.
Er kehrte heim in die Gewitternacht,
in sein sorgsam verborgenes Grab.

Aus dem Kroatischen von Klaus Detlef Olof

Peter Waterhouse

[Leben Mozarts]

„and poetry's not in any language
in any place – maybe – or it's the crackling of fire
that makes all the foundations creack"

So ist er tot jetzt
wie er gelebt hat.
So singt und spricht er jetzt nicht
wie er gesungen und gesprochen hat.
So hat er gesprochen und gesungen
fast so tot, so leise
so musiklos, ohne Instrumente.
So müde, zart, so mühelos
zu zart für Instrumente.
Hat er nur gehört
und war nicht zu hören?
Ich könnte gehen
auf die Mozart Street
den toten Mozart hören
und Oliphant Street
Beethoven Street schools
die Bliss Mews
meine Schritte, mich atmen

winzige Wörter, Halblaute
Halbwelten halbzart
halbmüde Busse, mühelos in Kilburn.
Da hör ich den toten Mich?
Den lebendigen Lon?
Lebhaften Kilburn und London?
Da hör ich daß ich nicht bin
nicht dieser und der bin
nicht jene jene und jene.
War ich zart wie jener?
Da hör ich mouse-music, mühelos Busse
my mews, mich zart
Good bye good bye
no more Mozart tonight.
Kein Konzert mehr
keine CD keine Radiomusik.
Nichts, und da höre ich
nichts, und da höre ich
nichts, no more concerts tonight
no more zarts certs no more cert
concerts more certs
nur mehr Busse Straßen Rufe Schritte
nicht mehr diese Schritte jene Rufe
diese Straßen jenen Bus
London London London
Wolfgang London Londeus auf den Straßen
London Abschiedskonzert
so viel Lärm um nichts
so viele Töne um nichts
so much London about silence
so viel um so wenig
so zart um so zarter
so London und Così Road
so Magic Terraces

London so ohne Instrumente
so viele Lon viele Do um so kleine Nichtmusik.
So tot und so gelebt.
In dieser leisen Straße schwingen die Laternen
und die Komponistin heißt Maida

Mila Haugová

[Teurer Wolfgang Amadeus]

12. 12. 2005, Zajačia Dolina (Hasental)

Teurer Wolfgang Amadeus,

am liebsten habe ich den moment unmittelbar bevor Ihr violinkonzert erklingt, die stille, bevor die geigerin mit dem bogen den ersten ton anstreicht (davon hängt alles ab) und danach das orchester einsetzt, hier versagen alle metaphern, von den worten rede ich gar nicht– – – –

dann sehe ich den schatten des lichtes, das wir sein werden: stilleben mit nicht existierenden blumen: silberne waagschalen. für eine sekunde erschaue ich mein gesicht, wie es später einmal sein wird: vertrauenswürdiger, darin mein wahres antlitz und das des mädchens, das ich einmal war:

jetzt nur Ihre musik, das gesicht des mannes, den ich liebe, schweigt: distanz ist für uns nur noch schimmer, nicht mehr herausforderung: noch ist bei uns die silberne spur unserer münder auf dem weg zur rede: wir hören schon auf, uns worte zu flechten: doppelte bedeutungen gewunden zum strick: zum knoten:

von jetzt an nur musik: erstaunen und reinheit: „wenn du es mit mir aushalten würdest ...“

schnelle rückwärtsbewegungen: violinschlüssel: seine fotografie: Gartnerkofel: Trollblume: Wulfenia: zwischenräume des baums: Mieczyslaw Horszowsky spielt im jahr 1968 Ihr Piano Concerto No. 24 C minor KV 491 ... auf der cd-hülle ist seine fotografie aus dem jahr 1905 ... dunkle augen volle lippen über ihnen ein muttermal ... schade, daß Ihre fotografie nicht existiert, nur porträts, denen ich nicht ganz traue ... aber auch das ist göttliche vorsehung ... damit nur musik bleibt ... das perlen der weißen und schwarzen tasten unter den fingern, die die musik kennen und sehen ... weißes schach mit dem schicksal ... schwarze kutschen mit weißen pferden ... die Sie fortbringen ...

hier ist eine hand ... die berührt unberührbaren orte, für immer (vordem) Gott vorbehalten: Sie geliebter der töne: im tiefen schlaf des leibes erwachender geist ... Agnus Dei ... dunkler Engel Ihres genius, unverständliche worte von schweigenden mündern lesend: kathedrale des selbst mit opferung und messe: ende der kindheit (sich selbst spielen): aus der zeit gelehnt im vollendeten laut: mann mit vogelkopf-maske: schließt die musik auf: vergißt grausamkeit und trauer:

liebestod

oder kindheit: sätze aus dem schlaf: sphärenmusik: im dunkeln durch den dichten wald: zauberflöte: kalte verbote hinter der grenze der kindheit: terror der töne? anzeichen unterdrückter leidenschaft: oder reine und eisige luft, die sich in Ihre richtung bewegt: oder berührung. zusammen im labyrinth A-dur: B-dur: C-dur: tiefer
und leiser:
hoch und aufschrei

die stimmen oh wie sie leuchten: Engel, das licht des schattens durchstrahlend: vertreibung aus dem paradies.

für welche schuld?

Ewig unvollendet fehlen wir hier. Im leib des lichts. In der reinheit der partitur-geometrie. Haben Sie das alles gewußt? Waren eingeweiht in die wahrheit durch eröffnung der schönheit ...

Sehnen, sich an-nähernd an das sein des sich un-ab-lässig entfernenden: mit jedem tod:

jeder liebe: jeder tat.

Vorhang des lebens-traums zerreißt: mit ihm ein kleiner rasender Engel (Sie).

Ent-deckung der un-be-decktheit: sanftes aufzeichnen (Larghetto): geheimnisvolle klarheit Ihrer werke ...

Bedingungslos wurzeln schlagen.

Wenn ich Ihre musik höre, wünsche ich mir mehr reinheit für mein leben.

Sich einlieben hinter die grenze der sterblichkeit.

Liebe finden in der zeit des wurzelschlagens.

Die verborgene Vertikale der Horizontale aufstellen (mit musik die zeit beseitigen).

Die frau des regens Ihrer unaufhörlichen musik sein: klavier: geige: violoncello des traums.

Fühler haben für Ihr absolutes.

Gott sucht uns in unseren unablässigen fluchten.

Dort besetzte Ihre musik die räume des lichts.

Die welt breitet sich aus durch schmerz.

Spiegel gegenüber dem spiegel.

Schreibe briefe, die liest der tod: schließlich bleibt nur das opfer der hände: schatten: wort: musik:

Vögel die uns un-ab-lässig suchen: im suchen ohne suchen: alle stimmen sind eine stimme.

In tiefer Verehrung Ihre Mila Haugová

Aus dem Slowakischen von Ursula Macht

Ferdinand Schmatz

[Fragen des Dichters an den Musiker]

mon très cher ami,

lässt das, was bleibt
an tönen, deinen,
vom ohr im herz sich
kehren um ins wort,
wo es sich wandelt
hin zum sagen, dem meinen?

ist es nur versinken
oder pur erklingen,
des anderen singen,
wandert da was weiter
oder stockt der fluss
aus lust betonter weile?

kann das, was bleibt,
vom zweifel frei am spass,
auch um sich schlagen aus –
in hass – auf den brauch
des schönen, na ja,
also ein wenig krass
sich geben da in harmonie
des edlen im gemüt,

während es donnert und stobt
im, ge-meinen, satzgestüt,
buchstäblich in den sand gesetzt
von mir die zeichen,
– die du rauschen lässt, ganz bach
in leicht der mühe loser weise
steigen über jede wiese – gras wie beet,
und jedes wesen, haus wie hof –,
die zarten wie die harten?

sag,
halten wir da wirklich im takt
das ohr mit dem stock in der hand
zu fangen auf der herde wiehern in der rede,
hoch gestimmt von dir weit über der erde
oben am bogen gestrichen ins hallende,
kracht da nicht alles auf und lässt
uns lallend, wenn auch heiter zurück?

ist das so deine art,
höhe als gefälle zu sein in einem
– nichts aus nacht, der helle schlaf,
in dem du weckst, was geist frischt auf
und treibt an blüten aus, halb schatten
das gewächs, erstrahlend in lust zu verführen,
was an reiz dann diesen wieder reizt und steigt

im ohr, das was verstand, so aus der hand genommen –,

sich rasend weiter reigt zum sich verlangen,
sich auf zu fangen, auf zu lösen, um erfüllt,
was sich da auf führt, um und an sich rührt
in uns und dir und in sich selbst hindurch verfangen?

bist du dort,
wo wir, alle aus einem, glauben, mit dir so zu sein,
ganz oder drei viertel oder sechs achtel im takt,
dabei lose sind und gelöst als viele aus vielem
– oder wäre das zu viel gesagt, also zu leicht,
dir aber als vieles aus einem zum neuen gereicht?

Ernst Nowak

[Zwei Takte Mozart]

Nach und nach hat mein Mozart sich aufzulösen begonnen: Folge übermäßiger Beanspruchung und Abnützung über ungezählte Stunden und Jahre. Ich weiß nicht, wie oft ich meinen Mozart, dieses alte, schwere Erbstück, das wie selbstverständlich auf mich gekommen ist, hinauf und hinunter und wieder hinauf heben mußte, um ihn vor Augen zu haben. Der Rücken und der hintere Einbanddeckel sind längst abgefallen und verschwunden, die Bindung mit den Reihen rostender Heftdrähte und dem splitternden Leim liegt offen, und der innere Leinenrand des Vorderdeckels läßt noch jenes kräftige Rot erkennen, das sonst zu einem trüben Rostrot verblaßt ist. Das Gold der geprägten Zierbuchstaben ist gedunkelt, aber noch schimmert der große Name aus dem Rahmen der schwarzen Pflanzenornamente. Die meist stockfleckigen Blätter (die ersten vorderen und die letzten hinteren sind nur noch lose, nicht mehr brauchbare Reste, so daß ich die erste und die letzte Sonate nicht mehr vollständig spielen kann) sind dort, wo die Finger sie immer fassen, fettig und mürbe geworden, und bei jedem Umlegen entsteht ein mehliger Abrieb und brechen an den Rändern kleine Stücke aus. Tiefe Einrisse, die mit Klebeband geflickt sind, verraten die Eile, ja Hast des ewigen Umblätterns und, schmerzlich, meine besondere Unfähigkeit, auswendig zu spielen, für die ich mich immer geschämt habe und über die ich mich mit einer besonderen Gewandtheit und Lust hinwegtröste, mit weit offenen Augen vom Blatt zu spielen, als würde ich einen Text vorlesen (ich muß daher zugeben, einen Mozart noch nie aus dem Kopf und noch nie so gespielt zu haben, daß ich gegen Ende der immer selben Takte nicht in ein leichtes Verzögern oder Stocken geraten wäre). Bemerkungen meines Klavierlehrers, zustoßend rasch in mein streng beobachtetes Spiel hinein hingeschrieben, erinnern an die Mühen der Klavierstunde: Zähle! 1 u. 2 u. 3 u.! ohne Pedal! dis! Üben! Fingersatz! Da und dort sind Noten, Zeichen, Vortragsangaben heftig eingekreist oder unterstrichen: wieder dieser Fehler, wieder unaufmerksam! Aus meinem Mozart heraus ist mir Genauigkeit so lange eingetrichtert und so gut begründet worden, bis ich für mich selbst auch allgemein ein äußerstes Genauigkeitsbedürfnis entwickelt habe. Da darf es keine Fehler geben, keine Unregelmäßigkeit, sagte der Lehrer, bei Mozart gibt es kein Verstecken und kein Schwindeln. So werde, wenn ich meinen alten Mozart behutsam öffne, auch ich sichtbar: darum ist er mir auch der liebste (obwohl ich auch einen anderen, neueren, inzwischen ebenfalls schon beschädigten benütze, der reiner, vor allem aber leichter und handlicher ist, und ich erst vor kurzem einen nagelneuen zu den Bildbänden gestellt habe, nur um ihn als Kostbarkeit in meiner Nähe und meinem Besitz zu wissen); mit dem alten bin ich eben aufgewachsen, und er hat sich erst mit mir richtig entfaltet und hat zu erkennen gegeben, was er bereit hält. Meine Mozartruine nenne ich ihn manchmal, und dieses alte Sonaten-Album (Nummer 6235 der Leipziger Edition Peters) hat auch etwas vom Geruch dunkler, schon lange leer stehender Räume: aber, ganz anders, ist dann das Öffnen wie das Eintreten in eine rasch sich erhellende, freundlich sich weitende, übersichtlich geordnete Werkstätte, und gleich regt sich vor meinen Augen und unter meinen Händen das Eigenleben der sogenannten Tonkunst und beginnt in eigenem Zeitmaß seine Erzählung fortzuschreiben. Dann bin ich anderswo als zuvor. Ob das wirklich eine andere Welt ist? Nur ab und zu frage ich mich, was mich gerade in einen Mozart hineinlockt, auch hineintreibt, so daß ich meinen Mozart, dieses außerordentliche Lesebuch, fast schon zerstört habe. Mit größter Aufmerksamkeit kann ich dem Arbeiten meines Körpers und der Musik aus meinem Klavier folgen, kann die Musik über meine

Finger spüren, ihr zuhören, wie und was sie spricht, und für Augenblicke, selbstvergessen, mich dabei fühlen, als spräche ich selbst in dieser anderen, verantwortungsloseren Sprache, befreit von meinem gewohnten Sprechen, befreit von den Worten. Oft treibt mich Unruhe zu meinem Mozart: dann beruhige ich mich; oft Ratlosigkeit, als erwartete ich mir eine Antwort. Oder ich flüchte hin. Oder in mir ist eine Sehnsucht nach „Musik aus Musik" (so Alfred Einstein), nach Kunst, die Kunst vergessen läßt. Nach gesungenem Gang durch Feuer und Wasser. Auch einfach nach dem (wie Mozarts großer Lehrer, sein Vater, sagt) Spielen mit „Licht und Schatten", so „daß man selbst davon gerühret wird". Stundenlang könnte ich, so geführt, vor mich hinspielen, ohne zu wissen, wohin, als gäbe es nicht das folgerichtige Ende. Diese Musik ist kein Lösungsversuch, keine Bewältigungsaufgabe, sondern das Vorführen von schon Bewältigtem und schon Gelöstem. Und warum wird immer wieder von ihrem „scheinbar" Leichten gesprochen, als sei Leichtes nicht vertrauenswürdig, bedürfe besonderer Rechtfertigung und habe nur als Vorgetäuschtes einen Wert? Ein Mozart, weiß ich jedenfalls, gibt mir die Möglichkeit zur Freude am Beherrschen und zur Lust, mich in einen rauschähnlichen Zustand von Leichtigkeit zu spielen, in dem alles gelingt: denn dank meines ursprünglich gehorsamen, dann ehrgeizigen, schließlich neugierigen beharrlichen Übens und dank der sparsamen Klarheit und geheimnisvollen Durchsichtigkeit eines Mozart ist diese Musik für mich leicht genug, um mich beim Spielen nicht durch unüberwindliche Fingerhindernisse und Fehlgriffe empfindlich zu stören oder abzulenken; ich weiß: Mozart ist, wie es heißt, das Schwierigste überhaupt, daher bescheidener gesagt: meine Spielschwierigkeiten halten sich hier in Grenzen, ich kann über sie hinweghören oder hinwegstolpern, ohne den Zusammenhang oder die Lust zu verlieren. Freilich kann das auch dazu führen, daß ich mich unvermutet in einer Leere dahintreibend wiederfinde und mich tragen lasse, abwesend, so daß, während Augen und Finger wie von selbst dahinwandern und gleichgültig ihren Mozart ablesen und abspielen, die Musik nur als ferner Hintergrund in meine müden Gedanken tönt, die, scheinbar beziehungslos, wie im Halbschlaf in lächerlichst alltägliche oder abwegige Dinge abschweifen, und mein Mozartspiel ein getarntes Nichtstun aus bloßer Langeweile geworden ist, damit die Zeit zwischen den spielenden Fingern und schwingenden Saiten verrinnt. Ein anderes Mal wieder merke ich, daß ich mich von einer sogenannten Stelle habe einfangen lassen, mich darin verfangen und dort mich vergessen habe, um ihrer Erfindung und Gestaltung nachzuspüren, um, wie man sagt, zu verstehen und daraus zu lernen (ohne eigentlich zu wissen, was), vielleicht letztlich doch nur, um mir Ermutigung durch ein überzeugendes Beispiel zu holen. Dabei hat keine Stelle in meinem Mozart mich so beschäftigt und zugleich im Unklaren gelassen wie auf Seite 182 das Motiv zum „Andante-grazioso"-Thema der Sonate A-Dur, KV 331. Weil das Notenbild in meinem Mozart mir nichts vorschreibt, habe ich mich nie entscheiden können, wie ich dort die Noten der ersten zwei Takte, die von einem wiegenden Siciliano-Rhythmus im Sechsachteltakt bestimmt sind, in einen einzig gültigen Gedanken zu gliedern und entsprechend zu spielen hätte; nach wie vor sehe ich zwei Möglichkeiten, die ich mir in einfachsten sinnfreien Silben andeutend vorsinge. Erstens so: „Dammtara dammtam, dammtara dammtam" (auch „Bammpara bammpam, bammpara bammpam") oder, zweitens, so: „Dammtaradamm, dam Tammtaradamm" („Bammparabamm, bam Pammbarabamm"). Um das noch zu verdeutlichen, wollte ich, mehr zum Spaß, mir Worte einfallen lassen, die ich hier, als wäre die Stelle ein kleiner Liedanfang, als Text unterlegen könnte; was sich mir gleich dazu aufgedrängt hat, war leider nichts anderes als (zum ersten) „Traurig und heiter / leben wir weiter" und (zum zweiten) „Komm ans Klavier / und setz dich zu mir" (ich habe dann auch an den Wortschatz von Mozart gedacht: dort wäre genug zu finden, ganze kleine Gedichte ließen sich daraus zusammensetzen). Aber zurück: Ich frage mich also, ist erstens die letzte Achtel des ersten Taktes als Nachklang des zuvor angehaltenen Tones (e'') aufzufassen, so daß der zweite Takt zur einfachen Wiederholung des Motivs auf anderer Tonstufe wird, oder aber zweitens als Auftakt zum ersten Ton (h') des folgenden Taktes, so daß das Motiv leicht verschoben und verändert wiederkehrt? Wird das mehr hirtenliedhaft als tänzerisch Wiegende erstens gleichsam in den zweiten Takt weitergetragen, oder wird es zweitens angehalten, wie um dem Ton kurz nachzuhorchen, und erst nach neuem Schwungnehmen im folgenden Takt fortgesetzt? Ich kann und will mich nicht entscheiden. Auch die dem Thema folgenden Variationen haben mir keinen Hinweis gegeben, sie umspielen bald die eine, bald die andere Möglichkeit. Scheinbar so klar und unverrückbar stehen die Noten da: und doch diese fast hinterhältige Ungewißheit ... Nun, ich spiele bald so, bald so. Und oft (aber es ist kaum zu schaffen) versuche ich, die Ungewißheit und den Schwebezustand zu spielen, mit geschlossenen Augen prüfend, als mein einziger Zuhörer. Kein Wunder, daß mir diese Tonfolge oft und oft (wie manche andere Mozartmelodie und Mozartfigur auch) durch den Kopf geht, daß ich sie in meinem Kopf für mich stumm singe, daß ich in meinen Kopf hineinhorche, ja zusehe und spüre, wie in meinem Kopf meine Finger die nötigen Klaviertasten anschlagen, und daß dieser Mozart manchmal unvermutet aus mir heraus will, mit dem leisen Reibegeräusch der Atemluft als einer tonlosen Vorstufe heimlichen Summens.

PETER HENISCH

[ÜBER MOZART, MEINE GROSSMUTTER, E. T. A. HOFFMANN, MEINE TOCHTER UND MICH]

1

Meine erste Begegnung mit Mozart hatte ich unter dem Klavier. Oben, auf dem Klavier, spielte meine Großmutter – da sie ein wenig taub war, spielte sie ziemlich laut –, unten, unter dem Klavier, saß ich und hatte beeindruckende Klangerlebnisse. Die Großmutter war sehr klein, wenn sie den Klavierhocker auf das niedrigste Niveau geschraubt hatte, konnten ihre Füße die Pedale gerade erreichen. Was die Wiedergabe der Musik betraf, so war ihr Niveau aber alles andere als niedrig – sie hatte als junges Mädchen, wie sie sagte, gediegenen Musikunterricht genossen, dieser Musikunterricht und ihre Jungmädchenzeit waren allerdings durch den Ersten Weltkrieg abrupt abgebrochen, und erst jetzt, nach dem Zweiten, kam sie dazu, an der Abbruchstelle weiterzumachen.

Vom Allgemeinen Krankenhaus, in dem sie als nicht klassisch ausgebildete Schwester gearbeitet hatte, war sie nun, da man sie nicht mehr brauchte, in Frühpension geschickt worden. Das hatte sie getroffen. Aber sie hatte ihren Stolz und sie hatte ihren Trotz. Von den paar Monatsgehältern, die man ihr über ihre Dienstverpflichtung hinaus bezahlt hatte, kaufte sie sich einen Bösendorfer Stutzflügel. Zuerst arbeitete sie sich durch die Etüden von Czerny, aber nach und nach spielte sie auch Schubert, Chopin, Beethoven und eben Mozart.

Mir war, muß ich sagen, Beethoven damals lieber. Aus meiner Position unter dem Klavier klang der einfach gewaltiger. Dieser unglaubliche Sound unter dem Klangkörper! Die *Pathétique* und die *Appassionata* spielte die Oma werkgerecht mit Pathos bzw. Leidenschaft.

Da konnte Mozart nicht mit. Wahrscheinlich wollte er das auch gar nicht. Im Vergleich zu Ludwig Van erschien er mir damals als eher heiterer Geselle. Das schätzte ich weniger. Im Vor- und Volksschulalter war ich ein komisch ernsthaftes Kind. Hatte mehr über für Moll- als für Durtonarten.

Mozart Dur, Beethoven moll, das waren natürlich sehr oberflächliche Unterscheidungen aus meinem Untergrund. Nur in der A-Dur-Sonate schlich sich allmählich a-moll ein. Das Menuett war fast ein Wiegenlied, aber auf einmal begann der sogenannte *Türkische Marsch*. Der hatte auch etwas Exotisches. Dafür hatte ich etwas übrig.

Auch auf dem Denkmalsockel gefiel mir Beethoven besser als Mozart. Die graziöse Haltung, die der Bildhauer dem Wolfgang Amadeus verpaßt hatte, war mir ein bißchen peinlich. Hingegen Beethoven. Der wirkte problemumwittert. Wie er da saß, schwer auf seine Knie gestützt, eine steile Falte zwischen den Augenbrauen.

Mit einem Wort, das Kind, das ich war, saß einem Klischee auf. Das Klischee wurde gefördert. Einmal sah ich mit meinen Eltern eine Aufführung der Sängerknaben vom Wienerwald. Man spielte *Bastien und Bastiènne*. Die singenden Knäblein trugen weiß gepuderte Perücken und seidig glänzende Kniehosen. Ich haßte sie. In der Finsternis des Zuschauerraums versuchte ich so finster dreinzusehen wie Beethoven.

2

Elf oder zwölf Jahre später, zu Beginn meines Studiums, begann ich mich mit E.T.A. Hoffmann zu beschäftigen. An den war ich auch schon auf Umwegen geraten, nämlich über Sigmund Freud. Ich las damals viel Psychoanalytisches, obwohl der Ordinarius unseres Psychologischen Instituts eine Lehre, die auf der Hypothese eines Unbewußten beruhte, als unwissenschaftlich ablehnte (wir waren schließlich erst im sechsten Jahrzehnt des 20. Jahrhunderts). Ich las das mit dem guten Gefühl, einen Akt des Widerstands gegen die Ignoranz zu setzen – so stieß ich auf Freuds Aufsatz über Hoffmanns *Sandmann*.

Was hat das mit Mozart zu tun? Ach ja, schon unser Deutschlehrer in der Realschul-Oberstufe hat wiederholt meine Neigung zur Themenverfehlung kritisiert. Er hieß übrigens Schiller. Er erzählte uns etwas zu viel über Goethe. Aber sonst habe ich ihm einiges zu verdanken. Bei ihm, im Literaturunterricht, hatten wir übrigens schon Hoffmanns *Goldnen Topf* gelesen

Nun aber *Der Sandmann*. Daß ich Freuds Analyse vor der analysierten Geschichte las, tat der Faszination durchs Original keinen Abbruch. *Der Sandmann* also. Dieser beklemmende Text vom durch schreckliche Kindheitserlebnisse traumatisierten Studenten Nathanael, der dann vergruselt und gleichzeitig verharmlost in Offenbachs Oper *Hoffmanns Erzählungen* auftaucht. Du lieber Gott, damit bin ich erst recht noch nicht bei Mozart!

Aber bald. Im Anschluß an den *Sandmann* las ich die *Phantasie- und Nachtstücke* systematisch. Von *Ritter Gluck* angefangen. *Eine Erinnerung aus dem Jahre 1809* heißt es im Untertitel. Das war damals, als Hoffmann es niederschrieb, jüngste Vergangenheit. Wie, wenn unsereins heute hinschriebe: Eine Erinnerung aus dem Jahre 2002. Jüngste Vergangenheit also. So gut wie Gegenwart. In der allerdings ein Mann auftaucht, der seit zweiundzwanzig Jahren tot ist. Stimmt, es geht um Gluck, Christoph Willibald, 1714 bis 1787. Noch ein wenig Geduld, damit kommen wir Mozart schon näher. Obwohl es in den *Kreisleriana* noch einen Umweg über *Beethovens Instrumentalmusik* gibt. Da bahnt sich was an. In den *höchst zerstreuten Gedanken* ist zum ersten Mal von der Ouvertüre zu *Don Juan* die Rede. Auch im Titel der folgenden Geschichte nennt Hoffmann Mozarts Oper mit dem zu seiner Zeit üblichen Namen. *Don Juan*. Untertitel: *Eine fabelhafte Begebenheit, die sich mit einem reisenden Enthusiasten zugetragen.*

3

Rasend erzählt. Der reisende Enthusiast ist in einem kleinen Hotel abgestiegen. „Halb gerädert." Anscheinend ist er mit der Postkutsche angekommen. Das war mittags, nun ist es Nacht, vielleicht hat er an der Wirtstafel zu viel Champagner getrunken. Offenbar noch bekleidet, ist er eingeschlafen, denn als er aufgeweckt wird (durch den Ruf: „Das Theater fängt an!") weist man ihm eine Tapetentür, durch die er ohne weitere Umstände in einen kleinen Korridor und von dort in die sogenannte Fremdenloge gerät. Und schon reißt ihn die Musik mit. Die ersten Takte der Ouvertüre überzeugen ihn, daß hier ein ganz hervorragendes Orchester spielt. Als Kenner weiß er sofort, daß soeben die Ouvertüre zum *Don Giovanni* begonnen hat: „In dem Andante ergriffen mich", heißt es, „die Schauer des furchtbaren, unterirdischen regno al pianto ... Wie ein jauchzender Freund klang mir die jubelnde Fanfare im siebenten Takte des Allegro."

Er weiß nicht, wie ihm geschieht. Der *Don Juan* ist offenbar seine Lieblingsoper. Vielleicht ist Lieblingsoper nicht der richtige Ausdruck, dafür ist beides, literarischer Stoff und musikalische Verarbeitung, zu hintergründig. „Der Konflikt der menschlichen Natur mit den unbekannten, gräßlichen Mächten, die ihn, sein Verderben erlauernd, umfangen, trat klar vor meines Geistes Auge." So Hoffmanns Rollenprosa. Dreißig Jahre vor Kierkegaard.

Wie sich der Vorhang öffnet, wie die Figuren der Handlung erscheinen. Leporello, dann Don Giovanni, ihm auf den Fersen Donna Anna. Und wie sich der junge Mann von ihr berührt fühlt. Diese Frau, eine Sängerin wohl, aber mit jedem Ton, jeder Geste, immer weniger von der Bühnenfigur zu unterscheiden, die sie verkörpert.

Jedenfalls für ihn, den jungen Mann, der eine Nähe zu ihr empfindet, die ihn gleichzeitig entzückt und beängstigt. Während unten auf der Bühne das *dramma giocoso* seinen Lauf nimmt, hat er auf einmal das Gefühl, daß Donna Anna bei ihm in der Loge ist. Nein, eigentlich hat er das Gefühl, daß sie schon längere Zeit hinter ihm steht. Er sieht sie aus den Augenwinkeln. Er wagt es nicht, sich vollends nach ihr umzudrehen.

Während des Zwischenakts wechseln sie ein paar Worte, jedenfalls glaubt er, sie über ihre Rolle und Mozarts Musik sprechen zu hören, aber dann beginnt der zweite Akt und das Unheil schreitet fort. Donna Anna steigert sich auf eine Art in die durch die Musik transportierten Gefühle hinein, die den Enthusiasten um ihre Gesundheit fürchten läßt. Dieser Angst weicht er durch neuerliche Reflexionen über den Don-Juan-Stoff und seine Verarbeitung aus, führt – es ist zwei Uhr früh, und sein Kopf ist in einem sehr eigenartigen Zustand – ein fiktives Gespräch mit seinem Freund Theodor. Als er jedoch am nächsten Mittag bei Tisch sitzt, nicht sicher, ob er die ganze Geschichte nicht bloß geträumt hat – eine nächtliche Opernaufführung in einem kleinen Hotel scheint, bei Tag überdacht, doch recht unwahrscheinlich – wird er Zeuge eines Gesprächs, aus dem hervorgeht, daß die Darstellerin der Donna Anna während der Aufführung von „Nervenzufällen“ heimgesucht und – noch auf der Bühne, die sie offenbar nicht verlassen wollte – gestorben ist.

4

So weit Hoffmanns Geschichte. Die mich in Mozarts Musik hineinzog. Ich sage es, wie es war. Diese Geschichte löste bei mir ein Bedürfnis aus. Das Bedürfnis, den *Don Giovanni* zu hören. Mit meinem nächsten Geld, das ich damals durch Nachhilfestunden verdiente, ging ich in ein Plattengeschäft und kaufte mir einen großen Querschnitt. Und dabei blieb es nicht. Ein paar Wochen später ging ich in die Oper. Als Gymnasiast war ich ein paar Mal dort gewesen, aber diese durch ein Abonnement der musikalischen Jugend ermöglichten Opernbesuche hatte ich eher als Pflichtübungen aufgefaßt. Demonstrativ gähnend war ich im Parkett gesessen. Das war nun anders. Auf meinem Stehplatz hielt ich den Atem an vor Spannung.

Nein, es war wirklich nicht so, daß es mir ab da mit allen Opern so ging. Aber zum *Don Giovanni* hatte ich nun einen ganz spezifischen Zugang. Und zu Mozart. Sozusagen durch Hoffmanns Tapetentür. In den nächsten Monaten gab ich viel von meinem wenigen Geld für Platten aus, schloß mich in mein Zimmer ein und lauschte.

Klavierkonzert in d-moll, KV 466 zum Beispiel oder Klavierkonzert in A-Dur, KV 488. Gespielt von der französischen Pianistin Monique de Bruchorollie. Beim Anhören dieser Aufnahmen das Gefühl, nein, die Erkenntnis, daß in Musik etwas aufgehoben sein kann. Aufgeklaubt und auf ein höheres Niveau erhoben. Etwa Erinnerung.

Ich war ein komisch ernsthafter junger Mann. Trotzdem ist in meiner Erinnerung an diese Phase Frühling. Manchmal gehe ich in den Burggarten, um mich mit einem Buch in den damals noch verbotenen Rasen zu setzen. Wenn ich an Mozarts Denkmal vorbeikomme, bin ich zwar noch immer peinlich berührt, aber mir ist klar, daß der Typ da auf dem Sockel nichts mit *meinem* Mozart zu tun hat.

5

Oder mit *Hoffmanns* Mozart, dem der meine für die nächsten paar Jahre frappant ähnelt. Kein schlechter Mozart. Auch wenn ich ihn mit der Zeit doch mit etwas mehr Heiterkeit sehen und hören werde. Wieviel Zeit muß dazu vergehen? Etwa vierzehn oder fünfzehn Jahre. Als ich Mitte Dreißig bin, habe ich eine kleine Tochter, der ich manchmal etwas auf der Gitarre vorspiele.

Nicht nur ihr spiele ich etwas vor. Ich gerate damals unversehens unter die Liedermacher. Laß mir was einfallen, um die Literatur unter die Leute zu bringen. Spiele. Singe. Und dann sagt sie eines Tages folgende Worte: Papa, du machst doch Musik! Kannst du auch so etwas machen wie Mozart?

Na ja, sage ich. So wie Mozart. Also, weißt du, das ist vielleicht nicht ganz so einfach. Die Musik, die ich mache, und die Musik, die er gemacht hat, also ehrlich gestanden, das ist ein gewisser Unterschied. Mozart. Mein Gott. Der Mann war halt ein Genie!

Na geh, sagt Miriam (damals etwa vier). Bemüh dich!

Hermann Schlösser

[Sinfonie in B-Dur, KV Anh. 8 Ein Suchspiel in sechs Anläufen]

1. Vorspiel: Ein denkwürdiges Konzert

Am 21. Juni 1956 wurde im Kursaal von Lugano Wolfgang Amadeus Mozarts Konzert für Klavier und Orchester Nr. 15 in B-Dur aufgeführt, das an den Solisten hohe Anforderungen stellt. Schon beim ersten Einsatz muss er sich mit einer brillanten Passage präsentieren, und er darf diese virtuose Höhe auch im weiteren Verlauf des ersten Satzes nicht verlassen. Schwierigkeiten anderer Art gilt es danach im Andante zu bewältigen: Ein liedhaftes Thema wird variiert, wobei dem Pianisten vor allem die Aufgabe der Umspielung zufällt. Er umwindet den schlichten Gesang des Orchesters mit schwingenden Girlanden, die aber bei aller Geläufigkeit die kantable Ruhe des Ganzen nicht stören dürfen. Da das jagdlich-muntere 6/8-Takt-Finale schließlich der linken Hand des Pianisten einige geschwinde Bassgänge zumutet, gehört dieses Konzert zu den wahrhaft anspruchsvollen Klavierkompositionen. Wie die meisten seiner pianistischen Hochleistungsstücke hat Mozart auch dieses für seine eigenen Hände komponiert und es im März 1784 im Wiener Trattnerhof uraufgeführt.

Ein Pianist, der diese Musik kraftvoll und nuanciert zugleich gespielt hat, könnte es eigentlich für dieses Mal genug sein lassen. Der Solist, der 1956 in Lugano auftrat, war aber noch nicht am Ende seiner Möglichkeiten. Nach der Pause spielte er Robert Schumanns Klavierkonzert in a-moll, opus 54. Mozart hat 21 Konzerte für Klavier und Orchester komponiert und jedem einzelnen nur wenige Arbeitstage oder -wochen gewidmet. Schumann, der sich in jungen Jahren seine Pianistenhände durch manisches Üben ruiniert hatte, beschäftigte sich von 1841 bis 1845 mit opus 54, seinem einzigen Beitrag zum Genre Klavierkonzert. Das Komponieren, das Mozart und Haydn noch leicht von der Hand ging, verwandelte sich im Lauf des 19. Jahrhunderts in eine Schwerarbeit, die nur unter seelischen Qualen zu bewältigen war. Wenn aber am Komponieren solch schwere Gewichte hängen, dann wird auch das Musizieren anstrengender. Schumann verlangt vom Interpreten seines Konzerts nicht nur Fingerfertigkeit und eine enorme manuelle Kraft, sondern auch interpretatorischen Tiefsinn.

Mozart und Schumann – kein Wunder, dass ein Pianist, der dem 18. und dem 19. Jahrhundert an einem einzigen Abend gewachsen war, zu den maßgeblichen Musikern des 20. gezählt wurde: Zu hören war in Lugano der damals sechsunddreißigjährige Arturo Benedetti Michelangeli, der vom „Orchestra della Radiotelevisione della Svizzera Italiana" begleitet wurde. Auch der Dirigent des Konzerts war kein *no name,* er hieß Hermann Scherchen. Die CD des italienischen Labels „aura music", die den gemeinsamen Auftritt dieser beiden bedeutenden Musiker dokumentiert, hat auch den gewaltigen Applaus festgehalten, mit dem das Publikum die Musik bedachte.

2. Das kleine Hauptstück

Auch ich habe diese CD wegen des berühmten Solisten und wegen der beiden gewichtigen Klavierkonzerte erworben. Je öfter ich die Aufnahme hörte, desto stärker fesselte mich jedoch das kleine, unbekannte Orchesterstück, mit dem Scherchen seinen Luganer Auftritt eröffnete. Es trägt den Titel „Sinfonie B-Dur", und da man es im Köchel-Verzeichnis – je nach Auflage – unter den Nummern „Anh. 8", bzw. „311a" findet, liegt der Schluss nahe, dass es von Mozart komponiert worden ist. Was in dieser Musik geschieht, lässt sich ungefähr so in

Worte fassen: Eine Oboe stimmt zunächst eine langsame Einleitung an, die Streicher legen einen Klangteppich darunter. Das pastorale Oboen-Thema wird wiederholt, bis der Sekundenanzeiger des CD-Players 0.59 anzeigt und das volle Orchester das Thema mit leichten Veränderungen ein drittes Mal anstimmt. Die liedhafte Einleitung hat nicht viel Zeit auszuklingen, denn beim Stand von 1.23 übernimmt das energische Hauptthema die Herrschaft über das musikalische Geschehen. Es beginnt mit b, d, f, dem Dreiklang in der Grundtonart, drei halbe Noten, von den tiefen Streichern begleitet, die jeder dieser halben Noten vier pochende Achtel unterlegen. Das so entstehende Thema weitet sich aus, wird durch verschiedene Tonarten geschickt, von einer Instrumentengruppe zur nächsten variierend weitergereicht, bis schließlich – Minutenstand 2.59 – der Höhepunkt dieser Entwicklung in einer polyphonen Streicherpassage erreicht ist. Das Thema, das dem Hörer mittlerweile schon recht vertraut ist, wird von den Violinen mehrstimmig durchgearbeitet und in schnellen Notenwerten umspielt, so dass sich das Gefühl der Beschleunigung einstellt, obwohl sich der Grundschlag nicht ändert. Pizzicato-Bässe treten hinzu, und schließlich mündet die wirbelnde Passage in kräftige Tutti-Schläge. Sie wären geeignet, ein Schlussgefühl zu erzeugen, wenn nicht sogleich eine unerwartete Wendung eintreten würde. Drei Minuten und 57 Sekunden sind vorüber – da stimmen die Holzbläser und die tiefen Streicher ein weiteres Thema an, das von ferne an das Oboensolo des Anfangs erinnert, sich davon aber zugleich durch einen leichten tänzerischen Schwung unterscheidet. Bevor man sich über den genauen Charakter dieses lyrischen Nebenthemas Klarheit verschaffen kann, ist es auch schon vorüber, der CD-Player zeigt 4.43 an, da dominiert wieder das energische Hauptthema. Es tritt noch triumphaler auf als zuvor, die Blechbläser setzen starke Akzente, die markante polyphone Ausweitung in den Streichern ist wieder zu hören – doch führt auch dieser Aufschwung noch nicht zum Ziel. Nach sechs Minuten und 40 Sekunden mischt sich das lyrische zweite Thema noch einmal ein, freilich nicht wie beim ersten Mal in kleiner kammermusikalischer Besetzung, sondern im vollen Orchester. Nebenstimmen blühen auf, und das Thema, das zunächst wie ein Lied daherkam, ist jetzt ein bewegter, nicht unfeierlicher Gesang. In der siebten Minute strebt das Orchester dann wirklich dem Ende zu, das Hauptthema lässt sich noch einmal vernehmen und drängt in triumphaler Steigerung zu den Schlussakkorden hin, die vom gesamten Orchester – besonders kräftig aber von den Blechbläsern – intoniert werden. Nach sieben Minuten und 54 Sekunden hat das Ganze ein Ende. Allein der erste Satz von Schumanns Klavierkonzert nimmt fast doppelt so viel Zeit in Anspruch.

3. Vielleicht eine Art Essenz

Dieses Stückchen, von Hermann Scherchen so energisch wie transparent dirigiert, gefiel mir schon beim ersten Hören. Dass der „Don Giovanni“, die „Jupitersinfonie“ oder die „Dürnitz-Sonate“ Werke eines großen Meisters sind, weiß jeder. Doch sollte man über solch unbestreitbar grandiosen Produkten die kleineren Arbeiten Mozarts nicht geringschätzen: Das hinreißend fröhliche „Nannerl-Septett“, das der Komponist seiner Schwester zum Geburtstag schenkte, die sanft ergreifende Motette „Ave verum corpus“, die er dem Badener Chordirektor Stoll als kleine Gefälligkeit zukommen ließ, das harmonisch exquisite „Adagio für Glasharmonika“, mit dem Marianne Kirchgeßner, eine seinerzeit berühmte Virtuosin auf diesem raren Instrument, bedacht wurde – solche Werke führen Mozarts kompositorische Größe *en miniature* vor. In die Reihe dieser beiläufigen Geniestreiche gliederte ich nun auch die Sinfonie in B-Dur ein, die mir bei jedem Wiederhören besser gefiel. Es kommt ja gelegentlich vor, dass man sich heftig in eine bestimmte Musik verliebt. Und wie alle Verliebten neigen auch die Liebhaber der Musik dazu, die Gegenstände ihrer Verehrung zu idealisieren. Je öfter ich „meiner“ Sinfonie lauschte, desto bedeutender wollte sie mir erscheinen. Schließlich verstieg ich mich sogar zu der Vorstellung, meine damalige Lieblingsmusik enthalte auf knappsten Raum eine Art Essenz des Mozartschen Komponierens.

Allerdings sind die Essenzen des Musikalischen leichter zu hören als in Worte zu fassen. Wie Sören Kierkegaard im Mozart-Kapitel seines Buchs „Entweder – Oder" erklärt, endet die Sprache dort, wo die Musik beginnt. Deshalb sind sprachliche Darstellungen musikalischer Geschehnisse immer nur Annäherungswerte, die dem, was sie zu beschreiben versuchen, nicht völlig gerecht werden können. Da uns aber zum Ausdruck unserer Gedanken kein anderes Medium zur Verfügung steht als die Sprache, wird es nicht falsch sein, solche Annäherungen immer wieder neu zu versuchen. Also: Angesichts der Sinfonie in B-Dur scheint mir das Wesentliche der Musik Mozarts vor allem der gelungene Ausgleich auseinanderstrebender Kräfte zu sein. Eine äußerst sprunghafte, nervöse Energie wird hier durch die perfekte musikalische Form zwar gebändigt, aber nicht stillgestellt, das Lebhafte darf sich in kontrollierten Abläufen austoben, ohne dass dadurch das Innige zum Schweigen gebracht würde, der Übermut steht dem Traurigsein so wenig im Weg wie umgekehrt.

Meine Freude an dieser Einsicht wurde allerdings bald empfindlich gestört: Im Booklet zur CD musste ich nämlich lesen, dass Mozart als Komponist dieser Sinfonie keineswegs feststehe. Auch wenn ein Dirigent wie Scherchen der Musik einen unüberhörbar Mozartschen Geist zu entlocken vermöge, seien die Zweifel der Historiker an der Authentizität der Komposition nicht auszuräumen. Das gab mir zu denken, und ich suchte nach historischer Klärung.

4. Der obligate Blick zurück

Wer auch immer die Sinfonie KV Anh. 8 geschrieben hat – sie gehört jedenfalls in den Zusammenhang von Mozarts glückloser Parisreise des Jahres 1778. Der junge Musiker, der sich in Frankreichs Hauptstadt einen Namen machen wollte, arbeitete mit dem Konzertveranstalter Le Gros zusammen. Für dessen „Concerts spirituels" schrieb er die „Sinfonia Concertante für Oboe, Klarinette, Horn, Fagott und Orchester" und die Sinfonie in D-Dur, die bis heute den Namen

„Pariser Sinfonie“ trägt. In zwei Briefen an seinen Vater Leopold – vom 11. 9. 1778 und vom 3. 10. desselben Jahres – berichtet Mozart allerdings noch von einer zweiten Sinfonie, die in Paris mit großem Erfolg aufgeführt worden sei. Dieses Orchesterstück galt den Mozartforschern lange als verschollen – manche argwöhnten gar, es sei überhaupt nie komponiert worden –, bis in der „Societé des Concerts“ in Paris ein Paket auftauchte, das die gedruckten Orchesterstimmen einer „Ouverture a Grand Orchestre par Mozart“ enthielt. Da man in den 1770er Jahren die Begriffe „Ouvertüre“ und „Sinfonie“ noch nahezu synonym gebrauchte, ist es naheliegend, dass es sich hier um „unsere“ Sinfonie in B-Dur handeln muss, die für genau dieselbe Besetzung komponiert ist wie das berühmtere Pendant, die „Pariser Sinfonie“ in D, KV 300a.

Die von Mozart erwähnte zweite Sinfonie schien also vorhanden zu sein. Dennoch blieben Bedenken, unter anderem auch, weil ein Autograph von Mozarts Hand niemals gefunden wurde. Der renommierte Mozartforscher Alfred Einstein nahm das Stück zwar in seine Neuausgabe des Köchel-Verzeichnisses auf, schrieb aber dazu: „Ich selbst kann mich starker Zweifel – wenn nicht an der Echtheit dieser Sinfonie überhaupt, so doch an der Echtheit der Gestalt ihrer Überlieferung nicht erwehren, trotz der völligen Übereinstimmung der Besetzung mit der der Sinfonie 300a. Die Hingabe Mozarts an fremde und ihm höchst fremdartige Einflüsse wäre in diesem Fall bis zur Selbstverleugnung gegangen; die Thematik, der Aufbau – Fortspinnung und Steigerung – sind nicht mozartisch und deuten eher auf die späten neunziger Jahre. Auf keinen Fall aber geht die schematische Führung der Holzbläser, die grob fanfarenhafte Behandlung der Trompeten und Pauken auf Mozart selbst zurück.“ So geht das Gutachten der Koryphäe noch eine Weile weiter, bis es schließlich in das Fazit mündet, man habe es hier mit dem Werk eines Bearbeiters aus dem frühen 19. Jahrhundert zu tun, der – möglicherweise auf der Basis Mozartscher Entwürfe – die verschollene Sinfonie nach eigenem Geschmack neu komponiert habe.

Ich bin bei meiner Begegnung mit einer unbekannten Mozart-Sinfonie also einer Fälschung aufgesessen. Das kann passieren, denn nach Mozarts Tod wurden mehrere Werke unbekannter Komponisten mit dem zugkräftigen Namen des Verstorbenen veredelt. So wurde ihm das Lied „Schlafe, mein Prinzchen, schlaf ein" unterschoben, das so kitschig ist, dass ich es schon als Kind nicht leiden konnte. Als ich endlich erfuhr, dass nicht Mozart, sondern ein gewisser Bernhard Flies für das süßliche Gesäusel verantwortlich ist, war ich geradezu erleichtert. Auch der „Maurergesang" „Lasst uns mit geschlung'nen Händen, / Brüder, diese Arbeit enden" wurde lange Zeit Mozart zugeschrieben. Neuere Forschungen nähren jedoch die Vermutung, der Urheber dieses Liedes sei Johann Holzer, ein Logenbruder Mozarts, gewesen. Falls diese Annahme zutrifft, dann kommt zwar der Melodie der österreichischen Bundeshymne ihr berühmter Komponist abhanden, mir persönlich aber geht dadurch nichts Nennenswertes verloren.

Anders ist das bei „meiner" Sinfonie in B-Dur. Seit ich weiß, dass sie nicht von Mozart geschrieben wurde, höre ich sie mit durchaus anderen Ohren. Natürlich hat sich Scherchens Aufführung nicht verändert – was einmal schön war, bleibt es ja, auch unter veränderten Umständen. Dennoch vernehme ich in der Musik auf einmal Töne, die mir nicht aufgefallen sind, solange ich noch glaubte, eine Komposition Mozarts vor mir zu haben. Sowohl das pastorale, schalmeienartige Oboensolo des Anfangs als auch die geradezu schmissige Darbietung des Hauptthemas erinnern mich – jetzt! – an die temperament- und effektvollen Orchesterstücke Gioacchino Rossinis, namentlich an die Wilhelm-Tell-Ouvertüre, die mit einem Schweizer Blasinstrumentenidyll anhebt, um sich danach in einen fetzigen Galopp zu verwandeln. So hat sich mein Hörgefühl dem neuen Wissenstand angepasst, und die Rossiniverwandte gefällt mir ebenso gut wie zuvor der vermeintliche Mozart. Im Unterschied zu Alfred Einstein mag ich dieses kleine Stück nicht „grob" und „schematisch" finden; ich höre es mit Freuden, ob es nun von Mozart komponiert wurde oder nicht.

6. *Coda: Wo bleibt die Essenz?*

Die Frage, die jetzt noch übrigbleibt, betrifft die „Essenz“, die ich der Sinfonie in B-Dur meinte entnehmen zu können. Was bleibt von meinen Einsichten in Mozarts Schaffen, nachdem feststeht, dass ich sie einem untauglichen Objekt zu verdanken habe? Streng geurteilt: nichts. Denn aus einer Fälschung lassen sich keine Angaben über das Original ableiten, das ist klar – aber wie bei vielen Dingen der Kultur und der Kunst enthält auch hier das allzu Klare nur die halbe Wahrheit. Tatsächlich ist es um das Verständnis von Kunstwerken komplizierter bestellt, als es urtextgläubige Originalklangmusiker und quellenkritische Philologen wahrhaben wollen. So berechtigt deren Bemühungen um historische Korrektheit auch sind – eines lässt sich dennoch dagegen einwenden: Nicht nur die Deutung eines Kunstwerkes, sondern auch schon dessen bloße Wahrnehmung ist ganz und gar von den Vorlieben und vom Vorwissen des Zuhörers, Lesers, Betrachters, kurz, des Rezipienten geprägt. Er (oder sie) bestimmt, welche Elemente des Kunstwerks für ihn (oder sie) wichtig sind, wo das Wesentliche liegt und wo das Akzidentielle. Die Wahrheit dieser Behauptung zeigt sich bei jedem Gespräch über Kunstdinge. Oft genug herrscht beim Konzertpublikum sogar in grundlegenden Fragen Uneinigkeit. Die einen meinen, ein bestimmtes Stück sei zu schnell gespielt worden, den anderen ging es viel zu langsam voran, und dergleichen mehr. Auch die professionellen Zuhörer verfügen keineswegs über die unfehlbar objektiven Maßstäbe, die sie gern für sich in Anspruch nehmen. Der Rezensent der Zeitung A hört im Konzert etwas ganz anderes als die Kritikerin der Zeitschrift B oder der Redakteur der Rundfunkanstalt C – und das, obwohl die Musiker auf der Bühne allen dasselbe Stück vorspielen.

Ist man aber von der unvermeidlichen Relativität der subjektiven Wahrnehmung einmal überzeugt, wird man gar nicht mehr entscheiden wollen, wie viel ein Zuhörer aus einer Komposition *heraus*-, und wie viel er in sie *hinein*hört. Hauptsache, er hört überhaupt etwas. Zugleich ist jedoch nicht zu bestreiten, dass die Werke ein Eigenleben haben, und dass deshalb Kompositionen unterschiedlicher Machart die Subjektivität der Rezipienten auf unterschiedliche Weise ansprechen. Robert Schumanns hochromantisch wogendes Klavierkonzert provoziert selbstverständlich andere Empfindungen als Mozarts klassisch fließendes. Und doch ist auch mit solchen Beobachtungen keinerlei Objektivität zu erreichen. Ein anderer Rezipient wird den Strömungsmetaphern „wogend" und „fließend" vielleicht misstrauen und andere Erklärungsversuche vorziehen. Fest steht in diesem Spiel lediglich, dass zwischen Mozarts und Schumanns Musik ein wahrnehmbarer Unterschied besteht. Alles andere ist subjektive Zutat, ohne die freilich keine Wahrnehmung zustande kommen kann – jedenfalls keine, die diesen schönen Namen (*Wahr-Nehmung*) verdient.

Damit ist wohl auch die Herkunft meines Urteils über die Sinfonie in B-Dur, KV Anh. 8, einigermaßen erklärt: Es entsprang einer Mischung aus Gehörtem und vorher schon Gewusstem. Denn natürlich hätte ich der kleinen Sinfonie keinerlei Mozartsche „Essenz" entlocken können, wenn ich nicht vorher schon Musik von Mozart gehört und mir nicht längst ein Bild von diesem Komponisten gemacht hätte. Andererseits hat sich meine Idee vom „gelungenen Ausgleich auseinanderstrebender Kräfte" – was auch immer sie wert ist – nur in dieser Deutlichkeit präzisiert, weil mich ein schönes Musikstück, von einem guten Dirigenten eindrucksvoll aufgeführt, dazu inspiriert hat.

Dass sich gerade diese Inspirationsquelle als Fälschung erwies, stört mich am Ende dieser Überlegungen eigentlich nicht mehr. Denn dieses Faktum zeigt nur besonders deutlich an, dass unsere Ansichten über Kunst und Künstler nur zu einem Teil in den Werken selbst *gefunden* werden. Zum anderen, keineswegs unwichtigeren Teil, werden sie in den Köpfen und Herzen des animierten Publikums *erfunden.*

Martin Kubaczek

[KV 304]

Mozart, das war für mich Nudelsuppe und Salzburger Festspiele, Karotteneinlage und Übertragung aus dem Konzerthaus. Das ist der Duft von Nudelsuppe und Schweinsbraten, Schnitzel oder Rindsroulade, Salatherzen und Sonntags-Matinee-Konzert aus dem Salzburger Festspielhaus, Glockenspiel und Live-Übertragung aus dem Mozarteum und dem Musikverein, und die endlose Liste der Übernahmen: Südwestdeutscher Rundfunk. Norddeutscher Rundfunk. Radio Rias. Radio Tel Aviv. British Broadcasting Station.

Vieles war Ankündigung in diesem Spiel: Das Kommen der Suppe, die Ansage in den verschiedenen Sprachen „festival du Salzbourg mille neuf soixante un, soixante deux, soixante trois". Hörte denn die ganze Welt uns zu? Die Musik war ein Versprechen: Komm an den Tisch. Komm zum Glück: Nahrung, Zusammensein. Zusammenkommen zur Harmonie, zum Lustvollen, zum Genuss. À table! À table!, rief meine Mutter durch die Räume, die Musik war Fremdsprachigkeit, Stunde der Kommunikation. Die Welt da draußen war Musik, durch eine geheime unterirdische Leitung verbunden, kam sie in unser Wohnzimmer, da oszillierte die Röhre, der orange glimmende Faden zuckte, ein leichtes lebendiges Herz, im Zentrum des Goldbrokats vor dem papierenen Lautsprecher, am Gerät in seiner brummenden Körperwärme, mit seinem Goldrand und den Drehknöpfen aus braunem Bakelit.

So gabelten wir Rindfleisch und Karotten, balgten um die Salatherzen, fischten in der Suppe und legten Teigbuchstaben aus am Tellerrand. Ich fand ein M, ein O, ein R, ein T, das war leicht. Was der eine nicht hatte, hatte der andere doppelt, wer hat ein T für ein O, hast du ein Z? Hat wer ein M? Ich habe drei F! So handelten wir mit Buchstaben, von Alpha bis Omega, das Universum tat sich auf: OM. Ich fand ein R, MOR, ein T, MORT, ein A, ordnete den Tod um zur Kunst, ART, ein Z: ZART. So spielten wir Mozart: In zwei Silben, mo und zart, immer in einer kleinen Terz nach unten, ein zärtlicher, singender Ruf, fast schon ein Liebkosen, wie wenn man den Kopf liegen hat im Schoß eines Menschen und er einem mit den Fingern zärtlich durchs Haar fährt: *Mo-zart* …

*

Vergiss, was nicht zu ändern ist! So lautete der Refrain der Tanten, die Antwort auf den Krieg. Die Antwort auf den Krieg war auch Mozart. Wer so viel Liebe in seinem Schoß hat, kann gar nicht böse gewesen sein. Mein Vater, der immer irgendwie Überlebende, frisch zurückgekehrt, holte auf einer Landstraße draußen vor der Stadt meine Mutter auf dem Rad ein, so lernten sie sich kennen. Ihre voreheliche Radtour führte sie kreuz und quer durch Österreich und endete in Salzburg, Sommer 1947, und natürlich gab es kein Geld, das ihnen Zugang hätte verschaffen können, also fand mein Vater eine Lösung in seinem Stil: Er führte meine Mutter durch die Hintertür des kleinen Festspielhauses in der Felsenreitschule, man kam da durch das Treppenhaus bis zum Dach hinauf, da stiegen sie durch eine Luke und setzten sich aufs Dach, vier Stockwerke unter ihnen die Bühne, schön konnten sie alles sehen, die Musiker tief unten im Orchestergraben, Karajan dirigierte *Orpheus und Eurydike*, war das nicht der beruhigende Beweis: Die Toten ließen sich bei aller Liebe nicht mehr zu Lebenden erwecken. Meine Eltern hatten den besten Gratis-Platz und konnten zuhören und zusehen, bis die Polizei sie herunter holte.

*

Am Boden saßen wir im Halbkreis vor dem Fernseher, alle Kinder aus den umliegenden Wohnungen, wir putzten uns höflich die Schuhe ab oder ließen sie vor der Türe stehen, betraten scheu das Wohnzimmer, wo der Tabernakel stand: Bläulich flimmerte das Bild, dazu die Serenade von Mozart, eine Melodie, die mich schläfrig machte. Zuerst das Prüfbild mit seiner seltsamen Graphik, die ich ebenso hilflos zu verstehen suchte wie die Melodie, das Magische und Mystische des Apparats stand in seltsamem Kontrast zur Abstraktheit dieser Graphik, nichts passte zusammen: Melodie, Geometrie und Gerät. Und dann kamen Kasperl und Petzi. Und ich fühlte voller Unbehagen: Das ist es, was man mir zutraut? Das Krokodil! Das Krokodil!

Wieder hatten alle Warnungen nichts geholfen, die Geschichte wiederholte sich, wir riefen und riefen, aber der Kasperl begriff nichts und überlebte dann doch. Seine heitere Stimme war mir verdächtig in ihrer Harmlosigkeit. Ich traute ihr nicht. Wieder verließ ich das Haus im Unglauben: Das soll es gewesen sein?

*

Hermelinde Obermann, voller Glück über mein Musizieren an der Akademie, lud mich zum Essen, ich musste die Geige mitbringen, spielte ihr, woran ich eben werkte: Händel-Sonaten und Beethoven-Romanzen, Bach-Violinkonzerte, Telemann, Dvorak, Hindemith, Haydn, Martinu und Schubert, aber Mozart? Ich schüttelte den Kopf. Traurig schnitt Hermelinde ihr Schnitzel auf: das Messer zwischen den zusammengepressten Handballen, die Finger weggespreizt. Anders konnte sie die Gabel nicht halten, Muskelschwund. Ich schnitt das Fleisch für sie, so konnte sie es mit der Gabel leichter aufnehmen. Mit einer Hand schob sie den Gabelgriff über die Tischkante an ihre Brust, hielt dann die andere darunter, klemmte sie zwischen ihre Hände ein, so brachte sie die Speisen zum Mund. Auch ihr Gehen war ein wackeliges Balancieren, immer die Arme leicht abgespreizt wie in Gefahr zu stürzen, ihr Gang immer vom Kippen bedroht, tastete sie sich durch die Welt.

Hermelinde Obermann liebte Mozart und Wagner. Sie arbeitete in einem Auktionshaus und hatte ein Abonnement für die Oper. Manchmal trafen wir uns in der *WÖK*, einem billigen Selbstbedienungs-Speiselokal zwischen Oper und Karlsplatz. Hermelinde Obermann lud mich ein auf Krapfen und Melange. Ich brachte die Sachen auf dem Tablett, der Kaffee hatte ein aufgeschäumtes Häubchen, ich setzte die Tassen auf dem Resopal des Speiselokals ab. Und dann erzählte sie: Wie sie nach dem Krieg von Simmering draußen hereingekommen war, zu Fuß, bei jedem Wetter, die Straßenbahnfahrkarte konnte sie sich nicht leisten, und lieber hätte sie auf's Essen verzichtet als auf Mozart, mit ihrem letzten Geld ging sie auf Stehplatz in die Oper. „Die schönen Schuhe", lächelte sie verlegen und strich sich mit der flachen Hand das silberblonde Engelshaar von der Wange, „habe ich in einer Tasche mitgebracht, vor dem *Hotel Imperial* habe ich sie mir dann angezogen unter den Platanen, oder im Winter im Foyer, die anderen Schuhe hab ich in einer Tasche mit dem Mantel an der Garderobe abgegeben. Nach der Oper musste ich natürlich wieder den langen Weg nach Simmering hinausgehen. Im Frühling duftete der Flieder am Russendenkmal. Da war ich wie beseligt. Da bin ich dann unter den Sternen gegangen und hab gesummt, die Arien, ... Nur einmal im Winter, den ganzen Rennweg hinaus in der Nacht, im Schneetreiben und Matsch, stell dir vor, was mir da passiert ist. Es war im Frühjahr nach dem Krieg, und es fehlte an allem. Vieles war aus Ersatzstoffen gemacht. Sägespäne wurden ins Mehl gemischt. Leder gab es auch keines, wir hatten gepressten Pappendeckel als Sohlen an den Schuhen. Aber an das habe ich nicht gedacht. Ich wunderte mich nur, wieso waren meine Socken so nass. Und dann bemerkte ich: Mir zerfallen die Schuhsohlen. Die haben sich im Schneematsch so voll gesogen und langsam aufgelöst. Ich habe es gerade noch bis nach Hause geschafft."

Sie nahm einen Schluck Kaffee und prustete und lachte und lachte. „Koste mal!", sagte sie und schob mir die Schale über den Tisch. „Aber pass auf!" Sie lachte und lachte und deutete mit dem Kopf auf die

Schale mit feinem Zucker, die auf dem Tisch stand. „Weißt du, was das ist? Das ist Salz!“

*

Es war der Geburtstag meiner Schwester, die ganze Familie war bei ihr zur Jause eingeladen, sie war hochschwanger, und mitten im Laufen und Servieren wurde sie plötzlich leise, sank in der Küche auf einen Stuhl und sagte zu ihrem Mann: Ich glaube wir müssen los –

Und während sie ins Spital fuhren, brach ich auf in die Oper, saß dort ganz rechts oben, mit Ermelinde Obermanns Abonnementkarte im Jackett konnte ich von ihrem Stammplatz hinunter in den Orchestergraben sehen, wo die Musikerköpfe im engen Lichtkegel sich bewegten und der Dirigent sich zum Publikum hin umdrehte und verbeugte, das Kinn auf Höhe des Parketts. Und während die Königin der Nacht ihre Arien kolorierte, dachte ich an meine Schwester, wie sie jetzt im Kreißsaal vielleicht schrie in den Wehen, und in der Pause lief ich bei den Garderoben herum und suchte ein Telefon und überlegte, was länger dauerte, Oper oder Geburt, und ob das Kind nach der Aufführung schon da sein würde, und dass ich gleich anrufen würde zu Hause, um zu erfahren, was es geworden sei: Bub oder Mädchen. Und so habe ich meine erste Zauberflöte verpasst.

*

Irgendwann stolperte ich auch durch die ersten Mozartkonzerte, übte Kadenzen, vertiefte mich in Etüden: Dont, Kreutzer, Sevcik, konnte versinken in Skalen und Lagenübungen, sprang morgens aus dem Bett und übte mich in Zwei-Stunden-Intervallen durch den Tag. In Sevcik konnte ich versinken, bei Sevcik hatte ich Zeit und Gegenwart, das Leben vereinfachte sich ungeheuer, Fingerposition, Gleiten und Griffhand, man konnte Ziele erreichen, es ging nur höher, in Sequenzen, nie hinab. Sevcik war Vertrauen, brummte und beruhigte in seiner Repetition, und es war mir eine Wonne, seine Lagenwechselübungen auf der Geige singen zu lassen. In Sevcik legte ich mit Freude meine ganze Passion. Diese Wiederholungen, dieselbe bescheidene Grifffolge, immer um einen Stufe auf der Tonleiter höher geschoben, war mir die liebste Musik. Es war Minimalismus, Minimal Art. Unvergesslich blieb mir das grüblerische Pathos der Nummer drei, mein Favorit. Da war ich eine Stunde hingerissen, erlöst vor so viel Bedeutungslosigkeit. Bei Mozart blieb mir die Luft weg, wurde ich schwindelig. Was sollte diese Artistik in der Zirkuskuppel? Ich verstand dahinter nicht das Gebet.

*

Erst in Japan bin ich Mozart wiederbegegnet. Ich saß in einem kleinen Zug, wir zuckelten durch ein Bambustal Richtung Chichibu, den gewundenen Fluss entlang, durch kleine Tunnels und durch Kastenbrücken, und mein deutscher Kollege, der neben mir saß, sagte plötzlich: „Nun, hörst du nichts?“ Und ich sah ihn verblüfft an, was? „Nun, diese Signation! Hör mal!“ – „Wovon redest du?“, fragte ich ratlos. – „Nun, warte, es kommt gleich wieder. Achtung – jetzt: Hörst du? Was ist das?“

Ich schüttelte den Kopf. Keine Ahnung. Sollte ich das kennen? Das war eben eine kleine Melodie, die da computerisiert durch die Lautsprecher über uns jede Durchsage ankündigte und wieder abschloss. *Doremifaso? – Sido.*

„*Ma-teki*! *Zauberflöte*!“, lachte er und schüttelte amüsiert den Kopf. „Erkennst du nicht? *Eure* (sagte er) *Zauberflöte*!“

*

Mein Mozart. Murakami war eine große, elegante, schöne Frau aus einer berühmten Familie. Ihr Vater war Architekt, sie hatte an der kaiserlichen Musikakademie studiert. Murakamis Mann war Lastwagenfahrer und Koch, sie liebten sich seit Kindergartentagen, die

Schneckenhäuser und Muschelschalen in ihrem Garten waren die Überreste von Gerichten, die er für sie zubereitete. Katzen liefen im Haus herum und rollten sich in meinem Violinkasten ein, an dessen Plüsch sie sich die Krallen schärften, während ich mit Murakami-Sensei an meiner Bogentechnik arbeitete.

Auf meine Stunde bei Murakami-Sensei freute ich mich. Sie rückte meine Arm- und Schulterposition zurecht, was ich immer wieder falsch machte – alte Gewohnheit. Nach jedem Schülerkonzert neckten mich die Leute beim Feiern im Restaurant: Er liebt sie! Und ich lachte und zuckte die Achseln: Das ist kein Geheimnis! Und weil es kein Geheimnis war, freuten sich alle und lachten mit.

Im Schutz von Murakami-Sensei kam ich in die Mozart-Regionen. Langsam näherten wir uns den einzelnen Sätzen. G-Dur, D-Dur. Und dann dieses Magisch-Mystische, das mit diesem zauberhaften, irrationalen Anfang. Dieser Linie, die auf einmal so alleine im Raum steht. Wie jemand, der sich auf die Bühne verirrt hat, und plötzlich steht er da, verirrt, im Licht. Oder wie ein Kind, das, schlaftrunken noch, ins Zimmer kommt, und auf dem Schoß der Mutter zusammensinkt, unmittelbar nach einem Nachmittagsschläfchen, Trost findet, von einem beunruhigenden Traum geweckt.

*

Professor Feldtopf (so wäre, übersetzt, sein Name) spielt wunderbar Klavier. Im *Café Weimar*, hinter der Volksoper, die Währingerstraße hinab, hat er Hausrecht. Da darf er jedes Mal, wenn er in Wien ist, in die Tasten greifen. Er spielt mit einem Schmelz und einem Gefühl, das seinesgleichen selten findet. „Professor Tanabe“, habe ich zu ihm gesagt, „du bist ein als Japaner wiedergeborener Wiener.“ Er hat verschmitzt gelacht, der große, schwere Mann mit seiner Sanftheit und den dicken Fingern. Sanft und ein bisschen abwesend sitzt er da und kann alles. Hat sie alle so ganz vertraut und wie im Halbtraum, diese

Operettenmelodien, sucht mir die Noten raus zum Mitspielen auf den Partys an seiner Abteilung an der Universität: „Bring doch die Geige! Hast du die Geige mit?"

Strafversetzt, so habe ich empfunden. Denn Professor Feldtopf ist eigentlich Germanist. Wie viele Germanisten hier in Japan ist er süchtig nach Musik. Pilgert gleichsam nach Wien, wo nur die Abende in der Oper zählen. Sein Leben läuft auf den Wiener September hin, bevor in Tokio die Universität wieder beginnt. Im August Salzburger Festspiele. Nein, heute Abend ginge nicht, er habe Karten für die Oper. Morgen auch. Übermorgen? Sei er in Salzburg. Aber nachmittags sei er immer frei.

In Wien sitzt Professor Feldtopf dann hinter meinem Flügel. Sein Kopfnicken, das freundliche Lächeln mit verschmitzten Augen gibt mir den Einsatz: KV 304. Ein paar Wochen zuvor hatte er mir gemailt: „Bitte ansehen: KV 296, 301, 304, 378, 454 ..." Ich hab es mir aufgeschrieben. Mir die Noten erst besorgen müssen.

*

Vor dem Sommer habe ich dann Mozart aufgeschlagen. Und da ist es passiert. Dass ich diese Sonate „erkannt" habe.

In der Bibel steht – zumindest ist es so schön übertragen: *Und er erkannte sie in dieser Nacht. Erkennen* – das ist der schönste Ausdruck für das Zusammensein. Sie wurden Mann und Frau, und so konnte er sie erkennen, sich bekennen auch. Er hat sich zu ihr bekannt und sie erkannt, weil er sich ganz gegeben hat. Weil er ganz bereit war für sie und sie bereit für ihn. So ist es mir vielleicht gegangen in dieser Nacht.

Da war alles da. Die Klage, der Laut. Es ist die Frage eines Verzweifelten. Es ist die Frage der Liebenden. Es ist die Frage des Sohns: Mein Vater, warum hast du mich verlassen. Aber schreibt Mozart von sich?

Geht es um eine Frau, die ihn verlassen hat, nein, nicht verlassen, sondern gebrochen? Zerstört ist hier etwas, unrettbar, unwiederbringlich zerstört, wie in dem Moment, da Orpheus sich umdreht.

Nur eine Chance hätte Orpheus gehabt: Er war nicht stark genug. Aber es war nicht eine Frage des Vertrauens, sondern eine Frage des Sich-Auslieferns: Die Entscheidung lag nicht bei ihm. Nicht er hätte festhalten können durch den Blick. Weil er festhalten wollte, weil er Sicherheit wollte, Vergewisserung, durch das Verlangen nach Gewissheit hat er verloren. Er hat die Unsicherheit der Liebe nicht ausgehalten. Er hat Eurydike die fragile Entscheidung nicht zugestanden. Dass sie auch hätte nein sagen können: Das wollte er nicht glauben. Dieses Nein hat er damit erst bewirkt. Indem er das zögernde Ja – Das Zurück ins Leben, das Zurück in die Liebe – nicht geschehen ließ. Wie? Aus Mangel an Vertrauen.

*

Bei Hildesheimer findet sich schon der Hinweis: Es gibt keine Fassbarkeit des Erlebnisses in Mozarts Musik. Mozarts Musik gebe, so lese ich da, die Erlebnistiefe wieder ohne das Erlebnis. Ich weiß nicht, aber ich habe in der e-moll-Sonate jeden Satz gehört. Jedes Wort. Jeden Ausruf, diesen Vorwurf, diese Anklage, wo nichts mehr zu retten war. Bezichtigung, nackter Schmerz. „Düstere Farben“, „depressiv“, „bedrückend“, „hoffnungslos“, „Tod der Mutter“, lese ich Jahre später in den Beiheftexten zu den CD-Aufnahmen der Sonate 304. Ich habe keine Farben gesehen. Ich habe keine Düsterkeit, keine Depression herausgehört. Ich habe nur Sprache gesehen, Worte.

Wie jemand sagt: Du hast mir weh getan. Du hast etwas zerstört. Du, der du alle retten willst, allen gefallen, du hast mich nicht erkannt. Du, dem ich mein Leben gegeben habe, den ich mehr geliebt habe als alles sonst, du hast mich verraten.

*

Und ich frage mich: Wie kann man die Fünf-Viertel-Gruppen so staccato nehmen, wie Clara Haskil und Arthur Grumiaux? Als ob die erste dieser Viertel nicht ein Auftakt wäre zu den vier anderen? Hier, sage ich mir, geht es, bei aller Leichtigkeit, um die Substanz. Und die Eiligkeit, mit der sie das spielen, wirkt wie ein rasches Entkommenwollen vor dem entsetzten Erkennen: Nein, lustig ist das alles nicht.

Bei Mozart gibt es (noch) dieses Ich nicht, das sagt: Schaut, was mir Leids angetan wurde. Diese romantische Selbstbeschau, die sich im Wanderschwung herausreißt aus Selbstmitleid und Grübelei. Da gibt es noch den Blick auf den Zusammenhang und das Umfassendere, dem gegenüber das Individuelle zurückgenommen wird. Mozart durfte nie von sich reden. (Er hat das nur auf verquere Art getan.) Er musste spielen. Um dich geht es nicht, heißt es bei Mozart; aber schau, das hast du getan. Das – und das bist du – das gibt es. Dieses Gefühl. (Das muss es sein, was Hildesheimer meint.)

*

18:01 Orkis/ Mutter
15:50 Uchida/ Steinberg
13:57 Lonquich/ Zimmermann
12:49 Horszowski/ Szigeti
11:02 Barenboim/ Perlmann

So unterschiedlich sind die Tempi, so abweichend die Auffassungen, ob mit oder ohne Wiederholung, so unterschiedlich wurde diese Sonate schon eingespielt: Boskovsky und Kraus eher hüpfend und gar nicht auf Empörung, manchmal lässt sich die Geige zurückhängen gegenüber dem Klavier, als schmolle sie gekränkt, das Allegro ganz auf lieblich, dem alles Unheimliche fehlt. Grumiaux (mit Klien) spielt es mehr abgesetzt und schmissig, lässt im Akkord Takt 89 die Untertöne weg und spielt nur das hohe G, Goldberg/ Lupu wirken wieder nachdenklicher, Goldberg zieht lange Bögen durch, Lupus Begleitung darunter zierlich hämmernd, die

Geige gehauchter in den langen Tönen, schöner Atem, das Menuett nicht schwermütig, sondern sehr bestimmt im Einsatz, rasch auch im Vergleich zum Allegro. Igor Oistrach in den kurzen Achtelbewegungen kratzig (was mir gefällt), schiebt manchmal und drängt in seinen Viertelgruppen (Takt 141). Der zweite Satz mit süßem Ton, vor allem im Klavier sehr ruhig, die Seufzer ab Takt 148 extrem innig, um dann mit einem forcierten Accelerando um so dramatischer zu schließen. Anne-Sophie Mutter (in der Aufnahme des Konzerts September 1995 in Berlin) lotet jeden Ton aus, nimmt sich für den ersten Satz mehr Zeit als andere für die ganze Sonate.

Da ist alles Forschung und Artikulation, nur eine Nuance, eine Winzigkeit langsamer oder anders betont, und der gesamte Charakter des Stückes verändert sich, dieselbe Achtelgruppe, die gerade noch berückend war, wird bedrohlich oder auch banal, allein der Bogenstrich schafft Welten, ob man es im Ansatz knacken lässt und dramatisiert, oder ob man es fließen lässt, aus *einer* Partitur öffnet sich so ein Fächer der Bedeutungen, die Wucht und Zartheit von Gefühlen.

*

Wenn ich KV 304 höre, spricht ein Mädchen, eine Frau. Es ist eine Aufnahme über den Verrat. Es ist ein Stück über den schlimmsten Verrat, den es in einer Liebe gibt: Das mutwillige Verletzen. Es gibt kein Verzeihen – das spricht für mich aus dieser Sonate. Sie ist ein finalisierender Satz: Es gibt keine Rettung mehr, keinen Verzicht, keine Rücknahme. Es ist dies das sprachlose, stumme Lied Eurydikes, die sich umdreht und zurückgeht. Nicht weil sie muss – ja, sie muss doch, aber nicht aus irgendeinem äußeren Gesetz, sondern aus einem inneren. Es gibt keine Möglichkeit mehr. Wenn einer nicht mehr vertraut.

Orpheus dreht sich um, weil er sehen will, ob „es“ wirkt. Ob „es“ funktioniert. Was ist „es“? Sein Spiel. Sein Singen, seine Musik. Sein Flötenspiel. Wirkt es? Kommt sie nach? Hole ich sie, mit der Kraft der

Liebe, wieder ins Leben zurück? Die abgestorbene Freude? Die getötete Liebe? Die von mir, Mozart, getötete Liebe?

Du, Mozart, hast kein Vertrauen. Das ist, was mich betroffen macht in KV 304: Was sich ausspricht, ist die verletzte Seite. Die unrettbar verletzte Seele. Nicht der Täter. Der bin ich. Ich, als Hörer, stehe genau in dieser Position der Anklage. Ich bin nicht auf der Seite der Violine. Ich stehe ihr, selbst als Spieler, der sie sprechen lässt, gegenüber. Entsetzt. Unsichtbar sind es wir, wir bleiben herausgenommen aus dem Bild, es gibt keine Gegenstimme. Es ist nur Eurydike, die spricht. Und jeder, der sie hört, wird damit in die Position des Täters gestellt. Wir stehen auf der Seite der Lebenden. Wir kennen den Vorwurf. Wir kennen ihn nicht. Er überrascht uns. Wir fühlen uns, als Lebende, schuldig. Als naiv darüber Hinweggehende bleibt uns plötzlich die Musik ein verlorenes Werkzeug. Bleibt uns die Rede verschlagen. Aussichtslos, hier noch etwas zu sagen, reden wir weiter. Hier ist Anklage, Konstatierung, hier gibt es keinen Widerspruch mehr. Wo der Schmerz so groß ist, ist der, der ihn erleidet, im Recht. Dem gegenüber können wir uns nur beugen.

Es ist keine Klage (so wie es Hilary Hahn spielt, sie lässt ihre Kraft und Energie damit nie wirklich aus), sondern es ist Anklage. Sogar Wut ist in dieser Sonate enthalten. Wut – aber nicht Hass. Wut über dieses Versagen, an dem das Herz nicht gebrochen, sondern zersplittert ist. Hier heilt nichts mehr. Hier gibt es nur noch Vergeblichkeit. Und die Hoffnung auf ein Später. Ein anderes Leben. Eine ferne, noch in der Zukunft liegende Hoffnung auf ein Danach. Aber jetzt ist noch Bruch, Abbruch, Ende. Verzweiflung ohne Perspektive.

Aber doch auch mit Lob: Du meinst es gut, du bist ein guter Mann. Aber nicht für mich. Ich will nicht mehr mit dir. Kein Vertrauen mehr, auf dich ist kein Verlass. Ich kann nicht mehr mit dir. Mit dir zu sein? Wir sind getrennt. Und uns verbindet nichts. Uns bleibt nur noch die Erinnerung. Aber selbst hier sind wir verschieden, sind wir getrennt.

Ich weiß nicht, was passiert ist, als Mozart diese Sonate schrieb. Ich höre nur. Und ich höre, wie jemand spricht. Leise. Unrettbar. Verloren ohne Trost.

*

Und doch ist da etwas fein, elegant. Und der Ärger ist vital. Ohne den definitiven Ärger, ohne dieses sich behauptende Insistieren, würden wir dieses Gefühl auch gar nicht aushalten. Fehlte das energetische Gegenstück der Achtel. Hier zu wenig Auftakt in vielen Einspielungen. Warum? Man muss nur mit dem Kopf die trotzige und harte Entscheidung auf die Eins hin mit vollziehen. Die Eins braucht mehr Schwerpunkt. Wie einer mit dem Finger auf den Punkt zeigt. So ist es. Selbst bei Mozart kann es manchmal so sein. Und das wird fünf Mal – abschwächend, wie sich lösend – wiederholt. Diese Phrase steigt auf, innerhalb von zwei Takten sind wir wie verklärt. Und es kommt die Reminiszenz zum Sehnsuchtsgefühl. Zur Sehnsucht, die uns früher mal verbunden hat. Bis sich herausstellt, dass sie falsch war: Du bist nicht ich. Du bist nicht so, wie ich mir dich gewünscht habe. Ich bin entschieden gegen dich. Ich bin von dir geschieden.

*

Davon singt dieses Lied: Alles ist hier noch rückwärts gewandt. Es ist eine Abkehr. Die letzten Erklärungen: Damals hast du – / Und hast du nicht –? Also, was willst du noch? Du siehst doch – und doch hab ich dich geliebt, in einem Ausmaß, das du dir nicht vorstellen kannst. Du warst die Liebe meines Lebens. Aber jetzt ist es nicht mehr so. Es ist nicht mehr. Es ist vorbei, weg, leer. Ich bin leer. Ich will jemanden, aber nicht dich. Ich will niemanden im Moment. Später vielleicht wieder. Aber jetzt einmal: Nicht dich.

Auffallend diese langen Noten. Diese lange Zurücknahme. Diese langen Noten sind wie ein ausgedrücktes Schweigen. Nachsinnen.

Bevor man wieder zuschlägt mit den Vierteln. Und hier – Takt 23 – die Klage. Und das Nachsinnen. Und wieder die Klage.

Und dann, unmittelbar auf das Besinnen die kurzen harten Viertelnotengruppen; zum ersten Mal mit Auftakt zu Takt 29; und unmittelbar auf dieses Urteil, zwei Takte darauf folgend, die Abschwächung, Besänftigung: Es tut mir leid. Und wieder dieses: *Aber es ist so!* In den Viertelnoten. Und piano folgt es in Takt 35 wie eine Erinnerung an schönere Zeiten, die zurückgenommen dahin perlen und sich dann immer weiter voneinander entfernen, aufspreizen (so hält jemand die Hände mit gespreizten Fingern mir entgegen: Lass mich! Greif mich nicht an! Nie mehr!), und die ganze schöne Erinnerung führt unmittelbar in die herzklopfende Viertelgruppe, zwei Mal wird das vom Tisch gefegt, chancenlos, aussichtslos, warum gibst du nicht auf!

Und mündet dann gar noch in diese scheinbare Heiterkeit – beiläufig verletzend – in der punktierten Abwärtsbewegung, die sich wieder langsam und ziemlich tückisch aufbäumt und in Takt 57/58 in die Stelle mündet, die alles zusammenführt auf zwei Intervalle: höchste Liebe, höchstes Leid, die Sehnsuchts-Sext und das Intervall mit der höchsten möglichen Spannung, wenn man die Oktave in der Mitte entzwei schneidet, die verminderte Quint, das Tritonus-Intervall. Und drohend fließt das weiter in den halben Noten auf *do*, mit diesem kleinen Nachschlag, der wieder in die Kürzel des Aufbegehrens und der völligen Absage mündet: Oktavierung, Verdoppelung: Wenn du es jetzt noch immer nicht verstehst, dann kriegst du es um die Ohren!

Das ist grob. Es muss sein. Du verstehst es ja nicht anders. Du kannst es ja anders nicht glauben. Nichts geht in deinen Kopf. Es ist aus, vorbei. Das sagt Takt 77 ff. Bis zur erschöpften Wiederholung.

*

Und es geht weiter: Entschiedenheit, aber seltsam schwach und verletzlich in den hohen Bindungen, die zu dem abnehmenden Widerstand in den punktierten Vierteln mit Triller und ihren angehängten zwei Sechzehntel-Gruppen ab Takt 100 führen. Aber jede Schwächung findet zurück zu sich, selbst noch in der Vernichtung, selbst noch im Verführungsversuch gelangt sie zur Dezidiertheit der (jetzt etwas zurückgenommenen) Reprise der Einleitung: Dabei bleibe ich/ Ich bleib dabei: Du bist ein Schuft.

Erst in Takt 153 gibt es noch einmal eine fast höhnische Lockung: Nun, dann zeig mal, was du für Argumente hast! – Um daraufhin zuzuschlagen: Okay, das ist es, deine Reaktion überzeugt mich nur in meiner Richtigkeit.

Und dann eine Verhaltenheit, eine Zurücknahme, in den langen, anschwellenden Doppelgriffen: Siehst du? Siehst du jetzt? *Jetzt – ist – es:* vorbei. Und schon im Abgang, mit dem Rücken zur Tür, noch einmal singend: Das schmerzvolle, behutsame Eingangsmotiv. Dann in die Oktave hinauf, Wehmut, leise und – *ab.*

*

Seine Musik sei so unglaublich fein und berührend, für ihn nur aus dem Geist der Barockmusik her zu verstehen, sagt Hiro Kurosaki, denn wenn man versucht, ihn klassisch im herkömmlichen Sinn zu spielen, bleibe Mozart vage und unklar. Überhaupt müsse man Mozart als Opernkomponisten begreifen, seine Instrumentalwerke als Ergänzungen dazu. Untersucht man Mozarts Opern und seine zeitgleich dazu entstandenen Instrumentalwerke, wird sichtbar: So wie die Violine bei Mozart (und auch Händel) singt, ähnelt sie den Psychogrammen der vom Komponisten kreierten Figuren.

„Or at least that is how it seems to me. It's not based on science, but if we go deeper into it we can observe how Händel's Sonata in D

major starts with the arpeggio D – F sharp – E. Why an E and not a D? A rising arpeggio already has a heroic character, to rise as far as a D has still more, like Orlando, who falls in love with a queen and sinks into fit of jealousy. Mozart's Concerto in A Major (...) starts with the arpeggio in A Major – the violin solo – in adagio time, after the orchestra's Allegro aperto. For me, Constanze with her rising arpeggio reflects the loneliness and sense of abandonment of the heroine."

Für ihn, Kurosaki, hätte es des Umwegs über Wagner bedurft, um zu erkennen, wie sehr die Musik die Figur trägt und kennzeichnet. Alle diese orchestrale Musik ist Arie, ist Bühne, ist Auftritt, ist Singen, Gesang und Spiel: Interaktion eines Darstellens, eines Geschehens. Insofern Sprachcharakter, weil es gedacht ist als innerlich gesungene Paraphrase der Worte in der Sprache der Musik, und jeder, der Mozart spielt, tut gut daran, sich seinen Part mal gesungen vorzustellen, vor allem aber die Figur dahinter zu sehen: nicht als Theatralik, sondern als psychologische Erscheinungsform.

*

Im Menuett: Nach der Verletzung. Das Paar ist noch zusammen, aber da ist keine Hoffnung. Es ist eigentlich alles erledigt. Der Moment nach dem Scheidungsrichter, man sitzt noch im Café, vermeidet Berührung, sitzt sich gegenüber, manchmal noch Blicke aufeinander, aber nur noch von der Rückenlehne aus:

Ja, es war schön.
Leider ist es so, wie es ist.
Es hat auch gute Momente gegeben.
Sicher, viele Momente waren gut.
Eigentlich war manches ganz wunderbar. Aber –

Aber dann gibt es dieses Aber. Hinter allem steht unheilvoll dieses

Aber (und das entscheidet alles, das ist letztlich alles entscheidend, allein gültig): Aber du hast mich betrogen.

*

Man spürt das in der Musik. Als ich beschloss, über KV 304 zu schreiben, habe ich die Noten hergenommen und gesehen: Lange, bevor ich über das alles nachdachte und lange bevor ich zum ersten Mal über so ein Stück zu schreiben auch nur geträumt hatte, habe ich mit Bleistift die Schlussakkorde eingekreist, Bogenstriche darüber gezeichnet und darunter steht flüchtig die interpretatorische Angabe: *Verzweiflung!* (Rufzeichen).

Jetzt könnte jemand kommen und sagen, ich interpretiere das alles hinein, das sei ja haarsträubend. Und er hätte recht. Natürlich interpretiere ich. Kein Wort ist „wahr". Kein Wort ist falsch. Es stimmt. Es ist richtig. Und es passt. Aber nur in dieses Stück. Nur in dieses eben. Und käme es auch alles aus mir – und es kommt von mir! –, es ginge in kein anderes. Nur in dieses. Und das ist das Argument.

*

Hilary Hahn beginnt ihre Mozart-CD mit KV 376: Das heißt mit drei Akkorden, die nichts anderes sagen als: Ich – bin – da. Vielleicht sogar in der Form: Ich! bin! da! Oder auch so: Ich. bin. da.

Freunde aus englischsprachigen Ländern, zum Studium nach Wien gekommen, trafen sich zum Brunch an Sonntagvormittagen und spielten sich anschließend durch die Literatur: Schubert, Haydn, Mozart. Jedes Mal, wenn das Zusammenspiel auseinander fiel, tranken sie ein Glas Champagner. Klar, dass die Abstände, in denen sie ausstiegen, sich proportional zur Spieldauer verkürzten.

Sie hatten eben Mozarts Klavierquartett in g-moll KV 478 aufgelegt und hämmerten sich durch die fast Beethovensche Apodiktik des Allegros, da läutete das Telefon. Die Musiker blinzelten einander über ihre Instrumente hinweg an, sollten sie weiterspielen oder abbrechen? Würde der Pianist, dem die Wohnung gehörte, den Anruf annehmen? Die Bratsche zuckte ratlos die Achseln, die Geige runzelte die Stirn, das Cello zog fragend eine Augenbraue hoch, als das Telefon schrillte. In diesem Moment gelangten sie an die Reprise des wuchtigen Einleitungsmotivs, und plötzlich sang die Geigerin hinüber zum Klavier: *Answer – the telephone!*

Und der Pianist, im Unisono mit seinem „weiblichen", sanften Antwortmotiv, sang zurück: *Sorry – I'm not at home.*

*

Jahre später las ich Hildesheimers Text *Warum weinte Mozart?* Es gibt diese Szene, Mozart ist zu Besuch daheim in Salzburg, zwei Jahre nach der Münchner Aufführung von *Idomeneo* singen sie das Es-Dur-Quartett aus dem 3. Akt, möglicherweise der Vater den Bass und die Schwester den Alt, mit Wolfgang als Tenor und Constanze als Sopran. Berichtet ist, dass Mozart mitten im Quartett in Tränen ausbricht, aus dem Zimmer stürzt, und seine Frau, die ihm nacheilt, ihn stundenlang nicht mehr trösten kann. Das Singen ist für diesen Tag vorbei.

Hildesheimer beschreibt diese Szene und interpretiert ihre Hintergründe. Ich interpretiere nicht. Ich weiß. Irgendetwas in mir weint, wenn ich das lese. Und ich höre Elfriede Jelinek, die mir schreibt: Nein, lieber Martin, auch die Musik rettet nicht. Aber es ist schön, wenn sie dir so etwas wie Rettung geben kann.

Ich schäme mich. Wie naiv ich war. Und wie anmaßend. Und ich weine mit Mozart: um die Vergeblichkeit der Liebe.

*

Mozart obsessiv: Mit KV 304 habe ich meinen Schlüssel gefunden zum unsichtbaren Schloss, seither kaufe ich in den riesigen CD-Shops in Shinjuku und Shibuya ein, auf dem Heimweg duftet die Nudelsuppe aus den Kneipen, nun mit Shoyu und Soba, keine Buchstaben, sondern Buchweizen, und es öffnet sich Raum um Raum. Varga, Mintz, Milstein, Kremer und Kreisler, Szeryng und Szigeti, Morini und Neveu, Mutter und Steinberg/Uchida, ein Kollege versorgt mich mit Aufnahmen aus seiner Sammlung, und ich erinnere mich an den Abend, als ich Hiro Kurosaki zum ersten Mal hörte, Kioi-Hall in Tokio-Yotsuya, der erste Abend von dreien, alle Mozart-Sonaten. Mundoffen lauschte ich, fassungslos vor dieser Bogenhand und diesem Strich, vor dieser Geschmeidigkeit. Ich war atemlos vor der Eleganz und Anmut, mit der Kurosaki spielte, ich war hingerissen und berückt, so weich und bewusst war das, die Zärtlichkeit und Leichtigkeit mit dem Wissen um den ganzen Ton. Katharsis, auch das kann Mozart sein.

Mozart-Bücher stapeln sich auf meinem Nachtkästchen (das ich nicht habe, die Bücher liegen neben dem Futon, über die Tatamimatten hingestreut), und ein Band Partituren: Die zehn berühmten Streichquartette. Im japanischen Fernsehen sehe ich die Übertragung der Sinfonia concertante mit ihrem berückend aufsteigenden Reigen, diesen sich umspielenden Liebesdialog der Kadenzen, die man nicht mehr versteht, so einfach ist das, spricht lautlos, hörbar, still, höre die Klarinetten- und Klavierquintette, die Quintette mit zwei Bratschen, und seit ein paar Tagen falle ich nur noch aus dem Bett (das ich nicht habe, ich schlafe im Futon auf dem Boden), rolle, noch im Schlafgewand, die Arme in der Geige, direkt in die nächste Sonate, KV 296, 301, 302, 378, 454 ... Die Noten habe ich mir erst besorgen müssen, sie wurden mir zu Zaubercodes für Musik.

Mila Haugová

[Jagdquartett]

: grenze des waldes: nebelgesäumter wiesenrand
jäger und gejagte sprünge und
extasen vierer instrumente:

fuchs fasan reh und hirsch
alles sind wir suchen zuflucht und das weite
zugleich

wie
überschreiten (überleben) die grenze der hingabe
an tod und leben - - -
riskante zufälle der dissonanzen und wahnsinnige flucht
der töne: hoch und tief bogenschießen in voller fahrt:

coda: wende des winters
wintersonnenwende
transzendenz (der schönheit)
grenze: narbe: aufruf
sein: bleiben: lieben.
(4.12.2005 for Emerson Quartett)

Aus dem Slowakischen von Ursula Macht

Julian Schutting

[Lieber Schikaneder,]

im Durchblatteln deines schikanösen Librettels ich mit dir
wettel: meinig leibeigen Genius sich deinigs Seelenzwillings-
paars zu unterwinden weiß, zumal das selbige ja schon von jeher,
und wär noch keins von beiden dem Mutterleib entkrochen,
in Traumwandlerschritten unterwegs ist, eins dem andern
und also einander entgegen – egaliter, ob er sich nun
in das Bild verliebt, das er hat in Händen oder das er sich
anhand ihres Bildes von ihr macht, beiderlei
mit dem Bild von ihr in seinem Herzen
bald zur Übereinstimmung gebracht,
auf daß eins würden Tamino und Pamina
als sodann Tamina und Pamino!

Im Dunkel der Nacht bleibt, schikanedrisch Direktor,
worin denn die frevlisch Verbrechen
der Queen of Night so bestünden, die sie Schöne der Nacht
schiach machen wie die Nacht – hätt denn die stern-
strahlende Mutterrechtlerin im Widerstreit
mit papà-patriarchalischem Sonnengott
Sternenlichter vergeudend die Nacht zum Tag gemacht,
verschwendungsreich späteren Glühbirnenwäldern
und großstädtisch Lichtermeeren
ein leuchtend Vorbild sogleich?

besagte Nachtkönigin dem High Priest of Isis und Osiris
zu vermählen, das also soll nicht sein –
somit laß ich den selbstgerechten Tugendbold sarastroisch-
salbungsvoll-waldhoniglich orgeln, ohne daß auch nur einer,
da wett ich, sein tiefes Lied als einen unbrünftig
brustigen Humanitätsschmus zu verlachen wagt!

Daß ich mir das Freymaurerische, noch zu unseren Tagen
Geheimniskrämerei eines Herrenclubs geschmäht,
auch nicht von dem mit Weihwassern sarastroisch
Eingeweichten verpfeffern lasse, wirst du zu hören bekommen
von deinen zwei Geharnischten, Geblödel nun ernsterweise vorbei:
mein reinstes Selbst drückt in denen sich aus,
als wäre ich lang vor meinem Todeserblassen
durch alle Wasser und Feuer der Läuterung gegangen:
was deinen mit einem Mal würdevollen Zeilen
da an todesnahen Tönen entsteigt, da ja von Vater Äther
mir zugehaucht worden, das möchte und möge mir
als mein Entrücktwerden geglückt sein,
in besonnenen Herzstillstands-Momenten,
welche, am Metronom meßbar, der fiebrigen Ahnung
von Sphärengesängen stetig entgegenrücken!
Der, welcher wandert diese Straße voll Beschwerden,
wird rein durch Feuer, Wasser, Luft und Erden …
meine Geharnischten –
von dort, wo Diesseits und Jenseits in einer Luft-
spiegelung zusammenfließen, dringt von Feuer Gereinigtes
zu uns Lebenden herüber, ein Zwiegesang, welthaltig
auf den Erdton des Planeten Erden gestimmt geblieben,
auf den Nachhall des strengen Takt- oder Herzschlags
der pulsierenden Gottheit also,
die in Mysterien wir verehren – mit Weltenferne
habe ich oder sei von mir die Botschaft
über des Menschen Weg gepanzert, mit der Gottheit Hilfe

biblischen Erzengeln, unerbittlich gestrengen,
zur Verherrlichung der Gerechten nachempfunden –

in den Rüstungen dieser körperabwesenden Wächter
bleibe wohlverwahrt eingeschlossen das Prinzip,
demgemäß wir wie Feuer, Wasser, Luft und Erden
uns zu durchwandern haben, um aus Erde oder Asche
gewandelt hervorzugehen, der Sonnengottheit entgegen.
aus den zwei Geharnischten, deren Harnische
unser aller Existenz ritterlich umschließen,
dringen, ähnlich ließe die Jünglinge im Feuerofen
ich singen, ihre von Einzelschicksalen
abgehobenen Stimmen –
und sollten in Memnon, unweit des Nils,
zur Stunde Aurorens zwei Sandsteinfiguren
in ihrem Brustriß ein Klagelied anstimmen:
was die zwei Geharnischten an mir aus anderen Sphären
Zugeströmtem nun verkünden, hat noch in sich den Puls-
schlag, die gesteigerte Herzfrequenz eines,
der, schon entschlackt, dem Körper entstiegen,
ein Mal noch auf sich zurückschaut,
ihm erlöschenden Menschheitsgedenkens!
Dein Amadé, Adé !

06.01.06

Julian Schutting

[Gralslicht (Auszug)]

Daß Sinistres es ist, was Herrn und Diener verbindet, das mag für Mozart schon im Libretto vorhanden gewesen sein – wird für uns aber erst erahnbar kraft der Musik, die da zwei Männer zu Geschlechts-, nicht aber zu Seelenzwillingen macht – als die würden sie in der Belle èpoque so manches Nobelbordell miteinander aufgesucht haben, um sich mittels geteilter Prostituierten nichts wissen zu machen von dem, was sie längst insgeheim wissen: daß ihnen die als eine Zwischenwirtin, als eine brüderlich wie immer geteilte, dazu gut oder gut genug ist, abzulenken von einem: daß ihrer beiden Erregung so gut wie nichts mit dem Weib da zu schaffen hat ...

Don Giovanni meines Erachtens also der Typ des latenten Homosexuellen, der sich mit Frauen abstrapaziert, um sich zu beweisen, daß er das nicht ist – und sollte er die Wahrheitsprobe auf Heterosexualität so anlegen, daß es nie zu der kommen muß. Zumal ja als ein Einspringer für diese prekäre Partie einer verfügbar ist, auf den schwerlich zuträfe das (aus der Erinnerung vielleicht unkorrekt zitierte) Diktum eines Karl Kraus: „Ein Lüstling ist einer, der dort noch denkt, wo ein anderer zum Tier wird."

(J. Sch., Okt. 2005)

Sechste Szene

G (= Don Giovanni) hat längst ein Notizbuch in der Hand, begierig nach seiner Arie. Später P (= Parsifal).

G: sie lachen dich an, und kaum hast du zurückgelacht,
machen sie auch schon, 1. Frechheit,
Gewohnheitsrechte auf deine Heiterkeit geltend;
hinter deiner Oberflächlichkeit verberge sich Empfindsamkeit,
2. Frechheit, sie, einzig sie, das sagen sie alle,
3. Frechheit, fühle dir das an;
erheben Anspruch auf dich, 4. Frechheit,
weil du Verwirrung in ihr Leben gebracht hättest,
5. Frechheit, was will ich denn in ihr Leben
geschweige sonst wo hinein!
bis in den Schlaf würdest du sie verfolgen,
ihrer als der einzig Richtigen bedürftig, 6. und 7. Frechheit!
was denn plötzlich in dich gefahren sei,
zu vergessen, 8. Frechheit, wie sehr deine Liebe,
9. Frechheit, ihnen die ihre abspenstig gemacht hätte,
10. und 11. Frechheit – und dann zitieren sie dir in ihrem Sinn,
nämlich gegen den Sinn, 12. Frechheit,
was du ihnen dann und wann so gesagt hast,
als ein Liebesgeständnis und Liebesversprechen,
als ob es deine Art wäre, in Form von Höflichkeitsfloskeln
dein Liebesverlangen kryptisch mitzuteilen, 13. Frechheit!
eine Doppelfrechheit, 14 und 15, sich einzubilden,
du habest auf sie gewartet, auf den Glanz oder so,
den sie in dein trübes Weiberleben bringen würden!
dein Schloß umstreichen und belauern sie, 16. Frechheit,
dringen bei dir vor, 17. Frechheit,
wenn eine gleich Unerwünschte, 18. Frechheit,
zu Besuch ist, die hättest du dir, 19. Frechheit,
ihnen Schmerz zuzufügen, 20. Frechheit, eingeladen,

halten daher, 21. Frechheit, Rechtfertigungen für angebracht,
in der Erwartung, 22. Frechheit, daß ich
die aus gleicher Schwäche geduldeten anderen
hinauswürfe und mich endlich auf die Gefühle besänne,
die sie sich, 23. Frechheit, in den Kopf gesetzt haben –
so hast du dann, 24. Frechheit, jede Ungeliebte
vor jeder anderen Nichtgeliebten zu verstecken,
in Nichtherzenskammern,
hast also, um dir beleidigte Leberwurschtgesichter zu ersparen,
25. Frechheit, an die zwei Dutzend Weibskugeln zu jonglieren,
ohne daß eine von den anderen etwas merken darf,
nicht zu vergessen die größte Frechheit:
daß es eine jede („was gibst du dich mit solchen Frauen ab!")
vor der Ehr- und Schamlosigkeit der anderen schaudert,
statt daß sie sich alle miteinander
in ihren gleichbleichen Abklätschen
schamvoll erkennen und die eigene Dummheit
einander verzeihen oder verleiden –
das wäre, bitte, die Registerarie in Originalfassung,
wenn auch in geraffter Version!

P: (= Parsifal) nicht zu vergessen die Frechheit mille e tre:
daß sich diese Vampire vor deiner Schlafkammer anstellen,
um dir das Rückenmark auszusaugen und die Neugier zu befriedigen,
ob du der Fama von deiner Omnipotenz
einigermaßen gerecht werden würdest,
Schwerstarbeit bis zur Erschöpfung hast du zu

G: aber geh, so ist das doch nicht!
mit den meisten, so gut wie mit allen,
bleibt es bei einem kleinen Nachtmahl,
dann werden sie expediert,
und hätte zu diesem Behufe mein Adlatus hereinzuplatzen,
ein bewaffneter Ehemann sei im Anflug!
mit ihrem Geplauder haben sie mir einen einsamen Abend vertrieben,
machen sich dann mit Liebesnächten in meinen feurigen Armen wichtig,

mit Entlehnungen aus französischen Liebesromanen!
P: aber das ius primae noctis?
G: das ist doch, daß Gott erbarm, das Allerletzte!
und glaube mir: meine Abwehr macht sie immer frecher,
und wenn ich dann, vor Zermürbtheit
meiner Jüngferlichkeit endlich müde,
mich hineinfüge, in ihre Wünsche,
so rächt sich das spätestens dann, wenn sie,
statt sich danach rasch anzukleiden und raschest zu entfernen,
von Gefühlsgegrunze hingegossen in meinem Bett sich breit machen,
schmachtend verdreht die abgestochenen Schafskuhaugen:
sie nicht hinmorden zu müssen, möchtest du dich
um die Aufnahme in die strengste aller Ordens-
brüderschaften bewerben,
möchtest dem Kloster überschreiben deinen ganzen Besitz,
inklusive stattlicher Wäsche-Sammlung!
P: so einem muß in der Kindheit
schwere Lieblosigkeit widerfahren sein,
die ihn dazu treibt – unbewußt, höchste Lust –,
weichherzigen Frauen als liebesbedürftig zu erscheinen
und ihnen dann jede Liebesregung
mit Kälte heimzuzahlen, nach einem kurzen Traum
G: kann nicht dienen!
in jungen Jahren habe ich mich zu träumen gemüht,
nie ist mir zu träumen gelungen,
habe noch nie im Schlaf oder Halbschlaf
ein Traumbild gesehen,
nicht das geringste Traumbild von einer Frau
ist in meiner Erinnerung vorhanden,
nicht eine einzige Frau habe ich im Traum gesehen,
geschweige denn eine im Traum geschaut oder vorhergesehen,
habe niemals im Traum
niemals habe ich im Traum eine Frau in den Armen gehalten –
weiß nicht, wie ganz anders das wäre im Traum,

weiß nicht, ob in Wirklichkeit man sie anders umarmte,
wenn ähnliches und doch anderes man kennte aus einem Traum,
ob geträumt die Liebe wäre wie wirklich Wahres!

Sechzehnte Szene

G: Heldenabenteuer, das ja! aber Liebesabenteuer?
ein Ritterheld, ein Nichtfrauenheld hat man zu sein,
aber nur ja nicht ein Weiberheld!
Heldenabenteuer, Ritterabenteuer, Jagdabenteuer, Liebesabenteuer –
mit dem Wort beginnt es, mit dem zusammengesetzten Hauptwort,
mit dem Grundwort ‚-held' oder ‚-abenteuer',
das hinterhältig und scheinheilig das Gemeinsame herausstreicht,
damit dann das Bestimmungswort:
‚Ritter-' oder ‚Weiber-', ‚Jagd-' oder ‚Liebes-'
den angeblich entscheidenden Unterschied herausstellen kann
mit einem Verachtungs- oder Verdammungsurteil des Meinen!
also nicht erst mit dem Wort beginnt es,
das bei den Sittenrichtern wohnt:
in den Begriffen, die sie gegeneinander ausspielen,
liegt ja bloß das Lobpreisungs- oder Vernichtungsurteil vor,
von wem sonst als dem moralisch sauberen Denken gefällt –
mit der Logik also beginnt es, mit der heiligen Ordnenssucht,
mit der eifernd geifernden Ordnungswut,
mit den Ordensregeln des fleisch- und blutlosen Denkens!
Ritterheld! keine Aufforderung,
sich als Verächter von Todesgefahr zu erweisen, ist ihm zu stupid,
und stellt eine schöne Frau seinen Heldenmut auf die Probe,
zeigt er danach Frauenverachtung, der Feigling,
„den Dank, Dame, begehr ich nicht,
wirft Kunigunde den Handschuh ins Gesicht
und entfernt sich zur nämlichen Stunde", oder so ähnlich.
Ritterlichkeit! zu einem Balztanz ohne Vögel

wird die Liebe denaturalisiert,
den Liebesspielen die Herrschaften beiwohnen dürfen
und höfische Gesellschaft leisten,
weil nur die Reimwörter der Minnelieder sich paaren,
auf der Burg, da keine Kavaliersdelikt-Sünd,
weil die Minneritter dem Lehensherrn in triuwe verbunden sind!
Weiberheld! bloß an das schwache Geschlecht er sich wage heran,
nicht Lanzen, nur Weiberherzen er breche,
aber ein Drachtöterheld
für einen Schwächling von einem Blutsbrüderschaftsbruder
aufs Kreuz legen dürfe selbst eine Walküre,
als Sieger heimzukommen aus dem Betrug,
wie einen Skalp die Jungfernhaut er hat hängen am Gurt.
Jagd- und/oder Liebesabenteuer,
das eine wie das andere bestreite nicht ein Held,
da der Jäger mit immer schußbereiter Waffe
dem Jagdbaren, Wild oder Weib, gefahrlos überlegen sei –
aber wäre es nicht auch riskant, die für nur eine Stunde Erjagte
davon schwer verletzt liegen zu lassen?
gefährlicher die Rachegelüste des Familien-Clans
als Drachenflieger-Attacken und Dach-der-Welt-Lawinen auf dich herab!
P: wie Champagner überschäumende Männlichkeit?
fiebrige Getriebenheit von einer zur andern,
auf daß dich vor jedem Ausbrennen Funkenflug neu brennen macht?
Feuer, das auf einen feurig erwiderten Blick hin
die Brandnester durchläuft und belebt,
eben noch am Verkümmern? Liebesfeuer, das zur Liebesfeier
immer von neuem genährt werden muß, mit Stroh,
weil dir in ein- und derselben nichts nachwächst an Feuersbrunst?
Entfachung von Feuer, auf daß aufflammt die Asche im Herzen
und du, von der brennen Gemachten mitbrennen gemacht,
für Augenblicke wieder weißt, daß du lebst?
Liebespassionen, der schweren Krankheit: ‚Unfähigkeit zu lieben'
als ein Aufputsch- und Betäubungsmittel dir von dir verpaßt?

G: eine nach der andern zu nehmen
im Vorgenuß des Augenblicks, in welchem du
deinem Diener und Knecht davon erzählen würdest,
so genau nämlich, daß das mit einer Frau von dir allein Getane
ja doch noch freundschaftlich geteilt wird:
zu einer Zwischenwirtin wird sie uns, zwischen uns liegt sie,
während ich mit ihm bei einem Glas Wein sitze
und ihn instruiere hinblicklich Vertreterdiensten
auf die grobschlachtige Bauerntölpelmanier,
„melde gehorsamst, bin ohne Umschweife
directemang feste druff gegangen!" –
wie hat es mich belebt,
die eingeforderten Details mir rapportieren zu lassen,
belebend vor allem seine Ver- oder Unverschämtheit in Worten,
und was war das sonst, als einstimmendes Liebesgeflüster,
einstimmend auf die nächste Zwischenwirtin!
Heldenabenteuer, ja, Liebes- oder Weiberabenteuer, nein!
und ein Seitensprung, der kommt den Gralshütern
der moralisch und/oder logisch sauberen Schritte
einem verdammenswerten Gedankensprung gleich!
Jagdabenteuer, Liebesabenteuer – die behauptete Analogie,
die Gleichsetzung von Jagd und von Liebe,
enthielte die etwa nicht einen Tadel für denjenigen,
den Bärinnen und Wildschweininnen kalt lassen?!

Siebzehnte Szene

nach einem Augenblick völliger Dunkelheit gleichsam Gewöhnung daran: G sitzt nicht länger bloß als ein Schatten bei dem liegenden P – streicht diesem über den Arm, nimmt seine Hand, wagt es aber nicht, ihn inmitten von Dunkel wachzurütteln in seine Gedanken.

G: was wissen die Herzblütler von kaltem Kopffieber,
was kapierst du Mitleidling von der Erhitzung an eigener Kälte!
einziger Lichtblick in meinem Liebesleben,
mir einen Doppelgänger anzulernen,
regen Blutes ihn hinter einem Vorhang stehen zu wissen,
fürs erste durch Zuschauen eingeschult zu werden
auf meine Techniken und Methoden –
als ein Lehrprogramm konnte mir das fare l'amore
an derselben Objektin mehrmals glücken,
mit didaktischem Eifer nur in bezug auf den Lehrling bei der Sache
und daher nicht mit einem einzigen Mal
an jener für immer meine Künste los.
und was mich belustigt oder die Lust mir vergnüglich gemacht hätte?
den in mein Äußeres geschlüpften Gesellen
seinem Herrn und Meister nacheifern zu sehen,
ihn zwecks nachheriger Belehrung
in bezug auf mir Abgeschautes, aber unzulänglich Nachgemachtes
nicht minder genau zu beobachten,
hinter dem Vorhang nun *ich* postiert
gemäß den Spielregeln solcher Liebesspiel-Spiele
würde er sich nicht mit belehrenden Worten begnügen,
sondern aus Lernbegierde eine neue Lektion erteilt bekommen wollen,
an der zuletzt Traktierten oder an einer von uns noch Unberührten,
und aus meinem Tadel hatte er herauszuhören,
was er sich zu Studienzwecken von mir zu erbitten habe,
die Wiederholung welcher Passage
in lehrhaft beschleunigtem oder lehrreich verzögertem Tempo.
ihn seinem Herrn und Meister nacheifern zu sehen?
in einer geheimen, wenn nicht mystischen Unierung mit ihm,
meinem künftigen Doppelgänger und Körperzwilling,
habe ich Seelenleben in mir sich regen spüren,
mehr als stillschweigende Beteiligung,
beinahe Liebe zu der an meiner Statt von ihm Geliebten,
bar jeder Eifersucht und ohne Neid!

eins oder einig und doch nicht vereint
mit den ihm gewordenen, weil mir zugedachten Liebeswonnen,
habe ich sie nicht nur einmal mir kommen lassen,
Sie verstehen nicht, Sie Tor, wie das zu verstehen ist –
sagen wir: ich habe sie mir kommen lassen, an etlichen Abenden,
in seine meine Arme,
habe mich seine Umarmung lang in ihr gewußt,
habe mich mich ihr kommen lassen,
gleichzeitig mit ihm oder kurz nach ihm,
dann erst ihm freigegeben für eine Nacht,
um mich nicht an die Heimlichkeit zu gewöhnen
der Liebesfreuden mit ihr,
die dahin wären mit einer einzigen,
von mir mit ihr allein verbrachten Nacht –
manchmal ist mir eine
von den mir in meinen Armen Verlorenen wiedergekommen,
nämlich dann, wenn den Bediensteten
in seiner Vulgärsprache ich berichten ließ
von den ihr erwiesenen, mit eigenen Augen angesehenen Liebesdiensten:
mir noch mehr erwiesen als ihr,
gar nicht zu reden von dem Vergnügen,
sooft meine Gegenwart ein Hemmnis war seinen Vergnügungen –
diese seine Gehemmtheit
wäre mir an seiner Statt das eigentliche Vergnügen gewesen,
in seinem Beisein hätte mit einer jeden
eine zweite Liebesnacht ich gewagt
und hätte gewiß auch den Endpunkt erreicht –
Angst vor vergeblicher Liebesmüh,
Liebesnot, an der sie dann noch deine Körperbeherrschung lobpreisen,
dein Vermögen, so lange auszuharren,
bis ihnen reichlich Genüge getan ist:
die Angst zu gehen, wie du gekommen bist,
die hätte ein plötzliches Ende genommen
während eines heimlichen Blicks auf den Schatten,

der heftig mitatmet hinter dem Vorhang!
und was wissen Sie Tölpel von der Angst
vor Geisteskrankheiten und Nervenfieber,
wenn ein nicht als Allfrauen-Meßgerät gedachtes Organ
so gut wie jede Frauensperson registriert
mit unterschiedlichem Pegelstand, bis du zuletzt so aufgeladen bist,
daß zur Befriedung des Störenfrieds
jedes andere Vorhaben hintanzustellen ist.
eine jede Stadt nur einmal sehen wollen,
jede neuentdeckte Insel nur einmal betreten,
nicht eine einzige Musik ein zweites Mal hören können,
ohne zu wünschen, sie wäre erst das erste Mal zu hören,
Jungfräulichkeitswahn und Entjungferungsfluch!
aber kommen dann fünf solcher schon einmal
durchwanderter Städte
und schon einmal betretener Inseln zu dir zu Besuch,
unter Mitbringung einer noch unbekannten Musik,
so kannst du sie, eine nach der anderen, zufriedenstellen,
mußt dir bloß Geiz nachsagen lassen,
denn erst mit der sechsten, nämlich erstletzten,
wird nicht mehr nichtgewollte Vorenthaltung sein,
sondern milde Gabe –
Frauen loszuwerden, mein Lieber, ist leichter,
als zu erzwingen, daß der oder das wirklich kommt,
wer oder was mit Ankündigungen seines Kommens dich hinhält,
dich Schwitzenden festhält in einer dir schamlos abgerungenen
oder mit Tränen erzwungenen Zweitumarmung!

Bodo Hell

[4 Donna(Juana)-Monologe (Arien)]

(1) *glaubst du, du schaffst mich*, frage ich dich nachhetzenden Motoristen *(Akzent)* / dich forschen Mann am Gaspedal *(Akzent)*, frage ich dich mit meiner Klebeaufschrift an der Heckscheibe meines Damenflitzers *(Akzent)*, den du gerade überholen willst, um seitlich zu mir hereinzuschauen *(Akzent)*, ob nämlich das Gesicht auch hält, was die gepflegte Frisur verspricht *(Akzent)*, wobei ich Dir im Umriß als **Damenattrappe** schon aufgefallen bin, während du an meinen hinteren Stoßfänger herangerollt bist *(Akzent)*, ich die leibhaftige Fahrerin mit einheimischem Kennzeichen

(Solo1)

glaubst du, du schaffst mich, frage ich dich *(Akzent)*, und die Antwort dürfte wohl wieder NEIN sein, wenn auch noch unausgesprochen *(Akzent)*, einmal angenommen, wir hätten uns bereits eine Zeit lang aufeinander eingelassen, ohne die üblichen Vorbehalte, in aller Offenheit (wie man überschwenglich zu sagen sich erkühnt) *(Akzent)*, doch die sensiblen Fühler bleiben stets ausgefahren und haben bald gespürt, was hier wieder abgeht *(Akzent)*, während sich einmal mehr die Erfahrung zu bestätigen scheint: *Männer / können / keine / Sehnsucht erfüllen (Akzent)*, bleibt also nur: masturbierender Mönch/geißelnde Bettelnonne *(Akzent)*, *(beginnt groove)* wer wird der Deus ex machina der nächsten Stunden, Tage, Monate sein, wer wird als solcher nach Jahren erscheinen, ein gelungen/gelingendes Pendant, nämlich meine Ergänzung *(Akzent)*, so ein nicht-nur-Doppelgänger, so eine nicht-nur-Doublette, abermals nach den Regeln neurotischer Partnerwahl eingeheimst *(Akzent)*, könnte es sein, daß die Voraussetzungen und parallelen Ströme eines Tages stimmten/übereinstimmten *(Akzent)*, daß sich die Energie nicht nur entfachen, sondern auch dauernd beleben/wiederbeleben läßt/ließe

(Solo2)

glaubst du, du schaffst mich, frage ich trotzdem, und sehe dich, ohne hinüberzuschauen, im Augenwinkel vorbeifahren *(Akzent)*, nein: Zuwendung und gar Zulächeln *(diminuendo)* sind in diesem Fall nicht angebracht

(Flötensolo)

(2) *wem gehört denn die*, hört man allenthalben fragen (wenn man als Frau in neuem Umfeld auftritt) und ich könnte selbst gleich darauf antworten: ich meine mir zu gehören, also gewissermaßen allen zugleich und niemand Bestimmtem *(Akzent)*, *wem gehört denn die*, hört man unbeirrt weiter fragen, so lange, bis ein erkennbarer/kenntlicher Eigner genannt ist, erst dann tritt etwas Beruhigung unter den Lauernden ein

(Trommel)

und so spielt sich das bei Paaren in Afrika ab, nämlich: angesichts der bunten hölzernen Doppelstatuetten als stellvertretenden **Gatten in der anderen Welt** herrscht die Vorstellung, daß jeder Angehörige des Stammes (gleich welchen Geschlechts) einen Ehepartner im Jenseits besitzt, den er verlassen hat, um in die Welt der Lebenden einzutreten (und sich da in üblicher Weise zu paaren) *(Akzent)*, doch besagten jenseitigen Partner (nämlich die bessere Hälfte) gilt es durch eben diese Statuetten (die im Lebensraum der Realpartner aufgestellt sind) zu besänftigen *(Akzent)*, Holzfiguren, die in dieser Deeskalationsstrategie versagen, werden durch neu geschnitzte, hoffentlich wirksamere ersetzt *(Akzent)*, damit lassen sich die geheimen Ängste und offenen Schwierigkeiten materialisieren, also bis zu einem gewissen Grad handhabbar machen

(Flöte)

der wichtigste Quell für die Gesundheit liegt in der Beziehung/in den Beziehungen, Halt geben / aber nicht an einem kleben: Männer können vom Haarspray noch eine ganze Menge lernen *(Akzent)*, willst kommen/willkommen *(Akzent) (Ende Comedian Harmonists)*, im Liebesnest, im Intimzelt, man tummelt sich im Gebüsch, auf den Feldern: die Vögel kennen ja nur die Heckenliebe, das Nest dient ausschließlich dem Nachwuchs zum Schutz

(2 Flöten und Schlagzeug)

wem gehört denn die, hört man jetzt zwitschern, und wem gehört denn der, und die und der und die und der und die..

(Impro)

(intellektuell musikalische Minimalisierung)

(3) *bei der ersten Schwäche, die ich an ihm entdecke, werde ich ihn verlassen (Akzent)*, möglich, daß er zu Beginn meines Interesses nur Kälte, Bosheit und lauernde Prüfung in meinen Augen wahrgenommen hat, nur abschätziges Mustern, nur Blickscanning *(Akzent)*, und er könnte gerufen haben (ohne daß man ein Wort davon vernommen hat): ach ich armer Junge würde so gern eine Liebeserklärung von einer großen Dame erhalten haben, worauf die europäische Milchwirtschaft antwortet: Liebe ist, wenn's LANDLIEBE ist *(Kennmelodie)*

aber die abgründigen Seiten dieses zehrenden Affekts, aber die abgründigen Seiten des sich-Verzehrens nach fraulicher Autorität: in einem solchen Fall huldigen die Männer dem **Phantasma der gebildeten Weiblichkeit** *(Akzent)*, dieser anzügliche Gedanke bedeutet eine mehrfache Überblendung/Verblendung nämlich: 1. Bild: *vorbildliche Dichterin/Denkerin* (die sich schon gesprächsweise fesselnd auszudrücken versteht, erst recht im geschriebenen Text/Brief), 2. überblendet vom Bild der intellektuellen, zugleich lebenspraktischen *Mutterfigur*, welche dem Unentschlossenen sagt, wo's langgeht *(Akzent)* („ohne diese Frau wäre ich nicht jene Person geworden, die ich heute bin"), 3. die Überblendung mit jener *idealen musenhaften Geliebten*, anregend und geheimnisvoll zugleich, welche die männliche Imagination ständig auf Trab hält (wehe, wenn so eine Muse eigenmächtig entschlüpfen will)

(1 min Schnaufer)

die männliche Begeisterung für diese weibliche Mehrfachrolle der gebildeten Frau zehrt vom Ideal einer gleichberechtigten Geschlechterkommunikation *(Akzent)*, von gegenseitiger Anerkennung und öffentlichem Agieren auf gleichem Niveau / Lohnniveau, setzt also auf einen *(Akzent)* romantischen Liebescode

(1 min Schnaufer)

psychoanalytisch gesehen steckt in dieser Mehrfachrolle der Frau allerdings erhebliches Konfliktpotenzial *(Akzent)*: 1. sind da die inzestuösen Momente, die verschobene Liebe zur großen Frau als Mutter/auch als Ersatzmutter (quasi zu einer neuen Bettina von Arnim,

Clara Schumann, Hannah Arendt, Hilde Spiel, Christa Wolf, Meret Oppenheim..) *(Akzent)*, 2. hat sie Momente einer latent phobischen Abhängigkeit, insofern sich der männliche Part/Partner/Liebhaber/Geschäftsmann ohne die verehrte Muse uninspiriert, unglücklich, letztlich impotent fühlt *(Akzent)*, und 3. stellt diese Mehrfachrolle nicht von ungefähr die väterliche Autorität im Symbolischen infrage – eine Herausforderung, die tendenziell das Risiko psychotischer Desintegration in sich birgt *(Akzent)*, da nämlich traditionell Vater-Autorität maßgebend fürs Realitätsprinzip ist

bei der ersten Schwäche, die ich an ihm entdecke, werde ich ihn verlassen: vermeint der romantische Liebhaber seine Verehrte, also mich, flüstern zu hören *(Akzent)*, und er vernimmt damit doch nur das Echo seiner eigenen VerlustÄngste

(1 min Schnaufer)

(Anspielung Mozart Hornkonzert)

(4) Sie können mir, meiner Gangart, meinem Sammelbesteck, meinem Sonnenhut, der nicht nur Ihnen, sondern auch manch anderem Auge aufgefallen sein wird, wie er gelb *(Akzent)* durchs Grün der Landschaft schwankt, Sie können dieser Erscheinung/also mir die nächsten Stunden angelegentlich hinterherjagen, immer ist sie/bin ich bereits vor Ihnen um die nächste Wegbiegung verschwunden, da mögen Sie so viele Abkürzungen nehmen wie Sie wollen: umsonst/versäumt *(Akzent)*, eine Lehre sollte Ihnen das sein/uns ganz allgemein: nämlich nicht nachträglich den vagen, halb eingestandenen Wünschen hinterherzuarbeiten, sondern sie sogleich geistesgegenwärtig im Moment des Aufkeimens darzustellen, denn die Chancen eines Funkens sind kurz *(Akzent)* und eine mögliche Zurückweisung scheint verwindbar, so auch die Antwort auf die Frage leicht: was tun, wenn einmal abgelehnte Wesen ganz einfach weiterleben *(Akzent)*, geben Sie also Ihre hechelnde Verfolgung auf und teilen Sie mir mit, was Sie am liebsten gehört haben würden, was Sie unbedingt wissen wollen, damit Ihre Gedanken nicht für die nächsten Tage davon besetzt sind, von dieser Leerstelle, von diesem Mangel

(B-Teil, Baßthema)

Sie haben gewiß längst bemerkt, wie angelegentlich ich mich Ihren Erwartungen, Projektionen, Einholversuchen, Übertragungen und Gegenstrategien widme, ich habe sehr wohl <u>ver</u>standen, bin aber nicht damit <u>einver</u>standen: Sie katapultieren mich oder Ihren Drang nach mir oder dem, was Sie in mir zu sehen wähnen (gewiß umfassender gesucht als in einer Realperson je auffindbar), sie imprägnieren diesen Ihren Wunsch in *(Akzent)* entsprechende Formen der Umgebung, etwa in *(Akzent)*: verschlungene Baumgestalten, in *(Akzent)*: aussagekräftige morphologische Besonderheiten, in *(Akzent)*: analoge Felsformationen, in *(Akzent)*: verhoffendes Wild/unverhoffte Rinnsale, in *(Akzent)*: blinkende Quellbecken/goldumrandete Wolkenlöcher, ins *(Akzent)* Auge springende Einzelexemplare dieses Blumenteppichs zu Ihren/unseren Füßen, ja Sie möchten erreichen, daß ich Ihnen selbst Einlaß in meinen Körper gewähre/verschaffe

(Thema ganz)

ich kann ganz gut spüren, wie Sie sich danach sehnen, daß jemand, im Moment also ich, nämlich so eine ins HerzErwärmende und Psychagogische gewendete **Diana,** *(Zisch, Becken, Beserl)* nicht nur Ihre Interessen teilt/teile, wie man leichthin sagt, sondern Ihnen gerade dort, wo Sie anstehen, Blöcke und Hindernisse wegräumt *(Bläserakkorde),* Wunden leckt, Narben glättet, Panzerungen wegmassiert, Gliedmaßen salbt, die Sinne öffnet, die Richtung für den Weiterweg weist, die Muttermale präsentiert, *(+Saxophon)* und es sind wahrlich die gleichen an den gleichen Stellen, die Sie kennen, die Sie sich eingeprägt haben, ähnlich wie Sie in der Form / der Scheckung / des Fells / der Kalbinnen / der Triften / des Gebirges / der Zeichen dieses und jenes Archipels wiederfinden, nämlich: Ochs Britannien, Kuhkalb Dodekanes

(Muschelhorn, Delay, Echos)

und während Sie das Gelände nach Anzeichen für meine Anwesenheit (und auch schon wieder Abwesenheit) durchsuchen, als Silvan hinter Silvana oder Silvia her, in sie ver-schossen, da und dort einen FußAbdruck, eine ungewisse gedrehte Haarsträhne aufnehmend (samt den Fingerbewegungen, die in diese gemäß den Gesetzen der Trichotilomanie eingeflochten sind), wächst Ihnen bereits selbst der Geweihansatz des jagdbaren Tieres aus den Stirnknorpeln hervor, als Eustachius-Beule/als Hubertus-Halo/als Ägidius-Aufsatz, *(Polka, Samba, Salsa)* greifen Sie nur hin und fühlen Sie nach, da werden Sie dann zu lernen haben, sich wahrhaft adäquat durchs Gebiet zu bewegen, beim leisesten Geräusch zu fliehen, die sicheren Einstände aufzusuchen und mirnichtsdirnichts Luchs, und Fuchs, und Hund, und Mensch zu meiden, Sie haben den Namen des Hundes der Freundin vergessen und würden sogar von NichtRaubtieren angegriffen werden, oder die Haut geht Ihnen ab wie einer Schlange, insofern der Hals durchs Ausschlupfloch ins Freie findet

die Fahrt in die Tiefen des Naturraums wird dann nicht an der platten Leinwand des Bildes oder an der glänzenden Oberfläche der Ansichtskarte enden (können), sondern sie wird sich (diese Fahrt) von einemmal aufs andere tiefer hinein ins unanalytische Wald- und Unterholzdickicht fortsetzen (müssen)

(großes Tutti)

Tomas Venclova

[Die Schritte des Komturs]

Noch überfliegt der zerstreute Blick die Affiche,
kann sich der üppigen Pracht des Foyers kaum entziehn,
da sprechen die Instrumente. In einer Nische,
zwischen Säulen sickert ins Venennetz Koffein
und beschleunigt den Pulsschlag. Wo die Lichter verglühn,

überm Parterre, schimmern Bläschen. Im *crescendo*
verbreiten die Klänge, dass die Liebe kein Maß hat
außerhalb ihrer selbst, nicht Bestimmung noch Zentrum.
Die Melodie ist verdichteter Wind, sein Raster.
Konsonanzensauerstoff, Dissonanzenasthma

atmen die Bronchien. Begehren ist ziellos, doch gewährte
der Herrgott ihm Körper, wie er Töne verlieh den
Komponisten. Geigen rufen sich zu. Die Lehre
strenger Kontrapunktik zügelt den Libertiner,
der selbst nicht mehr weiß, küsst er Zerlina,

Elvira oder Anna. Intrigen ersticken,
Strategien missglücken, wie im Irak allerorten,
Posaune, Schlagzeug und Saiten knüpfen die Stricke,
die Pauke eilt zu Hilfe, heran naht das *forte*,
es verlangt nach dem Echo und findet das *morte*.

Kein Leuchtturm, kein Hafen. Das Metronom tobt, sein Blei
tropft den Takt. Der Saal kommt ins Wanken, erschienen
sind Paradies oder Hölle, beide zur gleichen Zeit.
Eine schwarzweiße Wolke verschattet die Bühne,
den Zuschauerraum, das abendliche Berliner

Quartal. So klingt der Tag aus. Nicht viel ist geblieben
vom Kalender, wie vom aufgeschlagenen Spielplan.
Oft heißt es, stärker als der Komtur sei die Liebe.
Ihre Erinnerung atme wie frischen Wind ein.
So ist dir, oder auch nicht, Erlösung beschieden.

Aus dem Litauischen von Claudia Sinnig

ZOLTÁN ANDRÁS BÁN

[ROMANTIK UND REALISMUS – EISKALTE ODER WARME HÄNDE?]

(Eine Art Auftakt)

Zwei berühmte deutschsprachige Novellen, zwei literarische Grundlegungen der Interpretation von Mozarts Werk. Die eine (*Don Juan*) entstand 1812 und wurde gewissermaßen aus einem Guss zu Papier gebracht; die andere (*Mozart auf der Reise nach Prag*) erhielt 1855 als Ergebnis eines langen schöpferischen Kraftakts ihre endgültige Form. Die eine stammt aus der Feder des bedeutendsten Künstlers der romantischen Literatur, die andere vom größten deutschen Vertreter der – mangels besserer Bezeichnung – Biedermeier genannten Epoche. Für den einen ist der 1791 verstorbene Mozart ein Künstler der noch unvollendeten Vergangenheit, dessen Kultus noch verhältnismäßig jung ist und dessen Nachwuchs noch lebt. So ist uns überliefert, dass Hoffmann in das Poesiealbum von Mozarts sechstem Kind, Franz Xaver Wolfgang Mozart, einen vierstimmigen Kanon notierte. Für den anderen Schriftsteller, Eduard Mörike, ist Mozart hingegen zweifellos ein klassischer Meister, dessen Oeuvre einen Eckpfeiler des Repertoires bildet und ebenso endgültig und unveränderbar ist wie sein Leben.

1

Franz Grillparzer schreibt in seiner Autobiographie: „Eins der frühesten Bücher, die ich las, war das Textbuch der Zauberflöte. Ein Stubenmädchen meiner Mutter besaß es und bewahrte es als heiligen Besitz. Sie hätte nämlich als Kind einen Affen in der genannten Oper gespielt und betrachtete jenes Ereignis als Glanzpunkt ihres Lebens. Auf dem Schoße des Mädchens sitzend, las ich mit ihr abwechselnd die wunderlichen Dinge, von denen wir beide nicht zweifelten, dass es das höchste sei, zu dem sich der menschliche Geist aufschwingen könne." Eben dies, nämlich die Fähigkeit, in die unverwechselbare Welt eines Genies einzutauchen, verbindet Genies miteinander – so auch unsere aktuellen Hauptfiguren E. T. A. Hoffmann und Eduard Mörike. Es verbindet aber auch das kleine Stubenmädchen und uns, die wir keine Genies sind, mit den Meistern. Tauchen wir also Hand in Hand mit ihnen ein, wenn auch in unterschiedlichen Tempi.

2

In ein großes Kunstwerk einzutauchen – das wäre also unser Bedürfnis, wobei ein Eintauchen nicht in jedem Fall eine Annäherung bedeutet. Manchmal ist Distanziertheit die bezeichnendere Geste, denn gerade sie ist eine der Grundhaltungen der Romantik. Der vollkommene Betrachter romantischer Kunst geht nicht mit der Masse, die er verachtet; vielmehr steht er außen vor, bisweilen sogar im physischen Sinne des Wortes. Wie bezeichnend es doch ist, dass der verrückte (?) Held aus Hoffmanns Novelle *Ritter Gluck*, der sich für den gleichnamigen Komponisten hält, das Theater in Berlin nicht betritt, als dort „seine", d. h. Glucks Oper *Armida* gespielt wird. Nein, der Titelheld bleibt draußen stehen und hört der Musik von der Straße aus zu. Er ist durch und durch ein Aristokrat der romantischen Kunstbetrachtung, der nur allein in der Lage ist, sich in das Kunstwerk zu vertiefen. Genau das gleiche macht auch der Erzähler in Kierkegaards *Entwe-*

der-Oder, der den *Don Giovanni* deutet: Das Theater mit seiner Banalität, all den Abendgarderoben und dem gesellschaftlichen Treiben, würde ihn nur in der vollkommenen Rezeption stören. So verwundert es nicht, dass die romantische Seele, der romantische Flaneur gewissermaßen, nicht das Werk an sich hört und genießt, sondern vielmehr die eigenen Vorstellungen, die er sich davon macht. Das Werk wird auf diese Weise zu einem reinen Vorwand zum Selbstgenuss seiner eigenen großen, schönen Seele. Kierkegaards Erzähler dichtet Mozarts Werk um und passt es seinen philosophisch-ethischen Ideen an. Ähnlich verfährt auch Hoffmanns namenloser Erzähler, der „reisende Enthusiast", in der Erzählung *Don Juan*. Und obwohl er das kaum erwähnt, nervt den Erzähler der Gedanke natürlich gewaltig, beim Genießen des Meisterwerks nicht allein in der Loge zu sitzen: „Schon oft glaubte ich dicht hinter mir einen zarten, warmen Hauch gefühlt, das Knistern eines seidenen Gewandes gehört zu haben: das ließ mich wohl die Gegenwart eines Frauenzimmers ahnen, aber ganz versunken in die poetische Welt, die mir die Oper aufschloß, achtete ich nicht darauf." Er achtet nicht darauf, warum sollte er auch? Wesentlich ist hier nur das Ich, das überläuft und von nichts und niemandem gestört werden darf, schon gar nicht von einer Frau. Mit einer gänzlich anderen Dramaturgie kommt es in Mörikes Erzählung zur Aufführung von Ausschnitten aus dem *Don Juan*. Hier spielt der Komponist (Mörike sagt „Urheber") Mozart selbst sein Werk vor, und die Bewohner des herrschaftlichen Schlosses nehmen in ihrer ganzen persönlichen Beschaffenheit Teil daran: Sie singen, klatschen, hören und interpretieren, und sie kommentieren die gehörten Auszüge. So werden sie – in einem eingeschränkten Sinne – selbst zu einem Teil des Werkes. Die Oper findet in diesem Fall in der Öffentlichkeit statt, und nur hier, in der Öffentlichkeit, erhält sie ihren Sinn. In dieser Szene gibt es keine Außenstehenden, keine Privilegierten, keine romantischen Schwärmer und Flaneure – jeder steuert sein Quäntchen zum Gelingen des Abends bei. Während das musikalische Erlebnis bei Hoffmann überaus privat ist, ist es bei Mörike kollektiv. Hier betreten alle – auch wir, die Leser – die Welt des Kunstwerks, die obendrein noch in *statu nascendi* begriffen ist, ist die Oper doch gewissermaßen noch gar nicht auf der Welt, die Partitur noch unvollendet. Die Begebenheiten, über die der Fiktion der Erzählung zufolge in Mörikes Novelle berichtet wird, trugen sich in der erzählerischen Gegenwart zu, also zu Lebzeiten Mozarts und der anderen Protagonisten, fiktionsgemäß also im September 1787. Aus der Perspektive dieser Ereignisse blickt der Erzähler jedoch aus der Zukunft (sagen wir aus dem Jahr 1855) darauf zurück. Dabei deckt sich sein Blickwinkel zu einem gewissen Grad mit dem des heutigen Lesers. Denn die Gegenwart jedweden Lesers ist im Verhältnis zu der Mozarts und der herrschaftlichen Gesellschaft grundsätzlich nachzeitig (und natürlich ereignet sich die unsrige viel später als die Gegenwart Mörikes). Unser *Point of view* entspricht also nicht der zeitgenössischen Perspektive, denn wir (und auch Mörike) blicken auf Mozart und sein Werk als einen Teil vollkommen (?) verstandener und verarbeiteter Vergangenheit zurück. Der Erzähler versäumt es auch nicht, sorgsam auf diesen Sachverhalt hinzuweisen: „Unsre Gesellschaft aber hatte damit, daß sie ein uns von Jugend auf völlig zu eigen gewordenes Werk jetzt erstmals kennen lernen sollte, einen von unserem Verhältnis unendlich verschiedenen Stand, und, wenn man das beneidenswerte Glück der persönlichen Vermittlung durch den Urheber abrechnet, bei weitem nicht den günstigen wie wir, da eine reine und vollkommene Auffassung eigentlich niemand möglich war (...)." Mörike suggeriert uns also, dass wir späten Rezipienten in der Lage sind, das Werk auf „reine und vollkommene" Art zu erfassen.

Daher verstünden wir auch die Person Mozarts klar und vollkommen, schließlich seien sein Werk und seine Person Teil einer abgeschlossenen Vergangenheit.

Mörikes Erzähler betritt also die Welt Mozarts (genau genommen lässt er Mozarts Zeitgenossen in dessen Welt eintreten) und veranschaulicht dabei, dass die Zeitgenossen – eben weil sie Zeitgenossen sind – ihre Mitmenschen nur bruchstückhaft verstehen können. Hoffmann hingegen war mehr oder weniger ein Zeitgenosse Mozarts (und befasste sich vielleicht aus diesem Grund nicht tiefer gehend mit dessen

Person); er sah noch nicht die historische Figur in ihm, nicht einen Teil der Musikgeschichte, weshalb sich für Hoffmann der Eintritt in Mozarts Opernwelt einfacher gestaltete. Für ihn waren die Protagonisten der Mozart-Opern gleichsam lebendige Geschöpfe und nicht nur Teil des geschlossenen und unabänderlichen Kunstwerks: In Hoffmanns Werk wurden sie zu literarischen Figuren erweckt. Hoffmann war ein glühender Bewunderer der Werke Mozarts – nicht des Komponisten, sondern seiner Werke und dessen Protagonisten. „Kierkegaard hat sein Verhältnis zu Regine Olsen gedichtet", zitiert der junge György Lukács Alfred Kerr, und liegt damit gewiss richtig. Aber was geschieht, wenn der Dichter oder Schriftsteller nicht nur sein eigenes Leben erdichtet, sondern auch das Leben erdichteter Personen? Ein Leben also, das ohnehin schon über eine sekundäre Realität verfügt? Was geschieht, wenn der Schriftsteller das Leben literarischer Figuren als real betrachtet, wenn er sie, die grundsätzlich der Welt der Fiktion angehören, als lebendig betrachtet, beziehungsweise als Personen, die einst gelebt haben? Was geschieht, wenn er die sekundäre Realität, also die bereits geformte künstlerische Fiktion, als Teil der primären Realität betrachtet und die Figuren, die dort leben, so behandelt, als seien sie Gestalten des alltäglichen Lebens? Genau dies macht Hoffmann. Zudem zögert er nicht, ganz offen darüber zu sprechen, wenn er das Libretto als zweitrangig, als geradezu nichtig empfindet: „Betrachtet man das Gedicht (den Don Juan), ohne ihm eine tiefere Bedeutung zu geben, so daß man nur das Geschichtliche in Anspruch nimmt, so ist es kaum zu begreifen, wie Mozart eine solche Musik dazu denken und dichten konnte." Hoffmann sieht also von den Gegebenheiten des Librettos ab und dichtet es fort, denkt die Geschichte sowie die Bühnenhandlung weiter und versucht so, der Musik des *Don Giovanni* einen tieferen Sinn zuzuschreiben. So gesehen ist seine Novelle kein belletristisches Werk, sondern ein Essay – eine tiefgründige (und darüber hinaus willkürliche!) Interpretation der Protagonisten von Mozarts *Don Giovanni*. Kann man das gleiche nicht auch über Kierkegaards *Don-Giovanni*-Interpretation sagen? Und wer will schon Philosophie und Belletristik respektive Studie und literarische Fiktion im *Entweder-Oder* unterscheiden? Und war nicht gerade diese wunderbare Verquickung das Ziel von Kierkegaard und Hoffmann?

3

Für Hoffmann waren sowohl die Kunst als auch die Person Mozarts noch eine heiße Angelegenheit, brennend aktuell. Mit beiden stand er täglich und im eigentlichen Sinne des Wortes in Kontakt. Im Jahre 1804 vollendete er die Partitur eines Singspiels, auf dessen Deckblatt wir in der Reihe seiner Vornamen zum ersten Mal *Amadeus* statt *Wilhelm* lesen – eine Hommage an Mozart. Fleißig studierte er Mozarts Partituren und dirigierte sie auch regelmäßig. In seinem Roman *Lebensansichten des Katers Murr* trägt der sympathischste Mönch – kaum zufällig – einen Vornamen Mozarts. Er nennt sich Chrysostomus. Vielleicht ist es gerade dies, diese große Nähe, diese ästhetisch familiäre Beziehung, die es verhindert, dass Hoffmann die Person Mozarts unmittelbar in seiner Novelle auftreten lässt. Vielleicht ist es aber auch mangelndes Interesse an der Person des Komponisten, den er – auf überaus ahistorische Weise und nur auf der Grundlage des *Don Giovanni* – für einen romantischen Komponisten und Beethovens Verwandten hält. (Zwar hat Hoffmann mehrfach über die *Zauberflöte* geschrieben, dabei ist er jedoch nie derart in Wallung geraten). Die Novelle *Don Juan* handelt also nicht von Mozart, und es ist wohl kaum ein Zufall, dass der Name des Komponisten insgesamt nur zwei Mal fällt. Das eine Mal wird er erwähnt am Anfang der Novelle: „Wir führen heute den Don Juan von dem berühmten Herrn Mozart aus Wien auf." Künstlerisch gesehen hat dies jedoch kaum eine Bedeutung. Der prosaische Satz aus dem Mund des Kellners dient lediglich der Mitteilung einer Tatsache. Gleichzeitig ist der Satz wiederum unvermeidlich, denn in seiner Funktion dient er der Bestätigung der Realität. Das ist wichtig, damit der Erzähler einen Ausgangspunkt hat, von dem er abheben kann. Die unterschiedliche Erzählperspektive der beiden Novellen könnte auf den Gegensatz zwischen Vergangenheit und unvollendeter Vergangenheit zurückzuführen sein: Hoffmanns Werk ist eine Ich-Erzählung, während Mörike einen Erzähler gewählt hat, der nicht zu den Figuren seiner Geschichte gehört. Das Erstere erzeugt Nähe, das Letztere zielt auf Distanz ab. Ja, Mörike geht sogar noch weiter, wenn er in seiner Erzählung mit der ausgesprochen zurückhaltenden rhetorischen Figur des *pluralis concordiae* operiert und damit die Distanz zwischen Held und Erzähler noch einmal steigert. Gleichzeitig stellt er mit seinen Lesern eine Gemeinschaft her, die bereits ein gewisses Vorwissen über Mozarts wahre Person besitzen.

Was aber wussten die Schriftsteller Hoffmann und Mörike über die echte, besser gesagt in Biographien und Fachliteratur beschriebene Person Mozarts?

Auch hier ist wieder der Unterschied zwischen Vergangenheit und unvollendeter Vergangenheit entscheidend. So sind zwar bereits zu Lebzeiten Hoffmanns, und vor der Niederschrift des *Don Juan*, mehrere Mozart-Biographien erschienen (Friedrich Schlichtegroll: 1794, Franz Niemetschek: 1798, auch die Autobiographie des Schauspielers und Mozart-Schwagers Joseph Lange aus dem Jahr 1808, die eine große Menge an Informationen über den Komponisten preisgibt), doch interessierte ihn der historische Mozart nur am Rande, wenn er denn diese Bücher überhaupt gelesen hat. Es sei abermals hervorgehoben: Für Hoffmann war Mozart keine Person der Geschichte, sondern allen voran ein Kollege und Freund im Geiste. Vergessen wir nicht, dass Hoffmann sich – zumindest zum Entstehungszeitpunkt der Novelle – in erster Linie als Komponist und nicht als Schriftsteller betrachtete. So gesehen ist es nicht unwesentlich, dass sich in Hoffmanns Erzählband *Fantasiestücke in Callots Manier* von 1814, in dem der *Don Juan* zum ersten Mal erschien, nahtlos eine musikwissenschaftliche Arbeit über *Beethovens Instrumentalmusik* einfügt. Und wir haben bereits gesehen, dass auch der *Don Juan* nicht ohne weiteres als rein belletristisches Werk betrachtet werden kann.

Mörike hingegen kannte die Mozart-Literatur erwiesenermaßen – zum Beispiel auch das dreibändige Werk des russischen Aristokraten und Musikliebhabers Alexander D. Ulibischeff, das nach seiner französischen Erstveröffentlichung von 1843 im Jahr 1847 auch in deutscher

Übersetzung erschien. Darin las Mörike folgende Worte: „Wäre Mozart anders gewesen, hätte er seiner Familie ein Vermögen hinterlassen, irgend eine gute Anstellung und hätte etwa dreissig Jahre länger zu leben gehabt (...). Wer zweifelt daran; allein hätte man wahrscheinlich von diesem Spießbürger keinen Don Juan verlangen dürfen, ein so vortrefflicher Familienvater er auch gewesen wäre.“ Mörike erklärte sich mit dieser Ansicht derart einverstanden, dass er sie als Motto an den Anfang seiner Novelle stellen wollte, wie Gernot Gruber in seinem Buch *Mozart und die Nachwelt* aus dem Jahr 1985 berichtet. Das Motto blieb schließlich aus, doch begegnet uns im Laufe der Novelle ein verwandter Gedanke, wenn sich der sachliche Erzähler plötzlich uns, seinen Lesern, zuwendet und Mozarts Lebensauffassung erläutert: „Er konnte wohl einmal, durch ein verweintes Auge seiner Frau plötzlich betroffen und bewegt, eine schlimme Gewohnheit aufrichtig verwünschen, das Beste versprechen, mehr als sie verlangte, – umsonst, er fand sich unversehens im alten Fahrgeleise wieder. Man war versucht zu glauben, es habe anders nicht in seiner Macht gestanden, und eine völlig veränderte Ordnung nach unsern Begriffen von dem, was allen Menschen ziemt und frommt, ihm irgendwie gewaltsam aufgedrungen, müßte das wunderbare Wesen geradezu selbst aufgehoben haben.“ Im Mozart-Bild Mörikes gehören also sowohl der spießbürgerliche Komponist als auch der aufrechte, seinen Pflichten gegenüber Gott und Mensch nachkommende Familienvater, der großartige Gatte, der edle Freund und sonstige Allgemeinplätze des Biedermeier eher in das Reich der erschreckenden Möglichkeiten. Nein, der nüchterne und in jedem Moment seiner Novelle ausgeglichen agierende Autor Mörike suggeriert hier – mit geradezu romantischen Ideen –, dass ein gegängelter, der Bohème beraubter Spießbürger Mozart nicht mehr das dämonische Genie Mozart gewesen wäre. Der tapfere Mozart, der abends daheim Patiencen legt und zur Beruhigung ein Fußbad nimmt, ist eben kein Künstler, der in der Lage wäre, den *Don Giovanni* zu schreiben.

Dies ist ein wildromantischer Gedanke (hinter dem sich obendrein die typisch romantische These verbirgt, dass die Kunst über dem Leben stehe), den auch Hoffmann, der immerzu berauscht war von der

Musik, von seinen eigenen Gedanken und vom Wein, und das Philisterhafte bis zum Erbrechen verachtete, ohne weiteres unterschrieben hätte. (Für ihn ist Don Ottavio der Gipfel des Prosaischen). Doch der Realist, der „Biedermeier" Mörike geht – zu unserer Überraschung! – sogar noch weiter, wenn er über das zweite Finale des *Don Giovanni* schreibt: „Der Mensch verlangt und scheut zugleich, aus seinem gewöhnlichen Selbst vertrieben zu werden, er fühlt, das Unendliche wird ihn berühren, das seine Brust zusammenzieht, indem es sie ausdehnen und den Geist gewaltsam an sich reißen will." Auch das hätte Hoffmann schreiben können, und er hat es – in ähnliche Worte gekleidet – auch getan; aus den zahllosen Beispielen soll an dieser Stelle ein Zitat aus seinem großen Essay *Beethovens Instrumentalmusik* genügen: „In dem Gesange, wo die hinzutretende Poesie bestimmte Affekte durch Worte andeutet, wirkt die magische Kraft der Musik, wie das Wunder-Elixier der Weisen, von dem etliche Tropfen jeden Trank köstlich und herrlich machen. Jede Leidenschaft – Liebe – Haß – Zorn – Verzweiflung etc., wie die Oper sie uns gibt, kleidet die Musik in den Purpurschimmer der Romantik, und selbst das im Leben Empfundene führt uns hinaus aus dem Leben in das Reich des Unendlichen." Und noch einen Satz aus dem gleichen Text: „Die Musik schließt dem Menschen ein unbekanntes Reich auf, eine Welt, die nichts gemein hat mit der äußeren Sinnenwelt, die ihn umgibt, und in der er alle durch Begriffe bestimmbaren Gefühle zurücklässt, um sich dem Unaussprechlichen hinzugeben." Das Ende des *Don Juan* spielt schon in der Welt der Träume. Wie in einem Opiumrausch gibt sich der Erzähler bewusst dem Ruf der Geisterwelt hin: „Schließe dich auf, du fernes, unbekanntes Geisterreich – du Dschinnistan voller Herrlichkeit, wo ein unaussprechlicher, himmlischer Schmerz wie die unsäglichste Freude der entzückten Seele alles auf Erden Verheißene über alle Maßen erfüllt!" Der Erzähler schläft ein. Sein Traum oder seine Erinnerung ist die Novelle. Denn im Traum zeigt sich, wie Hoffmanns Held sagt, das wahrere Gesicht der Wirklichkeit. Oder ist die „Wirklichkeit" ein Traum? E.T.A. Hoffmann kümmerte dieser Unterschied nicht besonders. Es hat ihn nicht interessiert, dass die singende Signora, die die Donna Anna gibt, sich nicht gleichzeitig beim Erzähler in der Loge und auf der Bühne befinden kann. Vielmehr will er uns suggerieren, dass der Traum eine echtere Wahrheit zu Tage fördert: „Die Möglichkeit abzuwägen, wie sie auf dem Theater und in meiner Loge habe zugleich sein können, fiel mir nicht ein. So wie der glückliche Traum das Seltsamste verbindet und dann ein frommer Glaube das Übersinnliche versteht und es den sogenannten natürlichen Erscheinungen des Lebens zwanglos anreiht, so geriet ich auch in der Nähe des wunderbaren Weibes in eine Art Somnambulism, in dem ich die geheimen Beziehungen erkannte, die mich so innig mit ihr verbanden, daß sie selbst bei ihrer Erscheinung auf dem Theater nicht hatte von mir weichen können."

4

Die Realität! Auch hier haben wir es mit Sonderbarkeiten zu tun, die Aufmerksamkeit verdienen. Denn die so genannte Realität ist in der romantischen, traumartigen Erzählung Hoffmanns viel echter, man könnte sagen viel reeller, als bei Mörike, den wir im Vergleich zu ihm im Allgemeinen für den Realisten halten. Das von Hoffmann beschriebene Theater ist das Spiegelbild des Bamberger Theaters, wo man einst tatsächlich vom Hotel aus unmittelbar in eine Loge gelangen konnte (und es darf an dieser Stelle natürlich auch nicht verschwiegen werden, dass Hoffmann zwischen 1808 und 1812 Musikdirektor in Bamberg war, wo selbstverständlich auch der *Don Giovanni* aufgeführt wurde). Was immer auch für sonderbare und überirdische Dinge geschehen, das in der Erzählung beschriebene fiktive Bühnenbild des *Don Juan* ist absolut glaubwürdig und plastisch – nichts scheint selbstverständlicher, schließlich ist hier ein geübter Theatermensch am Werk. Der Leser kann sich sicher sein, über die Ereignisse einer „wirklich" erlebten Opernaufführung unterrichtet zu werden. Und auch wenn der Erzähler den Namen „der reisende Enthusiast" trägt, zeichnet er dennoch sowohl das Theater- als auch das Hotelleben auf anschaulichste, nahezu erdverbundene Weise. Trotzdem wird die Novelle phantastisch. Schließlich lassen sich die Dinge jetzt ins Verhältnis setzen: Der plastisch geschilderten Realität steht die schaurige und irreale Geschichte der italienischen Sopranistin gegenüber, die in der Loge erscheint, obwohl sie doch im gleichen Moment auf der Bühne die Donna Anna geben müsste.

Nicht so bei Mörike. Hier gibt es keinen Schlafwandel, keinen Traum, alles ist glasklar. Bereits im ersten Satz der Novelle ist Mörike bemüht, Wirklichkeit zu erschaffen und den Leser darauf einzustellen, dass er im folgenden eine Chronik über ein äußerst bedeutendes Ereignis aus dem Leben eines berühmten Komponisten namens Mozart lesen wird, der einst tatsächlich gelebt und gewirkt hat. „Im Herbst des Jahres 1787 unternahm Mozart in Begleitung seiner Frau eine Reise nach Prag, um Don Juan daselbst zur Aufführung zu bringen." Auch eine historiographische Biographie, die sich auf eine Unzahl echter, aus Archiven zu Tage geförderter Dokumente stützt, könnte so anfangen. Und es geht auch ähnlich weiter: Zwei Sätze später zitiert Mörike einen Brief, den angeblich eine gewisse Baronesse von T. ihrer Freundin geschrieben hat. An all dem ist jedoch kein wahres Wort. Mozart ist nicht am vierzehnten September aus Wien losgefahren, sondern am 1. Oktober, um am 4. Oktober in Prag anzukommen, wie wir aus der *Prager Oberpostamtszeitung* erfahren können (aus der ebenfalls deutlich wird, dass Mozart seine Reise nie unterbrochen hat). Und natürlich weiß die Musikgeschichtsschreibung nichts von einer gewissen Baronesse von T., geschweige denn von ihrer nicht namentlich genannten Freundin. Allein die Punkte aufzuzählen, mit denen der Autor den chronikartigen Charakter seines Werkes zu untermauern und den Leser von der Fiktion, er lese gerade eine glaubwürdige Schilderung aus Mozarts Leben, zu überzeugen versucht, wäre bereits ein schwieriges Unterfangen. Mörikes Vorgehen ist jedoch alles andere als naiv. Er arbeitet mit überaus raffinierten Methoden. Denn je mehr „glaubwürdige" Quellen er präsentiert, desto deutlicher wird dem Leser, dass es sich hier um lupenreine Dichtung, gewissermaßen um einen schriftstellerischen Traum, handelt. Mörike überspannt den Bogen und treibt die Dokumentation seiner Glaubwürdigkeit ins Extreme – und weckt gerade damit die Zweifel des Lesers. Neben dem bereits erwähnten Brief der Baronesse von T. zitiert er einen Brief des Fürsten Esterházy, der in Wahrheit nie geschrieben wurde, und geht sogar so weit, uns einen fiktiven Brief Mozarts unterzuschieben. Auch ganz allgemein spiegelt er uns vor, dass seine gesamte Novelle auf einer nicht-fiktiven, auch faktisch vorhandenen Schilderung beruht. Er tut dies am deutlichsten, als von der Aufführung des *Don Juan* die Rede ist: „Wir finden in dem unserer Darstellung zugrunde liegenden Bericht nur das letzte Stück dieser Reihe, das Sextett, ausdrücklich angeführt." Die Ironie ist deutlich spürbar – wie auch die Tatsache, dass dieser Bericht nur in der Vorstellung des Autors existierte.

Hoffmanns Novelle spielt im Reich der Geister („Dschinnistan"), während Mörike zwar seine Informationen aus Dschinnistan bezieht, aber seine Geschichte nicht dort spielen lässt. So groß ist dieser Unterschied nicht. Bei alledem bleibt die Darstellung bei Mörike plastisch, detailliert, klar und transparent. Er bildet seine Sätze mit einer ungemein gewählten Sprache und einer Vielzahl von penibel ausgewählten Attributen. Sein Gefühl für Proportionen lässt ihn nie im Stich, jedes Detail ereignet sich im richtigen Augenblick und ist von angemessener Dauer. Alle fünf Sinne werden mit einer Intensität angesprochen, die ihrem Gewicht entspricht: Zunächst riechen wir den Duft des Riechwassers, das im Wagen ausgelaufen ist, dann sehen wir den mährischen Wald, spüren den Geruch seiner Bäume, die Frische der Luft, wir hören das Zwitschern der Vögel, verstehen Mozarts Aufschrei angesichts der Herrlichkeit der Natur. Später sehen wir das kleine Gasthaus und das exakt beschriebene Bett, in dem Konstanze schlummert. Auch der Kutscher ist für uns sichtbar, obwohl wir von seiner Existenz nur wissen, weil Mozart ihn einmal anspricht. Später erspüren wir wahrhaftig die Düfte des herrschaftlichen Gartens und ertasten die prallen Orangen, von denen Mozart eine pflückt und damit gewissermaßen die Handlung ins Rollen bringt. Stets geht alles mit dieser Dramaturgie vonstatten, bei der nichts bedeutungslos bleibt.

Die Protagonisten agieren vor dem anschaulichen Hintergrund vollkommen realistisch. Aus solchen Dingen macht sich Hoffmann nicht viel. Ihn interessiert vielmehr die Situation selbst, nicht die dreidimensionale Plastizität ihres Hintergrunds. Ihn interessieren keine Einzelheiten, sondern das Fundament der ganzen Situation, für deren Verständnis einige angedeutete Hinweise ausreichen. Bei ihm gibt es keine Düfte – höchstens einen, und das ist – was die Sache noch fataler macht – das Aroma des Parfüms der italienischen Sängerin. Bei ihm gibt es auch keine Farben, Kleider, Gesichter, und wenn doch, gehören sie alle der Bühne an, auf der soeben die Oper *Don Juan* aufgeführt wird.

Mörikes Erzählung findet am Tage statt, Hoffmanns Werk hingegen spielt in der Nacht, wenn Farben und Formen ineinander fließen. Was könnte es für einen tieferen, stärker trennenden Unterschied geben als den zwischen Licht und Schatten, als den Gegensatz zwischen Tag und Nacht. Der alten literarischen Typologie zufolge ist dies der Unterschied zwischen Romantik und Klassizismus. Und tatsächlich trennt dies die Novellen von Hoffmann und Mörike am schärfsten voneinander. Im *Don Juan* beginnt die eigentliche Handlung, wenn der Erzähler „gestern Abend" das Hotel erreicht, während das schicksalhafte Reflektieren über Don Giovanni und Donna Anna in der Fremdenloge Nr. 23 nach Mitternacht seinen Lauf nimmt. In dieser verdunkelten Loge verschwimmt der Gegensatz von Wachen und Träumen, wird es unentscheidbar, was Dichtung und was Wahrheit ist. Der Gegensatz von Tag und Nacht spitzt sich gegen Ende der Novelle immer weiter zu (*Mittagsgespräch an der Wirtstafel, als Nachtrag*), im Lichte des ernüchternden Morgens fallen nur noch kurze und dumpfe Worte, es gibt keine Attribute, die wildromantische Sprache verstummt, die Gesprächspartner gleichen Phantomen oder Masken, ihre Benennung (Kluger Mann, Mulatten-Gesicht, Unbedeutender) verweist auf ihren maskenballhaften Charakter. Sie sind keine Menschen mehr, nur sprechende Maschinen: Automaten, wie es sie so oft in Hoffmanns Werk gibt. Während die Sprache zuvor wie ein Paradiesvogel funkelte und die Satzgefüge üppig sprudelten, vernehmen wir jetzt nur noch gebrochene, gestutzte Dialoge. Die Musik zieht sich aus dem Frühstücksraum zurück. Was bleibt, ist rohe Prosa. Es ist jetzt offensichtlich, dass alles in den Bereich der „Wahrheit" gehört, und als die Pointe kommt („Signora ist heute morgens Punkt zwei Uhr gestorben"), könnte nichts wahrhaftiger sein als das. Der Tod der Signora wirft uns mit einem Ruck in die Welt der Realität zurück und macht offensichtlich, dass der Erzähler in der Loge Nr. 23 nur fantasiert hat. Dorthin hatte sich keine Sängerin verirrt, höchstens ihr Gespenst.

5

Die Gestalten und Gespenster. Nun ja, offenbar sind auch hier die Unterschiede entscheidend. Mörike lässt viele Figuren auftreten, auf dem Höhepunkt des Abends, wenn Mozart die der Fiktion nach bereits fertig gestellten Teile des *Don Giovanni* aufführt (hier mogelt Mörike abermals, denn es ist bekannt, dass Mozart beispielsweise das Finale des zweiten Aktes unmittelbar vor der Premiere in Prag schrieb), entsteht ein wahrhaftiges Operntableau. Bei Hoffmann hingegen bekommt außer dem Erzähler lediglich Donna Anna (beziehungsweise die mit ihr identische Sängerin aus Italien) schärfere Konturen. Die Übrigen sind nur Protagonisten auf der Bühne (und als solche Teil einer sekundären Fiktion) oder Marionettenfiguren, wie die bereits erwähnten Frühstücksgäste im Hotel. Nur der Erzähler und Donna Anna haben bei Hoffmann ein Schicksal, die Lebensgeschichte der Anderen wird lediglich bei der Interpretation des Bühnengeschehens thematisiert.

Mörike dagegen stattet seine Protagonisten großzügig aus. Hier hat jeder ein Schicksal, eine eigene, verständliche und interpretierbare Geschichte. So ist es durchaus kein Zufall, dass die Novelle zu einem Großteil aus den Darstellungen der Protagonisten besteht, schließlich ist jeder von ihnen im hohen Grade zur Reflexion und Selbstreflexion fähig, kurz gesagt: Sie stehen alle auf einem hohen Niveau der Intellektualität. (Bei Hoffmann wäre es sinnlos, über dergleichen überhaupt zu sprechen.) Gleich zu Beginn gibt Konstanze eine aus ihrer Sicht improvisierte Geschichte darüber zum Besten, was geschehen würde, wenn man Mozart in Berlin zum kaiserlichen Kammerkomponisten ernennen würde. Ihr Monolog ist eine virtuose Arie: Ein Kunstwerk, das den Bogen von Neckerei über Einfallsreichtum bis hin zu sprachlicher Gewandtheit und den vielfältigen Modulationen der Charakterdarstellung spannt. Natürlich ist dies zugleich eine mittelbare Charakterisierung Konstanzes – wer solcherart über eine selbst ersonnene Situation improvisieren kann, der verfügt über keine geringen geistigen Fähigkeiten. (Dieselben geistigen Fähigkeiten lässt Madame Mozart wieder aufblitzen, wenn sie später der herrschaftlichen Gesellschaft im Garten vom Spazierstock ihres Gatten erzählt.) Wir spüren: Mörike war es wichtig, Konstanze als einen Menschen zu zeichnen, der, wenn er Mozart nicht ebenbürtig ist, so doch geistig keinesfalls viel niedriger steht – dem Genie kann nur eine vortreffliche Frau ein würdiger Partner sein.

Auch Eugenie und der für ihr früheres Leben so wichtige Orangenbaum haben ihre Geschichten, von denen wir obendrein aus einer abermals meisterhaft formulierten Darstellung erfahren.

Selbstverständlich ist Mozart am wichtigsten. Ebenso selbstverständlich bringt Mörike die volle Meisterschaft seiner Erzählkunst dafür auf, Mozarts Person darzustellen. Mozart ist in der Novelle ein großartiger Erzähler, seine Sprache vollkommen. Er trifft mit jedem seiner Gesprächspartner den richtigen Ton – mal gibt er den ehrerbietigen Grandseigneur, mal den Plebejer, den einfachen Mann von der Straße; mal spricht er Wienerisch, mal eine raffinierte Salonsprache – sein Sprachspektrum scheint unendlich. Mörike gab seinem genialen Helden eindrucksvolle literarische und rhetorische Fähigkeiten mit auf den Weg. Bis zuletzt bleibt Mozart verblüffend plastisch, spricht in jedem Moment lebhaft und sinnlich, auf eine literarisch charmante und überwältigende Weise. Bereits der Brief, den Mozart dem Diener überreicht, ist entwaffnend: Siehe da, hier ist Mozart der Mann von Welt, Mozart der gewiefte Meister der mythologischen Anspielungen.

Mörike hält es für nötig, seinen Helden mit ausgezeichneten intellektuellen Fähigkeiten auszustatten – freilich ohne dabei den Typen des frivolen, bohèmehaften und romantischen Mozart aufzugeben. Für ihn ist es noch vorstellbar, dass ein Genie gleichzeitig auch ein Schürzenjäger und Raufbold ist, nicht aber, dass er über keine reichen geistigen Anlagen verfügt. Kurz gesagt: Es kann sein, dass der Schöpfer des *Don Giovanni* ein unregelmäßiges Leben führt und sein Haar wegen seiner bis in den Himmel gewachsenen Schulden ständig zu Berge steht, und es kann auch sein, dass er den Wein und die fragwürdige Gesellschaft seiner Kumpanen nicht verschmäht. Aber dass ihn bei seiner schöpferischen Arbeit nicht die tiefsten Geheimnisse des Geistes beschäftigen sollen, das ist schlechterdings unvorstellbar. Mörike möchte Mozarts Intellekt in erster Linie über die Rhetorik seines Helden veranschaulichen – und wie sollte ein Erzähler auch anders verfahren, der über einen Komponisten schreibt. Schließlich ist das Vorgehen Thomas Manns, der die Kompositionen Adrian Leverkühns praktisch erdichtet hat, doch ganz und gar einmalig!

Dabei gerät Mörike jedoch mit der Realität, besser gesagt mit dem historischen Mozart-Bild in Konflikt. Dass Mozart – vornehm ausgedrückt – nicht gerade ein Herr der Worte war, dass es ihm im Traum nicht einfiel, seinen Zeitgenossen Kant oder etwa Goethe zu lesen, das war bereits seinen Mitmenschen bewusst. In seinen Briefen lesen wir, neben lauter Alltäglichkeiten und Belegen für seine fantastische Wandlungsfähigkeit – die natürlich in den Bittbriefen am überwältigendsten zum Ausdruck kommt – in der Regel Wortschwalle der folgenden Art: „... und die jüngere, nämlich fr. Josepha bitte ich halt recht um verzeyhung, warum nicht? — warum sollte ich sie nicht um verzeyhung bitten? — Curios! — ich wüsste nicht warum nicht? — ich bitte sie halt recht um verzeyhung, daß ich ihr bishero die versprochene sonat noch nicht geschickt habe, aber ich werde sie, so bald es möglich ist übersenden. Warum nicht? — was? — warum nicht? — warum soll ich sie nicht schicken? — warum soll ich sie nicht übersenden?“, und so weiter, *da capo al fine*, einem schlechten Musiker gleich, der unfähig ist, eine Kadenz zu vollenden und in einem fort Dominant-

Tonikawendungen hämmert, ohne dass das Stück jemals ein Ende findet (Mozart hat diesen Typ in seinem Stück *Ein musikalischer Spaß* KV 522 erbarmungslos niedergemacht). Und wenn er einmal nicht parodierte und fabulierte wie einer, der von der Sprache, besonders von stumpfsinnigen Reimen, besessen ist, visionierte er folgendermaßen: „wenn sie mir also wolln antworten, aus der stadt Augsburg dorten, so schreiben sie mir baldt, damit ich den brief erhalt, sonst wenn ich etwa schon bin weck, bekomme ich statt einen brief einen dreck. dreck! – dreck! – o dreck! – o süsses wort! – dreck! – schmeck!" Aber genug davon. Überlassen wir den Text sich selbst, ehe Mozart das Wörtchen „leck" – als Kontrapunkt – in die Ausarbeitung seiner von Obszönitäten strotzenden grammatikalischen Fuge mit einbezieht.

Obwohl er seine Briefe kaum gekannt haben kann, wäre dieser Literator Mozart sicher nicht nach dem Geschmack Mörikes gewesen. Er hätte aber die Memoiren des bereits erwähnten Joseph Lange kennen können, der sich in folgender Weise über seinen Schwager äußerte: „Nie war Mozart weniger in seinen Gesprächen und Handlungen als grosser Mann zu erkennen, als wenn er gerade mit einem wichtigen Werk beschäftigt war. Dann sprach er nicht nur verwirrt durcheinander, sondern machte mitunter Spässe einer Art, die man nicht an ihm gewohnt war, ja er vernachlässigte sich sogar absichtlich in seinem Betragen. Dabei schien er doch über nichts zu brüten oder zu denken. Entweder verbarg er vorsätzlich aus nicht zu enthüllenden Ursachen seine innere Anstrengung unter äusserer Frivolität, oder er gefiel sich darin, die göttlichen Ideen seiner Musik mit den Einfällen platter Alltäglichkeit in scharfen Kontrast zu bringen und durch eine Art von Selbstironie sich zu ergötzen." Obwohl wir nicht wissen, ob er das gelesen hat, scheint es, als habe Mörike seine Novelle zur Widerlegung dieser Zeilen geschrieben. Seinem Mozart liegt es fern, durcheinander zu reden und die Zeit mit flachen Späßen totzuschlagen, während er sich mit wichtigen Werken befasst, selbst wenn romantische Ideen auch ihm nicht fremd sind. Denn Mörike versucht gerade den irrationalen Moment der Inspiration zu erfassen, die Minute, in der sich aus dem Chaos, aus den konturlosen Dingen des Alltags plötzlich etwas erhebt, etwas seinen Lauf nimmt, um Form anzunehmen. Eine wunderbar plastische Darstellung dieses Prozesses ist die Szene, in der – gewissermaßen der Sündenfall! – die Orange gepflückt wird, selbstverständlich in der Darstellung des Meisters, Mozarts selbst. Seine Geschichte handelt allein davon, wie Zerlinas und Masettos Duett im ersten Akt des *Don Giovanni* entstanden ist. Bis zur Niederschrift der einfachen, aber wahrlich bezaubernden Melodie führt der Weg über komplizierte Wechselwirkungen: Vom Pflücken der Orange (Adam ohne seine Eva im Paradies!) bis hin zum Kindheitserlebnis in Neapel, das durch die Frucht (beinahe schon eine Proustsche Madeleine!) in Erinnerung gerufen wird, und die Mozart der mit offenem Mund lauschenden herrschaftlichen Gesellschaft mit einer verblüffenden literarischen Fertigkeit vorträgt. Ähnlich anschaulich ist die Dämmerungsszene, in der das Finale des zweiten Akts entsteht. Dieser Mozart ist – auch wenn die Inspiration über verschlungene Pfade zu ihm gelangen mag – ein ausgesprochen bewusster Schöpfer, der stets seinen Geist und die Gelegenheit des Augenblicks nutzt und weiß, dass die Themen am Schopfe gepackt werden müssen, sobald sie aus dem Nebel des Bewusstseins hervortreten. Nein, dieser Mozart ist nicht die von Lange beschriebene romantische, etwas grillenhafte, tagträumend durch die Gegend irrende Gestalt; sein Geist ist nicht nur in der Musik, sondern auch in jeder anderen Sphäre sofort sprungbereit. Bei Mörike erzählt Mozart ebenso gut wie er komponiert.

6

Im Werk Mörikes reihen sich perfekt ausgearbeitete, makellos gerundete Novellchen und Anekdötchen aneinander und bauen auf der Grundlage des klassischen Kanons: Die Welt ist lückenlos darstellbar, und wenn sie lückenlos darstellbar ist, dann ist sie auch lückenlos erklärbar – was könnte diametral Hoffmanns fragmentarisch-arabeskenhaftem Weltbild entgegen gesetzter sein, in dem alles konturloser Entwurf ist und nur im Traum Plastizität erlangt? Die Welt bleibt zwar auch hier darstellbar und erklärbar, aber nur bruchstückartig und so, dass sich ihre Gesetze nur im Traum oder in einer Vision zeigen. Die Verzückung wirft uns eben aus der alltäglichen Bahn der Welt. In Hoffmanns Ästhetik ist die Welt nur eine Ansammlung von störenden und zu vernachlässigenden Tatsachen. Und es war nicht sein Anliegen, Mozarts Werk – das auf bestimmte Weise Teil der alltäglichen Welt ist – zu interpretieren. Oder falls doch, dann ist das zweitrangig. Sein Ziel war es in erster Linie, das Stück neu zu dichten, denn: „Nur der Dichter versteht den Dichter; nur ein poetisches Gemüt kann eingehen in das Romantische; nur der poetisch exaltierte Geist, der mitten im Tempel die Weihe empfing, versteht, was der Geweihte in der Begeisterung ausspricht." Hoffmann wollte dem Stück eine tiefere Bedeutung zukommen lassen. Dies ist jedoch nicht zu erreichen, ohne den *Don Juan* und das übrige Personal der Oper neu zu erdichten. Der erste Schritt dazu besteht darin, die bereits einmal künstlerisch erdachten Personen als selbständige Wesen und nicht als bloße Bühnenfiguren zu betrachten. Bei ihm ist Donna Anna, ähnlich wie Cherubino oder Elvira bei Kierkegaard, nicht Teil des Librettos. Das Textbuch verschmäht Hoffmann, wie wir gesehen haben. Für ihn ist eindeutig, dass Donna Anna mit Don Juan den Akt der Liebe vollzogen hat („Nicht gerettet wurde sie! Als er hinausfloh, war die Tat geschehen!"), was mitnichten bewiesen ist, im Gegenteil. Doch erweist sich dies als eine fruchtbare Verfälschung, denn so gesehen wird Anna zur potentiellen Erlöserin Don Juans. Das wirft die leidenschaftliche Frage auf: „Wie, wenn Donna Anna vom Himmel dazu bestimmt gewesen wäre, den Juan in der Liebe, die ihn durch des Satans Künste verdarb, die ihm innewohnende göttliche Natur erkennen zu lassen, und ihn in der Verzweiflung seines nichtigen Strebens zu entreißen?" Natürlich spürt Hoffmann, wie willkürlich das alles ist. Und vielleicht um dieses vollkommen absurde Vorgehen zu begründen, setzt er in einem phantastischen Schritt Donna Anna mit der italienischen Sängerin gleich, die die Donna Anna spielt, und löst damit die bereits von Mozart erschaffenen Personen aus dessen Werk heraus. Wenn Donna Anna lebt, wenn sie keine Person der erschaffenen sondern der wirklichen Welt ist, dann ist Zwiesprache mit ihr möglich, dann ist es möglich, dass Hoffmann, der Dichter, ihr zu einem anderen Schicksal verhilft als zu dem, das ihr die geschlossene Welt der Oper vorbestimmt hat. Um die Oper zu interpretieren, muss Hoffmann sie zerstören. Was er auch gründlich tut. Doch die dekonstruktivistische Tat rächt sich und zerstört ihrerseits wieder die Novelle. Einerseits treibt dies die Novelle in die Nähe des Essays, andererseits wird es unmöglich, dass sich die Novelle auf natürliche Weise, ohne jede Willkür entfalten kann. Und Hoffmann kann auch gar nicht anders, als seine Heldin umzubringen; der Tod der Donna Anna ist eklatant, aber auch die trostlose Pointe seiner Willkür: Wenn du mit deinen Figuren nichts anfangen kannst, bringe sie um! Irgendwie ist das auch Mozarts Rache an seinem ruchlosen Interpreten und seiner desertierten Heldin. Nein, warnt uns dieses Finale, aus den Werken gibt es keine Flucht: Wer aus seiner erschaffenen Rolle heraustritt, muss zugrunde gehen. An so etwas hätte Mörike nicht einmal zu denken gewagt. Das Personal des Don Juan besteht für ihn aus erschaffenen Figuren, deren Leben ausschließlich innerhalb des Werks gedeutet werden kann. Da ist es durchaus kein Zufall, dass er dem Entstehen der Figuren die meiste Aufmerksamkeit schenkt, während ihn, wie wir gesehen haben, auch die Beschreibung der Mozartschen Inspiration beschäftigt. Mörike beschreibt, wie Mozart Zerlinas und Masettos kleines Duett erschuf, er beschreibt, wie das Finale des zweiten Aktes entstand, und betont damit in jedem Moment, dass die Figuren des Werkes künstlich bis in die Haarspitzen auskomponiert sind und sich deshalb auf gar keinen Fall den Klauen ihres Schöpfers entwinden können. Mozart ist Gott, der seinen Gestalten, als er sie erschuf, eine endgültige und unveränderbare Biographie ersann. Wir, die Rezipienten, können sie hingegen nur bestaunen wie die Sterne am Himmel.

7

Mörikes Dramaturgie ist scheinbar vollkommen klassisch, ausgewogen und realistisch. Und obwohl Hoffmanns Novelle streng genommen von einer Oper handelt, ist es Mörike, der nicht weniger auf sich nimmt, als das Wesentliche an Mozarts Kunst mit den Mitteln der Erzählung darzustellen. Denn seine Novelle ist durchaus auch als eine epische Oper zu verstehen. *Dramma giocoso*, so lautet die Gattungsbezeichnung des *Don Giovanni*. Wir beginnen mit der narrativen Ouvertüre, die ruhigen Schrittes abfällt, uns mit den Tatsachen vertraut macht und den Ort des Geschehens preisgibt: die Wälder Mährens. Darauf folgt das erste, etwas komisch geratene Duett des Liebespaars: Madame Mozart nörgelt wegen des verschütteten Riechwassers, ihr Gatte besänftigt sie, damit sie Arm in Arm vor die Herrlichkeit der Natur treten. Die Szene endet mit der philosophischen Arie des Helden. Dem schließt sich eine Dorfszene an, mit Wirtshaus und Bestellung des Mittagessens. Darauf folgt Mozarts Ausflug in den Garten, sein Monolog und der Auftritt des Gärtners: Ihr gemeinsames Duett ist abermals eine treffliche Buffoszene. Konstanzes große Arie haben wir bereits erwähnt, bleibt noch das improvisierte Terzett „über Monsieur Bonbonnière“, das Mozart, Max und der Graf zum Besten geben – ebenfalls eine reine Buffoszene. Dass Mozarts mit wunderbaren Farben gezeichnete neapolitanische Darstellung über das Wetteifern der grünen und roten Barke und das Spiel mit den kleinen Bällen, welche Orangen nachempfunden sind, an sich schon eine in Prosa vorgetragene Oper oder musikalische Dichtung ist, spricht der Erzähler selbst aus, das heißt, er legt es der aufmerksam zuhörenden Eugenie in den Mund: „‚Mir deucht‘, so flüsterte Eugenie mit leuchtenden Augen dem Baron in einer Pause zu, worin sich jedermann beifällig über das eben gehörte aussprach, ‚wir haben hier eine gemalte Symphonie von Anfang bis zu Ende gehabt und ein vollkommenes Gleichnis überdies des Mozartschen Geistes selbst in seiner ganzen Heiterkeit! Hab ich nicht Recht? Ist nicht die ganze Anmut Figaros darin?‘“ Mörike vergewaltigt den Komponisten nicht wie Hoffmann; er bleibt dem kompositorischen Geiste Mozarts auf die Weise treu, dass er in seiner Novelle die Mozartsche Opernform, Mozarts kompositorisches Denken selbst zum Leben zu erwecken sucht. Das hat etwas Anmutiges und Heiteres.

8

Die Stunden der Heiterkeit verfliegen jedoch. Mozart reist aus dem Haus des Grafen ab und lässt eine enorme Leere zurück. Einem Gespenst gleich erscheint er hier und entschwindet wieder. Und funktioniert nicht sein ganzes Leben so? Sein Abgang ist ein Petit mort, und die sensible Eugenie spürt das genau. Mozart ist wie ein Komet, der sich nur kurze Zeit auf Erden aufhält, um dann erneut irgendwohin zu verschwinden; ein Genie, das sich selbst verzehrt, dessen Feuer ihn selbst an erster Stelle verbrennt. „Eugenien, von welcher vorzugsweise hier die Rede ist, weil sie das unschätzbare Erlebnis tiefer als alle ergriff, ihr, sollte man denken, konnte nichts fehlen, nichts genommen oder getrübt sein; ihr reines Glück in dem wahrhaft geliebten Mann, das erst soeben seine förmliche Bestätigung erhielt, mußte alles andre verschlingen, vielmehr, das Edelste und Schönste, wovon ihr Herz bewegt sein konnte, mußte sich notwendig mit jener seligen Fülle in eines verschmelzen. So wäre es auch wohl gekommen, hätte sie gestern und heute der bloßen Gegenwart, jetzt nur dem reinen Nachgenuß derselben leben können. Allein am Abend schon, bei den Erzählungen der Frau, war sie von leiser Furcht für ihn, an dessen liebenswertem Bild sie sich ergötzte, geheim beschlichen worden; diese Ahnung wirkte nachher, die ganze Zeit, als Mozart spielte, hinter allem unsäglichen Reiz, durch alle das geheimnisvolle Grauen der Musik hindurch, im Grund ihres Bewußtseins fort, und endlich überraschte, erschütterte sie das, was er selbst in der nämlichen Richtung gelegentlich von sich erzählte. Es ward ihr so gewiß, so ganz gewiß, daß dieser Mann sich schnell und unaufhaltsam in seiner eigenen Glut verzehre, daß er nur eine flüchtige Erscheinung auf der Erde sein könne, weil sie den Überfluß, den er verströmen würde, in Wahrheit nicht ertrüge."

Diese elegische – vielleicht in a-moll geschriebene – Schlussarie beschwört abermals romantische Ideen herauf; offenbar ist Mörike Hoffmann auch hier nah. Das Portrait des Genies, das in Sekundenschnelle erlischt, an seiner Kunst verbrennt, könnte ebenso gut das der Donna Anna sein, die unter der Last ihrer Kunst zusammenbricht, eben weil sie sich vollkommen mit ihrer Rolle identifiziert, weil sie sich nicht zu distanzieren versteht: „Indem sie über den Don Juan, über ihre Rolle sprach, war es, als öffneten sich mir nun erst die Tiefen des Meisterwerks, und ich konnte hell hineinblicken und einer fremden Welt phantastische Erscheinungen deutlich erkennen. Sie sagte, ihr ganzes Leben sei Musik, und oft glaube sie manches im Innern geheimnisvoll Verschlossene, was keine Worte aussprächen, singend zu begreifen. ‚Ja, ich begreife es dann wohl', fuhr sie mit brennendem Auge und erhöheter Stimme fort, ‚aber es bleibt tot und kalt um mich, und indem man eine schwierige Roulade, eine gelungene Manier beklatscht, greifen eisige Hände in mein glühendes Herz! – Aber du – du verstehst mich, denn ich weiß, daß auch dir das wunderbare, romantische Reich aufgegangen, wo die himmlischen Zauber der Töne wohnen!'" Ja, „nur der Dichter versteht den Dichter", Romantiker sind verwandte Seelen und ertragen die eiskalten Erscheinungen des banalen Lebens nicht. Das gleiche Grundgefühl hat auch der Ritter Gluck aus Hoffmanns bereits erwähntem Meisterstück, der neben seiner eigenen nur die Kunst Mozarts anzuerkennen bereit ist, und hier selbstverständlich auch nur den *Don Juan*: „Ich hatte es über mich gewonnen, einmal wieder ins Theater zu gehen, um meines jungen Freundes Oper zu hören — wie heißt sie gleich? — Ha, die ganze Welt ist in dieser Oper! Durch das bunte Gewühl geputzter Menschen ziehen die Geister des Orkus — alles hat hier Stimme und allmächtigen Klang — Teufel, ich meine ja ‚Don Juan'!" All dies entstammt dem Reich der Träume, und ebenso wie Donna Anna wurde auch der Gluck der Novelle von einer eiskalten Hand dort herausgerissen: „Alles dieses, mein Herr, habe ich geschrieben, als ich aus dem Reich der Träume kam. Aber ich verriet Unheiligen das Heilige, und eine eiskalte Hand faßte in dies glühende Herz! Es brach nicht; da wurde ich verdammt, zu wandeln unter den Unheiligen wie ein abgeschiedener Geist — gestaltlos, damit mich niemand kenne, bis mich die Sonnenblume wieder emporhebt zu dem Ewigen." Hoffmanns Ästhetik ist aristokratisch, die Mörikes demokratisch. Bei Hoffmann sprechen immer zwei Personen, Mörike hält opernhaft eine ganze Gesellschaft auf Trab; Hoffmann spielt Kammermusik, Mörike führt eine Sinfonie oder eine narrative Oper auf. Bei ihm greift keine eiskalte Hand in die Brust der Eugenie, sondern Mozarts weiche, anmutige Geisterhand.

9

Und diese Geisterhand (die mal eiskalt, mal warm ist) hat auch uns geführt, als wir uns bei den Genies untergehakt und gemeinsam mit ihnen die Welt der ihnen verwandten Genies betraten. Wir hätten dort wohl noch manche Zeit verweilen können, doch jetzt heißt es Abschied nehmen. Mörike, der große Dichter, hat sich mit einem schönen Gedicht von einem der unglaublichsten Genies der Musikgeschichte verabschiedet. Doch wir, wir einfachen Fährtensucher, wir Nicht-Genies, wie könnten wir als Abschiedsgesang etwas anderes wählen, als jene naiven, etwas dümmlichen, aber ergreifend warmherzigen Schusterreime, die der Tscheche Joseph Hurdálek, „Rektor des Generalseminars", einst dichtete, als Mozart nach der Premiere des *Don Giovanni* in Prag wieder nach Wien reiste:

Wenn Orpheus' Zauberflöte klingt,
Amphion in die Leier singt,
Dann wird der Löwe zahm, die Flüsse stehn,
Der Tiger lauscht, die Felsen gehn.

Wenn Mozarts Meisterspiel ertönt,
Wenn ungeteilter Ruhm ihn krönt,
Dann ist das Musenchor,
Dann ist Apoll ganz Ohr.

Aus dem Ungarischen von Thomas von Ahn

TYMOFIY HAVRYLIV

[MOZART, EINE REISE NACH GALIZIEN]

Das Vorwort zu meiner Übersetzung von Ferdinand Raimunds *Das Mädchen aus der Feenwelt oder Der Bauer als Millionär* ins Ukrainische brachte mich auf dessen Herkunft aus Böhmen. Das ukrainische „Bohemija“ hat neben der geographischen noch eine zweite Wurzel, die Bohemija der Welt der Kunst. Jeder Poet im weiteren Sinn (und dazu gehört auch der Maler, der Architekt oder der Komponist) hat zumindest zwei „Orte“, die den Namen Heimat verdienen – eine, die im Pass steht, und eine andere, die er mit allen Poeten teilt: die Kunst. Hat nicht Raimund geschrieben: „Man wollte mich zwingen, einen andern Stand zu wählen, als den eines Künstlers, aber ich konnte von meinen romantischen Träumen nicht lassen, und wollte lieber hungern, als meinem Entschlusse entsagen; ein Schicksal, welches mir im Anfange meiner Laufbahn reichlich zuteil geworden ist“? Wenn ich also von „Böhmen“ spreche, dann auch von jenem anderen Land „Boheme“, das keine Behörde in den Personalausweis einträgt und für das kein Antragsformular einen eigenen Punkt vorsieht. Von jener zweiten Heimat eben. Der Heimat eines Wordsworth, Keats, Rimbaud, Trakl, Raffael, Bosch, Grünewald, Dürer, Haydn oder Bortnjanski.

In besagtem Vorwort konnte mir nicht entgehen, dass die böhmischen Wurzeln des Wieners Raimund keine Ausnahme, sondern die Regel darstellen, wobei man anstelle Böhmens auch Mähren, den Banat, Galizien oder die Bukowina einsetzen könnte. Unveränderlich aber bliebe jenes andere, sakrale Land Boheme. Dieses ist größer als Mitteleuropa, vielleicht größer als ganz Europa. Ich weiß nicht, wie groß es ist. Ich weiß nicht, welche Landvermessung seine Grenzen festzustellen und abzustecken in der Lage wäre, in jedem Fall gibt es eine fatale Diskrepanz zu den engen und unbehaglichen Grenzen der Staaten und Kontinente.

Nur sehr selten und ausnahmsweise findet man Landstraßen, in deren einer Fahrtrichtung immer dichter Autoverkehr herrscht (Verkehr von Postkutschen? Fuhrwerken? Karawanen mit todmüden Treibern, deren Kleidung, Haare, Lippen und Zähne, ja selbst deren pastellfarben schimmernde Augen voll Sand sind?), wo man kaum jemals schneller als mit der Geschwindigkeit von Schnecken oder Schildkröten vorankommt, während es in der Gegenrichtung fast keinen Verkehr gibt, nur hin und wieder ein Gefährt, in dem in der Regel „Staatsmenschen", wie sie Bernhard nannte, sitzen, Beamte, in Friedenszeiten mit Aktentaschen, in Kriegstagen mit Waffen und Patronen bewehrt. So geschah es auch, dass sich durch eine Ironie des Schicksals unter diesen Beamten auch ein gewisser Trakl befand, der in diese Gegenrichtung fuhr. Dort schrieb er sein letztes und eindruckvollstes Gedicht *Grodek* und dort tritt er ab mit einem Rapport folgenden Inhalts ungefähr: „Ich bitte, mich von den Verpflichtungen auf dieser Welt aufgrund Wechsels meiner Bürgerschaft zu entbinden."

Und schon ganz selten kommt auf der Gegenfahrbahn die Equipage eines Musiklehrers daher, der nicht *aus* Galizien kommt, sondern *nach* Galizien fährt, auf Einladung irgendeines Grafen, zum Beispiel Victor Baworowskis. Der ans Ende der Welt fährt, in das völlig unbekannte Dorf Podkamienka bei Rohatyn, um dort die gräflichen Kinder in den Grundlagen der musikalischen Kunst zu unterweisen. Der fährt, um lange Zeit in der Abgeschiedenheit zu leben, in der Nachbarschaft meiner väterlichen Vorfahren, von Bauersleuten, Landbesitzern und Kleinhändlern. Der 1808 fährt, dem wahrscheinlich letzten Jahr, in dem Raimund als „Numero" süßes Gebäck im Burgtheater verkauft, bevor er sein erstes wirkliches Engagement bekommt. Die Freiheit ließ in diesem Krähwinkel noch lange auf sich warten und statt zum „Radetzkymarsch“ zu tanzen, beobachtete Europa den Vormarsch Napoleons im Osten, der soeben mit dem Charme seiner Bajonette Warschau unterworfen hatte. Seinen grandiosen Plan zur Völkerschlacht bei Leipzig wird Johann Josef Wenzel Graf Radetzky erst in fünf Jahren entwerfen und Johann Strauß Vater wird den Marsch zu seinen Ehren noch wer weiß wie viele Jahre später komponieren.

Natürlich könnte man den anderen Schlagbaum heben und somit wieder eine Grenze überschreiten, kehrtmachen, und von „Böhmen“ nach „Boheme“ fahren, einen Halt einlegen unter der Metapher der weit ausgreifenden Äste des mitteleuropäischen Stammbaums, mit so unterschiedlichen und fruchtbeschwerten Ästen wie dem tschechischen, mährischen, schlesischen, galizischen, buchenländischen, siebenbürgischen oder steirischen, mit all den anderen, nicht weniger gewichtigen Verzweigungen, und nach einer Rast in seinem Schatten die Reise auf einer der zahlreichen Straßen fortsetzen. Denn Straßen wird man viele finden, sie kreuzen einander, verlaufen parallel, verlieren sich und laufen auseinander. Aber kehren wir lieber zu unserer Straße zurück, hängen wir uns im Hubschrauber der modernen Zeiten einen Augenblick darüber und betrachten wir, wie da (bis in jüngste Zeit) der Verkehr in der einen Richtung lebhaft, in der anderen aber nur flau verläuft.

Während ich hinter den Fenstern der Equipagen, die in der Gegenrichtung unterwegs sind, so bemerkenswerte Fahrgäste erkennen kann wie die Vorfahren Freuds, wie Leopold von Sacher-Masoch oder Karl Emil Franzos, wie den von einer Reise zurückkommenden Hugo von Hofmannsthal, wie Bezirkshauptleute, Staatsbeamte von Post und Bahn, Gendarmen und Polizeikommissare, Großeltern, Eltern und Onkel berühmter Nachfahren und unversehens auch Joseph Roth selbst, den Gestalter unvergessener Figuren, den Hüter eines Skulpturenparks, der seinesgleichen sucht, während mir also die einen zuwinken – allemal, ohne dabei ihre Brokathandschuhe auszuziehen, freundlich und bisweilen sogar kokett zuwinken – und die anderen mich nicht bemerken – versunken, wie sie sind, in die Melancholie eines matschigen Herbsts mit seinen Raben auf unbelaubten Ästen beiderseits des Wegs (tatsächlich schon Herbst?), mit den Silhouetten von Krähen im Jesuitenpark, auf den Hängen eines Wronowskibergs oder in den Gärten und auf den Plätzen der eben erst verlassenen Stadt oder des eben erst verlassenen Städtchens, Orte, die sich ins visuelle Gedächtnis eingegraben haben, wo sie viel langsamer verschwimmen als vor dem Auge, das von Alters wegen schwächer wird, bis es erlischt – da also sehe ich die drei auffälligsten Gestalten, die auf der anderen Straßenseite, der halb leeren, in die andere Richtung fahren. Von diesen dreien soll die Rede sein.

Einer von ihnen ist Carl Joseph Baron von Trotta, (letzter) Spross jenes jungen Adelsgeschlechts, dessen Ahnherr nach der Schlacht von Solferino geadelt wurde, geadelt für die Kugel, die für den Kaiser bestimmt war, aber die Schulter des Kommandeurs eines Infanteriezugs traf, von da an Hauptmann Joseph von Trotta und Sipolje, Träger des Maria-Theresien-Ordens. Wenn wir von diversen Einquartierungen und Marschpausen absehen, so machte Joseph Trotta von Sipolje seinen ersten und letzten Halt übrigens in Böhmen, jenem ersten Böhmen, das auf den Landkarten verzeichnet ist und das Shakespeare ans Meer verlegt hat, vielleicht aber geht es auch um das andere Land Boheme, dem das ganze Leben, alle Gesichts- und Charakterzüge, Physiognomie und Physiologie des Kaisererretters angehörten. Ohne jenes andere Land gäbe es auch ihn nicht, den Helden von Solferino, und niemand hätte den Kaiser retten können, außer vielleicht Gott, aber Gott wird bei anderer Gelegenheit eingreifen müssen, und aus verständlichen Gründen kann der Kaiser Gott weder den Maria-Theresien-Orden noch eine andere Auszeichnung an die Brust heften. Zu Seiner Ehre wird er statt dessen eine Kirche des Dankes bauen lassen, die *Votivkirche*, in der größten der Städte, aus denen sich die Equipagen, die vor unseren Augen da unten so hurtig und dicht gedrängt Richtung Westen klappern, auf den Weg machen. Und nur er, der Enkel des Helden von Solferino, Sohn des Bezirkshauptmanns im böhmischen W., fährt in die andere Richtung, fast allein, auf gut zwanzig Werst vor und hinter ihm kein Gefährt außer den entgegenkommenden, fährt mit seinem Burschen Onufrij Kolohin in dessen Heimat, in der sich dieser unerlaubterweise vom Dienst entfernen und bleiben wird, vor den Gendarmen bei seiner Schwester versteckt, und wo man nur hoffen kann, dass man ihn nicht unter den Gehenkten finden wird, die der Leutnant Carl Joseph Baron von Trotta in der Nacht in ein Grab legen wird, das er mit dem eigenen Säbel aushebt, dass es zumindest nicht von Trotta sein wird, der ihn findet, auch das wäre schon gut. Auch der Enkel des Helden von Solferino wird dann dort bleiben („Das war das Ende des Leutnants", schreibt Roth), mit Eimern aus wasserdichtem Leinen in den Händen, die voll Wasser waren, das er den ukrainischen Bauern seines Zugs bringen wollte.

Der zweite war Trakl. Der schon erwähnte. Sein Schicksal, besser gesagt das Ende seines Schicksals, wird dem Schicksal des Leutnants Carl Joseph Baron von Trotta ähnlich sein. Auch Trakl wird Gehenkte sehen, er wird aber keinen Säbel haben, um sie gebührend zu begraben. Nicht einmal den so notwendigen Verband wird er haben. Im ganzen aber wird er glücklicher sein. Er wird es schaffen, von da herauszukommen. Er wird zurückfahren, auf demselben Weg, den er gekommen ist. Er wird leise abtreten, nachts, im Garnisonsspital von Krakau. Er wird eingehüllt sein im Novembernebel, überproportional mit Kokain gesättigt, mehr als mit H2O-Tröpfchen, mehr als mit Stickstoff und Sauerstoff, mehr als mit Ozon. Auch für ihn wird eine Kapelle spielen, wenn auch vielleicht keine Militärkapelle unter Nechwals schwarzem ebenhölzernem Taktstock. Ich bin sicher, dass bei seinem Abtreten viel mehr Menschen dabei waren als die Lebensbeschreibungen es behaupten und ich bin auch sicher, dass er sich in diesem Augenblick gar nicht allein, sondern im Gegenteil gut fühlte, so dass er alles klar und deutlich sah, und die Fülle der Farben und ihrer Schattierungen so saftig und nuancenreich waren wie nie zuvor. Er wird eine Spur hinterlassen. Er wird die österreichischen Lesebücher um ein nicht zu erschöpfendes Gedicht bereichern, dessen Zeilen – erhellt von seinem Profil oder (und) sein Profil erhellend – genau neunzig Jahre nach seiner letzten Kokainreise in granitenen Lettern auf eine Gedenktafel gestreut zu finden sein werden, die am Weg steht, den man dorthin nimmt und auf dem man von dorther zurückkehrt – oder nicht zurückkehrt. Denn streng genommen ist er gar nicht zurückgekommen. Genausowenig zurückgekommen wie Trotta.

Der dritte ist Mozart. Nicht der, den wir seit gut zweihundert Jahren beklatschen, der uns von den Parterre- und Logensitzen aufspringen und Bravo und Bravissimo rufen lässt. Nicht der, dessen festtägliche Töne auch nach einem Vierteljahrtausend, nach Swing und Jazz, Rock'n Roll und Rock, vor dem Hintergrund von Rap und HipHop, noch nicht pathetisch klingen. Nicht der, von dem man auch genug bekommen kann wie von einer Delikatesse, wenn die Portion zu üppig ist. Nicht der, der von Kugeln und Talern blickt, von Likörfläschchen, Kaffeehäferln und T-Shirts, von dem es so schizophren viele gibt. Nicht der, von dem Lexika und Romane, Partituren und Denkmäler handeln. Sondern der, der im *Österreich-Lexikon* im Artikel über Mozart nebenbei als Sohn Mozarts erwähnt wird, als einer von zweien.

Der dritte also ist Mozart. Franz Xaver. Franz Xaver Wolfgang. Gerade hat er sich entschlossen, die Einladung des Grafen Baworowski anzunehmen. Er sitzt im Reisewagen und fährt dahin. Durchaus möglich, dass er auf der gleichen Straße, zumindest bis Prag, unterwegs ist wie sein Vater im Jahr des Herrn 1787 in Begleitung seiner Frau, um seinen *Don Juan* aufzuführen, denselben *Don Juan*, für den sich später Trakl interessieren wird. Er wird übrigens ein paar Fragmente hinterlassen, es werden Variationen auf den Tod dieses Phönix der europäischen Literatur sein, dieses von der Zivilisation eingeholten Bruders des Ritter Blaubart. Sie werden den Einfluss Mozarts zeigen, zumindest der Mozart aus Mörikes Novelle (immer diese Literatur!) wird darin spürbar sein. Schließlich ist der Weg über Prag eine der möglichen Varianten jenes fast metaphorischen und zugleich realen und realistischen Wegs, von dem hier die Rede ist, an den sich meine Aufmerksamkeit heftet, und den ich selbst jedes Mal zurücklege, diese oder jene Variante wählend, etwas nördlicher oder etwas südlicher, geradeaus oder schräg oder gar im Zickzack, als käme ich vom Weg ab oder wollte jemanden vom Weg abbringen, mit Staus in beiden Richtungen, mit

Räder- und Spurbreitenwechsel an der Grenze. In meiner persönlichen Etymologie wird das Wort „Grenze“ immer mit dem französischen Wort *cœur*, Herz, zu tun haben, und so steht die Grenze in meiner Vorstellung immer als zerschnittenes Herz da, als ein in Stücke gerissenes Herz. Und selbst wenn man es eines Tages zusammennähen wird – und ich glaube fest daran, dass eines Tages, wenn die Medizin einen weiteren technischen Durchbruch schafft (dieser Durchbruch ist sicher nicht mehr fern), die Chirurgen es ganz bestimmt zusammennähen werden können – dann wird noch lange eine Narbe bleiben, selbst wenn man die allerfeinsten Nähte verwendet, feinere als die, die es derzeit mehr recht als schlecht zusammenhalten und sein Auseinanderbrechen verhindern. Die Schlagbäume gehen auf, und durch die geplatzten Gefäße pulsiert das Leben, mit seinen Schmugglern und Schleppern, Kontrabandisten und Kontrabassisten, denn was wäre ein Leben ohne Musik?

Möglicherweise macht er wie sein Vater Rast und wird wie sein Vater von derselben Frau begleitet, die diesmal nur in anderer Rolle ist, in der Rolle der Mutter. Möglicherweise geschah alles genau so, wie Mörike es sah und erzählte. Warum sollte es denn nicht so geschehen sein? Da es von niemandem sonst und anders geschildert wurde, geschah es genau so, wie wir es schon wissen. Möglicherweise hatte sich der Reisende, da er an einen Ort fuhr, den er auch auf den präzisesten Landkarten, selbst auf Generalstabskarten (hätte man ihm einen Blick darauf gestattet), nicht gefunden hätte, nolens volens mit der vagen Angabe Galizien begnügen müssen, das – wie er wusste – irgendwo dort lag, wo es nicht mehr weit bis zur Bruchlinie war, wo das Wort „Grenze“ in eigenmächtiger, um nicht zu sagen, unverzeihlicher Weise das Wort *cœur* in Stücke riss; möglicherweise war der Reisende – vor allem, wenn er doch allein gewesen wäre und sich alles doch anders abgespielt haben sollte, als der Romantiker Mörike es für seinen Vater erfunden hatte – der eintönigen Fahrt überdrüssig, auf der ihm auch die wechselnde Landschaft keinen Trost bot, möglicherweise hatte er den Weg satt, diese lästige Metapher, die verlangt, dass man sie geht und geht und deren teuflische Schwerkraft sich nicht überwinden lässt. Er überwindet sie trotzdem, tritt in den Straßengraben und hinein in den Tannenwald, atmet die harzige Luft ein, noch und noch, gierig, als läge nicht der September, sondern der Frühling in der Luft, obwohl vielleicht tatsächlich der Frühling in der Luft liegt, und er stillt seinen Hunger nach September, Pardon, Sauerstoff. Mörike zufolge passt der Herbst jedenfalls. Sowohl uns als auch ihm. Er bückt sich, bricht einen Pilz, preist die hochrote Farbe seines Schirms und stopft nach Kinderart die Taschen seiner Pelerine mit Tannenzapfen voll. Nun hat er so gar keine Lust, sich wieder in den Wagen zu setzen und weiterzufahren, möglicherweise weder weiter noch überhaupt zu fahren. Er ist Outsider. Wie schön ist es da, am Rande. Anders als Mozart ist Mozart wirklich Outsider. Outsider der Musikgeschichte und der Geschichte im allgemeinen. Outsider im Schatten des Ruhmes. Und wenn wir uns den Ruhm als Landstraße vorstellen, so steht er tatsächlich am Rande, im Straßengraben. Er steigt wieder in den Wagen und fährt weiter. Die Strecke vor ihm ist noch doppelt so lang wie die, die hinter ihm liegt.

Im Dorf Podkamienka erwartet ihn sein Zimmer und Vollpension auf Kosten des Grafen. Vielleicht findet sein Halt am Straßenrand, seine kurze Rast, sein verschämtes *escape* – auch wenn ringsum mit Ausnahme des Kutschers, damals noch Schwager genannt, auf seinem Bock keine menschliche Seele ist – nicht am Tag, sondern in der Nacht statt. Möglich, dass dies schon ein anderer Halt ist, der nächste, irgendwo in den Beskiden. Dieses Mal bückt er sich nicht, sondern richtet im Gegenteil seinen Blick nach oben, zum Sternenhimmel, plötzlich eine Illumination, die ihn so verschwenderisch – kein einziges Wölkchen – erleuchtet und die zu Boden geht wie Blätter vom herbstlichen Baum, tatsächlich kein einziger Hauch, kein Rauschen, Sternschnuppen fallen, er ist ihr Zeuge, sogar mehr als ihr Zeuge, fabelhafte Sternschnuppen, noch im Flug werden die Sterne zu Noten, gebären eine auf- und absteigende Melodie, Wiederholungen und Variationen, es tönt Musik, der Schwager sieht vom Bock aus zu, wie sein einziger Fahrgast – den ans Ende der Welt zu fahren er Gott weiß warum eingewilligt hat – mit dem Kopf im Nacken die Arme zu schwingen beginnt, der Schwager fürchtet, der andere habe den Verstand verloren, es wird ihm Angst und Bang bei dem Gedanken, in der Nacht ganz allein einem Verrückten gegenüberzustehen, doch die Pantomime geht zu Ende, der Reisende hört zu dirigieren auf, hört auf zu tänzeln und sich im Takt zu wiegen, alles endet gut, er setzt sich in die Mitte, der Sonderling, die Türen gehen knarrend zu, die Peitsche knallt, und dumpf klappern die Hufe.

Die Melodie verlässt ihn nicht, die wundersame Komposition, die er gerade erst gehört oder eher *gesehen* hat. Er dirigiert wieder, summt vor sich hin, der Schwager sieht und hört es nicht, das Klopfen der Hufe und Poltern des knarrenden Reisewagens zerreißt die Stille, ihre Fetzen bleiben neben und hinter dem Wagen, bevor sie langsam wieder zusammenwachsen und zu dem Ganzen werden, dessen ungeteilte Herrschaft so frech gestört wurde. Da erinnert er sich plötzlich. Es gibt ein bestimmtes Erinnern, ein Erinnern von etwas vollkommen Offensichtlichem und eigentlich Wohlbekanntem, wo man sich weder anstrengt noch versucht sich zu erinnern, alles geschieht von selbst, es ist wie eine Spalte, die sich mit einem Schlag von selber wieder schließt, das Gedächtnis stellt einen einfach vor eine Tatsache, die man im Grunde auch nie in Frage stellen wollte. Und er ruft *Donnerwetter* oder etwas in der Art, zumindest dünkt es den Schwager, dieses Wort zu hören, er ruft laut, lauter als das Hufeklappern und Wagenklirren. *Donnerwetter!* Er begreift endlich, dass diese Reise keine Verbannung und kein Exil ist, auch kein Gelderwerb, und dass die Einladung nur ein Vorwand ist. In Wirklichkeit geht es um Flucht, er flieht, versucht zu fliehen, zu fliehen vor dem Vater, vor all diesen Requien und Don Juans, pontischen und kretischen Königen, Apollos und Hyacinthen, Königinnen der Nacht und römischen Heerführern, aber sie sind hinter ihm her, holen auf, verwirren und täuschen ihn mit einem Sternschnuppentheater. Er begreift, dass er nie entfliehen wird können, dass ihm die Möglichkeit zur Flucht nicht gegeben ist.

Eingeschlafen träumt er, sein Vater sei Don Juan und er selbst sei Leporello. Diesmal bringt sein Vater Constanze mit, eine unglaublich schöne Frau, und da will er zum ersten Mal aufbegehren. Vielleicht ist er plötzlich selbst in zärtlichen Gefühlen zu ihr entflammt. Er, der ewige Wachtposten, und Gefühle? Er bemüht sich, den Eingang zu versperren, seine Rolle nicht zu verraten, ihren Sinn aber ins Gegenteil zu verkehren. Es gelingt ihm nicht. Er ist wie erstarrt. Er macht übermenschliche Anstrengungen, doch vergebens. Er will wenigstens etwas sagen und merkt, wie schrecklich langsam sich die den Gehorsam verweigernden Lippen bewegen, wohingegen die Buchstaben gewicht- und lautlos sind wie Engel, deren Flügelschlag man weder sieht noch hört. Der Schlaf ist leicht und kurz, er wacht auf, ja, er ist Leporello, wer sonst, Leporello, der Hüter der Partituren und Wächter der väterlichen Noten.

Mörike, der sich zu seiner Phantasie nicht bekennen möchte, legt sie in den Mund von Mozarts Frau Constanze, *Stanzerl*, die Mozart in seinen musikalisch-erotischen Phantasien (wie ließen sie sich trennen?) zur Spanierin macht, mit der er seine Idee von der doppelten Entführung, dem Verkauf in den Serail des Pascha Selim und der Befreiung daraus Gestalt werden lässt. „Mozart – ein Berliner" verliert aber nicht einmal in ihrem bezaubernden Mund etwas von der Schärfe der darin verborgenen historisch-kulturellen Kollision, des *cultural clash*. Mozart als Preuße? Mörike lässt zwei Versionen Mitteleuropas aufeinander prallen, die preußische (nördliche) und bayrisch-österreichische (südliche). Indem Mörike der einen Nahrung gibt, bestätigt er ihr Gegenteil, nämlich die Absurdität, sich Mozart als Preußen vorzustellen, und unterstreicht nur ein weiteres Mal die fraglose Zugehörigkeit Mozarts zu dieser *sanften Version*. Er ist nur innerhalb dieses *südlichen Projekts* denkbar, wo Italien nicht weit ist, und eher ein Hauch Mittelmeer denn eine Brise Ostsee weht. Geben wir dieses Projekt auf, eliminieren wir Mozart. Vater und Sohn. Don Juan und Leporello, sofern wir uns der Masken des Traums bedienen. Im Grunde geben wir damit Galizien auf, wohin Franz Xaver unterwegs ist und folglich – nach dem Grundsatz: Ohne Bestimmungsort kein Reisender, zumindest keiner, der dorthin fährt – auch Franz Xaver selbst.

Offensichtlich ist keines der beiden Projekte passend. Aber es lohnt sie aufzurollen, wie man alte Landkarten aufrollt, um festzustellen, wo sie von der Gegenwart abweichen, schließlich ist diese aus jenen hervorgegangen, ohne jene alten, vor Fehlern und Mängeln strotzenden Karten gäbe es auch keine modernen, präzisen und detailgetreuen. Einst selbst Projekte, sind sie heute Projektionen ins Projekt unserer Gegenwart. Naiv und unzulänglich, egozentrisch und wer weiß was noch alles, waren sie in gewisser Weise doch Vorläufer des Stabilitäts- und Demokratieprojekts von der Ostsee bis zum Schwarzen Meer. Vergessen wir zu guter Letzt auch nicht die Karte jenes anderen Landes, Boheme, die den Gesetzen einer anderen Kartographie gehorcht. Deren Karten veraltern nie, sondern werden mit jeder Stunde genauer und vollständiger, ein immer dichteres Netz von Namen überzieht sie, diese Kartographie bekennt sich zu ihrer Philosophie des Namens, auch Städte gibt es, große und kleine, Megalopolen und ihre Satelliten, *urbi et orbi* und schließlich auch die Straße nach Galizien. Mörike selbst hat sein Projekt *Mozart in Berlin* bescheiden als erträumte Zukunft bezeichnet, die – und hier fügt Mörike „leider“ hinzu – niemals erfüllt werden sollte. In Wirklichkeit bedauert Mörike nicht das Schicksal des berühmten Komponisten, das sich eben so und nicht anders ergeben hat, und nicht den Vorzug, den Mozart London oder Paris und natürlich Padua, Mailand und Venedig gegeben hat, wenn auch davon vielleicht etwas mitschwingen mag, Mozart hat ja in den letzten Jahren eine Reise durch deutsche Lande als Begleiter des Fürsten Lichnowsky unternommen. Mörike bedauert das Schicksal der Projekte, bedauert, streng genommen, dass sie nicht zu einem einzigen Projekt verschmolzen sind, über dessen mögliche fatale oder erfreuliche Folgen wir nie etwas erfahren werden, leider, oder zum Glück, zum Glück oder leider nichts erfahren werden, nicht mangels Zeit oder Platz in diesem Essay, sondern mangels Zeit und Platz in der Geschichte, um alternative Projekte der Vergangenheit aufzurollen, die nun einmal stattgefunden hat, die zur vollendeten Tatsache geworden ist, oder zur Tatsache, die ein Ende mit uns macht.

Er fährt nach Podkamienka, wo er, um das drückende Gefühl eines zyklischen Universums zu verscheuchen, seine Zeit mit Opernaufführungen verbringen wird, etwa mit *Le nozze di Figaro, commedia per musica* in vier Akten, wofür ihm Stimmen fehlen, die er deshalb mit Leuten aus der Dienerschaft und Bauern aus den umliegenden Dörfern besetzt, ich hätte gerne gesehen, wie sie italienisch singen und dabei verlegen ihre rauen Hände verstecken, von überall reist man an, um dieses Wunder zu schauen, Graf Baworowski übernimmt selbstverständlich die Partie des Grafen Almaviva (Bariton), und wenn die Bauersleute wieder heimkehren an den häuslichen Herd und zu ihren Äckern, erholen sie sich noch lange nicht von dieser Reise, die sie einer Laune des Sonderlings im Gutshaus verdanken, sie können nicht mehr zur Erde zurückkehren, sie gehen irgendwo auf dem Weg zwischen Galizien und Boheme verloren.

Er fährt nach Galizien, wo er seinen dreißigjährigen Aufenthalt nur selten durch kurze Reisen nach Wien und zur Familie nach Salzburg unterbrechen wird, wo er die meisten seiner Werke schaffen wird, von wo er sich ein letztes Mal entfernen wird, um in Karlovy Vary, dem böhmischen *Karlsbad*, zu sterben, nachdem er dieses Mal vielleicht die einzige Grenze in seinem Leben, die Grenze nach Boheme endgültig überquert haben wird. Geht es letzten Endes nicht auch Mörike um eine Reise in jenes Land, während die Fahrt nach Prag nur ein Vorwand ist, ein Weg, eine künstlerische Aberration? Für Mörike selbst war es eine Reise von der Romantik zum Realismus, mit der er den Weg von Mozarts Sohn fortsetzte, der diesen von der Wiener Klassik zur Romantik geführt hatte.

Freilich, man könnte über Mozarts Reise nach Galizien anders schreiben. Über eine andere Reise. Einen anderen Mozart. Nicht Franz Xaver Wolfgang, sondern Wolfgang Amadeus. In der Literatur lassen sich beliebige alternative und virtuelle Projekte aufrollen, lässt sich die Reise über Prag hinaus fortsetzen. Zum Beispiel in den Osten. Nein, ostwärts. Im Sinne einer Bewegungsrichtung und nicht eines Weltteils. Im Sinne Mörikes könnte man eine solche Reise mit Lorbeer- und Oleanderkübeln, mit *Pomeranzen* ausschmücken, oder mit der Partitur der *Hochzeit des Figaro*, mit Susannas Arie in der Szene im Garten, im Garten mit Alleen und gestutzten Sträuchern und im metaphorischen Garten, man könnte sie mit allen diesen Details der Entourage ausmalen, um von der Hauptsache zu reden, von den Brüchen der Tradition, oder genauer der Traditionen, vom Konglomerat aus Traditionen und durchgehenden Brüchen, schließlich von der Tradition des Bruchs, vom Bruch als Seinsgrundlage hier auf diesem Fleckchen *Festland*, wenn ich mir auch nicht sicher bin, ob dieses Wort angebracht ist für einen Ort, an dem der erste lange Regen die Wege unbefahrbar macht, für dieses Fleckchen Erde, wo die Grundlagen der Komposition und des Musizierens Franz Xaver, der Sohn Mozarts, lehrte und wo, trotz allem, Mozart erklingt. Eigentlich könnte man über *seine* Reise nach Galizien schreiben. Überlassen wir das aber den Musikwissenschaftlern und Musikhistorikern, den Chronisten der Geschichte Mitteleuropas, der Geschichte des *musikalischen* Mitteleuropa, in der es ziemlich verschiedene Abschnitte geben wird und in der verschiedene Orchester und verschiedene Chöre zu verschiedenen Zeiten ziemlich verschiedene Rollen ausfüllen werden, auch wenn sie dieselben Melodien spielen und ähnliche Lieder singen. Obwohl, worin besteht sie, die Rolle von Orchester und Chor? Ich schalte den Kassettenrecorder ein, lege eine aus Qualitätsgründen mit Chromdioxyd beschichtete Kassette mit dem *Requiem* ein, interpretiert von den Berliner (!) Philharmonikern unter der Leitung des Salzburgers Herbert von Karajan, unter Mitwirkung des Wiener Singvereins, irgendwo beim *Domine Jesu (Offertorium)*, also dem *Requiem*, das unter der Stabführung Franz Xavers und vom Cäcilienchor gesungen am fünften Dezember achtzehnhundertsiebenundzwanzig in der Kathedrale des Heiligen Jura, dem auf einer Anhöhe über dem Stadtzentrum von Lemberg gelegenen griechisch-katholischen Heiligtum erklang. Schallplatten, Kassetten, CDs, VHS' und DVDs veralten; was bleibt, ist er, dessen Musik sie übertragen. Ein neues Jahr bricht für mich an, das Jahr 250 n. M., nach Mozarts Geburt.

Aus dem Ukrainischen von Harald Fleischmann

Ferdinand Schmatz

[Das Schälen der Pomeranze (Eine Antwort)]

Das Ohr behaglich dem Geplätscher des Wassers hingegeben, das Auge auf einen Pomeranzenbaum mittlerer Größe geheftet, der [...] voll von schönsten Früchten hing, ward unser Freund durch die Anschauung des Südens alsbald auf eine liebliche Erinnerung aus seiner Knabenzeit geführt. Nachdenklich lächelnd reicht er hinüber nach der nächsten Frucht, als wie um ihre herrliche Ründe, ihre saftige Kühle in hohler Hand zu fühlen. Ganz im Zusammenhang mit jener Jugendszene aber, die wieder vor ihm aufgetaucht, stand eine längst verwischte musikalische Reminiszenz, auf deren Spur er sich ein Weilchen träumerisch erging. Jetzt glänzen seine Blicke, sie irren da und dort umher, er ist von einem Gedanken ergriffen [...] Zerstreut hat er zum zweitenmal die Pomeranze angefasst, sie geht vom Zweige los und bleibt ihm in der Hand. Er sieht und sieht es nicht, [...] daß er, die duftige Frucht beständig unter der Nase hin und her wirbelnd, [...] unhörbar zwischen den Lippen bewegend, zuletzt instinktmäßig ein emailliertes Etui [...] hervorbringt, ein kleines Messer mit silbernem Heft daraus nimmt und die gelbe kugelige Masse von oben nach unten langsam durchschneidet. Es mochte ihn dabei entfernt ein dunkles Durstgefühl geleitet haben, jedoch begnügten sich die angeregten Sinne mit Einatmung des köstlichen Geruchs. Er starrt minutenlang die beiden innern Flächen an, fügt sie sachte wieder zusammen, ganz sachte, trennt und vereinigt sie wieder.*

zu dichten also wäre:
das stück von der frucht,
die es nur gibt zu hören
oder zu sehen in worten,
die nicht sinn verorten,
sondern spielen lassen,
was sie wissend in töne giessen,
was dann spriessen kann im verstand
wie im herz, und so sich inwärts
wie außen am klang ihres körpers zeigt –

pomeranze
ist der wort
frucht leib
tönt vor
in herrlicher ründe
apfel und sünde
zu gleich
lockt den finger
an der hand
zu tasten
an zu rühren
tönen
rein
diesen zu frönen
als kommendes:
gesang,
der steigt von der hand
in den kopf,

* *In Mörikes „Mozart auf der Reise nach Prag" fand ich jene Stelle, die mich berührte und veranlasste zu fragen und zu zeigen, wie sich eine Begebenheit oder ein Gegenstand der sogenannten wirklichen Welt, in diesem Fall war es die Pomeranze, umsetzen lässt in das, was die Kunst der Musik und der Poesie versucht: in ein neues oder verändertes Stück aus Tönen oder Wörtern oder gar in einem?*

lösend den knopf
in der erinnerung

schnitt

prägt sich
ein stück vor
bewusstes klingt
im schauen an
schwingt sich auge
im zungen duft hin

gegeben
jetzt
zu greifen
ein wiegen
im kind da mals
südlich
im frucht reifen
land

findling
wird es
an klang binden dann
den apfel im fleisch
zum ganzen brocken
an schwellen süss
der bläser
mund
gefallen ein
zu weisen
der streicher
grund

– das alles liegt
bereit
auf in der hand
haltend ohne wurm
nährend das kommende
im kopf sich rührende –
als ob
als ob
die hand verschriebe
in entrückung,
dass verbliebe,
was triebe so stacheln
an zu musizieren
die pflückung

am stück
– aus klaren wie kurzen tönen,
auf die du dich in allen sätzen
zu vieren verstehst –
nicht zu kitten jedoch den sprung,
in dem der wurm im ansatz kriecht
aus der tiefe hoch
das joch zu tragen hat,
um, schwitzend
los zu winden,
frei zu mauern,
was die sitten stürzen
macht in mäulern,
die geträllert schwelgen,
und brüllend kugeln sich
im dreck durch lachen

das
ist nicht dein spiel,

der punkt im satz
führt weit über das ziel,
den sieg über die noten,
die toten hinaus
verdichtet lassen sich
diese lichten
im ohr des auges an hand
des verstands im herz
wiederum
ruhig sich schwingen
ein –
drehen im wenden
und sich versenken im
streben nach klarem,
das dem starren,
stoff
– aus leiter, sprosse, ton und lehm –
geist an schafft
in leiden schön

– sich einhaucht so
dem stück, das glück ist,
aber mit schatten,
die geworfen sind,
darin zu waten das volk
aus neapel
genau so
wie das im tempel
aus tölpeln –
doch gelungene züge,
lockern die zügel
gesungener hauer
deiner deutschen schweinerei

– die gassen werden
voll sein da mit
zu summen ist gebot,
nicht das von
– ehre vater tod –
darauf gepfiffen
zeigt es pfand an hand
der pomeranze, die ergriffen,
macht, was zwischen leicht und schwer
die mittel schafft,
und sich da zu gesellt
zum ton von früher, kühl,
nein, sie hitzt wie sünde
spitzt sie zu, was federt
blatt für seite ein gelenk
zupft sie im finger zeig das reine,
das, auch, gemeines der saite entlockt –

im ohr
den blick verführt
das auge um gerührt
zu schmecken,
was bindet den ton
– sei er gelb, sei er rot,
haut, fleisch, frucht jeden falls –,
bildet sich, entkernt, ein
im fluss durch und durch

uns in freude, nicht furcht,
eine furt ist da auf,
ein ringen unter den rinden,
dort
sich lösend zu finden
der apfel gerollt singend

von punkt zu punkt
in noten (ohne nöten)

bis der
biss
er folgt
– und ein riss gehen wird
durch die schneide wandern,
ab tastend vom weg, im wechsel
– nicht stolzierend – auf der fuge tour
entwickelt sich gedrechseltes
schönes im sanften drall,
ein sich er geben
an drehung im fall –
geht es ein und hinauf
steigend die leiter,
gestrichen löst sie
sich im gefälle
plätschernd
zweigknisternd
in ruhe
still
ohne ziel
zum
schweigen
hin auf
um
den ton – nicht laut, über den gedanken zu zeigen,
wird nicht in das fleisch der zahn gehaut,
die lippe benetzt das blatt beschaute
um zu lenken ins unvertraute
all es
– und das tut
über den mut hinaus

gut

– also,
kann ich das sagen im verse
oder nur ferse geben,
es dreht mich so wie so
mit der terz fort,
schmollend oder turtelnd
weiss auf schwarz ist
zier wie rat darin verrat,
der sich gibt als tat –
sache des edlen hehren,
sie zu verwehren (wie schon gesagt)
muss ich erhören dein spiel

also, lass ich es,
komm, ich lass es –
los,
bin bloss,
verliere aber nicht den stand,
finde halt im nächsten –
fräulein vom land oder ort
oder anderer formen rand –

schwärz dich dort
mit meinem wort(sport) an,
zarter du, edler –
star mit und ohne gefieder,
dein haar lockt,
aber das deines tieres ist ab
gebrockt,

was bleibt –
keine frage

des vogels an den wurm,
der apfel ist
durch und durch
kern –
ist
immer fern
so nah,
lässt riechen uns
die fasern ihrem ton nach fein,
als glieder, muster
– aus tönen wahrhaft nicht zuviel –
stimmen sie an nie das feige,
kosten nur als frucht sie
aus bis hin zur neige,

gewandt aber füllst du das
wieder auf wie im guten das böse –
das messe ich nicht, ich lese auf,
was da steigt und steigt
mit dem star sich schwingt
auf an stimmen im chor,
beflügelt den tor in mir zu öffnen:
beissend den fort satz aus,
um, bestürzt, fallend
ganz sachte auf ein mal
gelöst in verführung –
unten heftig zitternd
mich wieder zu finden
gewicht los werdend
im
wort gepflanze
der
pomeranze
als ton verlangend

berührung, die bleibt,
an früchtchen
in mir
– weiter, so –
treibt

GERHARD RÜHM

[MOZARTLITANEI MIT MEINUNGSUMFRAGEN ZUM MOZARTJAHR 1991]

mozartstrasse
mozartplatz
mozartsteg
mozartstadt
mozartdorf am wolfgangsee
mozarthaus
mozartgeburtshaus
mozartwohnhaus
mozartgedenkstätte
mozartmuseum
„welche musik hören sie am liebsten?"
„die musik von mozart."
mozartforschung
mozartgesellschaft
mozartgemeinde
mozarteum
mozarteumorchester
mozarteumquartett
mozarteumchor
mozartgesangswettbewerb
zaubertöne – mozart in wien
salzburger landesausstellung mozart – bilder und klänge

„wer ist ihr lieblingskomponist?“
„natürlich mozart!“

mozartgesamtausgabe
mozartüberarbeiteteausgabe
mozartneuausgabe
mozartvolksausgabe
mozartliteratur
mozartliteraturausgabe
mozartjahrbuch
mozartgedenkschrift
mozartbildbiographie
mozartphantombild

„was heitert sie am besten auf, wenn sie schlechter laune sind?“
„die musik von wolfgang amadeus mozart.“

mozartdenkmal
mozartbüste
mozartgedenktafel
mozartplakette
mozartmaske
mozartleiberl
mozartfilm
mozartroman
mozartnovelle
mozartanekdote

„wenn sie sich nur ein musikstück auf eine einsame insel mitnehmen dürften, für welches würden sie sich entscheiden?“
„für die kleine nachtmusik von wolfgang amadeus mozart.“
„dachte ich mirs doch!“

mozartwoche
mozartjahr
mozartzeit
mozartfestival
mozartbriefmarke
reisebüro mozart

mozartexpress
donaukreuzer mozart
boeing mozart
hotel mozart
„welcher komponist ist für sie der grösste?"
„wer sonst als mozart?!"
café mozart
mozartstüberl
mozartkino
mozartzopf
mozartkugel
mozartpastetchen
mozartbecher
mozartkuppel
mozartschnitte
mozarttaler
„wenn sie von drei komponisten einen aussuchen müssten, welchen würden sie wählen?"
„auf jeden fall mozart."
mozarteis
mozartknödel
mozartpolsterl
mozartrolle
mozartteller
mozartliqueur
mozartparfum
mozartsekt
mozartzigarre
mozartbanknote
„welche art von musik legen sie daheim am häufigsten auf?"
„mozart und die beatles."
„wie vielseitig und originell!"

(1991)

Margret Kreidl

[Ouvertüre, Klemmfut, Mozartkugel]

Die Ouvertüre besteht aus einem Satz.
Die Naturtrompete läßt einen fahren.
Das M spielt man mit der Hand.
Lampenfieber macht die Finger kalt.
Es gibt gekochte und gesungene Knödel.
Der Jalousieschweller muß getreten werden.
Ich bin das Instrument.
Das Hauptwerk ist männlich.
Das Genie ist ein halber Vogel.
Die Fuge schlägt die Schlange in die Flucht.
Vom Es kommt man zu Eva.
Das Duett ist kein Gespräch.
Der Chor weckt die Toten.
Das Blatt liegt im Mund.
Der Ansatz ist wichtig.

Frau Direktor Klemmfut
Verkehrsminister Duttelsheriff
Kardinal Kuttenhengst
Pressesprecher Afterpfleger
Hofrat Fotzenspitzel
Gräfin Wichsstein
Kammersänger Furzfänger

Fürst Arschbürster
Kommerzialrätin Hodentanz
Honorarkonsul Tintenbrunzer
Kanzler Vizeschwanz
Landeshauptmann Bauchhutscher
Hansi Hinternputzer
Botschafterin von Brunzbusch
Professor Fotzenhobel
Frau Doktor Tropfloch
Bezirksrat Darmzitterer
Staatssekretär Hosenseicher
Graf Staudenscheißer
Generalmajor Büchsenspanner
Diplomingenieur Dosenpolierer
Johanna Schwanzklammer
Baron Lochschwager
Haubenkoch Taubenficker
Präsident Futbläser
Theaterdirektor Busenpapa
Generalintendantin Bumsmama

Ich habe Mozart als Mozartkugel kennengelernt, bei meiner Oma. In ihrem Schlafzimmer war eine Psyche und in einer Schublade, in der süßen Schublade, waren Mozartkugeln und Ildefonso versteckt. Bei meiner Oma hat es immer Mehlspeisen gegeben – Strudel, Aufläufe, Kuchen –, und die gekauften Süßigkeiten waren etwas Besonderes.

Zuerst auspapierln, dann die Kugel, die dafür fast zu groß ist, in den Mund nehmen und die dunkle Schokoladeschicht ablutschen, die Kugel, die jetzt kleiner und heller ist, aus dem Mund nehmen und die helle Nougatschicht essen, und zum Schluß den grünen Marzipankern mit den Fingern zusammendrücken und essen.

Einmal in der Woche sind wir mit Oma in die Stadt gefahren, meine Geschwister und ich, zum Einkaufen, die Tante besuchen. Dann sind wir durch die Getreidegasse zur Konditorei Bärthlein gegangen. Das war eine kleine Konditorei, die es schon lange nicht mehr gibt, mit ein paar Tischen und zwei dicken Damen. Die eine ist hinter der Registrierkasse gestanden und die andere hat uns heiße Schokolade mit einem großen Schlagobersgupf serviert. Oma hat ihr immer erzählt, daß heute vor Mozarts Geburtshaus wieder besonders viele Japaner stehen, ganze Busladungen voll, wo die immer herkommen? Um halb vier hat Oma gezahlt, damit wir den Bus nicht versäumen, und Ferdinand hat von der Dame hinter der Kasse noch eine Mozartkugel bekommen, weil er der Kleinste war. Dann sind wir zur Bushaltestelle gegangen, und die Japaner sind immer noch vor Mozarts Geburtshaus gestanden.

Adam Wiedemann

[Aus den Legenden von Mozart]

1.

Einmal wurde Mozart um ein Konzert am Hof des italienischen Fürsten Aldo gebeten.

„Aldo? Aldo! Das kommt mir bekannt vor", sagte Mozart. „Ah, il Do!"

2.

Mozart in Schottland. Dezember. Unter dem Plaid friert es ihn an den Füßen.

„Habt ihr hier denn kein Thermophor?", brüllt er seine Bedienerin an.

„Leider nein, mein Herr, zu diesem Zwecke verwenden wir ausschließlich die Bettpfanne."

„Ich mag Jude sein, Chassidim, auch Kabbalist", sagte Mozart, „aber eine Bettpfanne dulde ich nicht in meinem Bett, da sterbe ich lieber beizeiten."

3.

„Welche Zunge?", sagte der König von Neapel, der, wie Mozart, sieben Sprache sprach.

„Ein zudringliches, längliches, unfeines und plattes Ding", antwortete Mozart.

„Französisch also?"

„Französisch ist vortrefflich, philosophisch und spritzig, freilich nur unter der Dusche, die ich nicht öfter als halbwöchentlich anwende."

„Weshalb denn so selten?", fragt der König.

„Ich gebe dem Wannenbad den Vorzug."

„Dann also Spanisch?"

„Spanisch! Oh là!"

4.

„Ich möchte was essen", sagte Mozart beim Empfang des Königs von Belgien, „und weiß nicht was."

„Ein Gelee vielleicht?", scherzte die Königin, und als sie in Mozarts Augen einen Anflug von Akzeptanz zu erkennen glaubte, fügte sie hinzu: „Ein Gelee?"

„Ein Gelee, ja, ein Gelee!", griff der König den Gedanken auf, obwohl konstitutionell gesehen maximal im Fürstenstand.

„Oh ja, ein Gelee, ein Gelee!", zwitscherten dienstfertig die Hofdamen.

„Gelee also", befand Mozart, wie immer zufrieden und wohlerzogen.

Seitdem speiste man bei Hofe den ganzen Tag lang Gelee. Man ließ es eigens aus dem Elsass herbeischaffen.

5.

Mozart in der Verbannung. Der Frost lugt allen in die Wäsche.

„Wir könnten ja Scheiße anzünden?", schlägt Mozart, mit innovativem Geist begabt, vor.

„Scheiße? Woher sollen wir die denn nehmen, he?", die Genossen aus der Baracke halten sich ihre nicht vorhandenen Bäuche.

„In der Tat", Mozart krümmt sich, „man gibt uns ja nichts zu essen ..."

...

„Kommt, rauchen wir Scheiße", witzeln bis heute die russischen Ex-Dissidenten bei einer Zigarette, ohne zu wissen, wer ihnen damals Gesellschaft geleistet hat.

6.

Mozart am Hof des albanischen Königs. Er zündet sich eine Zigarre an.

„Zigarren kann ich nicht leiden, die haben einen amerikanischen Nachgeschmack", betont der König.

„Ich rauche nur kubanische", insistiert Mozart. „Gibt's hier eine Schale für meine Asche?"

„Wohin immer du deine Asche zu Boden fallen lässt, ich werde dein sein", flüstert Königin Melisanda ihm ins Ohr.

7.

Mozart lauscht dem Gesang der Vögel.

„Diese Vögel", denkt er, „singen wie Profis."

8.

Mozart spielt vor der Königin von Österreich sein berühmtes *Requiem*.

„Das ist so herzzerreißend", sagt die Königin, „dass man hüpfen möchte."

9.

„Vor dir habe ich, zum Teufel, wirklich Respekt!", sagte ein Kollege zu Mozart, „du kannst leben davon!"

„Wovon denn, wovon?", fragt Mozart wie ein Kuckuck.

„Genau davon", grinst da der Kollege ruckzuck.

10.

Einmal fuhr man den siebenjährigen Mozart im Schlitten zur Messe nach Austerlitz, damit er sich den berühmten Kanon einpräge, der dort vorgetragen wurde. Als Mozart zurückkam, wollte er aber den Kanon nicht spielen.

„Hast du ihn dir denn nicht gemerkt?", fragte man ihn.

„Der Kanon war flau", antwortete Mozart, „den hab' ich mir nicht merken mögen. Vielleicht wollt ihr aber meinen hören, den ich auf dem Heimweg komponiert habe, im Schlitten?"

Man hatte keine Lust.

11.
„Könnten Sie auch eine Hundeoper schreiben?“, fragte der Fürst von Samosierra Mozart.

„Über welche Hunde verfügen denn Eure Hoheit?“, antwortete Mozart.

„Pekinese, Schnauzer und Dogge“, teilte der Fürst mit.

„Ein vorzüglicher Stoff für ein Terzett“, Mozart höchst erfreut. „Der Librettist sollte sich gleich mit dem Frühwerk von Mario Vargas Llosa vertraut machen.“

„Aber wozu denn?“

„Dazu“, sagte Mozart und gackerte in der Stellung einer missbrauchten Henne.

12.
Mozart unterwegs in den Alpen. Er rettet eine Bürgersfrau, die ausgeraubt wurde, und nimmt sie zu sich in die Kutsche.

„Welcher Schätze hat man Sie denn beraubt, gute Frau?“, fragt er.

„Ach, nur ein paar Hemden meines verstorbenen Mannes.“

„Sie wollten also jene Hemden feilbieten?“

„Was hätt' ich sonst mit ihnen angefangen? Ist doch gute österreichische Ware.“

„Dann sind Sie also wie ich, der ich in dieser Kutsche hier, was ich gestern fabrizierte, nach Italien bringe?“

„So ist's. Aber wenn's zu fragen erlaubt ist: Was verfertigen Sie?“

„Musik, teure Frau.“

„Na, für Musik, da hat der Meine aber einen schönen Batzen ausgelegt ...“

„Von mir bekommen Sie sie, meine Liebe, umsonst!“

„Na also.“

13.
„Kommt, spielen wir Badminton!“, schlug die Fürstin von Calembour Mozart vor.

„Mein Federball ist unmöglich zu treffen“, antwortete Mozart gelangweilt.

14.

Einmal begegneten sich Mozart und Cioran.

„Die Welt wird untergehen“, sagte Cioran.

„Na und, was hab’ ich davon, wenn sie ja eh nicht untergeht“, antwortete Mozart.

„Die Psychoanalyse wird eines Tages diskreditiert sein, daran gibt’s keinen Zweifel“, sagte Cioran.

„Na und, was hab’ ich davon, wenn es ihn ja doch gibt“, antwortete Mozart.

15.

Einmal bot die Marquise von Pomme de Tour Mozart eine Auster an.

„Abstoßend lüstern, aber in ihrer Roheit streng“, sagte Mozart und aß sie auf.

16.

„Diese Arie hat zu wenig Gelächter“, kritisierte der Fürst von Bosnien Mozart.

„Das war keine Gelächter-Arie, sondern die Kürbisgewächs-Arie“, entgegnete Mozart.

„Worüber haben dann alle so gelacht?“

„Darüber, dass der Fürst einen Wanst hat wie eine Wassermelone, über den man nie genug lachen kann, nicht einmal bei meiner Arie“, sagte Mozart und verbeugte sich manierlich.

17.

„Wo ist das wahre Leben?“, fragte der König von Laubsägonien Mozart.

„Das wahre Leben ist hier“, sagte Mozart und zeigte auf seine Achselhöhle. „Wenn ich Geige spiele, strömt mir von hier das wahre Leben zu.“

„Mir aber“, schnupperte der König an seiner eigenen, „nur alte Datteln.“

18.

Mozart hatte einen Hund, Rexele. Einmal lief Rexele fort und kam nicht wieder.

„Wo ist denn ’s Rexele? Wo ist mein Rexele?“, jammerte Mozart.

„Von der Brunft getrieben, hinausgetrieben“, antwortete seine Frau Constanze.

„’s Rexele verschieden?“, schrie Mozart erschüttert und stellte schleunigst sein berühmtes *Rex Tremendae* fertig. „So wandelt sich Kleines in Großes“, sagte er zufrieden nach getaner Arbeit zu seiner Frau.

„Hoffentlich reicht’s für die Erdäpfel“, scherzte Constanze und ließ heimlich den Kater zur Hintertür raus. Er hieß Futaki.

19.

Mozart ist zu einem großen Teil wahr, zu einem anderen, gleich großen, aber überhaupt nicht. Beide Teile vertragen sich bestens.

Aus dem Polnischen von Marlis Lami

Herbert Maurer

[Anus Ani Ano Anum Ane Ano]

Bruchstücke einer Korrespondenz,

zugeschrieben einem Herrn Amadé Mozart und jener Sopranistin, die heute noch auf einem Gottesacker nahe Czernowitz begraben liegt und dortselbst als „Wienerische Amselin (sic!)" einige Verehrung genießt und die Urgroßtante Theodor W. Adornos gewesen sein soll. Dieser nannte sie nur „meine geile antin" (sic!).

Über die Funktionsweise der von Mozart mehrmals angesprochenen Lichtmaschine ist weiter nichts bekannt. Bei dem „Gefährt" wird es sich wohl um das frühe Exemplar eines Renaults gehandelt haben. In der Korrespondenz finden sich auch überraschende Proben einer Mozart'schen „poeterey", die sich der Musik unschwer unterlegen lässt.

Sehr geehrte Clothilde ? Herzerl mit Schnorchel ! Scherzerl der Morchel !

Dass der Himmel heute so gut beleuchtet ist und auch gestern ganz ausgezeichnet beleuchtet war, ist sicherlich Ihrer Lichtmaschine zu verdanken. Ich sehe das treue Teilchen vor mir, wie es von Osten nach Westen schnurrt und sich abends, noch ganz heiß vom Fliegen und Leuchten, ein bissl elektrisch gar, in Ihren Schoß legt, um geölt zu werden. Auch mein Magen unternimmt schon Anstrengungen, es Ihrem teuren Maschinchen gleichzutun und ich möchte mich nicht wundern, wenn eines Tages im Bauch die Sonne Ihnen zu Ehren aufgehen wird. Kenia scheint ja wildromantisch sein. Ich kann es meinerseits gar nicht mehr erwarten, Sie im Kakianzug und mit Tropenhelm auf dem Gipfel des Kilimandscharo stehen und in die untergehende Sonne blicken zu sehen. Ich werde Ihnen die schönsten Antilopen schießen.

Hier der Morgenvers:

Der Gepard mit sieben Zähnen
liebt die Tochter der Giraffe
wenn die beiden nächtlich stöhnen
freut sich auch der Mondscheinaffe

In der Hitze der Savanne
trinkt Giraffin Dattelwein
Ihr Gepard in seiner Wanne
könnte auch ein Taucher sein

Und er liebt Safariregen
wenn sie ihren Hals benetzt
auch die Augen mag er mögen
und das Messer, das sie wetzt.

Sehr geehrte Clothilde ? Stinkende Bombe ! Sinkende Plombe ? Winkende Seifin ! Winternde Reifin !

Im Hinblick auf Ihren breiten Beckenboden, ob von oben oder von unten einerseits und meinen in der frostigen Singularität eher schmalen Schwanz kann ich mich des Verweises – ja gar der Allusion – auf die lateinische Grammatik nicht erwehren, die vor allem in der genitivischen Region der 1. Deklination in erfrischender Klarheit den Unterschied der Geschlechter an den Tag legt.

So ist der Genitiv singular im Femininum ein erstaunlich breiter – nämlich -ae, während das genitivische I der maskulinischen Deklination an schmerzlicher Schmalheit nichts zu wünschen übrig lässt. Überhaupt beherrscht das a – ob als Vokal oder als Ausruf von was weiß ich was – wie ein breiter Horizont oder ein breiter Mund die Welt, in der wir leben ...

Fortsetzung folgt

Sehr geehrte Clothilde ? Genitivin dieses Dienstags ! Dativin mit Dattel ! Akkusativin und Akkumulatorin !

Ausgezeichnet, das haben Sie gut gemacht, sehr brav. Üben Sie nun das Gelernte, schnell gesprochen, mit einem halben Pfirsich auf der Zunge, anhand der folgenden Vokabeln: Hasenfus (der Zarte), Zuckergus (der Harte), Überdrus (die Schwarte), Erpus (gefiedert und nicht gebraten, geschüttelt und nicht gerührt) sowie anus (der Arsch), sie werden sehen, der Pfirsich auf Ihrer Zunge wird sich alsogleich ins Kompottische transzendieren, was man von Marillen (vor allem den Dativ-Marillen oder den Quadrill-Datteln) erst im Laufe der vierten Deklination wird behaupten können. Wir sind ja noch bei der ersten und deklinieren noch nicht einmal das Feminin ...

Über das Lichtmaschinchen nächstens mehr, deklinieren Sie, oh Clothilderl, deklinieren Sie nur

Herr Amadé

Sehr geehrte Clothilde ? Ventilatorin meiner Sinne ! Deklinatorin der Sonne ! Registratorin der Tonne ! Imperatorin der Wonne !

Als das Lichtmaschinchen, das jetzt so libellisch in ihrem Motor mit seinen Silberflügeln flattert, noch nicht ins Schmetterlingsnetz des Mechanikers gegangen war, flog es über das schlafende Wasser nahe der Stadt Tamburin. Diese ist, auch wenn es trocken ist und trübe, von einigen Bächen umgeben, die bergauf und bergab fließen, als wollten sie um die Wette rinnen. Ich selbst war einer der Elektriker dieser Bäche und watete stets auf und ab, sprang von einem Magnetstein zum anderen, tauchte in den tieferen Stellen nach den regenbogenfarbenen Forellenbatterien und war auch sonst in der Stadt sehr angesehen. Da ich das Pissen so liebte, hatte mir die Stadt einen eigenen Brunnen zugestanden, wo ich ganze Nachmittage lang Wasser lassen konnte. Es war mir auf meinem Brunnenpodest nicht unlieb, meinen Schwanz in der Hand zu halten, das Plätschern zu meinen Füßen zu hören, in die Sonne zu schauen und in der Ferne, am Rande Tamburins, das Glitzern der elektrischen Bächlein zu erahnen. Nicht nur die 50 Volt-Spatzen, eine Erfindung des singenden Stadtrates Ohneflüh, flatterten um mich herum, auch ihr Lichtmaschinchen gab mir die Ehre und umschwirrte meinen Kopf, mit dem ich zwar träumte, aber nicht schlief, da ich ja schiffte ...

Herzlichst
A. wie Anus

Sehr geehrte Clothilde ? Lichtmaschinchen meiner Motornacht ! Elektrilla mit dem Triller !

Gestern habe ich mich sehr geehrt gefühlt, in Ihrem zarten, zerbrechlichen und doch so liebenswerten Gefährt, das wie ein fahrendes Hirnkistchen über Stock und Stein zu fliegen pflegt, sitzen zu dürfen. Vor allem darf ich Sie zu dieser wunderschönen Lichtmaschine beglückwünschen, wiewohl ich Ihnen, wie schon gestern angedeutet, viel lieber eine solche aus dem allbekannt duftenden Zirbenholz zu schnitzen bereit gewesen wäre. Während mir die zirbenhölzerne noch im Hirne vorschwebt und mich vorzüglich im Wachzustand gleichsam umflattert, habe ich von der echten, der tatsächlichen, ihrer eigenen, die wohl nicht so schön verziert und duftend in den eisernen Abgründen des Motors wie ein Mailibellchen schnurrt, geträumt und wunderbare Dinge mit ihr erlebt, die ich Ihnen heute im Laufe des Tages gerne schildern will.

Herzliche Clothilde ?

Hier ein kleines Kampfliedchen

Nackt mit einem Bomberhütchen
schön geschmückt mit der Kanone
Blas ich in mein Feiertütchen
ohne Röckchen, unten ohne.

Wutentbrannt mit drei Tschinellen
und dem heißen Schießgewehr
jagen wir nach Dauerwellen
oder einem Polensir.

Friedlich rauchen die Ruinen
ziemlich süß riecht Menschenfleisch
Denn wir lieben unsre Minen
oder lieben uns im Himmelreisch.

Clothilde ?
Jüngin, komm bald wieder, Züngin, spitzer Flieder, Züngin unsrer Lieder !

Zu feierlichen Anlässen sollte natürlich lateinisch gesungen werden oder wenigstens in alkmäischen Strophen, der Einfachheit halber und damit der Topfen nicht ranzig wird, bleibe ich bei unserer geliebten teutschen Damenzunge, die wir alle so gern im Mund haben – also doch Hölderlin?

Sie wandeln droben im Licht
seliger Traum eines Vogels
Sie zuckern und haben nicht Gicht
oh mehliger Schaum eines Kogels.

Der Topfen ist heilig und seiden
flüstern die Genien ohne zu kochen
Dionysios fickt unter Weiden
ziemlich in Butter schläft unser Rochen ...

Liebste Clothilde?

Das ist ja furchtbar traurig, was da von Ihnen in den frischen Morgen hinausgetrillert wird. Die Einsamkeit der Fresser und Verschlinger, der Gieralde und Kannibalen erinnert ein wenig an Weinheber. Mögen Sie in der Tat meine Weinheberin sein?

Nebstbei: Ich habe in den letzten Wochen wieder 7 Kilo abgenommen. Vielleicht kann ich Sie mit dem folgenden Lied aus der Morgentrauer herausziehen wie eine Schwimmerin aus dem Tränensee ...

Hätt ich einen Storch faschiert
Oder zwei Matrosennieren,
Meine Mütze wär kariert
Und ich könnte Sie verführen.

Zarter als ein Engelfleisch
Bei den wilden Weihnachtsfeiern
Du, fransösisch Himmelreisch
Lass uns auf dem Bett anheuern !

Was meinen Sie, da ist doch keine Kalorie oder Bruttoregistertonne zuviel?

Mit verbindlichen Grüßen darf ich Ihnen ein paar Guten-Morgen-Liedchen übermitteln ...

Ziemlich in der Frühlingslaube
Zwischen Erdbeern und Tapeten
Schläft die linke Brombeertaube
Mit den rechten Trauerkröten

Ihre Eier sind geschüttelt
Doch das Taubenherz ist stolz
Ist das Vogelherz zerrüttelt
Riecht die Milz nach Tannenholz

Ach, du Traum von einer Täubin
Zwischen Tannen und Tapeten
Sei so scharf wie eine Schräubin!
Darf ich dann das Traumherz kneten?

Sieben frische Schinkenschädel
Möchten einen Frühling kosten
Mit dem zarten Federknödel
Winken sie nach Überosten

Nur der Freitag schmeckt nach Sieben
Oder nach Wacholderschinken
Wolln wir frische Schädel trüben
Oder einem Frühling winken?

Zwischen heißen Wederknödeln
Herzlich unterm Sommerhut
Könnte ich ein Oder ödeln
Denn mein Hirn ist heiß und gut

Nur die Leber könnte zittern
Oder zwischen Knödeln eiern
Denn nach sieben Hirngewittern
Mag ich Oders Wedern feiern.

Schlafen sieben Frühlingskröten
Ohne Lebern oder Lungen
Könnt ich Paradiesin kneten
Oder sprechen mit drei Zungen.

Ziemlich heiß in einem Teich
Ohne Paradeiserquallen
Tauchen wir im Krötenreich
Um der Dame zu gefallen.

Januar 2006

Birgit Schwaner

[Der musikalische Kaleidoskopf]

Imaginäre Bühne: Flur in einem Bürogebäude, fensterlos, Neonlicht. Weiße Wand: bilderlos. Neben einer geschlossenen Tür ein metallbeiniger Schreibtisch, auf dem sich Papier und Bücher häufen, kein Sessel. In geringer Entfernung ein ausrangierter PC. Ein hochaufgeschossener, dünner Mann zeichnet mit bunter Kreide einen Billardtisch an die Wand. Er trägt einen zu kleinen Abendanzug, seine Stimme ist hoch und unangenehm, seine Bewegungen fahrig und übertrieben.

RAPSAK: Schlumba! *Als stieße er mit einem Queue Billardbälle an*: Schlumba! Schlumba! *Lässt die Hände sinken, dreht sich zum Publikum.* Hat er geschrieben. Und angemerkt: Wieder ein Wort zum Denken. Rückenwärts: Abmulsch. Dabei – war seine Uhr nur stehen geblieben. Im Juni. Fand er den Schlüssel nicht mehr. Im Dezember ist er krepiert. Krepiert, ja, hätt er geschrieben, geschrien; dazu: klistiert, kopuliert und petschiert, na: Krumen frisiert – sofern ein Tod nicht ins Herz schneidet, schnipp. Weiß man, ob er eins hatte, im Hirn? Ein plumpes Herzgewicht. Das sich an einen Menschen hängt, festhakt und die Feder blockiert. Unruhe, die die Feder blockiert. Aber im Sack eine goldene Uhr. Mondgold. Aristokratenabfindung, Sponsorenalmosen. Bittres Geflitter. Verstopft uns die

Zeit! *abrupt*: Ergo, meine Herren Bankiers und Finanzministranten, Staats- oder Meinungs-Anführer: Darauf ein lauteres, grantiges: Schlumba! *Hierbei zieht er aus seiner Jacke einen Flachmann, prostet Unsichtbaren zu, trinkt schnell, steckt die Flasche weg.* Schschschlummmm ... langer Anlauf, dann wird's liquid, hüpft nach unten und Schwung! ... bbba ... Rumba, Lumumba, Sansibar, ha! Aus Sansibar stammte das weißeste Elfenbein; keine Risse –

Die Bürotür öffnet sich plötzlich. Heraus kommt Trazzo, ein Zwerg.

TRAZZO *streng*: Bist du fertig? Ich meinte, dich rufen zu hören.

RAPSAK: Sansibar, denk nur. Die Elefanten fanden nicht einen Baumstamm, um ihre Zähne dran zu wetzen. Die lichtesten instrumentalischen Tasten, die dichtesten Billardbälle: sansibarisches Elfenbein!

TRAZZO: So weit holst du aus.

RAPSAK: Ich hole auch ein.

TRAZZO: Das war dir befohlen.

RAPSAK *gehorsam*: Meerblaue Netze, null Kapriolen.

TRAZZO *entschiedenes Nicken*: Die Zeit wird knapp. Wir sollten die Spuren verwischen.

RAPSAK: Die Fische einfärben.

TRAZZO *nickt*: Konzerte sind heiter – vergiss das niemals. Der Himmel ist auch keine Wand, an der die Singvögel abprallen, mittags, wenn sie am lustigsten sind. Und die Wörter von unten und dort, wo es dunkel wird, nachtfeucht und warm, die musst du ersticken. Sonst bleibt man fern.

RAPSAK: Wer hat das befohlen?

TRAZZO *überlegt*: Die von der Schokoladenfabrik. Und die vom Konzertverleih. Die von der Zeitung auch. Und die aus den Parlamenten. Ich weiß nicht. Wahrscheinlich alle. Cosi fan t u t t i.

RAPSAK: Taten sies sanft?

TRAZZO: Erschreckend sanft.

RAPSAK *schüttelt immer wieder den Kopf*: Senf mochte er gern –.

TRAZZO *wie ein Lehrer, der examiniert*: Sag: Womit erstickst du die Wörter?

RAPSAK *auswendig*: Marzipan. Nougat. Pistazien. Lecithinmasse ... je nach Wortart. Zum Beispiel: Arsch –

TRAZZO *auffahrend*: Sssssst!

RAPSAK: Also, Hauptwörter: Marzipan. Kopfwörter wie Perückenwörter, Hut- wie Halswörter: Lecithin; in Augenwörter Milchzucker streuen ... Sirup auf Haarwörter, onduliert; Schwänzel- und Schweifwörter, Wollustverdacht, Bäsle-Reime: sämtlich in Nougat, Abschweifwörter – du, Trazzo, sein Schädel war nicht sein Schädel und ...

TRAZZO *unterbricht*: Einer war ehrlich. Der Jüngste.

RAPSAK: Der dich warten ließ?

TRAZZO *stolz*: Mitten im Regen.

RAPSAK: Schnürlregen. Requiem. Schachtgrab. Nein, nein, nein. Das darf ich nicht denken. Heiliger Bimbam!

TRAZZO *hat gar nicht zugehört*: Der Jüngste war glatt, auf Hochglanz dressiert, spiegelblank wie ein Eislaufplatz, früh. Vier Assistentinnen, fünf Telefone klingelten ihm, frei nach: „Don Giovanni". O, lux aeterna, ein Chef, wie frisch aus dem Bildschirm geschlüpft, und so ... so privativersiert. Die Assistentinnen rechneten, schrieben, morgens bis nachts, tipptipp, im Achteltakt. *Ehrfürchtig:* Aus- und einnahmslos: Schriftstellerinnen – er gibt ihnen richtige Arbeit. Stell dir nur vor! Was sonst aus ihnen geworden wäre. Was sonst aus uns geworden wäre!

RAPSAK: Der Jüngste wickelt dich ein.

TRAZZO *empört*: Es gibt Ideale!

RAPSAK: Ruhmpansch! Fette, schnurrende Konten.

TRAZZO: Seine Musik!

RAPSAK: Schwebt zu weit oben, Sonnenmagnet. Aber darunter messen sie nach: Ecco! Die Euter der Kühe sind praller, bunte Fische vermehren sich schöner. Mütter haben weniger Schmerzen, auch Operierte. Zahnarztpatienten! *vorwurfsvoll, leise zu sich:* Obdachlose wagen nicht mehr, im Bahnhof zu bleiben. Wenns aus Lautsprechern zauberflötet, schämen sie sich. Tief sind wir gefallen.

TRAZZO *widerspricht*: Wir haben Arbeit. *plötzlich wieder streng:* Rapport! Was übtest du heute?

RAPSAK: Purzelbäume. Noten aufschreiben. Versuchte, zu schrumpfen. Der Mensch war klein, die Musik sehr groß. Man kommt ihm dazwischen nicht nah. Ich habe mich auf die Zehen gestellt, die Ohren gespitzt, nach oben geschaut: nur Wolken, Linienflugzeuge. Erst als ich einschlief, sah ich ihn, fern, mit Perücke –

TRAZZO *zeigt auf den an der Wand gemalten Billardtisch*: Und das?

RAPSAK: Eine Möglichkeit?

TRAZZO: Uninteressant.

RAPSAK: Kein Billard?

TRAZZO: Nein.

RAPSAK: Ich könnte mich dazu als Frau aufpolstern. Und wieder als Mann verkleiden.

TRAZZO: Nein.

RAPSAK: Wenn eine damals Pirat sein wollte, musste sie sich als Mann verkleiden. Glaubst du, mit Künstlern wars freier? Wäre er eine Frau gewesen, hätte er doch ein Mann sein müssen, um der zu sein, der sie war, nämlich die, die er war.

TRAZZO *salbungsvoll*: Er war ein Wunder der Natur. *entschlossen*: Das braucht eine Ordnung. Wunder sind asozial.

RAPSAK: Desto schlimmer, schlimmer desto für eine Frau, miau.

TRAZZO: Was redst du so komisch – wie ein Hanswurst?

RAPSAK: So hat er geschrieben, gewürfelt – ein Kaleidoskopf!

TRAZZO: Ersticken! Ersticks! Der Jüngste sagte, es müssen die Kassen erklingen, wie Kirchenglocken. Kein Zweifel. Er hat dich ausgesucht, weil du lang bist. Ein langer Körper passt besser zur großen Musik.

RAPSAK: Ein Wunder steht immer schräg in der Welt.

TRAZZO: Man will dich erhaben, freundlich und sanft.

RAPSAK: Senf mochte er gern. Sag, ob die freundlichen Töne ihn quälten? Immerzu Töne im Kopf ...

TRAZZO: Nick ihnen zu, wenn sie fotografieren.

RAPSAK *hüpft auf den Tisch, verbeugt sich*: Als Wunderkind viel gehorcht. Vom Vater erst an die Tasten getrieben, dann durch Europa, darauf zeitlebens verschwunden im Kopf, wo sich alles in Tönen löste, ordnete – offiziell Komponierautomat, dem man goldene Uhren umhängt, die um den schmächtigen Körper taumeln, an Ketten und Schlingen, Schlumba, wie elegant! *übermütig* Was hältst du von meinem Auftritt? Ich seh's schon vor mir: Den herrlichen Saal, die Engel aus Stuck, die Luster und Blütengebinde. Das Licht ist gedämpft, das Publikum zahlreich und illuminiert, die Violinisten bei guter Laune ... im ersten Akt zeigst du ihnen den Schädel, natura, auf schwarzem Samt, drei Sängerknaben bringen die Reliquie herbei, geniale Attrappe, vom Bischof gesegnet im Scheinwerferlicht, dann folgen die Fische im grünen Aquarium, die klassische Fischbeschallungsanlage – jetzt trägst du einen weißen Kittel, ganz wie ein Forscher. Nach der Verlosung mein Auftritt: Ich werde mich verbeugen und sagen: Ich bin, meine Herr- und Damenschaften, leibhaftig nachgestellt:

Der musikalische Kaleidoskopf! 1 Wunder der Natur, das ein gehorsamer Sohn sein sollt! Wie gefällt dir der Titel? Hautnah, zum Anfassen, werde ich sagen, nur schöner: Nichts wird Sie irritieren! Einige werden erleichtert lachen: die mit den feineren Ohren. Und ich werde dich anschauen, Trazzo, und unsichtbar weinen. Jedes Wunder steht schräg in der Welt. So ein großes erst recht. In einem so kleinen Menschen.

TRAZZO: Wir rücken es gerade.

RAPSAK: Rücken, Rücken und kein Gesicht – passt in keinen Kapellmeisterfrack. Er hat sich einen roten gewünscht, für die Perlmuttknöpfe, die er am Kohlmarkt gesehen hatte, Perlmutt mit weißen Steinen, die einen einzigen gelben umrahmen. Einen einzigen, schön und prächtig, hat er geschrieben.

Rapsak setzt sich auf den Boden.

TRAZZO: Geh an die Arbeit.

Rapsak steht auf. Stellt sich vors Publikum, ernst, verbeugt sich.

RAPSAK: Schlumba!

Vorhang, schnell.

Dmitrij Prigow

[Mein lieber, lieber Mozart]

Ein feiner, in seiner Mitte sich ausweitender Sonnenstrahl schob den gemusterten, durchsichtigen Vorhang zur Seite und bohrte sich in den Dielenboden. Genau neben ihm. Die helle Holztäfelung loderte auf. Mozart drehte sich zur Wand. Die geblendeten Augen ließen ihn erst nach einigen Minuten wieder das Tapetenmuster erkennen. Die üppig wuchernden, barocken Windungen darauf, die an manchen Stellen deutlich zoomorphen Charakter annahmen, zwangen den Blick normalerweise, ihrem verschlungenen Verlauf zu folgen. Jetzt aber kreiste etwas, nahm eine bestimmte Form an, bewegte sich wieder. Auch wenn man die Formen ganz leicht berührte und sich davon überzeugte, dass sich an der Maueroberfläche nichts bewegte – es mutete dennoch befremdlich an. Es war wie ein darunter verborgenes Gewimmel von Mäusen.

Mozart lag eine Zeitlang reglos da, betrachtete die Mauer, berührte sie aber nicht. Er hielt sich absichtlich von ihr fern. Schließlich gab er seiner Müdigkeit wieder nach.

Er streckte sich, bis die Gelenke knackten und kniff die Augen zusammen. Dann wandte er sich wieder dem Zimmer zu. In der Lichtsäule drehten sich und tanzten Staubkörnchen. Mozart versuchte eines davon zu erhaschen, was ihm aber nicht gelang. Auch egal, auch so gut. Er erstarrte und lag ziemlich lange mit offenen Augen auf dem Rücken da. Er träumte von einer Verfolgungsjagd – dann erwachte er, die Beine stießen rasch durch die Luft. An Details des Traumes konnte er sich nicht erinnern. Kaum öffnete er die Augen, war alles wieder verschwunden und vergessen.

Er horchte auf.

An den vertrauten Geräuschen der Straße, die durch das jetzt im Sommer geöffnete Fenster hereindrangen, war nichts Außergewöhnliches zu bemerken. Direkte Aufmerksamkeit vermochte nur das Gepluster einer Unzahl sich gleichzeitig in Bewegung setzender Vogelfedern zu erregen. „Sieh da, sie sind aufgeflogen!“, dachte Mozart.

Wodurch auch immer die gefiederten Tierkörper aufgeschreckt wurden – vielleicht durch höheren Befehl von jemandem aus dem Reich des Unbegreiflichen –, sie rissen sich vom benachbarten Dach los und waren jetzt in unerreichbarer Höhe. In der Luft gehalten durch ihre wie Fallschirme aufgespannten trockenen Flügel. Unerreichbar, tatsächlich. Mozart streckte sich noch einmal voller Sehnsucht. Unerreichbar. Und überdies ...

Die Wohnung wurde allmählich von den üblichen morgendlichen Regungen erfüllt. Jemand verließ zielstrebig das Haus, eilte zu seinem eitlen Tagwerk. Umgekehrt kam jemand. Kam von der Straße herein, lärmte, zog die schmutzigen Schuhe aus. Hantierte lange im Vorzimmer herum, kam nur langsam in Gang. Ach, das Dienstmädchen, erriet Mozart. Sie war nicht mehr ganz jung, aber durchaus gefügig. Manchmal war sie geradezu zuvorkommend und diensteifrig. Allerdings selten, sehr sehr selten. Sie war die Witwe eines braven Postangestellten aus der fernen Vorstadt, die ihre Dienste für ein höchst bescheidenes Salär verrichtete. Aber wer in dieser Stadt, wo die Leute durch das große Geld verdorben waren, wer hätte sich denn gefunden, sich für einen derartigen Lohn den ganzen Tag ums Haus zu kümmern? Kurz und gut – alle waren zufrieden.

Manchmal erzählte sie irgendwo in der Wohnung jemandem von ihren Krankheiten, von irgendwelchen Missgeschicken oder von den Krankheiten irgendwelcher Verwandter. In jedem Fall ging es um Leute, die Mozart nicht kannte. Und welchen Unterschied hätte das auch gemacht? Mit einiger Mühe zwar aufgrund der Entfernung konnte er ihre Stimme doch immer deutlich erkennen. Ein wenig missmutig sagte sie: „Das Symptom ist bekannt, offenbar ein Infarkt. ... Was? ... Nein. Das Herz hat sich zur Leber gesenkt.“

Gesenkt – gesenkt. Mozart kannte die Besonderheiten des menschlichen Organismus kaum, genauer gesagt, er wusste überhaupt nichts darüber, weder über dessen Teile noch über deren Verbindungen oder wechselseitigen Abhängigkeiten. Es war also alles möglich. Seiner Meinung nach – praktisch alles.

Und abgesehen davon, ging ihn das auch gar nichts an. Er streckte sich abermals.

Aus einem der ferner gelegenen Zimmer waren leise, ein wenig befremdliche Klänge zu hören – als strichen zwei, drei zarte Kinderfinger über eine Klaviatur. Ja natürlich, der Schüler war gekommen. Genauer gesagt, die Schülerin. Ein Mädchen, das in ihm stets eine instinktive Abwehrhaltung hervorrief. Man weiß ja nicht, was von dem Kind zu erwarten ist. Zwar wollte es nichts von ihm, aber ... Still und blass wie es war, kam es fast unbemerkt, warf im Vorbeigehen mitunter einen geradezu ängstlichen Blick auf ihn und verschwand ebenso geräuschlos wieder. Und das war auch gut so. Sehr gut sogar. Was spielt es da gerade? Nein, ich kann mich nicht erinnern. Und, ehrlich gesagt, war er auch nicht verpflichtet, alles zu wissen. Letztlich wird es irgendein Unfug sein.

Es schien ihm, als würde aus der Tiefe der Wohnung ein Frauensingsang nach ihm rufen: „Mozart! Mozart!“ Er reagierte nicht. Schließlich musste man nicht auf jeden Ruf reagieren. Eines wusste er hingegen ganz genau – zu dieser Tageszeit, genauer gesagt, zu dieser morgendlichen Stunde würde kaum etwas für ihn besonders Interessantes geschehen, nichts, worauf er würde sofort reagieren müssen. Warum sollte er da spontan auf irgendwelche Stimmen reagieren? Zum Beispiel auf jene der Arbeiter, die die zerkratzten Türbalken reparierten, kurz hinter der Ecke hervorschauten und ausriefen: „Ach, Mozart! Ach, Mozart! Was hast du dir dabei wieder ...“ Nein, nein, hochmütig war er nicht im Geringsten. Ganz im Gegenteil, im Umgang mit Menschen war er – wenn man so will – fast demokratisch, und was die Objekte seiner Begierden betraf, da war er völlig unkompliziert. Wofür er sich, nur nebenbei gesagt, von Seiten seiner Lieben eine Menge Tadel einhandelte. Aber schließlich war auch das deren Problem und letztlich Ansichtssache. Er hingegen war in seiner Wahl gänzlich frei.

Etwas hinter dem Fenster erregte seine Aufmerksamkeit. Dabei ging es nun nicht mehr um Geräusche, sondern um Gerüche. Verständlich! War da doch der Fleischhauer, der jeden Morgen unter gehöriger Anstrengung die massiven, hölzernen Fensterflügel seines so ordentlichen Geschäfts öffnete, die an den Seiten mit überkreuzten, schweren Eisenbändern beschlagen waren und quietschten und schlugen. Mozart sog die Luft ein und kniff die Augen zu. Die feinen Nasenflügel blähten sich angesichts des heftigen eingesogenen Luftstroms und schienen nur noch eine einzige Öffnung zu bilden. Ein Anflug von Ersticken! Es war aber nicht weiter gefährlich und zahlte sich aus, bei diesem Duft.

Mozart hob den Kopf und schaute sich um – nichts Außergewöhnliches. Nichts Besonderes. Er befand sich im vertrauten Zimmer, an dem Ort, an dem er sich ständig aufhielt und seinen sehnsuchtsvollen Gedanken nachhing. Früher hatte er in einem anderen Zimmer gewohnt, das weiter hinten gelegen und düster war. Seit kurzer Zeit bevorzugte er jedoch dieses hier.

Er war in Gedanken versunken.

Er stellte sich den freien sommerlichen Garten vor, der sich nicht weit von hier befand, gleich hinter der Ecke ihres niedrigen Hauses. Einzelne kräftige Bäume, die mit einer rauen und harten Rinde bedeckt waren. Dazwischen leerer Raum, gänzlich von Sonnenstrahlen durchflutet. Junilicht. Julilicht. Selbst der schattige Platz unter dem weitverzweigten Apfelbaum, den er sich aussuchte, war durch die endlos heranströmenden Wellen funkelnden Lichts gleichsam verdünnt, wie Milch. Im leichten Zittern der Blätter schien alles zu fließen, es gab kein Innehalten, keinen Stillstand, kein Festwerden mehr.

Er stellte sich vor, wie er unter dem Baum lag und seinen Kopf dem zähflüssig leuchtenden oder schimmernden, schillernden, in seiner Tiefe und Höhe unbestimmbaren Himmel entgegenstreckte. Knapp unter diesem Himmel eilten unbeschwerte Wölkchen dahin. Allerdings konnte Mozart die Gerinnsel dieser weißen Gebilde in ihrer dahineilenden Leichtigkeit nicht verstehen. Wohin eilten sie? Wozu? „Du bist nicht gefragt worden!“, lachte er über sein sonderbares, ihm eigentlich fremdes Sinnieren. Er wurde ganz still und kniff die Augen zusammen.

Er versank in eine andere Welt.

Schließlich kehrte er zur Alltagsroutine zurück. Aus der Küche trug es den gar nicht so angenehmen, irgendwie ein wenig aufreizend überirdischen Kaffeegeruch her. Der war nicht für ihn. Eigentlich war das alles hier nicht für ihn. Mozart wurde ja auch nicht zu Tisch gebeten.

Eilige Schritte waren zu vernehmen, ein Rumpeln im Vorzimmer. Schuhe wurden angezogen. Die Eingangstür schlug zu. Das Dienstmädchen eilte irgendwohin, um irgendetwas zu besorgen. Möglicherweise tatsächlich in die Fleischhauerei, um für das bevorstehende Mittagessen einzukaufen, oder, was noch wichtiger war, für den bevorstehenden Empfang am Abend. Obwohl doch noch genügend Fleisch vom Empfang am Vorabend übrig sein musste. Aber sie weiß es natürlich besser. Mozart begann ein wenig herumzuhüpfen. Zum bevorstehenden Abend fiel ihm dennoch nichts ein. Die absehbare, lärmende Ansammlung von Gästen vermochte ihn kaum in Begeisterung zu versetzen. Vielleicht war seine diesbezügliche Beunruhigung aber auch unbegründet.

Wie dem auch sei – er blieb eine Zeitlang in der leeren Wohnung allein. Die Klänge des kindlichen Musizierens waren lange vor dem Verschwinden des Dienstmädchens verstummt. Wann war die Schülerin eigentlich hinausgehuscht?

„Ha, das hast du jetzt überhört“, dachte Mozart und wiegte seinen struppigen Kopf.

Abermals befiel ihn Mattigkeit. Klare Sache, schließlich kann es leicht passieren, dass man dies und jenes übersieht oder überhört; nicht nur dieses stille, unauffällige Mädchen.

Endlich erhob er sich. Genauer gesagt, er erhob sich abermals. Sprang auf und streckte sich so energisch, dass ob der heftigen Bewegung alles vor seinen Augen verschwamm. Er stand da. Kam zu sich. Schaute sich um und verzog sich in die Küche. Die angelehnte Tür gab nach. Mit einem Knarren allerdings.

In der Küche war es ziemlich hell. Viel heller, um nicht zu sagen, stechend grell. Mozart kniff abermals die Augen zusammen.

Er stand in der Türöffnung, überblickte den engen Raum, der voll gestellt war mit Tischen, ausladenden Schränken und einer ganzen Tafel. Hier war ihm alles bekannt. Buchstäblich alles. Ohne zu zögern, trank er die Milch, schleckte sich mit der Zunge über den Mund und sprang auf den massiven, riesig großen Küchentisch, der mit einem von der Zeit und der steten Benützung ausgebleichten Wachstuch bedeckt war. Während die Mitte schon ganz hell und irgendwie undefinierbar war, erschien an den überhängenden Rändern ein gleichermaßen kompliziertes wie grobes Stickmuster in Form eines griechischen Mäanders. Mozart kannte diesen Stil. Sie mögen sich darüber vielleicht wundern – ja, und wie Sie sich in Kürze noch wundern werden! –, aber er erkannte diesen Stil tatsächlich.

Jetzt musste eine Entscheidung getroffen werden. Freilich – wie ihm schien – keine, bei der er allzu große Wahlmöglichkeiten hatte. Eher handelte es sich um eine Routineentscheidung. Man konnte zu Hause bleiben, sich den ganzen Tag der Meditation hingeben und in einer Wolke des Wohlgefühls und in Betrachtung der zahlreichen Details des vertrauten Raumes aufgehen. Aber man konnte auch, ohne eine Minute zu verlieren, aufs Fensterbrett springen, die Etage lag nicht hoch, und von dort gleich hinunter, denn da fand sich ganz praktisch ein weiches Blumenbeet, das den Sprung abfederte. Mozart dachte konzentriert nach, stand mit seinen ausgestreckten Beinen da und bewegte dabei ganz leicht seinen Schwanz.

Ja, ich habe vergessen zu sagen, dass Mozart eine Katze ist. Habe ich das schon erwähnt? Ja? Nein? Ich weiß es nicht mehr.

Also.

Er war ein durchaus angenehmes, wohlgenährtes und gutartiges Exemplar aus der Familie der Katzentiere. Und – was weiter?

Beethoven – das ist ja auch ein Tier, ein Hund. Riesig, zerzaust, mit schweren und weichen Pfoten. Weich mochten sie ja sein, aber das trockene Kratzen seiner Krallen auf dem Parkett verriet schon von weitem sein gutmütiges Nähertrotten.

„Ja, ganz offenkundig ein Defekt der Natur", dachte Mozart. Die Krallen können nicht eingezogen werden. Doch lässt es sich auch damit durchaus komfortabel leben. Und wie sich zeigt, tut er das auch.

Und letztlich ist er in Ordnung. Er ist kein schlechtes, nein, im Gegenteil, eigentlich ist er sogar ein durchaus erträgliches Tier. Zwar stinkt er ein bisschen, ist sonst aber nicht weiter schädlich. Mozart könnte sich ihm nähern, ohne gehört zu werden. Dafür hat er einen guten Geruchssinn. Er würde ihn riechen. Na ja – sie sind einander ebenbürtig.

Gut, und einen passenden Namen hat er auch – Beethoven. „Etwas leicht struppig, schwerfällig, wenig gesprächig", dachte Mozart.

Gluck übrigens – aber mit Umlaut geschrieben (für die, die es nicht wissen sollten) – ist etwas Abhängiges, etwas, das unverhofft Schrecken und Verwirrung auslöst, wenn es auf dem Bildschirm herum springt. Es denkt dabei auch gar nicht daran, wieder zu verschwinden, wegzugehen oder sich in jenen Räumen zu verflüchtigen, aus denen es ungerufen aufgetaucht war – Mühe und seelische Qual! Nicht zufällig haben sich die Vorfahren vor derart Äußerem, Fremdem und Unbekanntem unter Zuhilfenahme von allerlei magischen Praktiken, langwierigen Ritualen, abwehrenden Mustern und Ornamenten geschützt. Und wie es scheint, hat dies geholfen. Nun ja, all das hat mit Mozart schon gar nichts mehr zu tun. Er ist selbst – wenn man es ganz allgemein betrachtet – Teil jener äußeren Fremdheit, die sich eine Zeitlang als Eigenes und Bekanntes ausgab. Dabei hatte er, ganz konkret Mozart, sich doch nicht verstellt. Er war, wie er war. Das ist doch klar und muss, so hoffe ich, auch keinem erst erklärt werden.

Und Wagner? Nein, Wagner – das ist nun wirklich nicht seriös. Da sind Witze wirklich nicht mehr angebracht, da sollte einem der Sinn nicht mehr nach verspielten Tricks und Finten stehen. Wagner, das ist der führende und einer der bestbezahlten Fußballspieler eines berühmten Moskauer Fußballclubs. Im Angriff ist er einfallsreich und effektiv. In der Verteidigung zuverlässig. Obwohl ihn seine eigentliche Aufgabe, nämlich die des offensiven Mittelfeldspielers, dazu gar nicht verpflichten würde. Nein – er ist wirklich auch in der Verteidigung verlässlich. Hm – Mozart kann diesbezüglich mit ihm nicht mithalten. Denn Wagner kann in kritischen Momenten sogar im Tor stehen.

Insgesamt gesehen also – er ist zuverlässig. Sehr zuverlässig.

Aus dem Russischen von Erich Klein

Lew Rubinstein

[Eine kleine Nachtmusik]

1
Oh, meine Nachtigall
Mitten in den Zweigen!

2
Gespenstisch zwischen Zweigen
Erscheint da eine Nachtigall!

3
Nachtigall, o meine Nachtigall,
Wohin bist du, zwischen welche Zweige?

4
Zwischen den verschlungnen Zweigen
Sang ein Lied die Nachtigall!

5
Ja, das ist die Nachtigall!
Geht da in den Zweigen rum!

6
Schau mal hin, zu Zweigen,
Nachtigall – das Glück im Steigen!

7
Sag uns Nachtigall,
Was du in den Zweigen siehst!

8
Pfau! Nebenan da in den Zweigen
Sing dir eine Nachtigall ins Herz.

9
Die Nachtigall, die Schelmin,
Singt noch immer in der Zweige Schatten.

10
Aus geheimsten Zweigen
Hört uns zu die Nachtigall!

11
Engel der Nacht – Nachtigall,
Sucht und pfeift da aus den Zweigen.

12
In der mondnen Wohnung der Zweige
Ließ sich nieder eine Nachtigall.

13
Gefangene der Musen – Nachtigall
Zwischen den geheimsten Zweigen.

14
Das ist er ja in Zweigen,
Der Liebling der Musen – die Nachtigall.

15
Mensch und Nachtigall,
Wir sind eins unter Zweigen.

16
(Applaus)

17
– Interessant, sind Vorahnungen berechtigt oder nicht?

18
– Was für Vorahnungen denn?

19
– Na, es gibt gewisse Vorahnungen ...

20
– Und in bezug worauf?

21
– Unwichtig. Wenn sie berechtigt sind, wirst du's sehn ...

22
– Na ja, wenn das so ist ...

23
(Pause)

24
Der Mensch ist keine Nachtigall,
Auch wenn er in Zweigen ist.

25
Der Mensch ist keine Trommel,
Selbst wenn er im Nebel wandelt.

26
Der Mensch ist kein Wolkenrudel,
Nicht mal, wenn er alle Macht hat!

27
Der Mensch ist kein bloßer Haufen,
Selbst wenn er ganz müde ist.

28
Der Mensch ist nicht weiß Gott was,
Selbst wenn er einen Mantel trägt.

29
Der Mensch ist nicht mal einfach so,
Selbst wenn er ein Arschloch ist.

30
Der Mensch ist unumgänglich,
Selbst wenn er allein ist.

31
Der Mensch – er ist nicht allein,
Wenn er unumgänglich ist!

32
Der Mensch versteht mich,
Wenn er kein Idiot ist!

33
Der Mensch ist kein Idiot,
Nicht mal, wenn er nichts versteht!

34
Der Mensch ist kein Mensch,
wenn er kein Mensch ist!

35
Der Mensch wäre nicht sehr dagegen,
Auf den Kampf hinkünftig zu verzichten.

36
(Applaus)

37
– Verstehst du es jetzt?

38
– Was meinst du?

39
– Genau dasselbe wie du.

40
– Ich verstehe aber nichts ...

41
– Du verstehst schon, verstehst schon.

42
– Wenn ich dir doch sag, ich verstehe nicht ...

43
– Wenn du nichts verstehst, ist das auch nicht nötig.

44
– Wenns nicht nötig ist, ist's auch nicht nötig.

45
(Pause)

46
Der Mensch geht dorthin,
Wo die Ruh ist und Stille!

47
Der Mensch geht dorthin,
Wo er sein muß!

48
Der Mensch geht dorthin,
Wo man auf ihn wartet!

49
Der Mensch geht dorthin,
Wo man auf ihn nicht mehr wartet!

50
Der Mensch geht dorthin,
wo du nicht mehr weggehst!

51
Der Mensch geht dorthin,
wo er immer ganz daheim ist!

52
Dorthin geht der Mensch!
Dorthin geht der Mensch!

53
(Applaus)

54
– Dünn die Luft ...

55
– Welche Luft? Erlaubte?

56
– Nicht erlaubte, sondern verdünnte.

57
– Und ich habe „erlaubt“ verstanden. So ist es sogar besser.

58
– Gut, möglicherweise ist es besser, ich habe aber trotzdem „verdünnte Luft“ gesagt.

59
– Ja, ich hab schon kapiert, was du gesagt hast, aber „erlaubte Luft“ ist trotzdem besser.

60
(Pause)

61
– Ja ... das Niveau der Unterhaltung ...

62
– Was heißt – „Niveau der Unterhaltung“?

63
– Ja, ich denke halt: es gibt, wahrscheinlich, irgendein Mittel, um jenes Niveau
der Unterhaltung zu erreichen, das auf keine andere Weise erreicht werden kann ...

64
– Na ja, wahrscheinlich ...

65
– Na also. Und du sagst ...

66
– Was sage ICH?!

67
(Pause)

68
Der Mensch soll singen,
Wenn Seele erwünscht ist!

69
Der Mensch muß lieben,
Oder er ist kein Mensch!

70
Der Mensch muß leiden,
Dadurch reinigt er sich!

71
Der Mensch muß schlafen,
Wenn er Kopfweh hat!

72
Der Mensch muß alles haben,
Was er unbedingt braucht!

73
Der Mensch muß leben,
Wenn er ein Mensch ist.

74
Der Mensch muß leben!
Der Mensch muß leben!

75
(Applaus)

76
– Wichtig ist, im Lärm einen Rhythmus und eine Ordnung zu erkennen.

77
– Und, die ist dort wirklich zu finden?

78
– Es gibt sie. Man muß nur genau hinhören.

79
– Dann ist das aber schon kein Lärm mehr ...

80
– Dann ist das kein Lärm mehr.

81
– Natürlich ist dann ...

82
(Pause)

83
Der Mensch kann nicht leben
Ohne zu singen!

84
Der Mensch kann nicht leben
Ohne zu lieben!

85
Der Mensch kann nicht leben
Ohne zu leiden!

86
Der Mensch kann nicht leben
Wenn er gar nichts hat!

87
Der Mensch kann nicht leben
Ohne daß er sterben muß!
88
So kann der Mensch nicht leben!
So kann der Mensch nicht leben!

89
(Applaus)

90
– Das ist unverständlich ...

91
– Was ist unverständlich?

92
– Ja, nichts ist unverständlich!

93
– Was heißt „nichts“?

94
– Was es heißt. Unverständlich ist alles!

95
– Merkwürdig ...

96
(Lange Pause)

97
(Applaus)

Aus dem Russischen von Erich Klein

Andrej Blatnik

[Eine kleine Zufallsmusik]

1.

Ihre Ehe war nicht glücklich. Während er durch die Kneipen zog und mit allem und jedem Freund war, kränkelte sie im Mief dahin. Wenn er in Komödiantengewänder gehüllt auf Bällen zu Ehren der heiligen Brigitte, ohne einen Gedanken an die Heilige zu verschwenden, Lebedämchen umfing, denen es wahrscheinlich schon völlig egal war, ob das tatsächlich er war, wie man im Saal flüsterte, oder ob sich hinter den bunten Fetzen ein ganz anderer verbarg, brachte Constanze tote Kinder zur Welt. Während sie sich mit Wäscherinnen und Marktfrauen um das Wechselgeld streiten mußte, da die Partituren noch nicht so viel Ruhm in Münzen wie in Worten abwarfen und da für eine menschenwürdige Existenz auch nicht genügend Cembalostunden zusammenkamen, trieb er sich in irgendwelchen Spelunken herum und kreiste um die Billardtische.

Eines Tages fuhren sie nach Prag, um eines seiner Bühnenwerke aus der Taufe zu heben, dessen Titel und Thema spitze Zungen als Hommage des Komponisten an sich selbst verstanden. Nach dreißig Stunden Fahrt erkannte Constanze, daß allein mit ihm im Käfig der Kutsche eingesperrt zu sein genauso qualvoll war, wie bis spät in die Nacht darauf zu warten, daß er nach Hause kam, und vielleicht im Stillen die lustige, aber völlig unbekannte Gesellschaft zu verfluchen, die ihn in die Wohnung begleitete und dort – von ihr bedient – die fröhliche Feier fortsetzte. Von Zeit zu Zeit schien ihr während des öden Rumpeln des Fahrwerks und des prahlerischen Selbstlobs des Gatten, daß es eigentlich nicht so schlecht wäre, wenn die Kutsche mit ihnen beiden für immer in eine der mährischen Schluchten rutschen würde. Wie sein Leben, so sein Ende, dachte sie – und erschrak fürchterlich vor ihren gotteslästerlichen Phantasien.

2.

Ihre Ehe war sehr glücklich. Eigentlich war Constanze dem Künstler von so unruhigem, flatterhaftem Charakter nicht nur eine Sachwalterin des Alltags, für den der Meister nach der Gewohnheit von Geistesriesen nicht das rechte Gehör hatte, sondern auch die erste, wenn schon nicht die einzige Muse. Wenn er im schöpferischen Höhenflug die Nächte bis zum Morgengrauen durchwachte, ermunterte sie ihn mit stiller Bewunderung und bereitete ihm erfrischende Getränke. Zwar erlaubte ihre schwache Gesundheit nicht, ihm immer zur Seite zu stehen, doch auch die nicht seltenen Stunden, die sie nicht zusammen verbrachten, verstrichen in gegenseitiger Achtung und in der Gelassenheit reifer Liebe. Eines Tages zum Beispiel fuhren sie nach Prag, um des Meisters *Don Juan* aus der Taufe zu heben. Die lange und ermüdende Fahrt verging in angenehmer Stimmung, und während des lebhaften Gesprächs kam ihr unaufhörlich in den Sinn, daß des Meisters Natur sie manchmal wohl etwas verwirre, daß daran aber ganz sicher ihr philisterhafter Charakter schuld sei. Bevor sie beim Trab über die schlecht instand gehaltenen Wege in den Schlummer sank, kam ihr, erhellt von seiner Größe, die Wahrheit in den Sinn, daß sie niemanden mehr zu lieben vermöchte als ihn.

3.

Es ist nicht bekannt, wie ihre Ehe war. Vielleicht deckten sie sich im Charakter, doch läßt sich unter Berücksichtigung der zugänglichen frühen Zeugnisse schwer mit Bestimmtheit sagen, ob sie die Abende eher bei Lied und Tanz auf einem der zahlreichen Wiener Empfänge verbrachten oder ob sie möglicherweise das stille Erwarten der Nacht im Familienkreise vorzogen. Die Geschichte behauptet, sie seien eines Tages nach Prag gefahren zur Taufe einer im Jahre 1787 geschriebenen Oper. Die Fahrt dauerte entsetzlich lange; es wäre interessant zu erfahren, in welcher Stimmung sie verging. Leider läßt sich darüber nichts mit Bestimmtheit sagen.

4.

„Ich muß sagen, daß ich mit den Resultaten nicht zufrieden bin. Alles deutet darauf hin, daß sich ein Fehler eingeschlichen hat. Vielleicht ist es nur eine Kleinigkeit, aber auch eine Kleinigkeit reicht hin, die Situation aus den Händen, die Noten vom Papier, die Klänge aus dem Ohr gleiten zu lassen. Und darum geht es hier; dahin sind wir gekommen. Der Möglichkeiten sind zu viele, der Stoff kann die Form, in die er einfließt, nicht halten, er verflüchtigt sich ins Unkenntliche und wiederholt sich wieder und wieder in zahllosen Varianten, manche gleichen der ersten in jeder Hinsicht. Das ist keine Kunst, das ist ein einziges Gezimmere."

5.

Vollständige Geordnetheit der Welt, hervorgerufen durch das Vibrieren der Luft beim Hauch, bei der Berührung. Musik, schöner als das Leben. Bei dieser Schönheit erkennt der Mensch, daß es keinen Tod gibt; allein er ist es, der stirbt. Durch das offene Fenster schallt das *Requiem* hinaus auf die Straße; unten bleiben die Leute stehen, heben den Blick. Niemand durchschaut die Absicht des Menschen, der sich aus dem Fenster beugt. Wer sich heute davonmacht, wird die morgige Interpretation dieser Unsterblichkeit versäumen, überlegt der Mensch. Deshalb ist der Weg, der gerade eben, einen Augenblick bevor sich die Klänge in die Lautsprecher verlagern, noch der einzige zu sein schien, jetzt sinnlos. Die schreckliche Wahl zwischen Springen und Nichtspringen gibt es nicht mehr; schrecklich der Gedanke, die Musik könnte ohne dich weiterspielen, die Musik könnte spielen, aber du bist nicht mehr da, um sie zu hören, überlegt der Mensch, als er das Fenster schließt.

6.

FAQ MOZART DOWNLOADS – re WAM downloads – not so many, I fear. He stays way behind Anastacia, to mention just one trade mark. There are tons of mp3s available, though. I guess his time has passed. By the way, the site www.mozartdownloads.com is on sale for a mere $ 700. Check http://fabolousdomains.com/mozart.html if interested. Should we grab it? Rather not, I fear.

7.

„Wer einem anderen Unrecht zufügt, macht zunichte, was er Gutes getan hat."

8.

Der Künstler hat für uns gelitten.

9.

Wir müssen uns Mozart als einen glücklichen Menschen vorstellen.

Aus dem Slowenischen von Klaus Detlef Olof

Peter Turrini

[Da Ponte in Santa Fe
Ein Schauspiel in zweI Akten]

Auszug aus dem Ersten Akt

Der alte Mann *zu Bambus Wilkinson.* Richte deinen Blick auf dieses Plakat. *Er zeigt auf das große Plakat, welches neben der Türe hängt.* Du siehst, in viel zu großen Lettern, den Namen des Produzenten. Eine amerikanische Eigenart, eine sehr üble.

Bambus Wilkinson schaut zum Plakat, nickt und nimmt noch einen Schluck aus der Flasche.

Der alte Mann Du siehst den Namen eines Sängers. Sein Vater war ein vortrefflicher Belcantist und hatte drei Kinder. Es ist zu vermuten, daß nur ein Drittel seines Talentes auf den Sohn überging.

Bambus Wilkinson nickt und trinkt.

Der alte Mann Du siehst den Namen eines Komponisten. Über die Qualität seiner Musik läßt sich streiten.

Bambus Wilkinson nickt und trinkt.

Der alte Mann Du siehst den Namen eines überragenden Librettisten.

Bambus Wilkinson nickt und trinkt.

Der alte Mann Nein, du siehst ihn nicht. Er steht nicht auf dem Plakat. Er stand in New York nicht drauf. Er stand in Annapolis nicht drauf. Er stand in Charleston nicht drauf. Er stand in Philadelphia nicht drauf. Nicht in Williamsburgh, nicht in Baltimore und nicht in Boston. Der Name des Komponisten stand drauf, immer nur der Name des Komponisten. In Prag stand der Name des Librettisten drauf, ganz groß: „Die vortreffliche Poesie ist von dem kaiserlich-königlichen Hofdichter Herrn Lorenzo Da Ponte." Darunter, verschwindend klein, nur mit größter Anstrengung zu lesen: „Die Musik ist von Herrn Kapellmeister Mozart." Nicht anders verhielt es sich bei „Figaros Hochzeit" und bei „Così fan tutte" in Wien: „Die wunderbare Dichtung ist von Herrn Lorenzo Da Ponte, Dichter des italienischen Singspiels am k. u. k. Hoftheater." Ich bin Lorenzo Da Ponte, das ist mein „Don Giovanni". Ich muß da hinein, ich muß auf die Bühne. Ich muß den Menschen offenbaren, daß es mein Kind ist, das sie bewundern. Ich war der Gott von Wien, die Sonne, an deren Strahlen sich die anderen wärmten. Eintagsfliegen der Kunst, Nutznießer meines überragenden Talents. Martini war bekannt, natürlich nicht so bekannt wie ich. Schenk war populär. Seine Oper „Im Finstern ist nicht gut tappen" wurde immerhin sechzig Mal gespielt. Mozart war so gut wie unbekannt. Für „La Clemenza di Tito" nahm er nicht mich, sondern Mazollà als Textdichter. Es war ein rasender Mißerfolg, nebbich. Von da an brauchte er ständig Geld, machte nur mehr Schulden, und ein Jahr später war er tot. So liegen die Dinge. Die Amerikaner haben keine Ahnung. Ich muß es ihnen offenbaren.

Da Ponte will wieder die Flügeltüre öffnen, doch in diesem Moment springt Mozart, mit zwei Revolvern in der Hand, hinter der Theke hervor. Er hat eine ziemlich desolate Allongeperücke auf und fuchtelt mit den Revolvern herum. Da Ponte und Bambus Wilkinson starren ihn an.

Mozart *mit jiddischem Akzent.* Mein Name ist Wolfgang Amadeus Mozart. Wenn Sie schon geben meine Oper, will ich was dafür nehmen. Ich will Dollars sehen.

Er schießt in die Luft. Da Ponte schaut Mozart fassungslos an. Bambus Wilkinson läuft zur Garderobe und versteckt sich hinter der Theke. Mister Brodnik stürzt aus dem Zuschauerraum der Oper ins Foyer. Pollux hinter ihm her. Für einen kurzen Moment hört man Sprechgesang aus dem Zuschauerraum der Oper, dann ist die Türe wieder geschlossen. Castor, der den Schuß ebenfalls gehört hat, kommt aus dem Seitengang gelaufen.

Mister Brodnik *außer sich.* Wer schießt hier mitten in meiner Oper? *Er sieht Mozart.* Wer sind Sie?

Mozart Werd ich mir erlauben eine Gegenfrage. Wer sind Sie?

Mister Brodnik Ich bin James N. Brodnik, der Direktor dieses Hauses und Produzent dieser Oper.

Mozart Das trifft sich ginstig, der Intendant persönlich.

Mozart drückt, mit einer blitzartigen Bewegung, den Lauf seines Revolvers an die Schläfe von Mister Brodnik. Castor und Pollux öffnen ihre Billeteursmäntel und wollen ihre Revolver ziehen. Mister Brodnik macht ihnen ein Zeichen, daß sie es nicht tun sollen.

Mozart Ich bin Wolfgang Amadeus Mozart, der Komponist dieser Oper. Komm ich vorbei wegen der Tantiemen.

Da Ponte *fängt sich wieder.* Ich bin Lorenzo Da Ponte, der Librettist dieser Oper. Ich stehe nicht auf dem Plakat.

Mozart Das trifft sich ginstig, ein Kollege.

Mozart wirft Da Ponte den zweiten Revolver zu. Da Ponte fängt ihn – völlig überrascht – auf. Mozart gibt ihm ein Zeichen, daß er den Revolverlauf an Mister Brodniks Schläfe halten soll. Da Ponte tut es, wenn auch auf ungelenke Art und Weise.

Mister Brodnik *wütend.* Ich habe dem Agenten in Philadelphia 100 Dollar bezahlt. Er hat mir versichert, daß alle Beteiligten tot sind.

Da Ponte *während er den Revolver an Brodniks Schläfe hält, zu Mozart.* Verzeihen Sie, mein Herr, so gewiß ich Lorenzo Da Ponte bin, so gewiß sind Sie nicht Wolfgang Amadeus Mozart.

Mozart *während er den Revolver an Brodniks Schläfe hält, zu Da Ponte.* Hab ich was ibrig für Fragen nach der Identität, Sein und Schein, wer ist wer, was ist echt, was ist falsch, bitte schön, alles interessante Themen, aber möchte es Ihnen was ausmachen, wenn wir führen diese Debatte nach dem Coup?

Da Ponte Glauben Sie mir, mein Herr, Mozart ist tot.

Mozart Hören Sie, ich zittere am ganzen Körper. Möcht a Toter zittern? Ihr Argument geht ins Leere.

Während die beiden, Da Ponte und Mozart, miteinander debattieren und dabei die Läufe ihrer Revolver an Mister Brodniks Schläfe halten, gehen die Augen von Mister Brodnik von links nach rechts und wieder zurück, je nachdem, wer von den beiden gerade etwas sagt. Castor und Pollux schauen ebenfalls vom einen zum anderen.

Da Ponte Der Mann hatte die Spielsucht, verlor alles und ist in einem Armengrab verscharrt worden.

Mozart Können wir uns darauf einigen, daß ich nur scheintot war und jetzt eine Glückssträhne habe?

Da Ponte Sosehr ich Ihnen dies wünsche, mein Herr, als Mozart werden Sie kein Glück haben. Der Mann war ein Versager, ein Parvenü. Mehr Schein als Sein. Außerdem hatte er Mundgeruch, wie alle Salzburger. Erst ab dem Veneto riechen die Menschen angenehm. Er versuchte diesen Makel durch Unmengen von Mundwasser und Parfüm zu vertreiben, doch dies vermehrte nur, wie soll ich sagen, seine Ausdünstung.

Mozart A Ausdünstung? Muß ich immer a Manko haben? War ich Kantor in der Bet Am Shalom Synagoge, werd ich gefeuert wegen falscher Auslegung der Schrift. Hab ich den großen Silberleuchter gegen einen kleinen, eisernen gewechselt. Stellt mich der Rebbe zur Rede. Mottel Muhlstein, sagt er, wo ist der Leuchter? Rebbe, sage ich, der heilige Leuchter symbolisiert die Hoffnung der Juden auf den Messias. Der vorherige hat sieben Arme und der nunmehrige hat sieben Arme, wo ist das Problem? Von Silbergehalt steht nix in der Schrift. Auf den Messias kann man auch mit einem eisernen Leuchter warten. Wirft er mich hinaus aus der Synagoge.

Da Ponte *unterbricht ihn und verfällt kurz ins Jiddische.* Mecht ich Ihnen erzählen meine Geschichte. War ich Hofdichter Seiner Majestät, Josephs des Zweiten. Eine Majestät des Geistes, ein Mann von enormem Kunstverstand. Meine erste Begegnung mit Seiner Majestät ...

Mozart *unterbricht ihn.* Mecht ich Ihnen weitererzählen meine Geschichte. Werd ich Antisemit und Kollektesammler in der Catholic Church. Bleib ich sozusagen in der Branche. Stellt mich der Hochwürden zur Rede, weil die Kollekte immer weniger wird. Macky McMill, sagt er, ich hab mich nämlich umtäufen lassen für den neuen Job, es genügt nicht, daß du Antisemit bist, du mußt auch den devoten Blick haben, sonst kommt kein Geld in den Beutel. Hab ich geübt, hab ich versagt. Was soll ich Ihnen sagen? Der devote Blick hat die Katholiken reich gemacht. Am Anfang haben sie nur gehabt die Katakomben, und die gehörten nicht einmal ihnen. Heit haben sie einen eigenen Staat und über hundert Banken. Auf jeden Fall haben sie mich hinausgeworfen aus der Catholic Church.

Während die beiden debattieren, faßt Mister Brodnik vorsichtig mit seinen Fingern nach den Revolverläufen an seiner Schläfe und schiebt sie von sich. Die beiden bemerken es nicht. Mister Brodnik geht langsam ein paar Schritte zurück.

Mister Brodnik *leise zu Castor.* Leg sie beide um. Aber dezent.

Mister Brodnik verschwindet im Zuschauerraum der Oper, Pollux ihm nach. Castor öffnet vorsichtig eine große Holzklappe in der Mitte des Foyerbodens. Aus der Tiefe des Foyers hört man das Geräusch fließenden Wassers.

Da Ponte zu *Mozart.* Ihr Schicksal rührt mich, mein Herr. Hören Sie nun das meine.

Mozart *zu Da Ponte.* Warten Sie ab meine Geschichte. Hör ich von einem gewissen Wolfgang Amadeus Mozart, daß er so viel Erfolg hat mit seine Singspiel. Denk ich mir, Antisemit und Katholik bin ich schon, werd ich Österreicher. Täuf ich mich auf Mozart um. Und jetzt sagen Sie mir, daß der Mann tot ist und Mundgeruch hat.

Castor geht langsam auf Mozart zu und zielt mit seinem Revolver auf ihn.

Castor *zu Mozart, eher leise.* Würden Sie so freundlich sein und an den Abgrund treten?

Mozart *bemerkt die offene Klappe.* Immer wenn man ist so höflich zu unsereinem, steht a Pogrom bevor.

Er läuft, so schnell er kann, durch das Foyer zum Ausgang, die Treppe hinunter. Dabei verliert er die Allongeperücke. Castor schießt ihm nach. Brodnik stürzt aus dem Zuschauerraum der Oper, Pollux hinter ihm.

Herbert Rosendorfer

[Mozart in New York Komödie für Musik]

Erster Akt
1. Szene

(Vor dem Haus des reichen Bankiers Anderson. Da Ponte und Rosalia treten hastend auf, ein Diener steht vor der Tür)

Diener: Halt!

Da Ponte: *(sucht in seinen Rocktaschen)* Zu dumm, ich habe meine Einladung zu Hause vergessen.

Diener: Dann belieben der Herr seine Einladung zu holen, der Ball dauert gut noch seine drei Stunden.

Da Ponte: Junger Mann, ich bin Da Ponte, Lorenzo Da Ponte und *(zärtlich)* die Dame ist die berühmte Sängerin Rosalia Del Mare.

Diener: Ich habe den Namen nie gehört.

Rosalia: Frechheit!

Da Ponte: Kann sein, kann sein. Sie ist auf dem Weg, berühmt zu werden. Den Namen wird man sich merken müssen.

Diener: Kann sein, kann sein. Ich habe die strikte Anweisung von Mr. Anderson, und was noch viel wichtiger ist: von Mrs. Anderson, niemanden ohne schriftliche Einladung einzulassen.

Da Ponte: *(wird nervöser)* Hören Sie ...

Diener: Ich habe keine Zeit zuzuhören. Es wird serviert, ich muß hinein. Und außerdem fängt das Ballett an. Die Damen der Truppe des Herrn Hill tanzen ...

(Im Hintergrund stimmt das Streichquartett, gelegentlich hört man Melodiefetzen der Ballettmusik)

Da Ponte: So hören Sie ...

Diener: ... „Das Urteil des Paris“. Da will unsereiner auch ein Auge voll erwischen.

Da Ponte: Hören Sie endlich zu: Ich bin Da Ponte, Lorenzo Da Ponte. Mein Name ist unlöslich verknüpft mit dem göttlichen Namen Mozart.

Diener: Kann schon sein.

Da Ponte: Ich muß hinein!

Diener: Nur mit schriftlicher Einladung!

Da Ponte: *(zu Rosalia)* Hast du einen Dollar?

Rosalia: Woher denn?

Da Ponte: Nur einen Dollar?

Rosalia: Nein!

Da Ponte: Einen halben Dollar?

Rosalia: Wo soll ich einen haben, wenn du deinen Sängern seit Monaten keine Gage mehr auszahlst.

Da Ponte: Wir müssen hinein! Wer hier nicht dabei ist, ist weg vom Fenster. Außerdem muß ich Anderson überzeugen, daß er mir Geld und Kredit gibt, und meine Gläubiger sind ein paar Tage beruhigt.

Rosalia: *(lacht)* Ein paar Tage!

Da Ponte: Bis wir den „Don Giovanni“ herausgebracht haben! Dann wird uns New York zu Füßen liegen! Es ist nicht anders zu erklären: wahrscheinlich steh ich auf dem Gipfel, auf dem Zenith meines Lebens, denn das Geld rinnt immer weg von mir.

Rosalia: Die Währung, in der unsereins reich wird, ist noch nicht erfunden. Ich möchte wissen, wo das ganze Geld ist, das ausgerechnet ich nicht habe.

(Da Ponte findet in einer seiner Taschen einen halben Dollar, wirft ihn dem Diener zu und geht mit Rosalia in den Ballsaal)

2. Szene

Diener: Und jetzt bittet der Hausherr und Mrs. Anderson um die geschätzte Aufmerksamkeit für die weltberühmte Ballettgruppe des Herrn Hill, sie tanzt zu Ehren der Gäste die eigens für dieses Fest einstudierte Piece: „Das Urteil des Paris".

Da Ponte *(leise)*: Weltberühmt, dass ich nicht lache.

Diener: Die Musik, ebenfalls eigens komponiert, ist von dem weltberühmten Herrn Hopkinson.

Da Ponte: Schon wieder weltberühmt. So ein Schwachsinn. *(laut)* Meine Damen und Herren, im Namen der Kunst muß ich protestieren. Ich, Lorenzo Da Ponte, der Freund des unsterblichen Mozart! Ich habe das kaiserliche Ballett in Wien gesehen, in London und Paris herrlichste Tanzkunst bewundert. Und hier? Das hier ist ein provinzielles Herumgehopse, und die Musik!?

Gäste: Ruhe! Frechheit! Flegel! Ruhe! Unverschämtheit!

Da Ponte: Mr. Hastingson, oder wie immer Sie heißen mögen, gehen Sie bei einem tüchtigen Kontrapunktisten in die Lehre.

Gäste: Unverschämtheit! Flegel! Werft ihn hinaus!

Da Ponte: Was Sie hier geschrieben haben, darüber sollten wir den Mantel der Nächstenliebe breiten.

Hill: Was erlauben Sie sich, mein Herr.

Anderson: *(ruhiger, bestimmt)* Mr. Da Ponte, ich bin höchstlich erstaunt ... um nicht zu sagen verärgert ...

Da Ponte: Meine Herrschaften! Ich mache einen Vorschlag: Diese junge Dame hier, Rosalia Dal Mare, wird Ihnen die Arie der Donna Anna aus Mozarts „Don Giovanni“ singen. Das ist unsterbliche Musik. Lassen Sie mich ans Klavier. Der Text ist von mir.

Rosalia *(singt)*: „Or sai chi l’onore rapire a me volse chi fu il traditore che il padre ...“

Diener *(zu Anderson)*: Wenn ich mir die Bemerkung erlauben darf, er hat keine Einladung.

Gäste: Er hat keine Einladung. Werft den Kerl hinaus. Wir wollen keine Sängerin, wir wollen dieses Ballett.

(Kümmerliches Ballett, Anderson schaut skeptisch zu)

Anderson: *(verunsichert)* Es mag sein, ich räume ein, daß das Ballett von Mr. Hill ...

Hill: *(erregt)* Was heißt das? Sie, ich muß schon bitten, Sie ...

(Das Ballett findet endlich den Rhythmus)

Hill: Da, sehen Sie, meine Tänzer sind Weltklasse.

Da Ponte: Daß ich nicht lache!

Hill: Und haben außerdem den Vorteil, daß sie eine Gage kriegen!

Da Ponte: Was soll das heißen?

Hill: Wann, wann waren Sie das letzte Mal im Schuldturm?

Da Ponte: *(unwirsch)* Das ..., das geht niemanden was an!

Hill: Haben Sie überhaupt eine Einladung?

Da Ponte: Das geht Sie nichts an!

Diener: *(sehr aufgebracht)* Er hat keine ...

Da Ponte: *(bestimmt)* Sind Sie doch ruhig!

Diener: Wenn ich mir die Bemerkung erlauben darf ...

Hill: Mr. Da Ponte, Sie haben sich hier eingeschlichen.

Da Ponte: Wer sagt das?

Diener: *(kräht)* Ich!

Hill: Sie wollten hier für zwei Stunden Ruhe von Ihren Gläubigern haben! *(geringschätzig)* Hier, ein Dollar, ich hab grad nicht mehr bei mir.

(Wirft das Geld in Richtung Da Ponte. Rosalia fängt das Geld auf)

Hill: Und jetzt *(klatscht)* weiter meine Freunde *(klatscht)* Ballett!

(Da Ponte und Rosalia werden von den Dienern hinausgeschafft)

3. Szene

(Straße in New York. An der Ecke ein schlechtes Café. Da Ponte und Rosalia treten auf. Im Café Gäste, darunter „Mozart“)

Rosalia: *(nervös)* Das hast du wieder völlig falsch angepackt!

Da Ponte: Aber das Ballett ... Und die Musik erst!

Rosalia: *(winkt ab)* Du hast natürlich recht, aber so, wie du es angepackt hast, geht es einfach nicht!

Da Ponte: Ich habe geglaubt ...

Rosalia: ... geglaubt ...

Da Ponte: ... grad so gehts.

Rosalia: Und übrigens, deinen „Don Giovanni“ hier in New York kannst du dir jetzt auf den Hut stecken, und ich kann meine Donna Anna im Zentralpark singen, und dann den Hut aufhalten ... *(tänzelt in Richtung Café)*.

Da Ponte: *(schreit)* Hör auf ... *(unwillig)* So laß das ... Ich brauch jetzt dringend einen Kaffee.

Rosalia: *(spöttisch)* Ach so!

Da Ponte: Hab’ meine letzten Dollar leider den Dienern gegeben. Hätte mir’s ersparen können.

Rosalia: Ich hab noch zwei Dollar!

Da Ponte: Also doch! Vorhin hast du gesagt, du Schlange ...

Rosalia: Dann hätte jetzt ein Diener unsere letzten zwei Dollar.

Da Ponte: Was machen wir jetzt?

Rosalia: Eine Truppe, hab ich gehört, geht nach dem Süden, sie sucht noch eine Meerjungfrau, die in einem gläsernen Becken schwimmt.

Da Ponte: Du wirst dich doch nicht so erniedrigen!

Kellner: Die Herrschaften?

Da Ponte: *(unwillig)* Unmöglich ...

Kellner: Was Sie wünschen?

Rosalia: *(hektisch)* Soll ich verhungern?

Kellner: Was Sie wünschen?

Da Ponte: Als Meerjungfrau? Im Wasser? Nackt?

Rosalia: Nur bis zur Hüfte, den Rest bedeckt ein Fischschwanz.

Kellner: *(energischer)* Was Sie wünschen?!

Da Ponte: Das lasse ich nie und nimmer zu!

Rosalia: *(zynisch)* Wenn ich ein gutes Wort für dich einlege, darfst du mit als Neptun! Wir kriegen vier, vielleicht fünf Dollar pro Tag, und wenn ich den Busen unverhüllt zeige: sechs!

Da Ponte: *(springt auf, schreit)* Ehe ich zulasse, daß du ...

Mozart: *(von innen)* Würden Sie bitte unterlassen, so herumzuschreien. Wir spielen Whist und ich muß mich konzentrieren.

Da Ponte: *(fixiert „Mozart", setzt sich wieder hin. Mit ganz anderm Ton)* Hast du diesen Mann gesehen?

Rosalia: Ja, wieso?

Da Ponte: Wie alt ist er?

Rosalia: Ich weiß nicht, vielleicht gut fünfzig.

Da Ponte: Wie aus dem Gesicht geschnitten.

Rosalia: Wem?

Da Ponte: Wenn ich nicht wüßte, daß er seit zwanzig Jahren tot ist ... *(er steht auf – nähert sich Mozart)* Mein Herr, verzeihen Sie, daß ich Ihre Whistpartie unterbreche, aber Sie tragen ein Kapital von unermeßlichem Ausmaß an Ihrem Gesicht.

Mozart: *(ruhig)* Ich verstehe nicht, wovon Sie reden.

Da Ponte: Eine unglaubliche Ähnlichkeit. Rosalia, gib mir die Tasche. Aus der Konkursmasse meines Theaters habe ich noch eine Perücke ... *(setzt Mozart die Perücke auf)* ... wie aus dem Gesicht geschnitten ... Nur zwanzig Jahre älter, aber das ist es, was wir brauchen. Rosalia, wir sind gerettet! Mein Herr, wissen Sie, wer Mozart war?

Mozart: Nein!

Da Ponte: Sie sind jetzt Mozart. Sagen Sie ja, und wir sind reich. Schlagen Sie ein, mein Name ist ... Lorenzo Da Ponte.

(Vorhang fällt)

4. Szene

(Kontor im Bankhaus Anderson)

Da Ponte: Mr. Anderson, ich muß mich entschuldigen, mein Benehmen neulich war unverzeihlich.

Anderson: Schon gut, schon gut ...

Da Ponte: Aber in New York ... der Hauptstadt der Zukunft, dürfen Dinge wie das Ballett von Mr. Hill einfach nicht passieren! Aber ich habe einen Vorschlag zu machen.

Anderson: Sie wollen Geld.

Da Ponte: Ja, nein! Sie wissen ...

Anderson: Ja oder nein?

Da Ponte: Sie wissen, daß ich ein italienisches Opernhaus eröffnen will ...

Anderson: Ja oder nein!

Da Ponte: Ja! Ich brauche Geld, nur für kurze Zeit, und biete Sicherheiten!

Anderson: Sicherheiten?

Da Ponte: Ich werde mit „Don Giovanni“ eröffnen! Es ist alles vorbereitet! Vorzügliche Sänger! Rosalia Dal Mare singt die Donna Anna, ein Stern am Opernhimmel. Es fehlt nur ...

Anderson: ... Geld!

Da Ponte: Gewissermaßen. Aber ich biete eine Sicherheit. Eine Garantie für den Erfolg.

Anderson: Und die wäre?

Da Ponte: Mozart kommt zur Eröffnung.

Anderson: Wer?

Da Ponte: Mozart.

Anderson: Mozart ... Aber Mozart soll doch längst schon tot sein.

Da Ponte: Er kommt zur Premiere, wie kann er dann tot sein?

Diener: *(kommt herein)* Mr. Anderson ...

Anderson: Mozart käme zur Eröffnung?

Da Ponte: So ist es!

Anderson: Wann?

Da Ponte: Er wartet draußen.

Anderson: *(zum Diener)* Sofort noch zwei Gedecke auflegen.

5. Szene

(Dinner bei Anderson. Mr. und Mrs. Anderson erwarten die Gäste, begrüßen sie: Graf Wolkenstein, Prof. Nagelmann, Hill, zuletzt Da Ponte und „Mozart")

Anderson: Hohe Ehre, Exzellenz Graf Wolkenstein, der Gesandte des österreichischen Kaisers!

Da Ponte *(leise)*: Mozart, aufgepaßt!

Anderson: Und Professor Nagelmann, vormals Brünn, jetzt Boston, der berühmte Musiker.

Da Ponte *(leise)*: Verflucht, der auch noch.

Anderson: Das hier ist Mr. Lorenzo Da Ponte, der große Dichter, und dann die Überraschung, eben aus Europa angekommen: Wolfgang Amadé Mozart.

(Alle springen auf und schreien durcheinander: Nicht möglich, unmöglich, Mozart, leibhaftig, welche Ehre, ein Wunder, hallo Mozart ...; Mozart wird umdrängt, Anderson nimmt Wolkenstein und Nagelmann nach vorne)

Anderson: Ich bin nicht ganz sicher, fühlen Sie ihm auf den Zahn.

(Man setzt sich zu Tisch. Da Ponte richtet es so ein, daß er „Mozart" soufflieren kann)

Wolkenstein: Ja, Herr Mozart, hahaha – was für eine Überraschung.

Mozart: Na ja.

Wolkenstein: Es ist eine Ewigkeit her, in Wien, auf einer Soirée bei Auersperg, erinnern Sie sich noch?

Mozart: Als ob's gestern gewesen wär'.

Wolkenstein: Es hat was? – zum Essen gegeben?

Da Ponte *(leise)*: Spargel. Bei Auersperg gab's im Mai immer Spargel.

Mozart: Spargel.

Wolkenstein: *(leise zu Anderson)* Er is, er is! *(laut)* Ach, die alten Erinnerungen – wissen Sie noch, wie die Gräfin g'heißen hat, die dicke, die, die ... *(lacht immer dazwischen)* mitsamt dem Erdbeersorbet auf'n Parkett äußerst indezent hinplumpst is? *(Lacht, haut sich auf die Schenkel)*

Da Ponte *(leise)*: Die dickste Gräfin war die Sprintzenstein.

Mozart: Sprintzenstein.

Wolkenstein: Er is, er is! Prost, Herr Mozart!

Nagelmann: *(mit Überheblichkeit, nörglerisch böhmakelnd, lauernd)* Belieben sich Herr von Mozart gietigst zu erinnern, wie Sie in Brünn gewesen sein mechten?

Da Ponte: *(leise)* Siebzehnsechsundsiebzig.

Mozart: *(deutlich)* Siebzehnsechsundsiebzig.

Nagelmann: Nicht schlecht, stimmt! Na ja, und mit wem, bitteschen, haben Sie damals vierhendig Klavirr gespielt?

Mozart: Mit Ihnen, Herr von Nagelmann.

Nagelmann: Stimmt. Und wer war, bitteschen, der beriehmteste Klavierspieler von Brünn und Umgebung?

Mozart: Professor Nagelmann.

Nagelmann: *(erregt)* Er is, er is! Kein Zweifel! Prost, Herr von Mozart!

Anderson: Prost, Herr von Mozart.

Mrs. Anderson: *(verliebt hinschmelzend)* Prost, Mozart!

(Das Dinner ist beendet, die Gäste bilden kleine Gruppen, Anderson nimmt Mr. Hill nach vorn)

Anderson: Mr. Hill, Sie werden verstehen, unsere kontraktlichen Verhältnisse haben sich gänzlich geändert.

Hill: Versteh' ich nicht.

Anderson: Mozart wird bei der Eröffnung von Da Pontes italienischem Opernhaus zugegen sein!

Hill: Seit wann hat Da Ponte ein Opernhaus?

Anderson: Seit es die Mozart-Opern-Aktiengesellschaft gibt.

Hill: Opern-Aktien-Gesellschaft?

Anderson: *(ruhig, überlegt)* Sie waren eben Zeuge der Gründung. Sie können auch Aktien zeichnen.

Hill: *(erregt)* Und meine Operngesellschaft?

Anderson: Ehrlich gesagt, dieses Ballett neulich, na ja ... Vielleicht gastieren Sie am Land in Kansas ...

Hill: Mr. Anderson, Sie haben ganz anders geredet!

Anderson: Und die Musik, von dem Husting, äh ... dem Hustingson – dieses Gedudel!

Hill: Mr. Anderson, Sie hatten ...

Anderson: Lieber Hill, Mozart is money. Wollen Sie jetzt Aktien zeichnen oder nicht?

Hill: *(verbittert)* Ich empfehle mich, Mr. Anderson.

Diener: Die Herrschaften werden in den Blauen Salon gebeten. Kaffee, Tabak und alter Brandy!

(Alle ab, bis auf „Mozart" und Mrs. Anderson; „Mozart" bedrängt Mrs. Anderson)

Mozart: Redet er immer nur vom Geld? Ich meine Ihren Mann.

Mrs. Anderson: Ach, Mozart, darf ich Wolfgang Amadé sagen?

Mozart: Schlicht Wolferl.

Mrs. Anderson: Bitte setzen Sie sich an den Flügel, Sie sollen so göttlich improvisieren.

Mozart: Ich weiß nicht, ... musikalisch ... fällt mir nichts ein, grad im Moment.

(Mozart bedrängt neuerlich Mrs. Anderson)

Mrs. Anderson: Sie improvisieren auf andere Weise.

Mozart: Man tut, was man kann. Ich red nicht von Geld.

Mrs. Anderson: Von was dann?

Mozart: Von Ihren Augen, Susanne.

Mrs. Anderson: Sie wissen, daß ich Susanne heiße?

Mozart: Wie die in meinem „Figaro".

Mrs. Anderson: Und von was reden Sie noch?

Mozart: Von Ihren Knöcheln, von ihren Waden, von Ihren Armen, von Ihrem ...

Mrs. Anderson: Und nie von Geld und Aktien? *(hinschmelzend)* Ach Mozart, ach, Wolferl, Sie improvisieren wirklich göttlich.

(Wilde, leidenschaftliche Umarmungen, Vorhang fällt)

6. *Szene*

(Im neugegründeten Opernhaus Da Pontes. Alles ist im Aufbau begriffen, Graf Wolkenstein und Nagelmann treten auf)

Wolkenstein: Ehrlich gesagt, ich mach mir nichts aus Opern. Aber daß der Mozart in New York ist ...

Nagelmann: Der ist großartig.

Wolkenstein: Gewissermaßen schon ... einmalig.

Nagelmann: Die ganze Stadt mechte schon seit Wochen nix – bitteschen – anders nicht reden! Bitteschen!

Wolkenstein: Schaun Sie, und das da! *(zeigt herum)*

Nagelmann: Wird prächtig!

Wolkenstein: ... zahlt alles der Anderson!

Nagelmann: Vorleifig. Meint, es mecht a G'schäft werden. Mozart is money.

Wolkenstein: No ja. Die neue Welt. Bei uns in der alten Welt ... Sie

	müssen wissen, daß ich noch unter weiland ihrer Majestät Maria Theresia gedient habe. Sie müssen wissen, früher haben die Künstler für die Ehre gearbeitet.
Nagelmann:	Aber hier zahlt Anderson!
Wolkenstein:	Na ja, manchmal hat man ihnen eine Tabatière mit Talern gefüllt überreicht.
Nagelmann:	Aber hier zahlt Anderson!
Wolkenstein:	War auch noch schönere Musik, sag ich Ihnen! Jetzt, das neue Zeug! Ich sag Ihnen, dieser Bett-hofer, oder wie er heißt, ist schon taub von seiner eigenen Musik! Und komponiert für Geld. Ich versteh die Welt nicht mehr. Am allerwenigsten die Neue hier. Und ehrlich gesagt, ich mach' mir nichts aus Opern. Aber gleich werden diese Journalisten kommen.
Nagelmann:	Müssen abg'schmiert werden.

(Mrs. Anderson und „Mozart" treten auf)

Mrs. Anderson:	Diese Arie ist das schönste, was Sie je geschrieben haben, Wolferl.
Mozart:	Man tut, was man kann.
Mrs. Anderson:	Heute abend reist mein Mann nach Washington. Nehmen Sie das Tuch hier.
Mozart:	Was soll das?
Mrs. Anderson:	Da ist der Schlüssel für das Gartentor drin!

(Rosalia kommt)

Rosalia:	*(zu „Mozart")* Was tuschelst du mit der Anderson?
Mozart:	Ich? Tuscheln? Nix!
Rosalia:	Sie hat dir doch was gegeben?
Mozart:	Na ja, das Taschentuch, hatte Nießreiz.
Rosalia:	Daß das nicht ein anderer Reiz war!
Mozart:	Geh, Rosalia. Du bist für mich die einzige!

(Da Ponte kommt)

Da Ponte:	Was tuschelst du mit dem Mozart?
Rosalia:	Man muß dauernd mit dem Mozart tuscheln, damit

er nichts Falsches sagt. Da – da – zieht ihn schon wieder diese Anderson zur Seite *(zieht Mozart beiseite)* Göttlicher Meister! *(zischt)* Laß die Person stehn, sie ist verheiratet!

Mozart: A-so? Wirklich?

Rosalia: Heute abend warte ich in dem bewußten Gasthaus. Ich sag, ich fahr zu meiner Mutter. Hier – der Schlüssel.

(Anderson und eine Gruppe von Journalisten treten auf)

Anderson: Meine Herren ...

Mrs. Hill: *(als „Journalistin" verkleidet)* Es ist auch eine Dame darunter.

Wolkenstein: Ja, gibt's denn das? Eine Journalistin! Ich versteh' die Welt nicht mehr!

Anderson: Sie haben vorhin Demoiselle Dal Mare gehört. Eine Kostprobe aus der Oper unseres himmlischen Meisters. Sind noch Fragen?

1. Journalist: Wie schnell schreibt Mozart?

Da Ponte: Viertausend Noten in der Stunde!

2. Journalist: Schreibt er mit schwarzer oder blauer Tinte?

Da Ponte: Schnelle Stücke mit schwarzer, langsame mit blauer.

3. Journalist: Schreibt er von links nach rechts oder rechts nach links?

Da Ponte: Mit beiden Händen gleichzeitig, stellen Sie sich vor, bei viertausend Noten in der Stunde!

Alle Journal.: Kann man das sehen?

Da Ponte: Unmöglich! Da würde die Muse dem Meister entfliehen!

Journalisten: Oh! Ist das schon eine amerikanische Muse?

Da Ponte: Selbstverständlich!

2. Journalist: Und wie heißt sie?

Da Ponte: Polyhymnia.

1. Journalist: Und wie heißt die Oper, die Mozart schreibt?

Anderson: Ein neues Werk, ein großes Werk, ein großartiges Werk.

1. u. 2. Journal.: Und wie wird es heißen?

Anderson: „Der fliegende Holländer".
Alle: Ah! Und fliegt er wirklich?
Da Ponte: Wer?
Journalisten: Der Holländer?
Anderson: Wir werden unser möglichstes tun.

(Die Journalisten schreiben in ihre Notizbücher, nur die „Journalistin" nähert sich „Mozart")

Anderson: Keine Fragen mehr? Dann bitte ich zu einem kalten Buffet.

(Die Journalisten marschieren im Gänsemarsch an Anderson und Da Ponte vorbei. Neben Anderson steht der Diener, der Geldkuverts verteilt. Mrs. Hill drängt sich nach vorn zu „Mozart"; Journalisten und dann auch Da Ponte, Anderson und Diener ab)

Mrs. Hill: Sie haben zwei heimliche Schlüssel bekommen. Ich habe alles beobachtet. Hier – der dritte Schlüssel. Aber der ist der allerbeste!
Mozart: Sie sind gar keine Journalistin.
Mrs. Hill: Woher wissen Sie das?
Mozart: Weil Sie kein Geld nehmen.
Mrs. Hill: Aber ich bin eine Verehrerin Mozarts, seiner Musik und des Mannes. Und wenn Sie gleich mitkommen, zeige ich Ihnen selber, wo der Schlüssel paßt.

(Beide ab; Da Ponte schimpft und flucht noch hinter der Bühne, tritt mit Anderson und Frau, Rosalia, Wolkenstein und Nagelmann und Diener auf)

Da Ponte: *(brüllt wütend)* Wo ist dieses Journalistenweib?
Anderson: Die hat kein Geld genommen.
Da Ponte: Höchst verdächtig.
Rosalia: Und wo ist Mozart?
Da Ponte: Wo ist Mozart?
Rosalia: *(läuft zum Fenster)* Da, da steigt er in die Kutsche, mit dieser Journalistin, diesem Weib ...
Mrs. Anderson: Der kratze ich die Augen aus!
Rosalia: Sie? Nein: Ich!

Mrs. Anderson: Ich!
Rosalia: Wieso Sie?
Mrs. Anderson: Nur ich.
Da Ponte: Rosalia, laß' das!
Anderson: Aber, meine Damen!
(Vorhang fällt)

Zweiter Akt

1. Szene

(In der österreichischen Gesandtschaft. Vorraum. Graf Wolkenstein und Mr. Hill treten auf)

Hill: *(wichtig)* Hier – es war nicht einfach, sie zu bekommen.

Wolkenstein: Ah – interessant. Und was ist das?

Hill: Eine alte Zeitung aus Wien!

Wolkenstein: Ah – wie interessant.

Hill: Vom Dezember 91.

Wolkenstein: Hoch interessant. Dezember 91. Das ist ja zwanzig Jahre her. Und nur um mir die Zeitung zu zeigen – Mister ... Mister?

Hill: Hill, Theaterdirektor.

Wolkenstein: Richtig, Mr. Bill. Wo ich nur meinen Kopf hab! Um mir diese zwanzig Jahre alte Zeitung zu zeigen, bemühen Sie sich eigens hierher in die österreichisch-ungarische Gesandtschaft –? Reizend. Entzückend. Ich dank' Ihnen.

Hill: Es ist eine Zeitung aus Wien!

Wolkenstein: Ach so – entzückend, ein Gruß aus der fernen Heimat.

Hill: Nein. Ja. Aber vor allem: vom Dezember 91! *(wieder hastig)* Ich kann leider nicht deutsch. Aber die Nachricht da, rot unterstrichen, ist hoch interessant!

Wolkenstein: Eine Nachricht, wo zwanzig Jahre alt ist, soll hochinteressant sein?

Hill: Sie können doch deutsch. Lesen Sie bitte.

Wolkenstein: Deutsch kann ich schon, aber mit dem Lesen hapert's. Wenn ich nur mein Lorgnon finden tät'.

Hill: Dann bemühen doch Exzellenz Exzellenz' Sekretär.

Wolkenstein: Ach so – ja ... Sie meinen? Sehr gut! Auf was Sie nicht alles kommen. Eynhuf? Eynhuf!

(Eynhuf tritt „hinkend" – Fußfehler – auf)

Eynhuf: Exzellenz haben zu rufen geruht?

Wolkenstein: Eynhuf, da – eine alte Zeitung. Ich find' mein Lorgnon nicht. Lesen's doch das.

Eynhuf: *(liest)* „In der Nacht vom 4. zum 5. d. M. ..."

Wolkenstein: ... de Em?

Eynhuf: ... des Monats!

Wolkenstein: Aha.

Eynhuf: „... verstarb allhier der k. k. Hofkammerkompositor Wolfgang Mozart!"

Wolkenstein: *(zu Hill „wichtig")* Das heißt auf Englisch: „... verstarb all hier der K. K. Hofkammerkompositor Wolfgang Mozart!

Hill: ... verstarb Mozart.

Eynhuf: „Von seiner Kindheit an durch das seltenste musikalische Talent in ganz Europa bekannt, hatte er durch die glückliche Entwicklung ..."

Hill: ... und so weiter, und so weiter. Auf das übrige kommt es nicht an. Was sagen Sie jetzt?

Wolkenstein: Ja, was sag' ich jetzt?

Eynhuf: Brauchen mich Exzellenz noch?

Wolkenstein: Können gehn, Eynhuf.

(Eynhuf ab)

Hill: Mozart ist tot!

Wolkenstein: Ach so. Ja, ja. Richtig. Aber er lebt doch noch. Er ist hier in New York.

Hill: Der hier ist ein Hochstapler!

Wolkenstein: Was sie nicht sagen. Aber er hat doch ganz genau gewußt, was es beim Auersperg anno 76 zum Essen geb'n hat. Natürlich Spargel! Und daß es die dicke, *(mit Ekel)* fette Sprintzenstein war, wo mitsamt ihrem Sorbet hing'fallen ist und sich *(lacht)* sehr ... sehr ... sehr indezent entblößt hat.

Hill: Aber hier in der Zeitung steht, daß Mozart gestorben ist!

Wolkenstein: Na ja. Was so alles in der Zeitung steht. Wenn so ein Journalist in seiner Zeitung hineinschreibt, daß der Mozart tot ist, ja dann ist das förmlich konträr ein Beweis dafür, daß er noch lebt.

Hill: *(erregt)* Dieser Mozart ist ein Hochstapler. Er kann nicht Klavierspielen. Er kann keine Noten lesen.

Wolkenstein: Das wäre ja entsetzlich.

Hill: Und bevor er „Mozart“ geworden ist, war er berufsmäßiger Whistspieler ...

Wolkenstein: Berufsmäßiger was?

Hill: *(hastig)* Whistspieler: Kartenspieler. Um Geld. In Kaffeehäusern.

Wolkenstein: Davon kann man in Amerika leben? Interessant. Hochinteressant.

Hill: *(wütend)* Dieser „Mozart“ ist ein Hochstapler! Er muß verschwinden, dieser Whist-Spieler, dieser Weiberheld!

Wolkenstein: Ah, da schau' her. Macht er das auch berufsmäßig?

Hill: Das macht er zu seinem Vergnügen. Zum Beispiel: Mit der Frau vom Anderson hat er was ...

Wolkenstein: Delikat, delikat ...

Hill: Und mit Da Pontes Rosalia ...

Wolkenstein: Delikat, delikat.

Hill: ... und sogar mit meiner Frau.

Wolkenstein: *(lacht)* Delikat. Na ja. Ich bin verwitwet, mir kann er keine Hörner mehr aufsetzen.

Hill: Exzellenz!

Wolkenstein: Ja, was ist?

Hill: Denken Sie an die Ehre Österreichs und des Hauses Habsburg-Lothringen!

Wolkenstein: Ich denk' dauernd dran. Ist meine Aufgabe.

Hill: Aber dieser Mozart ist ein Hochstapler! *(fuchtelt herum)*

Wolkenstein: *(wegwerfend)* Ja, die gibt's in Österreich viele, aber was soll's ...

Hill: *(hat plötzlich eine Idee)* Exzellenz! Er bezeichnet sich als k. k. Hofkammerkompositeur!

Wolkenstein: Na ja.

Hill: Für einen Hochstapler die Anmaßung eines Hoftitels.

Wolkenstein: *(springt auf, schreit)* Entsetzlich!

Hill: Müssen Sie dem nicht nachgehen?

Wolkenstein: *(ganz aufgelöst)* Eynhuf! Eynhuf!

Eynhuf: Exzellenz haben gerufen?

Wolkenstein: Sofort eine Depesche nach Wien: *(ringt nach Worten)* schnell ... Eynhuf! Es soll sofort urgiert werden, ob der hiesig verstorbene Hofkompositeur *(greift auf den Kopf)*, ich meine: ob der dortig lebende Hofkompositeur, korrigiere mich: ob der dort gelebt habende und hierorts lebende Hofkompositeur Mozart noch lebt, obschon er gestorben ist.

Eynhuf: *(überlegt)* Verstehe, Exzellenz.

Hill: Aber raschest!

Eynhuf: Werde mein Bestes tun. Aber wird seine vier bis sechs Wochen dauern, bis Antwort kommt.

Hill: *(äußerst erregt)* Sechs Wochen – aber bis dahin hat dieser gräßliche Da Ponte längst sein Opernhaus eröffnet und dieser falsche Mozart überschwemmt quasi ganz New York. Exzellenz! Sie müssen etwas unternehmen.

Wolkenstein: Hab' doch grad die Expressdepesch' wegg'schickt.

Hill: Es muß etwas unternommen werden, was rascher wirkt!

Eynhuf: Exzellenz!

Wolkenstein: Ja? Eynhuf?

Eynhuf: Ich habe mir erlaubt, submissest eine Idee zu haben.

Wolkenstein: So. Sehr brav. Danke. Wo waren wir grad?

Eynhuf: Pardon, Exzellenz – darf ich gehorsamst mir erlauben, meine Idee auch zu äußern!

Wolkenstein: Ach so. Äußern wollen S'es auch? Gut. Also.

Eynhuf: Man müßte dem Schwindel mit einem Schwindel begegnen.

Wolkenstein: Sehr gut. Nur versteh' ich's nicht.

Hill: Wie das?

Eynhuf: *(wichtig)* Wir holen Mozarts Frau nach New York ... sie wird den falschen Mozart entlarven.

Wolkenstein: Großartig! Sehr gut!

Hill: *(energisch)* Aber das dauert auch viele Wochen, bis Madam Mozart kommen kann!

Eynhuf: Ich habe nicht an die echte Madam Mozart gedacht, sondern an eine falsche solche. *(listig)* Wenn Herr Da Ponte einen falschen Mozart herzaubern kann, warum dann nicht wir eine falsche Madam?

Wolkenstein: Eine Perle, mein Eynhuf. Lassen S' das gesamte Gesandtschaftspersonal antreten.

(Eynhuf holt das Personal)

Peronal: *(singt)* Oh Österreich, oh Österreich,
wir dienen dir mit Freuden gleich,
und Ungarn, Böhmen auch dazu.
Spät abend und auch in der Früh,
sind die Gedanken, wie bekannt,
dort drüben bei dem Vaterland.

(Wolkenstein winkt ab und mustert sein Personal)

Wolkenstein: Wer könnte die Madam Mozart spielen? Der da?

Hill: Es sollte wohl eine Dame sein.

Wolkenstein: Ja, Sie haben recht! Die Herren können geh'n.

(Das männliche Personal ab, übrig bleiben: ein junges Mädchen, eine alte Gouvernante und eine dicke Köchin. Wolkenstein zeigt auf die Gouvernante)

Wolkenstein: Die ist terisch, daher unmöglich!

Gouvernante: Ich hör' noch sehr gut, wenn man laut sprechen tut.

Wolkenstein: Also: die Gouvernante ist terisch und zu alt, die Köchin ist auch nicht geeignet.

Hill: Bleibt *sie*.

Wolkenstein: Zu jung! Keine siebzehn Jahre!

Eynhuf: Ich hab's: die könnte man als Mozarts Tochter ausgeben.

Wolkenstein: Hat Mozart eine Tochter gehabt?

Hill: Weiß der Himmel.

Eynhuf: Wenn sie schon falsch ist, dann kommt es darauf auch nicht mehr an.

Wolkenstein: Gut, Eynhuf. Also, mein Kind. Sie sind ab jetzt Mademoiselle de Mozart. Die übrigen Instruktionen gibt Ihnen Herr von Eynhuf. Ich danke. Und jetzt, glaube ich, haben wir uns ein Gabelfrühstück verdient.

(Alle ab)

2. Szene

(Gleicher Schauplatz, aber festlich geschmückt; Anderson und Da Ponte treten auf)

Anderson: Wie läuft es, Mister Da Ponte?

Da Ponte: Ausgezeichnet! Die Proben klingen hervorragend! Der Verkauf läßt nichts zu wünschen übrig. Die ersten acht Vorstellungen sind so gut wie ausverkauft. Ich denke als nächstes schon an den „Figaro"!

Anderson: *(lauernd)* Und Mademoiselle Rosalia, Ihre Primadonna?

Da Ponte: In bester Laune.

Anderson: Das hat allerdings Gründe, habe ich gehört.

Da Ponte: Lassen wir das ...

Anderson: Ja, gut. Dieser Mozart ist ein unglaublicher Kerl, ein Genie! Da muß man moralische Konzessionen machen. Übrigens: Die Aktien der Company ...

Da Ponte: ... *(höchst erfreut)* sind schon wieder gestiegen!

Anderson: Mozart ist money!

Da Ponte: Aber was ist der Anlaß zu diesem Fest beim österreichischen Gesandten?

Anderson: Man hat mir sagen lassen: heute sei das Namensfest Seiner kaiserlich-königlichen Hoheit, des Erzherzogs Ambrosius Salvator, ist erst zwei Jahre alt, aber schon Primas von Ungarn und Kardinal. Anderseits ... der Namenstag eines Wickelkindes? Das klingt mir verdächtig.

Da Ponte: Das gefällt auch mir gar nicht!

(„Mozart" kommt aufgeregt herein)

Da Ponte: Mozart?!

Mozart: Haben Sie schon gehört?

Da Ponte: Nein ...

Mozart: Es braut sich etwas zusammen.

Anderson: Gegen wen?

Mozart: Gegen mich. Meine Tochter ist angekommen.

Da Ponte: Aber Mozart hat doch gar keine Tochter!

Mozart: *(atemlos erregt)* Aber die Tochter ist angekommen. Aus Wien – angeblich – und sie soll hier und jetzt der feinen Gesellschaft präsentiert werden!

Anderson: Aber wenn Sie keine Tochter haben, dann muß es sich um einen Schwindel handeln?!

Da Ponte: *(leise, entsetzt)* An alles habe ich gedacht, nur daran nicht!

Anderson: Der Schwindel muß entlarvt werden!

Da Ponte: *(leise)* Nur wer wird entlarvt, wer?

(Ein Diener tritt eilig auf)

Anderson: Wo ist die angebliche Mademoiselle Mozart? *(Zieht eine Münze heraus)*

Diener An sich ist ein Gesandtschaftsdiener nicht bestechlich. *(Anderson gibt ihm Geld)* Ab gewissen Summen hört die Unbestechlichkeit auf. *(Anderson gibt noch mehr Geld)* Die Dame wartet im Grünen Salon!

Mozart: Lassen Sie mich das machen!

(„Mozart" und Diener ab)

3. Szene

(Die Türen nach hinten werden geöffnet, Festtrubel – Graf Wolkenstein, Hill, Mrs. Anderson, Mrs. Hill, Rosalia, Eynhuf usw., treten auf)

Wolkenstein: ... und erlaube mir einen Toast aus Anlaß Seines allerhöchsten Namensfestes auf unseren äh – äh

Eynhuf: *(souffliert)* innigstgeliebten ...

Wolkenstein: ... innigstgeliebten sowie hochverehrten Erzherzog ... äh ...

Eynhuf: Ambrosius Salvator

Wolkenstein: Ambrosius Salvator auszubringen. Ich bitte das Glas zu erheben: Er lebe äh ...

Eynhuf: *(souffliert)* Hoch

Wolkenstein: ... hoch!

Alle: hoch ... hoch ... hoch ... *(durcheinander)*

(Das Orchester versucht, die Kaiserhymne zu intonieren)

Da Ponte: So falsch hab' ich die Kaiserhymne noch nie gehört.

Mrs. Anderson: *(erregt)* Wo ist Mozart?

Rosalia: *(erregt)* Was geht Sie das an?

Mrs. Hill: *(verklärt)* Wo ist der Meister?

Mrs. Anderson: Was geht Sie das an?

Rosalia: Wo nur der Wolferl bleibt?

Mrs. Anderson: Wieso erlaubt die sich, ihn Wolferl zu nennen?

Mrs. Hill: Für mich Amadé ...
Mrs. Anderson: Für mich Amadeus ...
(„Mozart" kommt, er geht auf Anderson zu, leise zu ihm)
Mozart: Ich habe soeben die hübscheste, schönste und charmanteste, falsche Tochter Mozarts kennengelernt!
Wolkenstein: Ah, Herr Mozart, heute schon wieder Noten geschrieben? Stell' ich mir scheußlich schwierig vor! A propos, wir haben noch eine kleine Überraschung für Sie! Eynhuf, arrangieren sie bitte.
(Eynhuf bittet alle Anwesenden sich zu gruppieren; „Mozart" bittet er, mit devoter Geste, in den Mittelpunkt der Gesellschaft)
Eynhuf: Wir haben einen neuen Gast aus Wien, eine große Überraschung – besonders für unsern Meister Mozart.
Hill: *(zu Wolkenstein)* Jetzt platzt die Bombe.
Wolkenstein: Der falsche Mozart müßte sofort verduften.
Hill: Das wär' das Beste, was er tun kann.
Eynhuf: ... und hier: Demoiselle Mozart, des Meisters Tochter!
(Demoiselle „Mozart" knickst; Applaus, einzelne Hochrufe, große Spannung; „Mozart" und Mozarts „Tochter" gehen aufeinander zu – Umarmung)
Dem. Mozart: *(heuchlerisch)* Papa!
Mozart: Meine Tochter!
Hill: *(zieht aufgeregt Wolkenstein zur Seite)* Was ist da los? Sie sollten ihn doch entlarven!
Wolkenstein: Wer – wen?
Hill: *(verzweifelt)* Jetzt ist der Mozart echter als je zuvor!
Eynhuf: Wahrscheinlich ist er doch echt!
Hill: Aber das Mädchen ist doch falsch!
Wolkenstein: *(weinerlich)* Ich ... ich überblicke die Situation nicht mehr.
Hill: Entlarven Sie sofort die Kreatur!
Wolkenstein: Welche Kreatur?
Hill: Die falsche Tochter!
Wolkenstein: Aber Sie wollten doch selber –?!

Hill: Vorhin, aber jetzt nicht mehr. Verkündigen Sie sofort: das ist eine falsche Demoiselle Mozart!

Eynhuf: Ausgeschlossen. Das vertrüge sich nicht mit der Würde des Namensfestes einer kaiserlichen und königlichen Hoheit!

Wolkenstein: *(zu Hill)* Und überhaupt scheinen Sie nicht zu wissen, was Sie wollen!

(Hill wütend ab)

Wolkenstein: *(laut)* Und nun, meine Damen und Herren, das Buffet ist eröffnet.

(Alles strömt zum Buffet. Mozart und seine „Tochter" sitzen in inniger Umarmung)

Da Ponte: Eine rührende Familienszene *(ab)*

Mrs. Hill: Wer ist die Schlampe?

Rosalia: Mozart hat überhaupt keine Tochter.

Mrs. Anderson: Was die Männer immer an den jungen Dingern finden?

Mrs. Hill: Das ist ein falscher Mozart.

Rosalia: Der Mozart ist echt, die Tochter ist falsch.

Mrs. Anderson: Die Tochter ist echt, der Mozart ist falsch.

Rosalia: Ich platze –

Mrs. Hill: Ich berste –

Mrs. Anderson: Ich geh' in die Luft –

(Mrs. Hill, Mrs. Anderson und Rosalia wütend ab, Graf Wolkenstein Eynhuf nach vorn)

Wolkenstein: Versteh'n Sie das, Eynhuf?

Eynhuf: Es entzieht sich im Moment meinem Überblick.

Wolkenstein: Ich hoffe jetzt nur eins: daß nicht noch mehr von der Familie kommen.

(Vorhang fällt)

Dritter Akt
Einzige Szene

(Glänzend eingerichteter Raum hinter der Zentral-Loge in Da Pontes neuem Opernhaus. Rechts der Eingang von außen, hinten Logenbrüstung mit Blick zur Bühne.
Stimmengewirr von außen und das Stimmen von Instrumenten. Da Ponte und Anderson treten auf)

Da Ponte: Ein großer Tag! In einer halben Stunde öffnet sich der Vorhang.

Anderson: *(drohend)* Mister Da Ponte ... Warum dirigiert Mozart nicht selber?

Da Ponte: Er ist ... er ist unpäßlich ... indisponiert. Außerdem ist er Komponist und nicht Dirigent!

Anderson: *(drohend)* Mister Da Ponte! Sie haben mich belogen! Ihr Mozart ist vor allem nicht Mozart!

Da Ponte: Das haben Sie doch schon lang gewußt. Was hätte ich sonst machen sollen? Daß die Aktien steigen?

Anderson: *(anderer Ton)* Well. Die Aktien steigen. Das ist ein Argument. Mozart is money ... Aber ... wenn die Leute dahinterkommen?

Da Ponte: *(rasch)* Ein Ausweg findet sich immer! Lassen Sie erst die Première vorbeigehen.

Anderson: Und dann?

Da Ponte: Fällt mir ein Ausweg ein.

Anderson: *(ungeduldig)* Was für ein Ausweg?

Da Ponte: *(auch ungeduldig)* Das weiß ich doch jetzt noch nicht!

(Diener tritt auf)

Diener: Seine Exzellenz, der Österreichische Gesandte.

Da Ponte: Ich lasse bitten.

Anderson: Vergessen Sie nicht, daß Sie mit zweihundert Dollar bei mir in der Kreide stehen. Wenn die Aktien sinken, bringe ich Sie in den Schuldturm, und dort bleiben Sie bis 1956.

(Diener geht hinten in die Loge ab)

Da Ponte: Neunzehnhundertsechsundfünfzig, das wäre ja Mozarts zweihundertster Geburtstag.

(Wolkenstein tritt auf)

Da Ponte: Exzellenz!

Wolkenstein: Herr von Da Ponte!

Da Ponte: Es ist mir eine Ehre, daß sie der Première beiwohnen wollen.

Wolkenstein: *(lauernd)* Die Oper, die Sie da geben, ist die hoffentlich schon von Mozart?

Da Ponte: Wie soll ich das verstehen?

Wolkenstein: *(zeigt ein Papier vor)* Hier. Eine Depeche, eben aus Wien express angekommen. Mozart ist seit zwanzig Jahren tot, laut Sterberegister am fünften Dezember siebzehnhunderteinundneunzig verstorben. Jetzt haben wir achtzehnhundertelf!

Da Ponte: *(ruhig)* Wie die Zeit vergeht. Übrigens – weiß schon jemand etwas davon?

Wolkenstein: Noch niemand, natürlich, war ja eine Geheimdepeche. Aber ich werde das unverzüglich der Presse bekanntgeben. Der Schwindel muß aufgedeckt, entlarvt werden!

Da Ponte: Die Journalisten sind hier, ich habe eine Pressekonferenz anberaumt.

Wolkenstein: Sehr gut. Und wo?

Da Ponte: *(öffnet einen Schrank)* Hier bitte.
(Wolkenstein geht hinein)
Stören sich Exzellenz bitte nicht daran, daß es finster ist. Ich lasse gleich Licht machen.

(Da Ponte sperrt den Schrank ab und geht. Mozart und seine „Tochter" treten von verschiedenen Seiten auf)

Mozart: Du hier?

Dem. Mozart: Sie hier?

Mozart: Wo sonst?

Dem. Mozart: Am Dirigentenpult.
Mozart: Weiß nicht, was ich da zu suchen hätte.
Dem. Mozart: Schade, schade.
Mozart: Der Schwindel würde sofort auffliegen.
Dem. Mozart: Nichts wäre mir lieber.
Mozart: Und mir erst!
Dem. Mozart: Sind Sie nicht Mozart?
Mozart: *(lachend)* Nie gewesen.
Dem. Mozart: Auch ich bin nicht Mozarts Tochter.
Mozart: Das habe ich schon längst gewußt.
(Lange Umarmung, Da Ponte kommt zurück)
Da Ponte: Das ist wieder eine schöne, rührende Familienszene.
Mozart: *(energisch)* Herr Da Ponte, das Spiel ist aus!
Da Ponte: Im Gegenteil: das Spiel fängt eben an! Hören Sie, im Orchester stimmt man die Instrumente.
Wolkenstein: *(aus dem Schrank)* Mozart ist tot!
Da Ponte: *(haut auf den Schrank)* Still, alter Maulwurf!
Dem. Mozart: Unser Entschluß steht fest. Wir geh'n nach Kansas ... oder Louisiana ... und bauen Mais ... oder züchten Perlhühner.
Da Ponte: Das wirft mich um Monate zurück. Wo soll ich einen neuen Mozart hernehmen?
Wolkenstein: *(kräht aus dem Schrank)* Mozart ist tot!
Da Ponte: Still, alter Maulwurf!
Mozart: Hier steht ... die Frau meines Lebens. Wir heiraten.
Da Ponte: Schluß jetzt! Ich bring ihn um! *(Mozart und Tochter weichen entsetzt zurück)* Ich bring ihn um. *(lacht)* Das ist die Lösung. Ich bring Sie um. Sobald Sie tot sind, Mozart, sind Sie echt, dann kann niemand etwas beweisen.
Wolkenstein: *(aus dem Kasten)* Mozart ist tot!
Da Ponte: Still, du alter Maulwurf! Und Ihr könnt heiraten.
Mozart: Als Toter?
Da Ponte: Nur Mozart ist tot, nicht Sie.

Mozart: Aber wenn Sie mich ... ermorden, dann werden Sie ja ...
Dem. Mozart: ... aufgehängt.
Da Ponte: Richtig, das Problem ist noch zu lösen.
Wolkenstein: *(aus dem Kasten)* Mozart ist tot!
DaPonte: Gleich, alter Maulwurf, laß ich dich heraus. Am besten wäre es ...
Dem. Mozart: Mozart bringt sich selber um.
(Mozart lacht, nimmt das Praliné aus einer Schüssel auf dem Tisch)
Mozart: Das Praliné *(lacht)* ist vergiftet.
(Mozart legt sich auf den Boden und spielt den Sterbenden, Tochter und Da Ponte ringen die Hände, müssen selber dabei lachen)
Da Ponte: Er hat sich selbst gemordet.
(Rosalia im Kostüm der Donna Anna, Anderson, Hill, Mrs. Anderson, Mrs. Hill treten auf)
Da Ponte: Ich habe eine traurige Mitteilung zu machen: Mozart ist eben verstorben!
Hill: *(beiseite, rasch)* Alter Schurke. Ich glaube ihm den toten Mozart so wenig wie den lebendigen.
Da Ponte: Hier liegt er ...
Rosalia: ... als ob er noch lebendig wär'!
Dem. Mozart: Mein guter Vater *(deckt ihn mit einer Decke zu)*
Wolkenstein klopft innen gegen den Kasten)
Da Ponte: Ah, einen Moment.
(Schließt den Kasten auf, Wolkenstein kommt heraus)
Da Ponte: Verzeihung, Exzellenz, ein Irrtum.
Wolkenstein: *(wedelt mit der Depeche)* Mozart ist tot.
Da Ponte: Ja, da liegt er!
Wolkenstein: Ah so ... da schau her.
Rosalia: Aber wie das so plötzlich?
Da Ponte: Meine Damen und Herren! In wenigen Minuten hebt sich der Vorhang zur Oper „Don Giovanni“. Ein Werk eines Menschen, der sterblich war – wie wir leider gesehen haben –, dessen Werke aber unsterblich bleiben werden.

Rosalia: Aber ich versteh' das immer noch nicht.

Hill: Ist auch äußerst merkwürdig. Muß unbedingt untersucht werden.

Anderson: Ja, der Meinung bin ich auch.

Da Ponte: Um die Vorstellung nicht zu gefährden bitte ich höflichst, daß die Nachricht vom Tod des Meisters erst nach dem Ende der Oper verbreitet wird.

Rosalia: *(rasch)* Das ist unbedingt notwendig.

Hill: Aber ebenso notwendig ist, die Umstände seines Todes zu untersuchen.

Anderson: Der Meinung bin ich auch.

Da Ponte: Das ist ganz einfach: Der Meister hat ein Praliné aus dieser Schüssel gegessen, hat sich in Krämpfen gewunden und ist verschieden.

Wolkenstein: Was' nicht alles gibt.

(Da Ponte reicht die Schüssel mit „Praliné" herum, alle weichen entsetzt zurück)

Da Ponte: Die Pralinen waren übrigens ein Präsent anläßlich der Première.

Gäste: *(durcheinander)* Ein Präsent? – Vergiftet? – Von wem?

Da Ponte: Jawohl. Ein Präsent, von einem taubstummen Indianer vor einer Stunde gebracht.

Wolkenstein: Und von wem die Praliné waren, hat der taubstumme Indianer nicht gesagt?

Da Ponte: Der war ja taubstumm!

Wolkenstein: Ah so. Oh. Sehr schlau.

Da Ponte: Aber für ein Trinkgeld hat er es hier in den Staub des Spiegels geschrieben.

(Da Ponte schreibt es schnell hin)

Rosalia: *(Rennt hin und schreit)* Hill!

Da Ponte: Danke, Mister Hill, für die Pralinen. Wollen Sie sich auch bedienen?

Hill: Das wird ... das wird ein Nachspiel haben!

(Es klingelt, Orchesterstimmen wird deutlicher)

Da Ponte: Das dritte Läuten. Meine Damen und Herren: das Leben geht weiter, das Spiel beginnt! Nehmen Sie die Plätze ein. Rosalia – hinter die Bühne!

(Alle ab bis auf Da Ponte, Mozart und Tochter)

Wolkenstein: Ganz – ... also wirklich, ganz versteh' ich die G'schichte immer noch nicht.

Dem. Mozart: Nichts wie weg.

Mozart: Nach Kansas.

Dem. Mozart: Zu den Perlhühnern.

Da Ponte: Oder zum Mais.

Mozart: Vielleicht nach Louisiana.

Da Ponte: Und als Wegzehrung nehmt's die Praliné mit!

Mozart: Der Mozart ist tot ...

Dem. Mozart: ... es lebe der Mozart!

(Mozart und Tochter ab; Da Ponte wischt sich den Schweiß von der Stirne und schaut auf die Uhr)

Da Ponte: Noch zehn Minuten. Mozart in New York ... Ob das richtig war? Ob man das darf? Das verfluchte Geld!

(Ein Diener kommt)

Diener: Verzeihung, Herr Direktor, man braucht Licht in der Loge.

Da Ponte: Nehmen S' nur mit.

(Diener nimmt zwei Leuchter und geht, es wird dunkler)

Mozart is money. Na ja, Wolferl, dir machts nix mehr aus. Trotzdem –

Diener: *(kommt wieder)* Verzeihung, Herr Direktor, man braucht Licht im Foyer.

Da Ponte: Nehmen S' nur mit. *(Diener ab mit zwei weiteren Leuchtern)* Vielleicht hätt' ich's nicht tun sollen: mit deinem Namen, lieber Amadé. Das tut man nicht, so ein Schindluder treibt man nicht ...

Diener: *(kommt wieder)* Verzeihung, Herr Direktor, man braucht das Licht im Orchestergraben.

Da Ponte: Ja, nehmen S' mit. *(Diener mit zwei weiteren Leuchtern ab, es wird dunkel ...)* Ich hab' was getan, was man nicht tun darf: ich hab mit einem Genie gespielt, dessen Größe ich nicht begreifen kann. Niemand begreifen kann. *(Es klopft)* Herein!

(Die Tür geht langsam auf, ein älterer Mann – Mozart II – kommt herein)

Mozart II: Gestatten?

Da Ponte: Wenn Sie noch ein Billett wollen, bedaure, alles ausverkauft.

(Mozart II schaut Da Ponte Schweigend an)

Da Ponte: Was schaun 'S denn so?

Mozart II: Signor Da Ponte?

Da Ponte: Allerdings. Und mit wem hab' ich die Ehre?

Mozart II: Ich tät' gern in der zweiten Violin' mitspielen.

Da Ponte: Ausgeschlossen! Wo denken Sie hin? Jetzt, fünf Minuten vor der Aufführung. Unmöglich!

Mozart II: Kennst mich nimmer? Lorenzo?

Da Ponte: Die Stimme ... sollte das ...

Mozart II: Ja ... geht alles mit rechten Dingen zu ... aber Du, Du warst ja nicht dabei ... wie's den leeren Sarg vor der Crucifixcapelle von Sankt Stephan eing'segnet haben.

Da Ponte: ... den leeren Sarg?

Mozart II: Den leeren Sarg, ja freilich, sonst wär' ich ja nicht hier. Und den leeren Sarg auf den Sanct Marxer Friedhof g'fahren haben. Es war der sechste Dezember, ein Sauwetter ... der Süßmayr war auch dabei ... hat eh alles g'wußt, hat die Comödie mitg'spielt.

Da Ponte: ... die Comödie ...?

Mozart II: Die Comödie ... die vom Tod des Amadé Mozart. Hat sie sogar gewissermaßen inszeniert. Der Süßmayr, der brave.

Da Ponte: Aber ich versteh' nicht warum?

Mozart II: Warum? Ich bin damals aus der Mode gekommen. Und nix wie Schulden. Und die Constanze, wie ich einmal ganz überraschend nach Baden kommen bin ... was da mit ihr und dem Stadler ... Schwamm darüber ... und halt die Schulden ... mein Lebtag könnt' ich nicht so viel Opern schreiben, um die Schulden abzutragen ... Wo geht so einer hin? Nach Amerika, natürlich. Aber vorher haben der Süßmayr und ich die Comödie inszeniert. Und Du kennst mi nimmer?

Da Ponte: Die Stimme? Die Augen ...

Mozart II: So bin ich halt Professor für Musik ... in Baltimore ... Professor Prohaska ... aus Wien. Professor aus Österreich klingt immer gut.

Da Ponte: Und komponieren ...

Mozart II: ... tu' ich nimmer, da würd' man mich ja erkennen. Ich tät' die zweite Geige gern mitspielen ... am letzten Pult wenigstens ...

(Da Ponte schwankt, ist nahe daran, Mozart zu umarmen, man hört von außen Stimmen. Da wird die Tür aufgerissen, der Irrenhausdirektor stürmt herein)

Irrenhausdirektor: Da ist er, der Narr! Ich bitte um Verzeihung. Signor Da Ponte? Angenehm. *(Mit Bedeutung)* Ich bin der Direktor des Irrenhauses von Baltimore. *(Geht auf Mozart zu)* Ein armer Irrer. Ein gewisser Prohaska oder wie man das ausspricht. Gibt sich seit Jahren als Mozart aus, sonst aber harmlos.Verzeihen Sie die Störung. *(Nimmt Mozart II sanft am Arm und geht mit ihm ab)* Habe die Ehre!

(Da Ponte steht allein in sich versunken da, dann reißt hinten Rosalia die Tür auf. Helles Licht)

Rosalia: Da Ponte, der Vorhang geht auf!

(Der Vorhang fällt)

Jost Perfahl

[Mozart – Ein Fest der Welt]

(Auszug: 1. Akt, 5. Szene)

„Das im Jahr 2005 zu endgültiger Gestalt gelangte und im Gedenkjahr zum 250. Geburtstag des Komponisten erscheinende Theaterstück ‚Mozart – ein Fest der Welt' reicht entstehungsmäßig bis ins Jahr 1988 zurück.

Es zeigt in einer Auftrittsfolge von unterschwelliger Aktualität zunächst Ereignisse aus Mozarts Leben, das mit einer Vielzahl von Personen seiner Zeitgenossenschaft verflochten erscheint. Jedoch wird Mozarts Biographie immer wieder über seinen Tod hinaus erweitert in Szenen, in denen sich seine Person in der Nachwelt leibhaftig konkretisiert. Freunde, Verwandte, Verehrer, Widersacher agieren. Die Kontroverse um Mozarts natürlichen oder nicht natürlichen Tod wird, wobei die neuesten Dokumente mit einbezogen sind, durch ein Ineinandergreifen von Möglichkeiten um neue Einsichten bereichert. Gegenüber der Lückenhaftigkeit und Widersprüchlichkeit der Überlieferungen steht hier die Komplexität des poetischen Bildes, welches das Ergebnis der Intuition ist und keine bloße Ausdeutung der Quellen. Ein solches Bild enthält eine ‚fast verheimlichte Wahrheit', welche die Gegensätze und Unvereinbarkeiten einer scheinbaren Wirklichkeit aufhebt. So kommt es schließlich auch zur Beseitigung der Zeitschranken und zur Öffnung für Begegnungen zwischen Personen aus verschiedenen Epochen und Jahrhunderten." (J. P.)

Die Szene verändert sich. Verdunkelung. Ein anderer Teil der Bühne wird erleuchtet. An einem runden Heurigentisch, auf dem eine Petroleumlampe steht, sitzen der Mozart- und Literaturkritiker Achim König und der Mozart-Biograph Anton Endschafft. Über beiden hängt der Ast einer künstlichen Kastanie.

KÖNIG: Wenn du ganz konsequent wärst, dann dürftest du über Mozart überhaupt nichts mehr schreiben.

ENDSCHAFFT *schweigt lauernd, dann*: Warum?

KÖNIG: Du, Endschafft, sagst dem Sinn nach, wiederholt, Mozart sei uns etwas zu Fernes, als daß man es heute in unserer Vorstellung realisieren könnte. Und gleichwohl schreibst du über ihn – in deinem Journalstil, mit deiner ganz leichten Gehässigkeit, die aus den belletristischen Klischees steigt.

ENDSCHAFFT: Oho!

KÖNIG: Deine Formulierungen erhellen nichts! Absolut nichts!

ENDSCHAFFT: Infam!

KÖNIG: Du pressest Mozart in deine simple Vorstellung hinein – so einfach ist das alles nicht, wie du es dir vorstellst. Wenn ich denke, was du über Constanze schreibst. Es ist zu billig, als daß es wahr sein könnte!

ENDSCHAFT: Und ich befehle dir zu glauben, daß es wahr ist!

KÖNIG: Ich weiß! Anbefohlene Literatur! Aber ich lasse mich nicht einschüchtern. Ich lasse mich von dir nicht täuschen.

ENDSCHAFFT: Und du? Du, König? Du bist im Grunde des Wortes nicht mächtig! Deine Satzstelzereien um Mozart! Deine stilistischen Zierschritte – alles Attitüde! Deine Formulierungen erhellen nichts. Mozart ist ganz anderswo – aber nicht in deinen Sätzen.

KÖNIG: Einen Mozart, wie du ihn zeigst, gibt es gleichfalls nicht, es sei denn in der unnützen Belletristik. Dem Mozart würden die Haare zu Berg stehen, wenn er so sein müßte: ausgestopft mit deiner Phantasie – eine Puppe.

ENDSCHAFFT: In meinem Buche „Mozart“ habe ich alles, was ich über Mozart wußte, niedergeschrieben. Die verschiedensten Nachrichten über ihn habe ich zusammenge-

KÖNIG: -stöpselt. Einmal hebst du ihn darin so in eine Höhe, daß alles ungenau wird, ein andermal ziehst du ihn herab in deine beklemmend enge Vorstellungswelt – dieser Wechsel ist es, der einem bei der Lektüre deines Buches leer entläßt.

ENDSCHAFFT: Aber die Optik, König, auf die Optik kommt es an; für die bist du blind!

KÖNIG: Du meinst, weil du das Mozart-Buch in Afrika schriebst – Gewiß, diese Entfernung macht deine Betrachtung scharf, deine Argumentation interessant. Ich anerkenne das wohl! und trotzdem ...

ENDSCHAFFT: Was? *Ärgerlich*: Was?

KÖNIG: Trotz dieser Gedankenklarheit, die deine Ausführungen kennzeichnet – bleibst du das Letzte schuldig.

ENDSCHAFFT: Vielleicht weiß ich das Letzte gar nicht – das willst du doch wohl sagen?

KÖNIG: Du Null!

ENDSCHAFFT: Wicht!

KÖNIG: Beruhige dich, still, es war ja nur ein Scherz! Du bist ein großer Meister. *Holt aus der Rocktasche einen Zettel.* Hör, was ich über dich unter anderem Rühmliches im Lexikon gelesen habe: „Endschafft gehört zu den führenden Musikkritikern in Wien und Berlin ...“

ENDSCHAFFT *sich sammelnd*: Wenn du, König, erkenntest, wie billig das alles ist, was du – nicht nur über Mozart – schreibst, würdest du dich auf der Stelle umbringen. Die Ehre würde dir den Weg des Weiterlebens verwehren.

KÖNIG *höhnisch, langsam*: Die Ehre! Du Stinkhirn!

Er nimmt das lange, scharfe Küchenmesser vom Tisch und geht damit auf Endschafft los, jagt ihn mehrere Male um den Tisch herum, bis beide erschöpft innehalten und mit halbgeöffnetem Mund schnaufen wie vom endlosen Laufen entkräftete Hühner. Da ergreift plötzlich Endschafft das Messer und hetzt König um den Heurigentisch herum, bis sie wieder außer Atem geraten wie gejagte Hühner. – Auf einmal geht im Bühnenhintergrund Mozart stumm, gesenkten Hauptes, ohne von den beiden Notiz zu nehmen, vorbei. König und Endschafft stutzen.

ENDSCHAFFT *nach einer Weile, leise, jetzt Anrede mit „Sie"*: Es ist Mozart, kein Zweifel. König, haben Sie sich ihn so vorgestellt?

KÖNIG: Nein, ganz anders. In einer Entfernung von zehn Metern und aus einem Abstand von zweihundert Jahren ist er unserer Niedrigkeit erschienen.

ENDSCHAFFT: Wahrhaftig, ganz anders sieht er aus. Wir haben uns durch all diese Beschreibungen, auch durch unsere eigenen, irreführen lassen.

KÖNIG: Unsere billige Phantasie ...

ENDSCHAFFT: ... unsere allzu leichtfertige Imagination hat ein Bild von Mozart zusammengeflickt, das nun nicht mehr mit dem eben gesehenen übereinstimmt.

KÖNIG: Es lag nicht in unserer Macht, ihn genauer zu sehen. Dort steht er! Glauben Sie, Endschafft, er würde aufschauen, wenn wir ihn anriefen?

ENDSCHAFFT: Bedenken Sie, die große Ferne! Meinen Sie, er würde uns aus einer Entfernung von zweihundert Jahren vernehmen können?

KÖNIG *erleuchtet*: Es ist, als müßte es zweihundert Jahre dauern, bis unser Ruf zu ihm dränge.

ENDSCHAFFT: In zweihundert Jahren, König, würde er zu uns herüberblicken, vielleicht herkommen, um sich mit uns zu unterhalten, sich an unseren Tisch setzen.

KÖNIG: Sehen Sie nicht, oder täusche ich mich: Er trägt einen Schleier ...

ENDSCHAFFT: Richtig. *Betont*: Und ich weiß, ohne den Schleier würde ich ihn nicht erkennen! – König, ich werde nichts mehr über Mozart schreiben, keine Zeile mehr.

KÖNIG: Und ich werde nicht nur keine Zeile mehr über Mozart schreiben, sondern auch keine Musik mehr von ihm hören!

ENDSCHAFFT *sieht König nachdenklich an*: Sie haben recht. So wie unsere Gedanken nicht umfassend denken, so würden auch unsere Ohren nicht umfassend hören!

KÖNIG: Mozarts Musik – als eine ungehörte Musik ...

ENDSCHAFFT: Angesichts dieser ungehörten Musik werden wir zusammenbrechen, König ...

KÖNIG *blickt erschüttert nach der Stelle, wo Mozart im Hintergrund der Bühne erschienen war*: In einem Augenblick des Glücks werden wir zusammenbrechen.

ENDSCHAFFT: So, wie ein bestimmter Einfall des Lichts – vielleicht der Morgensonne – bestimmte Wahrnehmungen ermöglicht, so beschert auch ein bestimmter Einfall der Zeit – einer größeren Zeit – ungewöhnliche Erlebnisse.

KÖNIG: Aus den Tiefen der Zeit kommend, bemächtigte sich der Genius unseres Hirns als eines Mittels, eines bloßen Werkzeugs.

ENDSCHAFFT: Nur durch diesen Zu- und Einfall wurden wir Mozarts ansichtig. *Wendet sich zum Bühnenhintergrund*: Dort stand er: nachdenklich, unscheinbar, unheimlich, ein riesiger Leuchtkäfer ...

KÖNIG: ... wie auf der Brücke der Zeit, die zu uns führt, stehend.

ENDSCHAFFT: Während unter der Brücke der Fluß der Stille, des Vergessens dahinging. König, nie mehr werden wir so einen Augenblick erleben!

KÖNIG: Wer die Nähe Mozarts sucht, erlebt das Überdimensionale!

Sie heben feierlich ihre Gläser, trinken einander zu, blicken einander lange mit erhobenen Gläsern stumm an, lächeln.

Franzobel

[Mozarts Kopf oder wie sich die Musik im menschlichen Körper abbildet]

Die Zeit geht nicht, sie überrennt und überwälzt uns.

Nachdem die Stadt Wien beschlossen hatte, die Gelegenheit des 250sten Geburtstages von Wolfgang Theophrast Gottlieb Seicherl Mozart zu nutzen, nicht nur ein pompöses, exorbitantes Fest zu feiern, nein, ein ganzes Mozartjahr auszurufen, das natürlich nur nebenbei den großen Komponisten selbst, in erster Linie aber die noch viel größere Stadt Wien, diese Welthauptstadt der Musik, diese zehnjährige Heimstätte Mozarts ehren sollte, die so fürsorglich mit ihm und seinen sterblichen Überresten umgegangen war, dass heute niemand mehr weiß, wo er begraben liegt. Nachdem die Stadt Wien also beschlossen hatte, eine Mozartjahr-Organisationsges.m.b.H. zu gründen, die auch gleich mit einem Intendanten versehen worden war, der keinen Augenblick zögerte, sich inspirieren zu lassen, um im ersten Musenkusstaumel ein umfangreiches Programm zu komponieren, welches darauf hinaus lief, dass im Grunde jedes Jahr ein Mozartjahr sei, wir uns nicht in einem Mozartjahr, sondern in einem Mozartjahrtausend befänden, der vorerst aber einmal in einem Akt grenzenloser Güte beschloss, Mozart durchzusetzen, alles mit ihm zu durchsetzen, ihn in die Schulen, Kindergärten, Tagesheimstätten und Horte zu bringen, ebenso in die öffentlichen Verkehrsmittel, Gefängnisse, Altenheime, Zoos, Spitäler, Supermärkte, Bahnhofstoiletten, Bushaltestellen, Kasernen, und überhaupt an alle bekannten und unbekannten

Orte, nachdem sogar ein Wir-beschallen-den-Weltraum-mit-Mozart-Programm initiiert worden war, sich zahllose Ausstellungen und Symposien ankündigten, man also mit dem Musikalischsten, dem Vermozartesten, dem Allermozarteskesten rechnen musste, obwohl oder gerade weil ständig betont wurde, dass man von Mozart nie genug bekommen könne, nachdem also all dies und noch viel mehr passiert war und der Mozart-Overkill schon wie eine gigantische Tsunami-Welle drohend an der Tür stand und die *Kleine Nachtmusik* summte, kam ein boshafter, ein perfider, ein widerlicher, kleinlicher und unbedeutender Mensch darauf, dass man ja nicht nur nicht wisse, wo die große Stadt Wien den kleinen Amadeus verscharrt habe, ja, verscharrt, sagte er, verscharrt wie einen Hund, sondern man auch keinerlei Vorstellung von seinem Äußeren habe. Was eine Katastrophe sei, denn tatsächlich könne Mozart ausgesehen haben wie irgendwer, wie Guido Westerwelle, André Heller oder Hella von Sinnen. Wie ein polnischer Gewerkschaftsführer, ein zypriotischer Tennisspieler oder ein skandinavischer Hammerwerfer? Im Laufe der Zeit hatten sich sämtliche Mozartbildnisse, angefangen vom Bild des kleinen, am Schoße der Kaiserin Maria Theresia sitzenden und diese charmant in den Busen zwickenden Wolferl, über das berühmte Salzburger Familienbildnis mit Vater, Nannerl und Pimperl bis zum angeblich vom Schwager angefertigten Porträt am Klavier, als mehr oder weniger gelungene Fälschungen herausgestellt.

Während man von Bach und Schubert sehr genaue Vorstellungen hat, man von jeder Unebenheit im Gesichte Beethovens und Schumanns weiß, man sogar Haydn und Salieri genauestens beschreiben kann, bleibt Mozart im Dunklen. Eine Katastrophe! Das letzte, einzigartige, nicht gestohlene und nicht rückzuerstattende Kulturgut Österreichs ohne Gesicht? Der größte, der bedeutendste Komponist aller Zeiten ein Mann ohne Aussehen? Ein Dummy?

– Eine Ungeheuerlichkeit, tobte, als diese Schreckensnachricht zu ihm durchdrang, der gerade am Laufband pfosende Wiener Bürgermeister. Wie kann man jemanden ehren, von dem man nicht einmal weiß, wie er ausgesehen hat? Am Ende stellt sich noch eine Ähnlichkeit mit Jörg Haider oder Elisabeth Gehrer heraus. Das geht nicht! Von Wien weiß man ja auch, wie es aussieht, von Wien kennt man jedes Grübchen, jede Furche, jedes Bächlein, jeden Kanaldeckel, alles. Das geht nicht! Der Bürgermeister schnaubte wie ein Fiakerpferd, sein Kopf war röter als das Wiener Wappen, aus den Froschaugen spritzte Wiener Wut spitzer als der Turm des Stephansdoms, spritziger als Veltliner, Schweiß rann von seiner Stirn wie flüssig gewordenes Schlagobers von einer warmen Sachertorte: Das ist das Schlimmste, trocknete er sich ab, das ist noch ärger als der Verein der Stehachteltrinker oder der Klub zur Förderung der Dummheit, die wir beide jahrelang besten Gewissens subventioniert haben.

– Wen meinen Sie, unsere Partei? Wenig super für alle?

– Werden Sie nicht frech.

Eine unangenehme Stille trat ein, wie von Beethoven komponiert. Niemand wusste, wie sie zu durchbrechen war. Bis sich endlich einer ein Herz fasste:

– Wir könnten Fälschungen anfertigen lassen, meinte das Mitglied des Stadtsenates, um die Lage zu entspannen. Geldfälscher aus Bulgarien könnten wir engagieren, Gesichtmodellierer aus den Werkstätten der Madame Tussaud, Anatome aus Deutschland, Schrumpfkopfeinkocher aus Sumatra.

– Der Wiener ist nicht blöd und wird es auch nicht werden wollen, sagte der Bürgermeister und drehte die Augen gen Himmel, wo ein Schriftzug hing „Die Pflicht ruft – lasst sie schreien".

– Rumänen?

– Hören Sie auf!

– Und wenn wir sagen, Mozart war ein flexibler, ein wandelbarer Mensch – auch in seinem Äußeren?

– Seien Sie still! Und Sie? Warum lächeln Sie die ganze Zeit? Sie geht diese Geschichte doch am meisten an, fauchte der immer noch am Laufband rennende, wie ein Hamster dreinsehende Bürgermeister in Richtung Mozartjahr-Intendanten.

– Ganz einfach, lächelte der, weil das Problem schon gelöst ist.

– Wie? Ich verstehe nicht. Der Bürgermeister nahm sein um den wulstigen Nacken gelegtes Handtuch, auf dem groß der Name seiner Partei prangte „Wenig super für alle“, tupfte sich ab.

– Die Lösung steht vor Ihnen.

– Wo?

– Hier!

– Sie? Das ist aber wenig super.

– Jawohl. Weil nämlich ich, der bescheidene, unbedeutende Intendant des Wiener Mozartjahres dafür gesorgt habe, dass bei allen Ankündigungen, allen Aussendungen für das Mozartjahr – und das waren viele, ungeheuer viele – immer mein Bild zu sehen war, der Kopf des kleinen, unbedeutenden Generalintendanten der Mozartjahr-Organisationsges.m.b.H., was allmählich dazu geführt hat, dass man mich mit Mozart zu identifizieren begann. Verstehen Sie, die Menschen haben so lange und so oft mein Gesicht gesehen, bis sie begonnen haben, mich nicht nur mit dem Mozartjahr, sondern mit Mozart selbst zu identifizieren.

– Sie?

– Wenn ich spazieren gehe, winken mir die Leute, *Hallo Wolferl*, rufen sie, sogar die Mozartartikelindustrie hat schon begonnen, mein Konterfei auf Tonträger, Stoffbären, Kaffeehäferl, Mozartkugeln zu setzen. Verstehen Sie, man hält mich für Mozart. Mich! Laufend bekomme ich Werbegeschenke, werde um Wortspenden gebeten. Erst kürzlich hat mich die große österreichische Illustrierte zum zweitwichtigsten Österreicher gewählt.

– Und wer war der wichtigste? Ich? Der verschwitzte Bürgermeister lächelte erwartungsfroh.

– Nein, Hermann Maier.

– Der? Das ist ja absurd, brummte der Bürgermeister.

– Aber es stimmt.

– Sie und Mozart? Bitte!

– Wenn es so ist.

– Und sind Sie musikalisch?

– Kein bisschen!

– Können Sie singen? Klavier spielen?

– Nicht die Bohne.

– Das macht nichts, Sie müssen ein Konzert geben. Die Stadthalle wird randvoll sein. Was rede ich, das Stadion. Wir lassen Mozart auferstehen. Wir sagen, Sie sind der Mozart des 21. Jahrhunderts und geben ihre Stimme dem Wiener Bürgermeister. Voilá!

So kam es, dass der Generalintendant der Wiener Mozartjahr-Organisationsges.m.b.H. bald von Wien, von Österreich, ja, allmählich von der ganzen Welt für Mozart gehalten wurde. Das ganze Budget der Wiener Mozartjahr-Organisationsges.m.b.H. wurde dafür eingesetzt, den Generalintendanten als Mozart durchzusetzen. Natürlich gab es anfangs Widerstände, sich sträubende Musiker, Professoren, sukzessive aber griff die Indoktrinierung, verschmolz der Gesichtszug des lächelnden, grauhaarigen Mozartintendanten mit dem Namenszug *Mozart*, konnten selbst Musikkenner und Dirigenten den Namen Mozart nicht mehr aussprechen, ohne unwillkürlich an das Gesicht des Generalintendanten zu denken. Sogar die *Kleine Nachtmusik*, die *Zauberflöte* und die Symphonien ließen alle sofort an das Gesicht des Generalintendanten denken. Mozart und er wurden eins.

Nun entsprach der Generalintendant aber weiß Gott keinem Mozart-Bild: flaches Gesicht mit dünnen Lippen, eine unauffällige Teetrinkernase, die eine eckige Beamtenbrille zierte, so dass er mehr einem alt gewordenen Klassenprimus glich als einem Komponisten; mehr einem Statistiker, den die Zeit mit neuen Formeln überrollt hatte, als einem Künstler. Er sah aus wie ein ausrangierter, erfolglos gebliebener Politiker, dem seine Parteifreunde dieses Mozartjahr-Ausgedinge verschafft hatten, diesen im Grunde lächerlichen Intendantenposten, ohne damit zu rechnen, dass Wolfgang Kisum, so hieß der Generalintendant, diesen Posten zu einem derartigen Erfolg würde nützen können. Wolfgang Kisum nämlich war ehrgeizig. Immer schon. Er war so ehrgeizig, dass seine Bekannten von ihm sagten, man könne, hätte er den Auftrag, sich einen Schreibtischstuhl rektal einzuführen, richtig fühlen, wie er das ganze Zimmer einsauge – was sie hoffentlich symbolisch meinten.

Nun aber hatte Wolfgang Kisum alias Wolfgang Theophrast Gottlieb Seicherl Mozart es geschafft. Wie hatte er immer gesagt: „Viele, die Talent haben, verausgaben sich, sind faul. Daher setzen sich nur die Untalentierten durch, hat jeder eine Chance, auch ich." Wie wahr! Bald gab er Konzerte vom Band, erlangte Kult-Status in Asien, wurde im Orient mit Erdöl aufgewogen, in Russland mit Erdgas, bekam in Amerika ganze Städte geschenkt, war Stargast in unzähligen Talkshows, lebte ein glamouröses, glanzvolles Leben, bis ihn eines Tages aus heiterem Himmel der rücksichtslose Blitz der Vorsehung erschlug. Die Schöpfung, diese gestrenge, diese unerbittliche, keinen Spaß verstehende Musikliebhaberin, musste diesem Unfug ein Ende setzen und löschte mit ihrer überdimensionalen Delete-Taste nicht nur Wolfgang Kisum samt seiner Seele für alle Ewigkeiten, sondern auch alle falschen Mozartbildnisse. Einen kleinen Schnalzer machte es, und schon waren überall dort, wo eben noch Mozartköpfe geprangt hatten, nur noch taube, weiße Flecken. Wie von einem Staubsauger der Wahrheit waren alle Fälschungen eingesaugt. Doch damit nicht genug, verwandelten sich nun auch noch die Menschen, aber nicht in leere Flecken, sondern in Mozarte, ja, in Mozarte, die aussahen wie ein Ei. Was für ein Ei? Eines, das dem anderen gleicht.

Mit einem Schlag waren alle einsfünfzig groß, hatten dicke, rote, mit großen Eiterpusteln versehene Knollennasen, wulstige, aufgesprungene Lippen, kleine Schweinsäuglein, Pockennarben, Furunkel, fettig hingeklatschte Haare und hielten sich für ein Genie. Eine Katastrophe, müsste man denken, ein heilloses Trauerspiel. Nicht aber in Wien, dieser Welthauptstadt der Musik und verkappten Genies, wo die Verwandlung gar nicht auffiel, man seither glücklich und zufrieden lebte – wie eh und je in einer Mischung aus Verbitterung, Grant und Glück. Mozart sei Dank.

ISTVÁN VÖRÖS

[EIN LINZER KÄSEHÄNDLER]

Mozart!“

So schreckte er nachts im Hotelzimmer auf. Die Tiefe, aus der er sich hinaufkämpfen musste, war selbst für ihn ungewohnt. Als würde man mich von unten aus dem Milchkeller wieder nach oben rufen, dies war sein erster Gedanke, und erst danach fragte er sich, wer da gemeint war? Wer wird da eigentlich nach oben gerufen? Er wusste nicht, wo und wer er war, von diesem Namen fühlte er sich nicht angesprochen.

„Wer war das?“

So fragte er sich. Doch dann wurde ihm plötzlich klar, dass er mit sich selbst sprach und dass die Dunkelheit mit Kinderschnaufen, Zuversicht und einer vibrierenden Spannung gefüllt war. Er hatte das Gefühl, eine gewaltige Handfläche lege sich schwer auf das Zimmer und trotz der dicken Vorhänge fließe irgendein Licht in die Finsternis hinein wie Milch in den Kaffee. Dieses Licht mit ungewissem Ursprung kam nicht durch das Fenster, sondern aus anderer Quelle, als wäre die Dunkelheit selbst genötigt gewesen, sich aufzuhellen, wenn es dort schon kein Licht gab. Er blickte auf das Zustellbett, den Kopf seines Sohnes konnte er genau erkennen, sein Gesicht war schön, nahezu mädchenhaft. Ganz die Mutter, dachte er, doch ob das liebevoll gemeint war oder wieder diese instinktive Abneigung in ihm erwachte, die er sofort verspürte, als das Kind in sein Leben eingetreten war, das konnte er selbst nicht sicher entscheiden. Er zog den Vorhang einen

Spalt weit auf und trat in die Fensternische. Das Hotel Wolfinger stand auf dem Marktplatz. Wenn dieser Platz überhaupt die Bezeichnung Marktplatz verdient hatte. Er war zu groß und zu regelmäßig wie ein großer Tisch, an den sich die Steinriesen, die Häuser, gesetzt hatten, um Menschen zu verschlingen, durch ihre aufgerissenen Mäuler spazierten tatsächlich ihre Opfer, die Menschen, herein und heraus.

Spröde war der Platz, kalt und unfreundlich. So dürfte auch der Himmel sein, dachte er und blickte aus ihrem engen Zimmer im vierten Stock hinunter in die Finsternis, die sich in die Tiefen des Platzes stürzte; erstaunt wurde er gewahr, dass es dort bereits von Händlern wimmelte. Sie zimmerten ihre Theken, luden Waren aus, rollten Fässer in der schwarzen Dunkelheit. Hier und da glimmte Glut in Eisenkörben und warf ein kleines Höllenlicht auf die Herumlaufenden, spendete ihnen vielleicht auch etwas Wärme. Natürlich, es war Samstag, Zeit für den Wochenmarkt, dachte er. Aber dass sie schon so früh anfingen? Links waren die zwei Türme des Domes zu sehen, gegenüber der Turm der Bürgerkirche, er suchte ihre Uhren, alle standen auf Viertel vor drei. Um sieben wird der Markt wohl geschlossen. Möglicherweise isst man hier um neun schon zu Mittag.

Ihn überkam die Lebenslust, er trat aus der Fensternische, zog die Vorhänge sorgfältig zu, damit das tiefrote Licht des Platzes nicht in die Augen seines schlafenden Sohnes strahlte. Der Junge hustete auf, er aber zog sich die Stiefel an und legte den breiten Umhang über seine Schulter. Vorsichtig zog er die Tür hinter sich zu und schritt die knarrenden Holztreppen hinunter. Das Hotel erstreckte sich nur bis zum ersten Stock, im Erdgeschoss befand sich eine Zufahrt, die zur Schmiede in den Hof führte, die verglasten Brücken des Hotels wölbten sich in der Höhe des ersten und zweiten Stockwerkes über den Hof, in dem auch der Schmied tatsächlich bereits arbeitete. Eigenartig, dass trotz des Hämmerns kein Laut zu vernehmen war, nur eine Wärme strahlte vom Hof aus.

Mozart trat aus der Toreinfahrt, und der Platz flößte ihm einen wahrhaftigen Schrecken ein, die Häuser starrten ihn mit ihren scheinheiligen barocken Fassaden an, als überprüften die Räte der heiligen

Inquisition sein Leben, im Kreuzfeuer ihrer Blicke zweifelte er keinen Moment daran, von ihnen verurteilt zu werden. Das hätte ihn nicht sonderlich bekümmert, nur sollten wir das Ganze möglichst schnell hinter uns bringen. Aber schließlich bin auch ich ein Vater, ich habe Verpflichtungen, mahnte er sich selbst.

Er stürzte sich in das wilde Treiben des Marktes. Käufer und Verkäufer, Dienstmädchen und Ritter, städtische Bürger und Bauern der Gegend drängelten sich. Mozart blickte hinauf zur Turmuhr. Es war schon fünf, gar nicht mehr so früh.

Es ging auf Ende September zu, in den letzten Tagen gab es kalten Regen, jetzt aber klarte der Himmel glücklicherweise auf, die in die Knochen fahrende Kälte der Morgendämmerung versprach einen milden Tag, die Sterne verblassten noch nicht. Er ging die Reihe der Käsehändler entlang, Ekel erfüllt atmete er den modrigen Geruch der Holzfässer ein, in denen saure Sahne aufbewahrt wurde. Er erblickte eine junge Verkäuferin, deren Lederschürze dunkel vom Fett war, die rundlichen Backen waren gerötet, eine blonde Strähne sah unter ihrem Kopftuch hervor. Die ganze Erscheinung war wie ein beträchtliches Stück geräucherter Käse, ihr Blick zerfloss wie Sahne. Das Mädchen lächelte ihm schamlos zu, genauer gesagt, so als würden sie sich kennen müssen. Dann winkte ihn das Mädchen hinter die Theke, als wolle es ihm etwas sagen. Meinst du mich? – fragte er mit den Händen und der Bewegung seiner Lippen, das Mädchen nickte, ja dich, und winkte ein anderes Mädchen herbei, das aussah wie es selbst, vielleicht seine Schwester oder gar Zwillingsschwester, sie solle das Geschäft übernehmen für die Dauer der Verhandlung.

Zwischen den beiden Ständen war kaum ein Durchkommen, die x-förmig miteinander verbundenen Holzbeine waren nur grob gehobelt, astige Stellen ragten aus ihnen noch hervor. Als hätte ein Ast frisch ausgetrieben, als wäre sogar ein Vogelnest darauf. Er sah hinein und fand auch Eier darin. Er konnte sich nicht lange umsehen, denn mit lautem Gesang näherte sich ihm eine eher für ihre Ängstlichkeit bekannte Goldamsel, sie hämmerte mit dem spitzen Schnabel auf seinen Kopf. Die Amseln sind doch um diese Zeit längst schon nach

Süden gezogen, empörte er sich, während er sich seine schmerzende Schläfe rieb.

Auf dem kleinen Platz, der von den Zelten umringt war, hatte sich eine eigene, kleine Welt entfaltet. In riesigen Kisten standen runde Käseblöcke, dermaßen große und so viele, dass er sich nicht vorstellen konnte, wo die vielen Kühe lebten, die Milch genug für diese Unmengen an Käse gaben, nicht weniger Anstrengung kostete ihn die Vorstellung, wo es so viele Menschen gab, die diesen Käse aßen. Zwischen den Kisten schlängelten sich eigenartige Pfade, aufregende und verwinkelte, nicht so langweilig, wie es die Straßen um den Marktplatz herum waren. Doch als er aufsah, um spöttisch ins Gesicht der scheinheiligen Fassaden zu feixen, waren die Häuser hinter den im Wind flatternden Zeltplanen einfach verschwunden. Dieses Flattern verdeckte selbst den Himmel, die Spalten, die zwischen den Planen frei blieben, wirkten wie schild- und rasierschüsselförmige Fresken über seinem Kopf. Auf einer dieser Fresken flatterte sein vertrauter Vogel, die Goldamsel, zusammen mit einigen Gefährten, auf der anderen schien ein Engel Pirouetten geschlagen zu haben. Den Käsehändlern wurde erlaubt, im Inneren der im Bau befindlichen Kirche ihre Waren zu lagern. Dies also ist der Schlüssel zum Reichtum der Stadt, die hier machen alles zu Geld.

Aus einer der Gassen trat das Milchmädchen hervor, umarmte ihn mit voller Kraft, doch liebevoll wie einen Bekannten. Ihre Gesichter berührten sich nicht, trotzdem roch er den Joghurtduft an ihr. Er hätte gerne gefragt, wer sie denn eigentlich sei und was sie von ihm wolle, aber er hatte keine Zeit dazu, denn sie nahm ihn auch schon bei der Hand und führte ihn in die Gasse.

„Ist das Käse?“

Die Frage war ungeschickt und er bekam natürlich keine Antwort, eigentlich hatte er schon Hunger. Wenn die Zeit immer im gleichen Tempo vergeht, dann ist es jetzt mindestens sechs Uhr, aber vielleicht auch schon sieben, es wäre gut, sich ein Stück Käse zu besorgen, dachte er, ich habe nichts gefrühstückt und wer weiß, wann ich überhaupt dazu kommen werde. Ich hätte zumindest einen kurzen Brief im Zimmer lassen sollen. Na ja.

Nach einiger Zeit wurde der Steinboden der Gasse von Gras abgelöst. Das kann nicht mehr in der Kirche sein, dachte er, der Weg führte bergauf. Klettern wir den Burgberg hinauf? Er roch den Fischgeruch im Wind von der Donau her und dachte an ihre bisherige wechselvolle Reise. Und wie weit sie noch von Wien entfernt waren! Wenn es überhaupt eine Stadt mit dem Namen Wien gab. Dies erschien ihm nun eher unwahrscheinlich, da die hohen Käseregale sie von der restlichen Welt abschnitten. Die Hand des Mädchens schwitzte in der seinen oder umgekehrt, seine Hand schwitzte, weil er die Hand einer Frau länger hielt als für gewöhnlich die Hand seiner Ehefrau. Dann fiel ihm die Melodie ein, die die Goldamsel sang. Es war kein gewöhnlicher Vogelgesang, sondern ein notierbares Musikstück. C-Dur zwar, aber immerhin. Außerdem wäre es gut möglich, dass das C-Dur der einzig wirkliche Klang ist und alle anderen Originalität nur vortäuschen. Er versuchte, seine Hand zu befreien, doch das Mädchen war stärker, als er dachte, und ließ es nicht zu. Die Käsemauern formten sich zu einem regelrechten Haus, am Fuß der Fassade führte eine Öffnung in den Keller.

Er lachte auf. Dass mir das erst jetzt klar wird! Ich bin noch gar nicht aufgewacht und immer noch im Hotelzimmer. Das ist ein Traum, ein erkennbarer Traum. Ich muss später im Traumbuch nachsehen, was es bedeutet, von Käse zu träumen. Ich hoffe, dieser Wolfinger hat ein Traumbuch. Denn so etwas trage ich nicht mit mir herum, was für ein Aberglaube. Und das in unserer Zeit. Er erschauderte. Das Mädchen spürte sein Schaudern, drehte sich zu ihm und sah ihm in die Augen. „Das ist kein Traum“, sagte es. „Aber auch wenn es ein Traum wäre, müsste man ihn anders deuten. Wenn dieser Haufen Käse und auch ich deinem Kopf entsprungen wären, würde das so etwas bedeuten, dass es dir im Alltag bange zu Mute ist und du dich davon losreißen willst, doch du fürchtest dich vor den Sorgen um das alltägliche Brot.“

„Ich glaube nicht, dass man einen Menschen anhand seiner Träume kennen lernen kann. Träume kommen von außen.“

„Da irrst du dich, aber egal, das geht dich nichts an. Das ist Musik von morgen.“

„Musik?“

„Ja, wir wollen mit dir über Musik reden. Na, komm rein in die Kneipe.“ Das Mädchen schubste ihn die Kellertreppe hinunter, so dass er kopfüber in den ungewöhnlich tief liegenden Raum rollte.

„Hast du nicht gemerkt, dass ich dich zwischen den Käsekisten immer nur im Kreis herumgeführt habe? Das ganze Ladegut macht nicht einmal fünfzig Kilo aus. Wir sind noch auf dem Marktplatz“ – half ihm das Mädchen vom gestampften Boden auf, das – wie es schien – schon vor ihm unten angekommen war. Die Kneipe beruhigte ihn ein wenig. Sie war wie alle anderen städtischen Kneipen – von Holzwürmern zerfressene und von Messern gezeichnete Tische, neben den Tischen Pritschen, auf den Pritschen hier und da verstreut ausgemergelte Reisende, allerlei verdächtige Gestalten. Nun, diese ansonsten nicht gerade imposante Gesellschaft überzeugte ihn davon, dass er nicht träumte, was ihn ein wenig beruhigte. Merkwürdig, wie die Menschen hier aussahen. Die Zusammensetzung des Publikums deutete darauf hin, dass sie in eine vorstädtische Kaschemme geraten waren, dies war sicher nicht die Kleidung innerstädtischer Großbürger, dachte er im Blick auf die Galoschen eines Klumpfüßigen.

Das Mädchen nahm ihm gegenüber Platz und griff über den Tisch nach seiner Hand. Ach so, darum geht es also, beruhigte er sich nachhaltig und spürte, wie das wallende Blut ihn durchströmte.

„Es geht darum, dass du deine Seele verkaufen müsstest“, begann das Mädchen.

Seltsame Worte, so kann man es auch nennen. Einen Moment lang dachte er an seine Frau, dann blickte er das Mädchen ganz genau an und riss seine Hand zurück. „Du bist gar kein Mädchen“, flüsterte er.

„Natürlich, aber ich bin auch kein Junge. Du verstehst noch nicht, worum es geht?“

„Worum geht es? Ich verstehe gar nichts.“

Die Bedienung, eine dicke Frau, kam zu ihnen, sie trug die gleiche Schürze wie das Mädchen, das kein Mädchen war, und fragte: „Was wollt ihr denn haben?“

„Eine Maß Bier würde mir gut tun“, stöhnte Mozart.

„Was für eins, bayerisches oder tschechisches?"

„Tschechisches."

„Pilsner?"

„Ja, ja."

„Führen wir nicht."

„Dann eben bayerisches."

„Wir haben überhaupt kein Bier."

„Dann nehme ich irgendeinen ungarischen Wein, ja, einen Tokajer, und dazu Rühreier mit Weißbrot."

„Ich habe nicht gesagt, dass man hier auch essen kann."

„Dann bringen Sie nur den Wein."

Inzwischen flüsterte ihm das Mädchen vom anderen Ende des Tisches zu: „Mach sie nicht böse!"

„Das ist keine Kneipe", brüllte die Frau.

„Was dann?"

„Na, ein Milchkeller eben", und mit diesen Worten wurde sie ein wenig weicher, als würde sie wie Butter in der Sonne schmelzen wollen. Ihm fiel wiederum ein, wie er in der Morgendämmerung erwacht war, vielleicht war das gar kein Erwachen gewesen, ging es ihm wieder durch den Kopf, als hätte er sich aus der Tiefe eines Milchkellers nach oben gekämpft, und der fremde Name, der ihn geweckt hatte, Mozart, fiel ihm auch wieder ein. Aber so heißt er doch, was stimmt denn dann nicht?

„Wir hätten gern zwei Töpfe Joghurt", löste das Mädchen das Problem, das ganz sicher ein Mädchen war, nur dieses merkwürdig buttermilchhafte Licht hatte Mozart für einen Augenblick geblendet. Die Frau ging mit der sinnvollen Bestellung, die sie endlich erhalten hatte, weg.

„Ich spreche von der Musik", kehrte das Mädchen zu ihrem Gespräch zurück.

„Immer nur Musik, Musik."

„Aber nicht etwa C-Dur, sondern cis-moll."

„Was hat die Seele denn damit zu tun?"

„Du bringst sie her und verkaufst sie an uns."

„An euch, an wen denn? Du bist doch alleine."

„Ich bin nur Vermittlerin. Es geht darum, dass Mozart ein großer Komponist werden soll. Der größte auf der Welt."

„Ich soll meine Seele an den Teufel verkaufen?"

„Du musst nicht ..."

Inzwischen brachte die Kellnerin das Joghurt. Als sie es auf den Tisch knallte, beugte sie sich ganz zu Mozart hinunter, so dass hinter ihrer sich öffnenden Kittelschürze ihre riesigen Brüste zum Vorschein kamen. Ja, das geschah absichtlich. Ihre Brüste waren weiß und glatt wie Eiskäse, sie verdeckten vor seinen Augen die ganze Welt, sie dehnten sich beinahe zu einer eigenen Welt aus, die Bluse ging von allein auf, das dünne Gewebe, das sie oben zusammenhielt, löste sich, wie Wolken breiteten sich ihre Brüste wallend aus und drangen in Mozarts Fantasie ein wie dichter Nebel durch das offene Fenster ins Zimmer. Die beiden Brustwarzen waren wie zwei gewaltige rote Regenschirme, der dunkle Abgrund zwischen den beiden Brüsten war so Schauder erregend, dass die Angst ihm Tränen in die Augen jagte.

„Na, du weinst ja", damit schob das Mädchen die Kellnerin beiseite. „Und du, was stellst du dich hier zur Schau", fauchte es die alte Frau an, die seine Mutter hätte sein können.

„Ich stelle mich nicht zur Schau", lautete die Antwort, dann zog sie ihren Kittel zusammen und verschwand beleidigt.

„Ich sehne mich nicht nach Größe", sagte Mozart und löffelte sein Joghurt. Es war von bester Qualität. Auf dem Grund des Gefäßes färbten ein paar Heidelbeeren das dickflüssige Getränk bläulich an.

„Es geht gar nicht um dich, du bist nur ein Vermittler."

„Um wen denn dann?" Ihn durchfuhr ein Schrecken und Enttäuschung überkam ihn, am liebsten hätte er die Kellnerin wieder herbestellt und sie darum gebeten, ihm abermals die Geheimnisse der Welt zu eröffnen, doch er befürchtete, dass diese nie wieder vor ihm aufgehen würden.

„Errätst du es?"

„Nannerl?"

„Du würdest bei jeder Angelegenheit deine Tochter in den Vordergrund schieben. Aber nein. Wir dachten an den Kleinen mit den verknautschten Ohren."

„Wolferl?"

„Hast du nicht bemerkt, wie begabt er ist?"

„Ich dachte, er wird als Interpret meinen Kompositionen zum Erfolg verhelfen."

„Wir haben eine viel schwierigere Entscheidung zu treffen, als uns jetzt um deine Wünsche zu kümmern", sagte das Mädchen, und ihre Gesichtszüge waren wieder so hart geworden wie die eines Mannes.

„Ich will dir mal etwas sagen. Für mich ist es nicht allzu wichtig, dass aus diesem aufgeblasenen kleinen Bengel einmal ein großer Komponist wird. Ich kann ihn jetzt schon kaum bändigen. Was dann passieren würde, weiß ich nicht."

„Du hast kein Recht, ihn aufzuhalten. Und auch keine Macht."

„Wozu sitzen wir dann hier?" – warf Leopold, der in den letzten zwei Minuten um ein Menschenleben gealtert war, dem Mädchen ins Gesicht. Also ist nicht er Mozart. In der Tat ist er es nicht. Nun war er endgültig Vater geworden, kein zweiter Hofkapellmeister mehr, sondern nur mehr der Vater des großen Mozart, der im Hotelzimmer lag und sich mit einer Halsentzündung herumplagte. Sechs Jahre alt, dieser herausragende Mensch. Diese Erkenntnis übte eine so starke Wirkung auf ihn aus, dass seine Gedanken plötzlich klar wurden, sie waren nicht mehr so pedantisch wie sonst immer. Die Pedanterie seiner Gedanken hatte er natürlich nie bemerkt, da er nicht allzu klug war und keinen Blick hatte für sich selbst, er war vielmehr in seinen Kompositionen auf die eigene Pedanterie gestoßen, denn von der Musik verstand er wirklich etwas, er hatte das Gefühl, alle Griffe und Kniffe zu kennen, in die Musik wahrhaftig hineingeboren zu sein, morgens mit der Musik aufzustehen und abends mit ihr schlafen zu gehen, Musik erhielt ihn am Leben und schenkte ihm den Schlaf, ernährte ihn und stillte wie ein Brunnen seinen Durst, er fühlte sich in das Herz der Musik verliebt, manchmal glaubte er, mit dem behaarten Geschlechtsorgan der Musik zu verkehren, wenn ihm der

Körperkontakt wirklich wohl tat, obwohl das nur selten vorkam, in seinen Kompositionen also hatte er diese Pedanterie bemerkt, die er auch in den Werken anderer erkennen konnte, er sah sie gelegentlich bei Adlgasser, sogar bei Michael Haydn. Er entdeckte diese Pedanterie, doch er glaubte, dass mit der Musik ein gewisser Stumpfsinn einhergehe, ein gewisses obligatorisches C-Dur, weil nur das zum Elementaren hinführen könne. Musik sei ohnehin etwas für die Schwachsinnigen. Auch jetzt zog es sie zu zwei Schwachsinnigen, das heißt, es zöge sie, wenn nicht auf halbem Weg die Krankheit dieses Rotzbengels, also des Auserwählten, dazwischen gekommen wäre und sie aufhielte. Zwei degenerierte Familien, die Habsburger und die Lothringer, hatten einander gefunden, ihr Wohlwollen galt es im nächsten Monat zu erobern, das der genusssüchtigen Kaiserin und das des Pantoffelhelden Franz. Sie mögen Musik, haben jedoch keine Ahnung davon, so schoss es ihm in einer einzigen Sekunde durch den Kopf; wenn sie etwas davon verstünden und man sich trauen könnte, ihnen Akkorde darzubieten, dann könnte man sich von der Harmonie losreißen, die Halb- und Ganztöne wären gleichberechtigt wie die Begabten und Hochbegabten, man bräuchte nicht im Kerker der Liedhaftigkeit zu zappeln, wozu auch der arme Wolferl sein Leben lang verdammt sein wird. Es wäre gut, wenn man sich ganz frei zwischen die Melodien und Geräusche stürzen könnte. Diese irren, aufrührerischen Gedanken verblüfften ihn selbst. Gut dass ich nicht auf den Gedanken komme, den Königen die Köpfe abzuschlagen wie gewöhnlichen Verbrechern. Aber so eine Welt möchte ich dann doch nicht erleben, machte er einen Rückzieher zu seinem Alltagsverstand, obwohl ihn diese Erkenntnis für immer umgeformt hatte, frech schaute er daher auf das Mädchen.

„Wozu sitzen wir hier?“

„Die Einwilligung, die wir von dir verlangen, ist nur formal.“

„Wenn ich es richtig verstanden habe, wollt ihr gar nicht meine Einwilligung, sondern die Seele meines Sohnes. Also, ich bin ein mittelmäßiger Komponist, und der werde ich wohl auch bleiben, weil ich mich davor drücke, das Grauenhafte der Größe auf mich zu nehmen, und von so vielen gehasst und beneidet zu werden wie die Großen ..."

„Fasle nicht von dir, die Großen interessiert die Kleinlichkeit ihrer eigenen Seele nicht."

„Willst du behaupten, dass es keine unsterbliche Seele gibt?"

„Keineswegs."

„Dann bist du auch mittelmäßig."

„Da kann etwas dran sein, aber ich habe doch gesagt, dass ich nur ein Vermittler bin."

„Also, pass auf. Ich bin kein mittelmäßiger Vater. Nicht mehr. Und egal, wie groß der Preis ist, den dein Auftraggeber bietet, ich werde die Seele meines Sohnes nicht an den Teufel verkaufen. Das ewige Seelenheil ist wichtiger. Ich habe eben gefragt, ob es eine unsterbliche Seele gibt, und du selbst hast gestanden, dass es sie gibt. Wenn es sie nicht gäbe, könnten wir verhandeln, aber so ist es ausgeschlossen. Du hast nichts anzubieten, was dagegen ankommen könnte."

„Du redest gescheit. Deine Logik ist einwandfrei. Nur in einer Sache irrst du dich. Du hast meinen Auftraggeber nicht erraten", sagte das Mädchen, das nun wieder ein Mädchen zu sein schien und so schön war, dass Leopold eindeutig das Gefühl hatte, verliebt zu sein.

„Doch nicht etwa der König von Frankreich?"

„Ludwig der XV.? Der hat doch gar keine Macht über das Talent." Dann lachte es auf. „Ach so, das war nur ein Scherz? Du könntest ja selbst ein großer Komponist werden. Nun hast du bereits alles, was dazu nötig ist. Aber leider verhandeln wir nicht um dich."

„Dabei könnte ich in meinem Namen noch ja sagen, aber nicht in seinem."

„Ich habe nicht die Absicht, deine Aufgabe zu erleichtern. Du musst im Namen eines anderen reden. Noch dazu musst du über den Tod deines eigenen Sohnes bestimmen, den du – ich weiß es – erst jetzt in diesem Moment liebgewonnen hast."

„Er wird sterben?"

„Ja, in jungem Alter. Wenn du ja sagst."

„Ich denke gar nicht daran. Nicht etwa, weil er sechzig oder sechsunddreißig Jahre leben wird, sondern wegen dem, was danach kommt. Ich will ihn nicht in der Hölle sehen."

„Ich habe doch schon gesagt, dass du dich irrst, der Teufel ist nicht mein Auftraggeber."

„Wer dann? Ich kenne diese Szene. Der Teufel sucht den Wissenschaftler auf, der alles wissen will."

„Du bist doch gar kein Wissenschaftler. Du bist dumm."

„Na!"

„Also gut, dann hast du eben etwas von dieser inneren Armut."

„Soll das etwa eine Anspielung auf die Stumpfsinnigkeit meiner Werke sein?"

„Die musst du unbedingt beibehalten und auch deinem Sohn beibringen. Das ist das einzige, was er noch von dir lernen kann. Die heilige Einfalt."

„Du willst doch nicht etwa sagen, dass dein Auftraggeber ..."

„Oh, doch!"

„Dann bist du ein Engel? Leg deinen Kittel ab, ich will deine Flügel sehen."

„Vorhin hast du dich ja sogar von dem Universum der Kellnerin erschreckt."

„Das ist sehr lange her."

„Sind wir uns dann einig?"

„Nicht doch. Zuerst musst du dich ausziehen!"

Das Mädchen blickte sich unwillig in der Schankstube um. Landstreicher mit zahnlosen Gesichtern wandten sich sogleich ihm zu, sie spürten, dass hier etwas Außerordentliches geschehen wird. Der eine warf vor lauter Aufregung sein Klappmesser durch die Milchkneipe, das sich mit einem dumpfen Geräusch in die Küchentür bohrte. Das Mädchen störte dies in keiner Weise. Sein Entschluss stand schon fest. Es griff nach hinten, löste den riesigen Knoten, der seinen Kittel zusammenhielt. Dann schlüpfte es aus den Trägern und legte das mindestens fünf Kilo schwere Kleidungsstück ab. Die dicke und fettige Haut knackte nahezu. Leopold war sich sicher, dass er gesiegt hatte.

Er enthüllt die Machenschaften des Teufels, schüttet ihm den Rest des Joghurts ins Gesicht und – koste es, was es wolle – flieht von hier.

Nur dass das Mädchen unter der fettigen Schürze einen seidenen Schlafrock trug, sein Gesicht ging in dieser Kleidung auf wie eine weiße Rose und seine Schönheit begann im Raum zu duften, die faltigen und borstigen Gesichter glätteten sich, die Augen glänzten blau wie die Heidelbeeren, die offenbar auf dem Grund des Joghurtbechers verblieben waren. Der einzige Schönheitsfehler dieses wundervollen Mädchens war, dass es einen kleinen, soliden Buckel hatte. Doch keiner traute sich darüber zu lachen.

„Hast du genug gesehen“, fragte es.

„Ich will deine Flügel sehen, deine schneeweißen Flügel.“

„Siehst du sie etwa nicht?“

„Ich brauche das Opium des Glaubens nicht. Ich will ganz sicher sein, dass du mich nicht beschwindelst. Mich stört es nicht, wenn der Teufel katholisch ist, ich will jedoch wissen, ob der Herr, der selbst ihn an Größe übertrifft, ebenfalls katholisch ist.“

„Du redest einen Blödsinn“, winkte das Mädchen ab und riss sein wunderschönes Kleid, ein schöneres hatte Leopold noch nie gesehen, mit einer einzigen Bewegung entzwei. Die Seide zerriss wie mit einem traurigen Todesschrei, das Licht strömte herunter und zum Vorschein kam ein gebrechlicher Frauenkörper. Der Bauch erinnerte an eine Marmorstatue, die winzig kleinen Brustwarzen erzählten fast von einem Kind oder gar von einem Knaben mit Sopranstimme.

Der eine Landstreicher spuckte vor Aufregung auf den Boden.

Die unteren Bereiche des Mädchenkörpers waren nicht deutlich zu erkennen, der helle Nebel in seinem Schoß konnte seine mädchenhafte Scham, aber auch das unschuldige Glied eines ganz in sich gekehrten Jungen verdecken. Dies jedoch interessierte jetzt nicht einmal den Landstreicher, der auf den Boden gespuckt hatte. Das Mädchen ließ den Kittel nach hinten gleiten, der sich mit dem Geräusch eines Regenschauers über den Boden ausbreitete. Aus dem kleinen Buckel schlugen die beiden Engelflügel wie weiße Flammen hoch. Ihre Spitzen bohrten sich in die Decke wie das Messer vorhin in die Küchentür.

Basaltsplitt und Schimmel rieselten zu Boden. Der Engel war jedoch nicht nackt. Seine Augen funkelten wie Rubine und auch der Glanz seiner Haare erinnerte an bunte, kostbare Steine. In seinen Ohren trug er goldene Ohrringe, im Bauchnabel ein diamantbesetztes Piercing. Er setzte sich an den Tisch zurück, die Spitzen seiner Flügel waren grün vom Schimmel, als hätte er sie in Gorgonzola getaucht.

„Glaubst du immer noch, dass dieser lächerliche Teufel mein Auftraggeber ist?"

„Ist der Teufel lächerlich?"

„Ihr habt überhaupt keinen Humor und fallt auf jeden Witz von ihm herein."

Schweißtropfen perlten auf Leopolds Stirn: „Entschuldige, ich habe mich für einen Moment in dich verliebt."

„Warum, ist es schon vorbei? Das ist schlecht."

„Nein", gestand er, „ich liebe dich auch jetzt noch. Diese Liebe aber ist ohne Ziel und Gegenstand. Du kannst mir nicht gehören."

„Kennst du nur diese Art von Liebe? Nicht ich werde dir gehören, sondern du mir, doch nur, damit dein Sohn mir gehören kann, damit dein Sohn *ihm* gehören kann."

„Was will er von ihm?"

„Seine Musik hören."

„Und der Engelschor? In welcher Stimmlage singst du?"

„Im Sopran. Aber leider ist zu schön, was wir machen. Und ziemlich einförmig. Wie du eben gesagt hast: stumpfsinnig."

„Das habe ich nicht gesagt."

„Gesagt oder gedacht, egal. Ich selbst kann nur schwer voneinander unterscheiden, was jetzt und was erst in dreißig Jahren passiert."

„Was passiert in dreißig Jahren?"

„Da stirbt dein Sohn."

„Er bekommt noch dreißig Jahre?"

„Ja, die gleiche Krankheit wie jetzt wird ihn befallen und für immer forttragen, wie sie das jetzt nicht tun wird, nur seine Haut wird voller Blasen sein, seine Gelenke werden schmerzen, weil die Musik, die bereits in ihm wohnt, sich schneidend durch all seine Nerven zieht."

„Es hat mir besser gefallen, wie du als Mädchen gesprochen hast."

„Ist es langweilig? Viel zu pathetisch? Auch der Herr beschwert sich darüber. Er sagt, dass ihn die Kirchenmusik schon langweile. Und, nichts für ungut, er ist auch der Gläubigen überdrüssig."

„Fluch nicht!"

„Dir passt aber auch wirklich nichts! Mit deinem Sohn solltest du ein bisschen nachgiebiger sein."

„Bin ich ein schlechter Vater?"

„Nein, aber du musst es werden. Du reist jetzt ab, hetzt ihn durch ganz Europa, damit er alles sieht, damit er die Welt sieht, die in Kürze zusammenstürzt."

„Wird es keine Könige geben?"

„Hab keine Angst, du wirst es nicht mehr erleben und Wolferl auch nicht so richtig, aber ich habe doch gesagt, dass der Herr der Gläubigen überdrüssig ist. Schon jetzt ist Voltaire sein Liebling. Aber auch der mag ihn. Dann kommen die Ungläubigen, die Gottlosen, der Herr freut sich schon auf sie, denn durch unseren Gesang überkommt ihn der Schlaf."

„Ja, ich denke, das Ganze ist nur ein Traum."

„Dass es die Welt gar nicht gibt, nur Er sie träumt?"

Leopold durchfuhr ein Schreck. Kann es sein, dass auch er einschläft? Was aber wird dann aus der Welt?

„Nun, die läuft auch ohne ihn glücklich weiter. Die vielen Schmeichler und Kriecher, die zwar nichts über ihn wissen, sich dennoch so aufführen, als wenn allein sie etwas wüssten, die kann er schon lange nicht mehr ausstehen, weißt du."

„Was will er dann aber von meinem Sohn?"

„Musik."

„Wozu braucht er Musik? Musik verändert nichts. Musik ist nichts, sie fliegt davon wie das Blatt eines Baumes. Nicht einmal das."

„Du lügst. Du weißt ganz genau, wie schöpferisch Musik sein kann. Dein Sohn muss jene neue, dreckige Welt erschaffen, in der die Werte ständig wechseln."

„Er ist aber doch zutiefst gläubig."

„Deshalb musst du ihn uns verkaufen."

„Ihr wollt ihm den Glauben austreiben?"

„Wir entzünden in ihm die Flamme der Krankheit, nicht damit er jung stirbt, sondern weil diese Flamme das viel größere Feuer, das der Genialität, entfachen wird."

„Und was, wenn er ein Genie ist?"

„Diese Flamme ist zunächst nur eine Sparflamme, welche die schwache Kerze der Schöpfung neu belebt."

„Ist der Herr etwa arbeitsscheu?"

„Nein, nur ein Herr, der gern für sich arbeiten lässt."

„Hast du noch nicht daran gedacht, dass du dich dagegen erheben müsstest?"

„Selbstverständlich, wir unterhalten uns mit dem Herrn oft darüber. Er ermuntert mich, dass es noch nicht zu spät sei, ich solle es versuchen."

„Er ermuntert dich?"

„Er mag den Nervenkitzel. Deshalb will er jetzt die Flamme der Schöpfung neu anzünden. Er will mit ihr die Erde versengen."

„Dann muss man euch ja aufhalten."

„Das wäre nur zu gut, ich befürchte aber, dass es nicht gelingen wird."

Leopold Mozart fuhr hoch und schlug mit dem Kopf sogleich an die Steindecke. Vor lauter Schmerz sprühten Funken aus ihm heraus, die auf den Tisch fielen. Ein paar fette Tropfen Milch zitterten auf dem schmierigen Holz. Auch die Kellnerin war wieder aufgetaucht. „Hat's geschmeckt? Darf ich noch etwas bringen?"

Mozart bekam vor Empörung kaum Luft, er brachte kein Wort hervor, schnappte den Joghurtbecher und schüttete das restliche Joghurt dem Engel mitten ins Gesicht. Die Heidelbeeren flogen über den Tisch, laut, als würde er mit einer Kanone eine Burg beschießen, die kleinen Kugeln wirkten wie schwere Steinkugeln. Und auf jeder Kanonenkugel saß ein kleiner Passagier. Als wäre der eine sein Sohn, der andere seine Frau, der dritte seine Tochter. Sich selbst konnte er nicht erkennen, vielleicht war er diese kleine Figur mit der Perücke.

Dann schlugen die Geschosse in den Engel ein wie Meteore in den Mond und verspritzten Stein und Engelsfleisch, doch in erster Linie Milch. Der Engelsturm, der sich am anderen Tischende erhob, brach seufzend zusammen. Der Hals wurde durchtrennt und der Kopf sank wie die untergehende Sonne langsam zum Brustkorb herunter, die Arme verjüngten sich und rollten sich auf. Die Beine begannen, von unten nach oben zu verschwinden, aus den Brüsten schwappte Milch, aber nicht weiß, sondern hellblau wie der Himmel, und dichte Wolkenschwaden schwammen darauf wie Eischnee auf Vogelmilch. Einer der Landstreicher schob eine Betteltasse unter die Quelle und schrie vergnügt: Engelsmilch!

Ein anderer jedoch packte Leopold und stieß ihn die Kellertreppe hinauf. Er stieg den engen Treppenraum hoch wie ein Vogel. Einen Moment lang befürchtete er, dass auch ihm Flügel wüchsen. Als er im Freien wieder festen Boden unter den Füßen hatte, betastete er schnell seinen Rücken, doch er hatte nicht einmal einen Buckel. Die Kellnerin stand vor ihm, sie schien viel jünger als unten im Lokal: „Sie haben noch nicht gezahlt, wenn ich bitten darf."

„Verzeihung, was bin ich schuldig?"

„Sie hatten zwei Joghurt und eine Engelsbeschädigung, das macht zusammen die Seele eines sechsjährigen Kindes."

„Über so etwas habe ich keine Macht", sagte Leopold mit bestimmter Selbstsicherheit.

„War nur ein Scherz. Das Fräulein schickt zwei Pulvermischungen, damit sollen Sie das kranke Kind kurieren."

„Wir haben kein Geschäft abgeschlossen, darum kann ich das nicht annehmen."

„Gerade deshalb. Das sind harmlose Mittel, aber sie helfen." Sie zog zwei Fläschchen hervor. Das eine enthielt ein helles, das andere ein ganz dunkelgraues Pulver.

„Was sind das für Mittel?"

„Schwarzpulver und Markgrafpulver."

„Markgrafpulver? Aber woraus sind sie gemacht? Die stinken ja fürchterlich, sogar durch das Glas hindurch."

„Im schwarzen Pulver sind zerstampfte Buchenwurzeln und Preiselbeerwurzeln, gemahlener Thymian und gemahlenes Feuervogelgras, geriebener Asphalt und geriebene ägyptische Mumiensplitter. Das könnten Sie brauchen."

„Und das andere?"

„Das ist noch besser: Korallen, Elfenbein, Hirschtalg, Mistel, Goldblatt, Einhornknochen und Engelkot."

„Aber wofür sind sie gut?"

„Sie müssen sie eingeben, wenn es ihm schlecht geht, sie lindern seine Qualen und halten ihn solange am Leben, bis seine Stunde gekommen ist."

„Und wenn sie ausgehen?"

„Jeder Apotheker wird Ihnen diese Pulver mixen, wenn Sie ihn darum bitten."

„Ich weiß nicht, ob ich das annehmen kann."

„Nehmen Sie es ruhig, die Hoffnung auf einen Vertrag haben wir schon aufgegeben." Damit reichte sie ihm eine große Leinentasche, die von etwas Schwerem nach unten gezogen wurde und warf die beiden Fläschchen darauf.

„Was ist da drin?"

„Käse, was denn sonst, sind Sie nicht wegen des Käses auf den Markt gekommen, Herr Mozart?"

Die Anrede traf ihn ins Herz. Ihm war, als würde er sich mit fremden Federn schmücken. Er blickte zum Himmel, über dem Morgengrauen lag genau so ein Blau und es schwammen genau solche Wolken darin, als hielte ein Pilger, der mit dem Kopf nach unten hängt, eine Tasse voll überschwappender Engelsmilch in der Hand. Er nahm den Sack auf die Schulter. Um ihn herum standen die Marktstände, der Wind pfiff durch die zumeist schon leeren Käsekisten und ließ die Planen gemütlich flattern. Leopold arbeitete sich aus den Ständen hervor und drückte, sich über die Theke beugend, dem Mädchen ein Goldstück in die Hand. Es war nun das andere, jenes, das das Geschäft übernommen hatte, als sie losgingen.

Das Mädchen betastete das Gold, spuckte darauf und ließ es kokett zwischen die Brüste fallen. Leopold schmunzelte, ich bin schon ein alter Mann, flüsterte er ihm zu. Das Mädchen schöpfte ein Glas Milch und reichte es ihm. Das ist die Zugabe, sagte es. Leopold leerte gierig das Glas und begab sich auf den Heimweg. Er war stolz darauf, seinen Sohn und vielleicht gar die ganze Menschheit gerettet zu haben. Den Glauben. Was weiß ich, was sonst noch. In zwanzig oder dreißig Jahren wird es doch keine Revolution in Paris geben, dachte er. Revolution ist ein gutes Wort, dahinter verbirgt sich genau so wenig Wahrheit wie hinter dem Wort Engel. Ja sogar noch weniger, verbesserte er sich.

Als er ins Zimmer trat, erfasste ihn dennoch Unruhe. Wolfgang saß mit strubbeligem Haar im Nachthemd vor dem Spinett, kritzelte etwas auf ein Notenblatt und schlug mit seinem nackten Fuß den Takt auf dem nackten Boden. Der Vater fauchte ihn an.

„Was zum Teufel machst du so früh am Morgen?" Dann sog er tief die Luft im Zimmer ein. „War jemand hier?"

„Na, klar. Wusstest du das nicht? Er sagte, du hättest ihn geschickt. Er bestellte eine Totenmesse bei mir."

Leopold lachte. „Und ich möchte eine Zahnwechselmesse bekommen. Du weißt noch nicht genug dazu. Aber du hast noch reichlich Zeit dafür."

„Darf ich sie nicht machen?"

„Wie konnte dir nur einfallen, ohne mich zu verhandeln? Du gibst den Auftrag zurück."

„Das geht nicht. Sie ist weggegangen und ließ diesen Beutel Gold hier." Wolfgang deutete auf den Lederbeutel auf dem Sofa.

„War es ein Mann oder eine Frau?"

„Ich weiß nicht, vielleicht eine Frau."

„Ach was, er hatte einen langen Bart", quatschte Nannerl dazwischen, die erst jetzt hinter dem Vorhang hervorschlüpfte. Mozart, der echte, bekam einen heftigen Hustenanfall, sein Vater packte ihn am Arm und sah, dass die Haut von winzigen Bläschen bedeckt war. „Frieseln", murmelte er. „Was für ein Glück, dass ich ein Medikament bei mir habe. Ich finde, du bist sehr krank. Wir kehren um. Was kümmert uns schon Wien? Ihr seid wichtig, nicht dieser verdammte Erfolg."

„Papa, du hast nie so banal gedacht", lachte das große Mädchen auf.

„Und dieses Geld gibst du beim Empfang ab und sagst, dass wir es auf dem Gang gefunden haben, na los", fauchte er das Mädchen an, das noch nie frech zu ihm war. Mozart jedoch nahm es in Schutz.

„Aber das ist doch ein Blödsinn, schau lieber in die Noten, was ich aufgezeichnet habe. Ich werde ein großer Komponist, Papa, größer noch als du."

Leopold drückte seinen Sohn an sich. Dieser Engel hatte recht, ich habe ihn tatsächlich jetzt richtig liebgewonnen. „In Ordnung, wir behalten das Geld", gab er nach, „wir legen es für deine Ausbildung auf die Seite. Aber die Wienreise ist vorerst verschoben."

Es klopfte an der Tür, ein stämmiger Mann stand da, er trug einen Helm mit Flügeln auf dem Kopf. Ohne ein Wort zu sagen, gab er einen Brief ab und wollte sich entfernen. Als Leopold ihm etwas Kleingeld in die Hand drücken wollte, lehnte er lachend ab. „Lassen Sie sich das nächste Mal nicht so weit von Ihren Kindern wegführen", brummte er vertraulich.

Der kleine Mozart riss den Brief auf und entzifferte ihn mit großer Mühe, lesen konnte er noch kaum: „Die Kaiserin möchte uns in einer Woche anhören!"

Die aufgehende Sonne warf ihre ersten Strahlen auf die goldene Kuppel der gegenüberliegenden Kirche. Die Glocke stieß vor Überraschung einen Laut hervor.

Aus dem Ungarischen von Gabriella Érdi und Wilhelm Droste

Michal Ajvaz

[Töne in der Finsternis]

Als mich die Einladung erreichte, für eine dem 250. Geburtstag Mozarts gewidmete Anthologie einen kurzen Prosatext zu schreiben, kam mir der Einfall, eine Geschichte nachzuerzählen, die ich vor sieben Jahren bei einer Reise durch die italienischen Alpen gehört hatte. Es war Mitte September und mein Urlaub ging schon zu Ende, ich saß in einem Autobus, der langsam den Serpentinen einer Bergstraße folgte und schaute durch das Busfenster auf die vom freundlichen Licht der Herbstsonne übergossene Landschaft, mein Blick schweifte über die schartigen Gipfel des Gebirges, wanderte dann wieder hinunter in Täler, wo um einen Kampanile gedrängte kleine Häuser aus hellem Stein, Abhänge hinankletternde Felder und Obstgärten hinter niedrigen Mäuerchen auftauchten und verschwanden. Hinter einer der Kurven erschien ein Städtchen, das aus drei Straßen bestand, die von einem Kirchlein mit eckigem Glockenturm auseinander liefen, zweimal eine Schleife zogen und auf Almwiesen endeten. Auf der Berglehne hinter dem Städtchen ragte die Ruine eines Schlosses auf, den geschwärzten Mauern nach zu urteilen, hatte ein Brand das Gebäude zerstört. Es musste schon lange her sein, weil in den einstigen Sälen jetzt Bäume wuchsen, deren Kronen über die Mauerränder hinwegstanden, und dichtes Gestrüpp aus den Fenstern wucherte. Um das Schloss herum weideten Schafe; oberhalb der Ruine stieg der Hang schroff an und verwandelte sich bald in eine steinige Wand, die nur von einigen, auf Felssimsen wurzelnden verkümmerten und verdrehten Stauden bewachsen war. Zwischen Stadt und

Schloss glänzte ein mäanderndes Flüsschen, über das sich eine Brücke wölbte; an einer Stelle, wo die ruhige Strömung auf eine Felsstufe traf, funkelte im hellen Dunst des Nachmittags ein niedriger Wasserfall, unter dem das Wasser wieder verschlafen weiterfloss.

Ich betrachtete kurz die Szenerie, die aussah, als hätte ein nicht allzu origineller romantischer Maler sie gemalt. Mich jedoch bezauberte der Friede des Tals, Sehnsucht überkam mich, wenigstens einen Nachmittag in dem Städtchen zu verbringen. Ich sagte mir, die schönen Tage könnten schon morgen vorbei sein und eine Regenperiode anbrechen, ich dachte daran, dass sie bis zum Frühling dauern könnte, und hatte in diesem Moment den Eindruck, es würde mir mit der Erinnerung an die ruhigen, von stillem Glanz übergossenen Gassen leichter fallen, das stürmische Wetter im Herbst und den Schneematsch im Winter zu ertragen. Und so bat ich den Chauffeur, für mich zu halten, und lief mit dem Rucksack auf dem Rücken hinunter ins Tal. Kein Mensch begegnete mir in den Gassen der Stadt; im Gasthof auf dem Hauptplatz waren alle Zimmer frei. Als ich in einer Kammer über dem Lokal die Fensterläden öffnete, erschien auf dem Hintergrund grüner Bergwiesen der schlanke Kampanile im Fenster. Ich unternahm eine Stadtbesichtigung, streifte durch enge Gassen, wo große helle Hunde auf den Stiegen vor den Hauseingängen dösten, spazierte zwischen den Mauern von Gärten, aus denen sich mir Äste mit schweren reifen Früchten entgegenneigten, gelangte längs des Flüsschens zum Wasserfall und schaute eine Weile auf den in der Gischt schimmernden bunten Regenbogen, ging zurück, überquerte die steinerne Brücke und stieg auf einem schmalen Pfad zur Schlossruine hinauf, zwängte mich durch die Büsche, die in deckenlosen Sälen wuchsen, scheuchte einen Vogel auf, der vor meinem Gesicht herumflatterte und mit einem Schrei fortflog, trat vorsichtig auf die vom Regen unterhöhlten wackeligen Steine, die von den Treppen übrig waren, betrachtete die undeutlichen Linien von Ornamenten, die mit nassen Flecken und sinnlosen Mustern verschwammen, die die Ranken von Schlingpflanzen auf den geschwärzten Mauern gezeichnet hatten. Die Glocke des Kampanile schlug eben fünf Uhr, als ich in meine Herberge zurückkehrte. Auf der Terrasse saßen drei alte Männer, wir grüßten einander und ich setzte mich an einen leeren Tisch in ihrer Nähe, trank Rotwein, lauschte dem italienischen Gespräch, das ich nicht verstand, und ließ meinen Blick auf einem Bild ruhen, dessen Farben der lichte Dunst verwischte und vereinheitlichte: auf dem mit rundlichen Steinen gepflasterten leeren Platz, den niedrigen Häusern, dem grünen Gürtel der Bergwiesen über ihren Dächern, der traurigen Ruine auf dem Hang.

Der Wirt verschwand in der Küche, aus der das Klirren von Flaschen erklang. Als ich durch das dunkle leere Lokal zur Toilette ging, zog mich sein Wandschmuck in Bann. In einer Höhe von etwa zwei Metern verlief über alle vier Wände ein Streifen mit Fresken, die von Zigarettenrauch bräunlich verfärbt und einem fettigen Belag überzogen waren, der sich wohl Jahrzehnte lang auf ihnen abgesetzt hatte. Dennoch war immer noch deutlich zu erkennen, was auf ihnen gemalt war. Der Streifen bestand aus acht Bildern, zwei auf jeder Wand, die Abstände zwischen ihnen waren mit stilisierten Lilienblüten, Rocailles, Maskaronen und Darstellungen des Füllhorns der Fortuna sowie mit phantasievoll gebogenen ornamentalen Stängeln mit spitzen Blättern ausgefüllt. Meiner Einschätzung nach gingen die Fresken auf Ende des neunzehnten Jahrhunderts zurück, um ein bedeutendes Kunstwerk handelte es sich sicher nicht, höchstwahrscheinlich stammten sie von einem Maler aus der Gegend. Auf den zwei Bildern auf der Mauer direkt hinter der Schank erblickte man das sich über dem Städtchen erhebende Schloss. Auf dem linken Bild war es, wiewohl noch nicht von Gestrüpp und Bäumen überwuchert, schon als ausgebrannte Ruine dargestellt, auf dem Bild rechts hatte der unbekannte Maler das Schloss gemalt, wie es vor dem Brand aussah – hohe Piano-nobile-Fenster, hinter denen sich die dunklen Silhouetten tanzender Menschen abzeichneten, leuchteten in die Abenddämmerung, das Licht ergoss sich über das Blattwerk der Bäume im Schlosspark, im Hof warteten stille Kutschen. Auch auf der Mauer rechts vom Schanktisch waren zwei Bilder in das Band der Ornamente eingefügt. Auf dem ersten davon sah ich den Paradiesgarten eines

Klosters, an einer Säule des Kreuzgangs lehnte ein junger Mann und schaute verwundert auf die in der Mitte des Gärtchens wachsenden kahlen Sträucher; auf dem zweiten Bild ein anderer, etwa fünfzig Jahre alter Mann mit schwarzem Schnurrbart und einem spitzen Kinnbart, er stand neben einer jungen Frau auf einem Balkon und zeigte ihr etwas in der Landschaft; es musste auf dem Schloss sein, weil in den Spalten zwischen den Säulen der steinernen Balustrade das Städtchen mit dem Kampanile zu erkennen war. Ich wandte mich um; auf dem ersten Bild über der Tür zur Terrasse waren als ein großes Detail zwei zarte Frauenhände zu sehen, die eine hielt einen schwarzen Stoff, die zweite eine Schere, mit der sie die Umrisse eines Indianers mit einem Stirnband aus Vogelfedern auf dem Kopf aus dem Material schnitt; auf das daneben liegende Fresko waren eine verschneite Landschaft gemalt und eine Gruppe von in Pelze gehüllten Männern und Frauen, die vor einem zugefrorenen Wasserfall zwei anscheinend aus Eis gemeißelte Statuen betrachteten – die eine stellte eine nackte Frau dar, die sich Brust und Schoß bedeckt, die zweite einen Mann, der mit bestürzter Miene nach seinem Scheitel greift, auf dem ein Hirschgeweih hervorzusprießen beginnt. Auf dem ersten der Bilder, die sich an der Wand links der Schank befanden, erblickte ich abermals den jungen Mann, den ich schon von dem Bild mit dem Kreuzgang des Klosters kannte; er war mit einer wuchtigen Kette an einen Eisenring in der Mauer einer Zelle gefesselt, das ärmliche Licht eines Kienspans über seinem Kopf beleuchtete einen Schreibtisch, auf dessen Platte beschriebene Blätter lagen, der Mann starrte in das Zwielicht, in dem sich helle Flecken abzeichneten; es dauerte eine Weile, bis mir bewusst wurde, dass es Klaviertasten waren. Das zweite Bild stellte nochmals ein großes Detail dar, diesmal nur von einer einzigen Hand; dem Smaragdring nach war es die gleiche Hand, die den Indianer aus dem Stoff schnitt; jetzt berührte sie die Klaviatur, der Daumen lag auf der Taste des *d* und der Ringfinger schien sich gerade auf die Taste des Tones *g* zu senken.

Allem Anschein nach erzählten die Bilder eine zusammenhängende Begebenheit. Die Geschichte begann offensichtlich mit dem Bild des

Festes über der Schank, dann folgten die Bilder des Paradiesgartens, des auf dem Balkon stehenden Paars, der den Indianer ausschneidenden Hand, der Eisstatuen, der Kerkerzelle, der Hand auf der Klaviatur und schließlich das Bild des ausgebrannten Schlosses. Eine Tür des Lokals führte in einen angrenzenden kleineren Raum; auch dort saßen keine Gäste. Ich schaute hinein, neugierig, ob ich auf seinen Wänden nicht eine Fortsetzung der Geschichte entdecken würde. Fresken gab es hier nicht, aber fast die gesamte rückwärtige Wand war von einem Ölgemälde bedeckt, das aus den dreißiger Jahren stammen mochte. Auf dem dunklen Bild befanden sich zwei lichte Stellen. Eine bestand aus einem Kreis, den das Licht einer auf einem klassizistischen Tischchen mit Holzmosaiken stehenden Kerze warf, die Kerze beleuchtete einen gesenkten Kopf mit weißer Perücke, eine einen Gänsekiel haltende Hand und Notenpapier. Die zweite lichte Stelle schwebte über dem Kopf mit der Perücke, es war ein helles Wölkchen, wie sie manchmal auf Bildern die Gedanken der gemalten Personen veranschaulichen sollen; in ihr wiederholte sich ziemlich genau die Szene aus der Zelle, die ich schon vom Schankraum kannte. Als ich mich dem Bild näherte, stellte ich fest, dass das Gesicht unter der Perücke Wolfgang Amadeus Mozart gehörte.

Nachdem ich auf die Terrasse zurückgekehrt war, fragte ich die Greise auf Englisch, was die Fresken bedeuteten. Sie starrten mich verständnislos an, als ich aber mit der Hand zur Schank zeigte und über meinem Kopf dann einen horizontalen Kreis beschrieb, begriffen sie, was ich von ihnen wollte, und überschlugen sich, mir alle gleichzeitig etwas auf Italienisch zu erläutern. Ich bedeutete ihnen, dass ich sie nicht verstand, erreichte aber nur, dass sie die mir unbekannten italienischen Wörter mit anderen mir unbekannten italienischen Wörtern erklärten und sich mittels Pantomime mit mir zu verständigen versuchten: Sie machten dabei Handbewegungen, die genauso gut Weinlesearbeiten, die Schlacht bei Waterloo oder Mendelejews Periodensystem bedeuten konnten. Nach einer Weile tauchte aus dem Inneren des Gebäudes der Wirt auf, hörte eine Zeitlang dem Kauderwelsch der Alten zu und beobachtete meinen verwirrten Gesichtsausdruck, dann fuhr er die Greise an, setzte sich an meinen Tisch und erklärte mir auf Englisch, das Freskenband in der Schankstube illustriere eine lokale Sage. Diese Sage, erklärte er stolz, habe in Mozarts Werk eine Spur hinterlassen, eines seiner bedeutendsten Werke wäre ohne sie nicht entstanden. Als die alten Männer Mozarts Namen vernahmen, begannen sie eifrig zu nicken und schrieen wieder etwas auf Italienisch. Ohne auf weitere Fragen zu warten, legte der Wirt sofort mit seiner Erzählung los; er sprach ein Englisch, bei dem sämtliche Wörter auf der vorletzten Silbe akzentuiert waren, flocht eine Menge italienischer Ausdrücke in seine Rede ein und in Momenten, da ihn selbst das Gefühl übermannte, verwandelte sich sein Englisch ganz in Italienisch. Den Greisen war die Geschichte zwar sicher gut bekannt, doch verfolgten sie aufmerksam, was der Wirt sagte. Wenn irgendein Name oder ein italienisches Wort sie ahnen ließ, wovon er gerade erzählte, fielen sie ihm ins Wort, zogen ihn am Ärmel und riefen ihm etwas zu, offensichtlich erinnerten sie den Wirt, worauf er in seiner Erzählung nicht vergessen dürfe.

Die Begebenheit, die ich auf der Terrasse des Gasthauses hörte, hatte sich irgendwann in der ersten Hälfte des 18. Jahrhunderts zugetragen. Damals lebte in dem Schloss über dem Städtchen ein Graf, der der letzte Spross eines Geschlechtes war, das hier Jahrhunderte lang residierte. In seiner Jugend war er viel gereist, dann wurde er der fremden Länder aber plötzlich überdrüssig, ließ sich auf dem Schloss nieder und unternahm nur mehr selten eine längere Reise als hinunter in die Stadt. Seine Tage verbrachte er mit der Jagd und der Lektüre von Romanen; er veranstaltete jeden Abend ein opulentes Mahl, saß jedoch nur mit seinem Jagdaufseher und dem Verwalter an dem langen Tisch. Manchmal träumte er bei einem Glas Wein davon zu heiraten, stellte sich vor, wie sein kleiner Sohn durch die Gänge des Schlosses tappen würde, doch kamen keine Gäste auf das Schloss und seine Ideen von Hochzeit und Kindern dürften nicht so dringlich gewesen sein, dass sie den Grafen gezwungen hätten, die Schlossbibliothek und den Weinkeller für längere Zeit zu verlassen; somit waren die einzigen Frauen, denen er begegnete, Dörflerinnen auf den Feldern oder Bürgerstöchter, die er von der Kutsche aus sah, wenn er durchs Städtchen fuhr. Seinen fünfzigsten Geburtstag feierte er mit dem Jagdaufseher und dem Verwalter; als er nach Mitternacht in sein Schlafzimmer ging, wurde ihm plötzlich bewusst, dass seine Träumereien von Frau und Kind bereits für immer nur ein Traum bleiben würden. Er stellte sich an das geöffnete Fenster, blickte auf das vom Mondlicht übergossene Städtchen hinunter und wunderte sich, dass dieser Gedanke ihn keineswegs besonders betrübte ... Die Tage seines Lebens verstrichen immer gleich, die Vormittage verbrachte er in den Wäldern, nachmittags schlief er in seinem Zimmer vor einem aufgeschlagenen Roman ein, dessen Handlung sich ihm mit der vieler anderer Romane vermischte. Nur manchmal überkam ihn Melancholie, wenn er daran dachte, was nach seinem Tod mit dem Schloss geschehen würde, doch genügte es stets, eine Flasche Wein zu öffnen, damit er auf fröhlichere Gedanken kam.

Eines Tages Anfang Mai nächtigte in der Gastwirtschaft des Städtchens ein französischer Marquis mit seiner Frau und seiner Tochter Cordelia; sie befanden sich nach einer Reise nach Rom und Neapel, die sie auf Drängen der kunstsinnigen Tochter unternommen hatten, auf der Heimfahrt zu ihrem Stammsitz in Frankreich. Der Marquis hielt es für schicklich, mit beiden Damen den hiesigen Schlossherrn zu besuchen, und als er sich melden ließ, war der Graf nicht schlagfertig genug, um sich rasch einer Ausrede zu bedienen. So kam es, dass er nach langer Zeit wieder Gäste auf dem Schloss empfing. Beim sechsten oder siebten Glas Wein begann sich der Marquis bei seinem Gastgeber über die Strapazen der Reise, zu der ihn weibliche Laune gezwungen hatte, zu beklagen und vertraute ihm an, wie sehr er sich auf die Bequemlichkeiten seines Landhauses freue. Der Graf nickte geistesabwesend, hörte ihm aber nicht zu, weil er schon lange nur auf das Gesicht der achtzehnjährigen Tochter des Marquis schaute, die ihm gegenüber saß. In dieser Nacht fand er keinen Schlaf; als er sich im Bett hin und her wälzte, kam ihm zu seiner Verwunderung zum Bewusstsein, dass er im einundfünfzigsten Lebensjahr zum ersten Mal in seinem Leben Liebe zu einer Frau empfand.

Das Mädchen war anfangs erschrocken und verwirrt durch die ungestümen Äußerungen, mit denen der Graf, der sich in seiner Einsamkeit den auf der Welt üblichen Umgangsformen entfremdet hatte, sein Gefühl kundtat, befand aber schließlich, die Mischung aus Geschmeicheltheit, Angst und Neugier, die sie verspürte, wäre Liebe. Der bis über beide Ohren in Schulden steckende Marquis betrank sich tagtäglich aus Freude über die unerwartete Entwicklung der Situation. Mitte Juli heirateten der Graf und Cordelia. Zur Hochzeit kamen die Verwandten der jungen Marquise, und der Graf lud auch den Adel der ganzen Gegend ein, von dem er vorher nichts wissen wollte. Das Fest pulsierte durch alle Räume des weitläufigen Gebäudes, und die Einwohner des Städtchens sahen zwei Wochen hindurch die Fenster des Schlosses wie ein neues Gestirn lange in die Nacht hinein strahlen.

Das Leben auf dem Schloss änderte sich vollkommen. Der Graf reiste jetzt mit seiner Frau nach Florenz und Rom, besuchte mit ihr Galerien und betrachtete ihr Gesicht vor dem Hintergrund Dutzender Bilder, von denen er nichts im Gedächtnis behielt. Er lud jetzt auch Musiker, Dichter und Maler ein, und wenn seine Frau sich mit ihnen über Kunst unterhielt, saß er ein Stück weiter weg und lauschte selig der Melodie ihrer Sprache, obwohl er nichts von dem, was sie sagte, verstand. Den Großteil der Zeit widmete Cordelia der Malerei und war zu jeder Tageszeit am ehesten im Schlosspark oder auf der Terrasse neben ihrer Staffelei zu finden. Auf dem Schloss lebten auf Dauer mehrere Musikanten, und der Graf trachtete einen Komponisten zu engagieren, der ausschließlich für sein kleines Schlossorchester komponieren würde. Als er im Oktober von einem jungen talentierten Künstler hörte, der in Palermo lebte, sandte er umgehend einen Boten mit einem so vorteilhaften Angebot zu ihm, dass der Komponist, der gerade grübelte, wie er die Miete bezahlen würde, keine Sekunde lang überlegte, ob er es annehmen solle. Drei Tage später trat er die Reise an; in Rom übernachtete er in einem Franziskanerkloster, dessen Abt ein entfernter Verwandter von ihm war. Der Komponist war von den Gedanken an das Leben, das ihn im Norden erwartete, so aufgewühlt, dass er, bevor es tagte, erwachte; noch in der Dämmerung verließ er die Zelle und erging sich in der Kälte des Morgens im Kreuzgang, über dessen Dach die Sonne noch nicht hinweggestiegen war, er blickte auf die Sträucher, mit denen der Paradiesgarten bewachsen war und auf deren Zweigen ein paar dürre Blätter im Wind zitterten, und vor seinem geistigen Auge tauchten dabei Bilder des unbekannten Schlosses auf, wo man ihn endlich achten und er sich ohne Sorge um seinen Lebensunterhalt der Musik widmen würde. Als er so durch den Gang schritt, bildeten die schwarzen Linien der Zweige immer neue Konstellationen, als würde eine unsichtbare große Hand unablässig eine Zeichnung überarbeiten, mit der sie nicht zufrieden war. Dann hielt der Komponist überrascht inne: Er bemerkte, dass sich die Linien der Zweige plötzlich in einer Weise angeordnet hatten, dass sie das bemerkenswert genaue Bild eines Frauenantlitzes schufen. Er tat einen Schritt vorwärts, und das Antlitz des Mädchens löste sich im chaotischen Geflecht wieder auf; als er zurückging, tauchte das Mädchengesicht wie durch ein Wunder neuerlich auf. Fasziniert ging er hin und her und wurde immer wieder Zeuge, wie das Gesicht aus einem Wirrwarr schwarzer Linien entstand und verschwand. Es wurde aber schon nach ihm gerufen, man drängte zum Aufbruch; und so warf der Komponist einen letzten Blick auf das magische Antlitz und verließ für immer das Kloster.

Der Graf empfing ihn in seinem Zimmer und forderte ihn sogleich auf, ihn zu begleiten. Der Komponist folgte ihm durch einen langen Gang, an dessen Ende in der Zugluft weiße Vorhänge wehten. Der Graf verschwand dahinter, der Komponist verfing sich in ihnen, und als es ihm gelang, sich aus dem weißen Stoff zu befreien, erkannte er, dass er auf einen breiten Balkon geraten war, von dem sich ein Ausblick bot auf eine Kette von Bergspitzen, die ein Tal beschützten, an dessen Grund das Städtchen lag. Neben einer Staffelei stand mit dem Rücken zu ihm eine Frau mit einem Pinsel in der Hand. Als sie sich umdrehte, erblickte der Komponist das Gesicht, das einige Tage zuvor die Zweige der Sträucher in dem römischen Kloster gezeichnet hatten. Im nun folgenden Teil der Geschichte schilderte der Wirt, wie sich die Gräfin und der Komponist ineinander verliebten; seine Erregung erreichte dabei einen Höhepunkt, was bewirkte, dass das Englische fast ganz von italienischen Wörtern verdrängt wurde und ich ihn daher kaum verstand. Als der Wirt wieder englisch zu reden begann, waren Cordelia und der Komponist schon ein Liebespaar; der Komponist wartete jede Nacht, bis der Graf das Schlafgemach seiner Frau verließ und das Schloss verstummte, und schlich sich dann durch den dunklen Gang zu seiner Geliebten. Die Gräfin lebte in diesen Tagen wie betäubt, unfähig, an die Zukunft zu denken, mitunter erwachten in ihr zwar Gewissensbisse, aber es war, als würde jemand in einer Sprache auf sie einreden, die sie nicht verstand. In den Nächten erwogen die Liebenden manchmal, gemeinsam nach Amerika zu fliehen, beide jedoch wussten, dass das nur Träume waren. Was sie erlebten, hinterließ Spuren in einigen leidenschaftlichen Passagen der Sonaten und Konzerte, die der Komponist auf dem Schloss komponierte, und ein Ergebnis der heimlichen Liebe war auch, dass zum Erstaunen des Grafen in den Skizzenbüchern seiner Frau jetzt Palmen und die Gestalten von Wilden mit Adlerfedern im Haar auftauchten; es waren Zeichnungen, mit denen sie ihren Phantasien von Amerika Ausdruck verlieh.

Kurz bevor der Komponist auf dem Schloss aufgetaucht war, hatte die Gräfin mit einer neuen Modeerscheinung Bekanntschaft gemacht, die sich soeben durch Europa verbreitete. Es war der Schattenriss, und als Cordelia das erste Mal zu schwarzen Flächen auf weißem Hintergrund verwandelte menschliche Gestalten, Tiere, Bäume und Blumen erblickte, wurde ihr bewusst, dass sie auf etwas gestoßen war, was ihre Hand schon immer angestrebt hatte: Die Verwandlung der Zeichnung in das reine Abenteuer einer isolierten Linie, die in ihrer freiwilligen Kargheit nichts Unwesentliches und Überflüssiges mehr stört; es kam ihr vor, dass die Schwingungen der Linie auf diese Weise plötzlich fähig waren, die feinsten Nuancen der Seele von Wesen und Dingen auszudrücken. Später zeichnete sie selbst viele Schattenrisse; bald aber entdeckte sie eine Technik, die ihr noch näher war: Sie schnitt aus schwarzen und bunten Papieren, Pergament und Seide Silhouetten aus und legte sie anschließend auf verschiedenfarbige Papierblätter und

Stoffe. Sie liebte die Momente, wenn die Schere durch das Papier oder den Stoff glitt, es schien ihr, sie würde sich selbst ihren Weg suchen und finden, selbst den Traum träumen, aus dem das Thema des sich formenden Bildes geboren wurde. Manchmal hielt die Schere an einem unsichtbaren Scheideweg inne und zitterte ungeduldig, dann drang sie wieder so heftig vorwärts, dass Cordelias Geist ihrem Lauf gar nicht folgen konnte. Der Graf stahl sich oft leise in das Zimmer seiner Frau und beobachtete verblüfft die magische Spur der Schere, aus der die Silhouetten orientalischer Städte mit prächtigen Palästen und schlanken Minaretten, Szenen von Kämpfen mythologischer Helden mit Ungeheuern und Tänze von Faunen und Nymphen in Hainen erstanden. Cordelias Versessenheit auf Szenerien des erträumten Amerika fand bald auch in ihrem Schaffen von Scherenschnitten einen Niederschlag, und wieder staunte der Graf, wie sich die Schere flink durch ein langes Stück Papier oder Stoff ihren Weg bahnte und einen Streifen mit gezacktem Rand hinter sich ließ, der auf den Boden sank; der Graf nahm ihn andächtig in die Hand und betrachtete die Linie, die die Konturen eines Dschungels, der Dächer von Eingeborenenhütten, der Figuren feierlicher Tänze tanzender Wilden hervorzauberte.

Einen Schattenriss zeigte die Gräfin nie ihrem Mann. Sie hatte ihn aus schwarzer Seide ausgeschnitten, und er stellte das glückliche Leben der Geliebten unter Palmen dar. In einer Verzückung, wie sie sie noch nie erfuhr, hatte Cordelia, ohne abzusetzen, mit einer einzigen, unendlich langen Bewegung der Schere den Umriss von Bäumen, deren Äste sich unter phantastischen Früchten bogen, geschaffen, den Wasserspiegel eines Flüsschens, auf dem ein Schwanenpaar schwamm, und einen Wiesenfleck, wo eine einfache Hütte stand, neben der sich zwischen friedlichen Affen und Wölfen zwei nackte Liebende umarmten, die Frau hatte ihr eigenes Profil und der Mann das des Komponisten. Die Gräfin versteckte den Scherenschnitt an verschiedenen Stellen in ihrem Zimmer; sie zitterte vor Angst, jemand von den Dienstboten würde ihn finden und ihrem Mann bringen, war aber lange nicht fähig, sich seiner zu entledigen, breitete ihn immer wieder aus und erfreute sich am Bild ihres Traums. Schließlich hielt sie die ständige Anspannung aber doch nicht aus und warf den Scherenschnitt an einer Stelle, wo der Fluss die Grenze des Schlossparks bildete, ins Wasser.

Das trug sich Ende November zu, einige Tage danach begann es zu schneien, und Frost brach ein, die Wege in der ganzen Gegend waren von Schnee zugeweht. Trotzdem leuchteten über dem verschneiten Garten fast jede Nacht die hohen Fenster des Schlosssaals und auch die Fenster der Zimmer, und ihr Schein glänzte auf der eisigen Fläche des Flusses, und sogar unten im Städtchen war in der eisigen Finsternis ferne leise Musik zu hören. Tagsüber wiederum erklang in den Straßen das Bimmeln der Glöckchen auf den Schlitten, die hier mit fröhlichen Gästen durchfuhren. Bei einer dieser Spazierfahrten hielt die heitere Schlossgesellschaft am zugefrorenen Wasserfall, die Gäste stiegen ab und bewunderten zwei bizarre Gebilde aus Eis, zu denen zwei Ströme des herabfallenden Wassers erstarrt waren und die jetzt wie weiße Spukgestalten auf einem kleinen vereisten See standen. Jemand bemerkte, die Figuren sähen wie Achilleus und Patroklos mit Sturmhauben aus, ein anderer deutete sie als Kastor und Pollux. Ein Spiel entspann sich, bei dem in den Eissäulen, hinter denen das herabfallende Wasser leise rauschte, jeder irgendein mythologisches Paar suchte. Und einer meinte, der zugefrorene Wasserfall erinnere ihn an eine ihm aus Ovids Metamorphosen bekannte Szene: Aktaion hat die nackte Diana beim Bad in einem Waldsee überrascht und die Göttin ihn aus Zorn über seine Vermessenheit in einen Hirschen verwandelt. Beifälliges Murmeln ertönte, und von dem Zeitpunkt an sahen in der einen Eisstatue alle bereits nur mehr den nackten Körper der Göttin und in der zweiten den unglücklichen Jäger, ja auch die Auswüchse auf der Spitze der Eisform kamen jetzt jedem wie das Geweih vor, das aus Aktaions Kopf hervorzusprießen beginnt. Unter den Gästen war auch ein Bildhauer, und sein Vorschlag, die Gestalten der Göttin und des Jägers aus dem zugefrorenen Wasserfall, in den sie gebannt waren, zu befreien, wurde von allen begeistert begrüßt. Als der Bildhauer versprach, er würde das Eismonument bis zum Abend des kommenden Tages vollenden, meldete sich der Komponist und erklärte, er würde zur Enthüllung die Komposition „Diana und Aktaion“ verfassen. Und so kehrte der Bildhauer um sein Werkzeug ins Schloss zurück und der Komponist schloss sich in seinem Zimmer ein und begann den ersten Teil des Musikstücks – „Das Bad der Diana“ – zu schreiben. Am Morgen hatte er auch schon zwei weitere Teile – „Die Metamorphose“ und „Aktaions Tod“ – fertig.

Als die drei Schlitten mit der Schlossgesellschaft am Nachmittag vor dem Wasserfall stehen blieben, erwarteten sie schon in Pelze gekleidete Musiker, die am linken Ufer des zugefrorenen Wasserfalls saßen, am rechten war ein langer Tisch vorbereitet, auf dem Schüsseln mit Gebratenem und Obst standen und Gefäße, aus denen duftender heißer Dampf aufstieg. Vor dem kleinen See ragte ein Holzrahmen empor, von dem ein dunkelroter Vorhang hing. Sobald die Gesellschaft aus den Schlitten stieg, erklang Musik und der Vorhang glitt langsam auseinander. Nur ein Seufzen ertönte, als dahinter die Eisskulpturen der zornigen Göttin und des verwirrten Aktaion erschienen, dessen Finger sich schon in spitze Hufe verwandelten und aus dessen Kopf ein Geweih brach. Von da an suchte die Schlossgesellschaft täglich den Wasserfall auf, um die Statuengruppe aus Eis zu betrachten. Als es Ende März wärmer wurde, verformten sich die Skulpturen; als würde Aktaions Metamorphose sich fortsetzen, nahm der verzauberte Jäger jetzt das Aussehen immer neuer namenloser Gespenster an, auch Diana verwandelte sich, als würde sie für ihren Zauber bestraft. Nun kamen die Gäste zum Wasserfall, um sich anzusehen, was für Kreationen die Sonnenstrahlen schaffen würden, sie stritten sich neuerlich, was das Eis darstelle, neuerlich wurden in den weißen Gestalten Götter, Helden und Monstren sichtbar. Das den Fluss unter dem Wasserfall bedeckende Eis war dünner geworden und ein Netz kleiner Kanäle, die sich einzelne Wasseradern gebahnt hatten, hatte sich in ihm ausgebreitet. In einem der Hohlräume, die sich auf diese Weise unter dem Eis gebildet hatten, war ein unregelmäßiges schwarzes Knäuel aufgetaucht. Als das den See bedeckende Eis weiter schmolz, begann sich das Knäuel zu verändern. Die Gäste rieten, was sich aus ihm entpuppen würde, und so wurden die fröhlichen Ausflüge um ein weiteres Spiel bereichert. Auch Cordelia beteiligte sich daran, bis sie auf einmal durchschaute, dass der sich wandelnde schwarze Gegenstand unter dem Eis der zerknüllte Scherenschnitt, die Verbildlichung des glücklichen Lebens des Liebespaars in Amerika war, und sie mit Entsetzen begriff, dass er sich jeden Moment entfalten und ihre geheimen Träume und ihre Untreue allen verraten könnte. Der Komponist versprach ihr, sich nachts zum Wasserfall zu begeben, das Eis aufzuhacken und das gefährliche Stück Seide herauszufischen, doch übermannte ihn in dieser Nacht der Schlaf und er erwachte erst bei Tageslicht.

Er tröstete sich damit, es wäre ohnehin unwahrscheinlich, dass der Scherenschnitt sich ausgerechnet an diesem Tag öffnen würde, und redete sich ein, die in ihm aufscheinenden Gesichter wären wohl nicht mehr erkennbar. Als aber die Schlossgesellschaft beim See eintraf, sahen die Gäste, dass eine stärkere Quelle durch das Eis bis zu dem schwarzen Knäuel vorgestoßen war und es herumzuwirbeln und langsam auszuwickeln begann. Sie bildeten einen engen Kreis um die rätselhafte Form und verfolgten ihre Metamorphosen; nachdem sie zum Fisch, Vogel und Stern geworden war, tauchten vor den überraschten Blicken unter dem Eis allmählich die schwarzen Silhouetten mit Früchten beladener Palmen, von großen Blütenkelchen, Vögeln mit langen gebogenen Schnäbeln und schließlich die Silhouetten zweier sich umarmender nackter Gestalten auf. Die Gesellschaft verfolgte das sich unter dem Eis bietende Spektakel mit angehaltenem Atem; gelähmt vor Entsetzen standen die Gräfin und der Komponist zwischen ihnen und warteten nur mehr ergeben, was geschehen würde. Die Gäste beugten sich noch tiefer hinab und verstummten; sie wurden Zeugen, wie sich in die Stille die bisher verborgenen Profile zweier Gesichter auftaten, in denen jeder der Anwesenden die Schlossherrin und den Komponisten erkannte. Es fiel kein Wort, man bestieg schweigend die Schlitten und kehrte zum Schloss zurück. Cordelia brachte es nicht fertig zu leugnen, fiel ihrem Mann zu Füßen und gab alles zu, schwor, den Komponisten nie mehr zu treffen, bat aber den Grafen, sich nicht an ihm zu rächen und ihn vom Schloss gehen zu lassen.

Bevor jedoch die Schlitten das Schloss erreicht hatten, brach die Welt des Grafen zusammen und seine Liebe verwandelte sich in ebenso großen Hass. Er versprach Cordelia, dem Komponisten nichts anzutun, hatte in der gleichen Sekunde aber schon einen bösen Plan ausgeheckt. Spät nachts tauchten im Zimmer des Komponisten zwei Diener mit einer Laterne auf und sagten ihm, vor dem Tor warte eine Kutsche auf ihn. Sie fuhren nicht lange, dann bog der Kutscher vom Weg ab und hielt vor einem einsamen kleinen Haus am Ufer des Flüsschens. Wortlos zogen die Diener den Komponisten aus der Kutsche, schleppten ihn eine steile Treppe hinab und warfen ihn auf den Boden eines kalten, nassen Kellerraums. Sie zündeten einen an der Wand steckenden Kienspan an und legten um die Taille des Komponisten einen schweren rostigen Eisenreif, an den eine in einem Eisenring in der Mauer endende Kette geschmiedet war. Als sie gegangen waren, sah sich der Unglückliche in seinem Gefängnis um; der Kienspan warf ein undeutliches Licht auf ein Büchergestell mit von Spinnweben umhüllten Büchern, an der Wand hing ein dunkles Bild, auf dem er die Gestalt irgendeines Heiligen erkannte. Was ihn am meisten fesselte, war ein Klavier, dessen Klaviatur direkt vor ihm im Halbdunkel hell schimmerte. Er tat einen Schritt darauf zu, doch als er die Hand nach den Tasten ausstreckte, spürte er einen Ruck an der Taille – die Kette, mit der er an den Ring in der Mauer gekettet war, erlaubte ihm nicht, sich dem Instrument zu nähern; vielleicht war es ein Zufall, vielleicht die böse Absicht seiner Kerkermeister. Dafür stand gleich neben ihm ein mit staubigen Papieren bedeckter Schreibtisch, und der Komponist konnte seinen Kopf auf ihn legen.

Der Gefangene ahnte nicht, dass er sich in einer Einsiedelei befand, die sich der seinerzeitige Schlossherr, ein Onkel des Grafen und ein Sonderling, eingerichtet hatte, als er sich nach jahrzehntelangem Prassen vom Leben abkehrte, um sich der Kontemplation und der Ausarbeitung bizarrer theologischer Traktate zu widmen. Er fühlte sich damals von allen Geräuschen der Welt gestört und zog auf der Suche nach einem Ort, an dem vollkommene Ruhe herrschte, anfangs im Schloss von einem Zimmer ins andere; dabei störte die Ruhe am meisten er selbst, indem er unentwegt aus seinem Zimmer stürzte, um einen Diener anzubrüllen, der mit dem Besteck geklappert oder etwas geräuschvoller eine Tür geschlossen hatte. Nach einer Zeit kehrte er seinem von Klappern und Knarren erfüllten Wohnsitz den Rücken und quartierte sich in einem Forsthaus ein, aus dem er den Heger samt seiner Familie hinauswerfen ließ, aber auch hier ärgerten ihn das Zwitschern der Vögel und das abendliche Quaken der Frösche, und als er daher entdeckte, dass es im Forsthaus einen Keller gab, in dem von der Außenwelt wirklich kein Ton mehr zu hören war, richtete er sich dort einen Raum für seine Meditationen ein und verbrachte hier den Großteil seiner Tage. Und weil auch das morgendliche Singen frommer Gesänge zu diesen Meditationen gehörten, ließ er ein Klavier in sein Kellergemach bringen, auf dem er mit seinen dicken plumpen Fingern spielte und so seine brummigen Gesänge begleitete. Es dauerte nicht lange, und die dumpfe Kellerluft zerstörte seine ohnehin schon angegriffene Gesundheit. Der Einsiedler wurde krank; man überführte ihn auf das Schloss, wo er nach einigen durchphantasierten Nächten, in denen er sich im Himmel glaubte und sich ständig beschwerte, das Singen der Engel störe ihn, in seinem Bett starb. Nach seinem Tod hatte die unterirdische Zelle nur mehr einen Bewohner; es war der örtliche Räuber, den die Leute vom Schloss gefangen hatten und der hier die paar Tage verbrachte, bevor man ihn auf dem Hauptplatz von Genua hängte. Seinetwegen hatte der Graf den Eisenring mit der Kette in der Mauer verankern lassen.

Der Hass des Grafen gegenüber dem Komponisten war so unbändig, dass er sich darauf freute, wie er seinem langsamen Sterben in der unterirdischen Zelle zusehen würde. Im Fußboden des über dem Verlies liegenden Raums war ein Holzdeckel eingeschnitten. Der Graf ließ ihn mit zwei Löchern versehen und verbrachte täglich viele Stunden damit, auf dem Bauch am Boden zu liegen und seinen Gefangenen durch dieses Guckloch zu beobachten. Auf dem Deckel standen eine Flasche Wein und ein Teller mit einem Brathuhn; von Zeit zu Zeit setzte sich der Graf auf, um zu trinken und zu essen, wischte sich dann den Mund ab und wandte sich wieder dem unterirdischen Schauspiel zu. Aus diesem Grund mussten die Diener ständig für Licht sorgen und brachten daher täglich außer einem Krug Wasser und einer dünnen Scheibe Brot auch einen neuen Kienspan in das Verlies. Der Komponist hoffte unentwegt, die junge Gräfin würde für ihn Gnade erbitten. Um zu verhindern, dass seine Angst und die düsteren Gedanken inzwischen seinen Geist gänzlich zerrütteten, suchte er etwas, was ihn wenigstens ein bisschen zerstreuen würde. Da ihm die Kette verwehrte, an die Bücher auf den Regalen heranzukommen, versuchte er wenigstens die mit den religiösen Abhandlungen des ersten Zellenbewohners beschriebenen Manuskripte auf dem Tisch zu lesen; sie waren jedoch so langweilig, dass ihre Lektüre sein Leid nur um zusätzliche Qualen vermehrte. Schließlich machte er sich den Umstand zu Nutze, dass auf dem Tisch eine Schreibgarnitur zurückgeblieben war, verdünnte die eingetrocknete Tinte im Tintenfass mit Wasser und begann auf der Rückseite der Traktate eine Art Tagebuch zu führen. Er beschrieb darin seine Gefühle und notierte die in ihm aufsteigenden Gedanken, hielt schließlich auch die Motive von Kompositionen fest, die ihm einfielen. Dass er durch zwei Löcher über seinem Kopf von zwei Augen beobachtet wurde, ahnte er nicht.

Mit seiner Frau wechselte der Graf kein einziges Wort mehr. Spät nachts, unmittelbar nach der Rückkehr von der regelmäßigen Vorstellung im Forsthaus, betrat er ihr Schlafzimmer und liebte sie ohne einen einzigen Kuss oder eine Liebkosung; wenn er das von Cordelias leisem Schluchzen begleitete erniedrigende Ritual vollzogen hatte, ging er zufrieden in sein Zimmer. Cordelia wehrte sich nicht, um aber am bangen Warten auf den Klang der Schritte im Gang nicht zu zerbrechen und das schmachvolle Ritual, bei dem sich in ihren Körper die nur Hass ausdrückenden Bewegungen eingruben, ertragen zu können, versuchte sie ihre Sinne mit Alkohol zu betäuben, und manchmal gelang es ihr, sich so zu betrinken, dass sie gar nichts mehr wahrnahm. Allerdings war das Schauspiel in der Einsiedelei, das der Graf täglich durch die Löcher im Fußboden genoss, nicht von langer Dauer. Im April setzte die Schneeschmelze ein, heftige Regengüsse kamen dazu, und die dadurch von den Hängen gerissenen Erdlawinen wälzten sich ins Tal. Ein breiter langsamer Strom aus flüssigem Schlamm überschwemmte die den Fluss säumenden Wiesen, näherte sich gefährlich dem Städtchen, schlug vor den ersten Häusern aber glücklicherweise eine andere Richtung ein; die Einsiedelei hingegen wurde bis zur Höhe eines aufrecht stehenden Menschen überflutet. Von einem Fenster des Schlosses beobachtete der Graf die Spitze des aus einem schmutzigen See ragenden Häuschens; er setzte voraus, dass der Schlamm in den Keller dringen und sein Gefangener darin ertrinken würde. Er verspürte nicht das geringste Mitleid mit ihm, sondern war nur verstimmt, weil er um sein tägliches Schauspiel gebracht würde.

Nur hatte sein Onkel als ein Feind weltlichen Lärms die Tür des Raums und die Klappe in der Decke so gut abdichten lassen, dass die Zelle unversehrt blieb, und so saß der Komponist in seinem Verlies, das sich am Grund eines Schlammsees befand, und schrieb unentwegt an seinem traurigen Tagebuch. Ganz geschützt vor der Flut war sein Gefängnis aber doch nicht. Als der Schlamm das Erdgeschoss des Hauses überschwemmte, begann er durch die zwei Löcher, die der Graf in den Fußboden bohren ließ, in den Keller zu fließen. So kam es, dass der Komponist einen merkwürdigen aus dem Halbdunkel kommenden Zweiklang vernahm. Er hatte keine Ahnung, was los war, es dünkte ihm, die Hand eines Phantoms würde Klavier spielen. In Wirklichkeit waren es zwei dünne Rinnsale, die durch die Löcher im Plafond rannen, auf zwei Tasten fielen – das zweigestrichene *g* und das zweigestrichene *d* – und sie in einem unaufhörlichen leisen Tremolo zum Erklingen brachten. Nach einer gewissen Zeit verstopften sich die Löcher und der zusammenhängende Strahl verwandelte sich in ein regelmäßiges Tropfen. Jetzt erfüllte die Zelle eine unaufhörliche einförmige, von den abwechselnd auf die zwei Tasten fallenden Tropfen gespielte Melodie, eine Weise, die aus den zwei sich endlos wiederholenden Tönen *g* und *d* bestand. Ansonsten war in der Zelle nur mehr der Atem des Komponisten zu hören und mitunter ein kaum hörbarer Schmatzlaut des von den Tasten hinabfließenden und auf den Fußboden fallenden Schlamms. Die Furcht, von der monotonen Komposition, deren einziger Zuhörer er war, um die letzten Reste des ihm noch verbliebenen klaren Verstandes gebracht zu werden, beschrieb der Komponist die Rückseiten der religiösen Traktate; dann wiederum rief er den Wahnsinn herbei, sehnte sich, er würde seinen Geist umnebeln und ihm so ermöglichen, sich mit dem grausamen Konzert, das sein Sterben begleitete, abzufinden. Nach einiger Zeit erlosch der Kienspan, und in der undurchdringlichen Finsternis erklangen ohne Unterlass nur die zwei Töne, von denen sich der Komponist einzig, wenn er einschlief, erholen konnte; bald aber war er wieder erwacht und hörte abermals nichts als die zwei stets identischen Töne in regelmäßigen Intervallen. Dann schrie er stundenlang, um die unheimliche Musik zu übertönen, doch bewirkte sein Schreien nur, dass er nach einer Weile die Stimme verlor und sich die Töne von neuem in sein ohnmächtiges heiseres Zischen mischten. Er bemühte sich immer noch, ohne zu sehen, auf den auf dem Tisch liegenden Blättern zu schreiben und die Szenen seiner sich in undurchdringlicher Finsternis abspielenden Agonie zu schildern; die Zeilen liefen wirr durcheinander, und weil er die Vorder- und Rückseite der Blätter nicht mehr auseinanderhalten konnte, verflossen die im Dunkeln geborenen Buchstaben mit der Handschrift der schwärmerischen Traktate und schufen mit diesen einen Text, wie ihn noch nie jemand las.

Der Komponist schrieb davon, wie sich mit der Zeit die monotone Melodie in seinem Geist in magische Musikstücke zu verwandeln begann, deren Klänge in einem sich an der Grenze zwischen Phantasie und Halluzination öffnenden Raum wie ein Feuerwerk hervorschossen; einige dieser Kompositionen waren nur für ein einziges Instrument bestimmt, andere wurden von Orchestern mit Hunderten, Tausenden Musikern gespielt, einige waren ein kaum hörbares Raunen, andere dröhnten mit einem mächtigen Tosen. Die zwei alternierenden Töne fächerten sich in unzählige Kompositionen auf, die unterschiedlichste Gefühle und Stimmungen – Verzweiflung und ekstatische Freude, Angst und Glück, Melancholie und Resignation – ausdrückten; Musikstücke gingen aus der Tonfolge hervor, die von der Liebe des Komponisten zu Cordelia erzählten und von der Angst, die er ausstand, als er auf den sich unter dem Eis entrollenden Seidenstreifen schaute, aber auch solche, die von dem winzigen Zimmer erzählten, in dem er seine Kindheit verbrachte, von den engen Gassen Palermos, den Fischerkähnen, die auf dem stinkenden Wasser im Hafen schaukelten und zu denen auch das kleine Boot seines Vaters gehörte, vom Horizont des Meers und von den sanften und bedrohlichen Wellen, die er als Kind lange Stunden beobachtet hatte. Und es erklangen in der Dunkelheit auch Musikstücke, die nicht benennbare Gefühle, wie sie vielleicht Tiere, Engel, Ungeheuer und Bewohner des Jenseits verspüren, vermittelten, vielleicht waren es aber auch Stimmungen und Leidenschaften, die das Geschlecht, das die Erde vor der Geburt des ersten Menschen bewohnte, gekannt hatte. Einige brachten dem unglücklichen Komponisten Trost, andere erschreckten ihn noch mehr als der Klang der zwei Töne, aus dem sie sich entwickelten und den der Komponist schon längst für die Hymne der Hölle hielt. Er war unfähig zu unterscheiden, ob er der Zuhörer oder der Urheber der im Dunkeln erklingenden Weisen war. Sein Verstand war noch immer nicht so umnachtet, um ihn vergessen zu lassen, dass sich keine Musiker in der Zelle versteckten, dass die Musik nur in seinem Kopf erklang; doch schien ihm, als hätten die sich wiederholenden Töne irgendeine uralte Mentalität in ihm geweckt, die auf dem Grund seines Bewusstseins geschlummert hatte, und dieses fremde Wesen, vielleicht ein Urahn, vielleicht ein an seiner Seele parasitierender Dämon begänne jetzt eine Musik zu komponieren, deren Melodien stets auf dem Wechsel der Töne *g* und *d* beruhten.

Manche der magischen Kompositionen, denen er in der finsteren Zelle lauschte, unterschieden sich nicht wesentlich von der Musik seiner Zeit, andere dafür glichen keiner ihm bekannten Komposition und auch keiner, die er sich bis zu dem Zeitpunkt vorstellen konnte. Noch mehr als zuvor wünschte sich der Komponist jetzt ein Wunder, das ihn aus seinem Gefängnis befreien würde, er erflehte in seinen Gebeten einen einzigen Monat Freiheit, um die unglaublichen Musikstücke, die im Dunkel der Zelle ertönten, aufzeichnen zu können, Menuette von Monstern, Märsche Verstorbener, satanische Pastorale ... Der Gedanke, die Kompositionen, die auf einer bisher unbekannten Rückseite der Musik geboren wurden, bekäme nie mehr jemand zu hören, peinigte ihn mehr als der Gedanke an den Tod. Er versuchte einige ihrer Motive auf den auf dem Tisch liegenden Blättern in Notenschrift zu notieren, aber die Fragmente der in der Finsternis geschriebenen Partituren blieben völlig unleserlich.

Es geschah kein Wunder, niemand kam, den Komponisten zu befreien. Als die Schlammflut zurückging, schickte der Graf seine Diener, die Einsiedelei zu säubern. Sie hatten erwartet, beim Öffnen des unterirdischen Verlieses würde ihnen eine Schlammwelle entgegenschwappen; überrascht traten sie in den dunklen Raum und fanden dort den reglosen Körper des Komponisten; sein Kopf lag auf einem Haufen beschriebener Blätter auf dem Tisch. Als der Graf die Aufzeichnungen des Komponisten las, erwachte in ihm eine böse Freude, dass der Zufall dem ihm so verhassten Menschen eine Folter bereitet hatte, die er selbst sich gar nicht hätte ausdenken können. Und seine Begeisterung steigerte sich noch mehr, als ihm ein Einfall kam, wie er den Menschen, den er nicht minder verabscheute wie den Komponisten, tödlich verletzen könnte. Er ließ die Blätter aus der Zelle binden und mit einem Einband versehen, und als er eines Nachts Cordelias Schlafzimmer verließ, legte er die Mappe, welche das Tagebuch des Sterbens des Komponisten enthielt, auf ihr Nachtkästchen. Er bemerkte, es sei ein Geschenk; es waren die ersten Worte, die er von dem Tag an, als ihm unter dem Eis das Bild ihrer Untreue erschienen war, zu seiner Frau sagte, und Cordelia dachte in diesem Moment, das hasserfüllte Schweigen und die schmachvollen nächtlichen Besuche wären ihm schon widerwärtig geworden und er wolle sich mit ihr versöhnen; sie empfand Erleichterung, die Hoffnung erwachte in ihr, das Leben auf dem Schloss würde aufhören, einem schlimmen nächtlichen Alptraum zu gleichen.

Der Graf blieb mit einem Glas Wein in der Hand in einem Lehnstuhl in seinem Schlafzimmer sitzen und lauschte der Stille des schlafenden Schlosses, in dem nur das Ticken der auf einer Kommode stehenden Uhr zu hören war. Es dauerte nicht lange und ein Schrei gellte in die Stille, der durch alle Zimmer und Gänge drang und sich in Schluchzen verwandelte; der Graf erwartete eine lange Klage, doch nach einer Weile verstummte das Schluchzen. Der Graf saß weiter da und wartete, gefasst darauf, seine Frau würde wütend oder verweint in sein Zimmer stürzen, doch tat sich zwei, drei Stunden lang gar nichts, außer dem Ticken der Uhr war kein Laut zu hören. Dann erklang eine Melodie, Cordelia hämmerte die Komposition, die ihr Geliebter in den letzten Tagen seines Lebens vernommen hatte, die endlose Folge der Noten *g* und *d,* in ihrem Zimmer ins Klavier, nun lauschte auch der Graf den Tönen des unterirdischen Konzerts, das ganze Schloss, das Cordelias Spiel aus dem Schlaf gerissen hatte, hörte zu. Gegen Morgen schlief der Graf in seinem Lehnstuhl ein; als er erwachte, tönte die aus zwei Tönen bestehende Melodie noch immer. Nach einer Zeit wurde es hell, und Cordelia spielte weiter, die Töne *g* und *d* erklangen den ganzen Tag und die ganze Nacht und hallten auch in den folgenden Tagen fast ohne Unterlass durchs Schloss, nur manchmal erklang ein unharmonischer Akkord, nach dem eine Zeitlang Stille eintrat – dann nämlich, wenn der Schlaf die Gräfin überwältigte und ihr Kopf auf die Tasten sank. Niemand wusste, ob Cordelia verrückt geworden war oder in ihrer Verzweiflung beschlossen hatte, ihr Mann müsse sich das unaufhörliche Hasskonzert so lange anhören, als sich ihre Hände auf den Tasten hielten.

Anfangs freute sich der Graf, wie gelungen das Werk seiner Rache war, bald wurde er jedoch wie alle übrigen im Schloss von Grauen beherrscht. Er ging noch einmal in das Zimmer seiner Frau; er führte Cordelia vom Klavier weg aufs Bett; sie wehrte sich auch diesmal nicht, doch von dem Augenblick an, da ihre Finger die Klaviatur nicht erreichten, ersetzte sie das Klavierspiel durch Gesang, und während ihr Mann sein widerliches Ritual zelebrierte, sang sie immerzu die Töne *g* und *d.* Der Graf ergriff die Flucht und betrat von da an nie mehr das Schlafgemach seiner Frau. Nach einigen Tagen ließ er das Klavier aus ihrem Zimmer entfernen, worauf die Gräfin von neuem die aus den zwei Tönen bestehende Melodie zu singen begann, ihr Gesang hallte tage- und nächtelang durch das Schloss, noch schrecklicher, als es ihr Spiel gewesen war. Schließlich sang Cordelia sich heiser, und jetzt waren Gänge, Zimmer und Säle von zwei Tönen erfüllt, die eine unbekannte krächzende Stimme sang, die wie die Stimme eines Monsters klang. Zu der Zeit herrschte auf dem Schloss bereits der Geist des Wahnsinns. In ihm löste sich auch der tödliche Hass auf, der bisher die Sinne des Grafen beherrschte, so wie auch alle übrigen Gefühle und Gedanken in ihm zerrannen. Der Graf hatte aufgehört, sich um jegliche Angelegenheiten zu kümmern, und die Bediensteten nützten diese Gleichgültigkeit aus, um die Wertgegenstände aus den Zimmern des Schlosses zu stehlen und Küche und Weinkeller zu plündern. Betrunkene Lakaien torkelten zu den Klängen der unendlichen Melodie durch die Gänge und stolperten über andere, die besinnungslos trunken dort schon auf den Perserteppichen lagen. Nachdem Cordelias Stimme sich aber in die Stimme eines heiseren Gespensts verwandelt hatte, konnten nicht einmal die alten Weine und die Vorräte an Wildbret in den Speisekammern die Dienerschaft im Schloss halten; fast alle flüchteten vor der Höllenmusik, nur ein einziger alter Diener blieb, der wortlos für die beiden Eheleute sorgte.

Eines Nachts erwachte der Graf, es war einer der kurzen Momente, da die Gräfin verstummte, er zündete eine Kerze an und genoss die seltene Stille; sie dauerte länger, als er erwartet hatte, nach einigen Stunden graute der Morgen, der Graf hörte die Vögel zwitschern. Und in dieser Stille kehrten langsam die Gedanken und menschlichen Gefühle zurück, zum ersten Mal überlegte der Graf, was in den letzten Wochen geschehen war. Zum ersten Mal nach langer Zeit dachte er wieder an die Zukunft, dachte daran, dass sie unmöglich so weiterleben konnten wie bisher, dass es trotz aller schrecklichen und schmerzlichen Taten vielleicht noch möglich wäre, wieder zu menschlichen Wesen zu werden, die Hoffnung, es wäre vielleicht doch noch eine Versöhnung möglich, keimte in ihm auf. Er beschloss, seine Frau aufzusuchen und sie um Vergebung zu bitten, hoffte, ihre kranke Seele würde nach einiger Zeit gesunden. Gleich darauf wurde ihm wieder klar, dass es zu keiner Aussöhnung käme, wenn seine Untat ungesühnt bliebe. Der Gedanke an Bestrafung erschreckte ihn dabei nicht, alles kam ihm erträglicher vor als das, was er in der letzten Zeit im Schloss erlebt hatte. Und so durchquerte er nach mehreren Wochen von neuem den langen Gang zum Zimmer seiner Frau; er lauschte eine Weile vor ihrer Tür und weil er nichts hörte, öffnete er leise. Cordelia lag mit geschlossenen Augen auf dem Bett und der Graf erkannte, dass sie nicht mehr am Leben war. Er setzte sich neben sie und nahm ihre Hand; nachdem er lange so dagesessen war, ging er zu dem Diener und trug ihm auf, das Begräbnis und die Seelenmesse auszurichten.

Nach dem Begräbnis hörte der Graf auf, das Schloss zu verlassen, und empfing auch keine Besuche. Eines Nachts sahen die Bewohner des Städtchens, wie aus dem Fenster des Schlosssaals eine Flamme zum sternenbedeckten Himmel emporschlug; noch ehe sie zum Schloss laufen konnten, leuchteten alle Fenster auf, als fände dort wieder ein fröhliches Fest statt; sie konnten nur mehr dastehen und zuschauen, wie der Dachstuhl einstürzte und die Mauern barsten. Am nächsten Tag fanden sie die verkohlten Körper des Grafen und seines Dieners in den schwelenden Trümmern. Ob der Graf selbst oder ein anderer, der in das von niemandem bewachte Schloss in räuberischer Absicht eingedrungen war, den Brand gelegt hatte, wurde nie in Erfahrung gebracht. Die Verwüstung war so groß, dass seither niemand mehr das Schloss aufzubauen versuchte.

Der Wirt verstummte, auch keiner der Greise sagte ein Wort. Während der Erzählung war es düster geworden, auf der Terrasse war es schon kalt. Ich blickte auf den Hang über der Stadt, wo sich die Umrisse der Ruine in der Dämmerung auflösten; genau zu bestimmen, ob der dunkle Fleck das Werk eines Menschen oder ein Felsgebilde war, wäre nun nicht mehr möglich gewesen. Dann wandte ich mich zum Wirt um und fragte: „Und wie hängt das alles mit Mozart zusammen? Hat er irgendein Werk geschrieben, in dem er sich an der Geschichte des Grafen, seiner Frau oder ihres Geliebten inspirierte?“

Der Wirt lebte wieder auf und erzählte mir die Fortsetzung der Begebenheit, zu der es einige Jahrzehnte, nachdem das Schloss abgebrannt war, kam. Als Mozart im Frühling des Jahres 1787 durch das Städtchen reiste, quartierte er sich im gleichen Gasthof wie ich jetzt ein. Damals war das Lokal noch nicht mit den Wandmalereien geschmückt, aber beim Abendessen erzählte einer der Einheimischen dem Komponisten die Geschichte des Grafen, seiner Frau und deren Geliebten. Nachdem Mozart in der Nacht die Treppe zu seinem Zimmer hinaufgestiegen und zu Bett gegangen war, fand er keinen Schlaf, er musste ständig an das Schloss denken, durch dessen Gänge der schreckliche Gesang hallte, sah die finstere Zelle vor sich, wo sich zwei Töne endlos wiederholten. Es war ihm unmöglich, sich von den gespenstischen Tönen, die er im Geist hörte, zu befreien, von der einförmigen Melodie, die in die Stille der Nacht, in der nur das Rauschen des fernen Wasserfalls zu hören war, erklang. Er lag im Bett und schaute in die Finsternis, sann nach, wie die Kompositionen, die sich im Geist des gefangenen Komponisten aus den zwei Tönen formten, wohl geklungen hatten. Und auch in seinem Geist begannen sich aus der Abfolge des Tones *g* und *d* die Anfänge von Musikstücken verschiedenster Genres und Stimmungen zu entwickeln, Kompositionen für allerlei Instrumente, aber jede schlüpfte nach einer Weile wieder zurück in den halluzinatorischen Klang der zwei stetig wiederkehrenden Töne. Und wie Cordelias unglücklicher Geliebter verspürte auch Mozart das Verlangen, eine der flüchtigen Melodien einzufangen; im Unterschied zu dem Gefangenen in der unterirdischen Zelle konnte er sich glücklicher Weise erheben und eine Kerze anzünden, und so setzte er sich im Nachthemd an den Tisch. Die gespenstischen Weisen verloren sich, versteckten sich, als würden sie vor dem linierten Papier zurückschrecken, als hätten sie Angst, in den Noten auf ewig gefangen zu sein, immer wieder im Klang der zwei Töne, an die Mozart immerzu dachte ...

Und dann spürte Mozart, dass eine der Tausenden Melodien, die in der Abfolge der zwei Töne schliefen, undeutlich zu erwachen begann, er griff nach dem Gänsekiel und machte sich bereit, auf dass sie ihm nicht wie die anderen entschlüpfe. Allmählich verwandelte sich die Melodie, entfaltete sich wie der Scherenschnitt unter der Eisdecke, als erstes zeichnete sich in der Wiederholung der beiden Töne ein Vierviertelrhythmus ab, dann schob sich nach dem Viertel-*g* eine Achtelpause in die Melodie und erst nach ihr ertönte, nur mehr als ein Achtel-*d* das *d*, derselbe Rhythmus tauchte auch bei der zweiten Wiederholung des *g* und *d* auf, bei der dritten, mit der der zweite Takt begann, wurden beide Töne zu Achteltönen und die Pause zwischen ihnen verschwand, und als das *g* zum vierten Mal, wieder als Achtel-*g*, erschien, gelang es der erwachenden Melodie aus den Intervallen, in die sie bis jetzt verzaubert war, endlich auszubrechen, und anstatt wieder zum *d* abzufallen, schnellte sie empor, ein zweigestrichenes Achtel-*h* und nach ihm ein dreigestrichenes Viertel-*d* ertönte, worauf die Melodie für die Dauer einer Viertelpause verstummte; anschließend kehrte sie weder zum *g* noch zum *d* zurück, das Motiv, das aus der mechanischen Wiederholung dieser Töne entstanden war, hatte sich bereits von ihnen befreit und begann ein Eigenleben zu führen, und als es am Beginn des dritten Takts von neuem ertönte, fing es mit einem dreigestrichenen *c* an, abermals erklang eine dreifache Wiederholung der zwei Töne, diesmal war es ein dreigestrichenes Viertel-*c* und nach einer Achtelpause ein zweigestrichenes Achtel-*a*, nun aber flog die Melodie nicht mehr empor, sondern fiel im Bogen der zweigestrichenen Noten *fis*, *a* und *d* hinab.

Was der Wirt sagte, bewies, dass er sich mit Noten gut auskannte; vermutlich spielte er ein Instrument. Ich versuchte mir im Geist die Melodie vorzusingen, von der er gesprochen hatte, summte sie schließlich leise vor mich hin und klopfte dabei den Vierviertelrhythmus mit dem Finger auf den Tisch. Und plötzlich ging mir ein Licht auf: „Das ist doch ...“, sagte ich verblüfft. Der Wirt lachte: „Ja, es ist die Kleine Nachtmusik.“ Die Greise kosteten meine Überraschung aus und riefen begeistert: „Piccola musica notturna! Piccola musica notturna!” Einer von ihnen sang sogar krächzend die Anfangstakte der berühmten Komposition und ahmte dazu mit den Händen das Geigenspiel nach. Wahrscheinlich erzählen die Einheimischen jedem, der sich in das

Städtchen verirrt, die Geschichte von der Entstehung der „Kleinen Nachtmusik“, haben aber immer noch ihren Spaß an der Verblüffung der Touristen. „Mozart hat die Komposition noch in der gleichen Nacht fertig geschrieben“, sagte der Wirt. „Auch ihm schien es seltsam, dass ein Musikstück, das aus einer mit großem Leid verbundenen Melodie entstanden war, einen so ruhigen Charakter hat. Und es schien ihm nur ein Zufall gewesen, weil er ja auch eine andere aus zwei Tönen hervorgegangene Komposition, ein Musik-stück, das Ausdruck von Sehnsucht oder Verzweiflung war, hätte festhalten können. Er gab seinem Werk den Namen ‚Kleine Nachtmusik‘: ‚Nacht-‘, weil er sich vorstellte, es könnte eine der Kompositionen sein, die der gefangene Komponist in der finsteren Nacht der unterirdischen Zelle hörte, und ‚klein‘, weil es nur ein unbedeutender Teil eines unendlichen Konzertes war, das sich aus den beiden in der Finsternis erklingenden Tönen entwickelte.“

Die Berge über dem Städtchen und auch das Schloss auf dem Hang hatten sich schon in der Dunkelheit aufgelöst, auf dem Platz leuchtete ein Streifen Laternen. Ich saß auf der Terrasse und überlegte, ob die Erzählung der Wahrheit entsprach, ob ich einen wirklichen, in der Phantasie leicht veränderten Vorfall oder eine lokale Legende gehört hatte oder ob ich das Opfer einer Mystifikation oder eines Reklametricks geworden war, mit dem der Wirt seinem Lokal zu Berühmtheit verhelfen wollte. Ich dachte daran, dass dem Erzählten die Erzählung eines unbekannten Schriftstellers zu Grunde liegen könnte, die die Einwohner des Städtchens einst geglaubt und als lokale Legende adaptiert hatten. Mir fiel ein, dass dieser Autor die ganze Handlung möglicherweise nur aus dem Umstand abgeleitet hatte, dass die „Kleine Nachtmusik“ mit der Tonfolge *g-d-g-d-g-d-g* anfängt. Vielleicht hatte die Schlichtheit einer solchen Reihe ihn als erstes auf den Gedanken gebracht, dass sie auf einen mechanischen Vorgang oder auf ein Naturphänomen zurückging, und schließlich die Vorstellung regelmäßig auf eine Klaviatur fallender Tropfen in ihm wachgerufen; aus dem Bild der Tropfen wurde die Vorstellung von zwei über den Tasten befindlichen Löchern geboren und gleichzeitig jene der Überschwemmung; das Bild der Überschwemmung rief die Vorstellung der Frühjahrsschneeschmelze hervor mit großen Mengen tauenden Schnees, und daher auch die Vorstellung einer Gebirgslandschaft; damit Wasser oder Schlamm aus einem überfluteten Raum auf die Tasten tropfen konnte, musste sich das Klavier an einem unterirdischen Ort befinden; der Mensch, der dem Spiel der Tropfen lauschte, war also offenkundig ein Gefangener, der irgendeines Vergehens wegen in das Kellerverlies geworfen worden war; die Tatsache, dass sich in einem derartigen Raum ein Klavier befand, wies darauf hin, dass die Behausung nicht immer ein Gefängnis gewesen war und ihre eigene Geschichte hatte; die Entfernung der beiden Löcher, die gleich groß wie die Entfernung zwischen den Tasten *g* und *d* war, rief die Vorstellung hervor, dass die Löcher für ein Augenpaar gebohrt worden waren, den Gefangenen also jemand beobachtete und ihm das sichtlich Lust bereitete; er musste ihn wohl sehr hassen, die Schuld des Gefangenen also wahrscheinlich keine Besitztümer, sondern eine zutiefst persönliche Beziehung betreffen; wenn die durch die zwei Löcher den unterirdischen Raum beobachtende Person die Macht und die Mittel hatte, jemanden gefangen zu halten, hatte sie in der gesellschaftlichen Hierarchie augenscheinlich eine bedeutsame Position inne, gehörte höchstwahrscheinlich dem hohen Adel an ... Ich dachte also auf dem nächtlichen Platz, dass die ganze Handlung der Geschichte, die ich gehört hatte, auf ähnliche Weise in den sieben Anfangstönen der „Kleinen Nachtmusik" eingebettet wäre, wie in der Aufeinanderfolge der beiden Töne alle halluzinatorischen Kompositionen gebannt waren, die der Gefangene in seinem unterirdischen Verlies vernahm. Dann aber sagte ich mir, ich wäre zu misstrauisch und es könnte durchaus möglich sein, dass sich die Geschichte tatsächlich ereignet hatte oder wenigstens auf einem wirklichen Geschehen baue.

Ich reiste zeitig am Morgen aus dem Städtchen ab und kehrte nie mehr dorthin zurück. Ich erinnerte mich später immer wieder an die Erzählung des Wirts und nahm mir vor, in Erfahrung zu bringen, was daran wahr wäre, verschob meine Nachforschungen aber jedes Mal, bis ich darauf vergaß. Wie immer es mit dem Grafen, seiner Frau, dem gefangenen Komponisten und Mozart gewesen sein mochte, passiert es mir seit damals, dass ich nachts, wenn ich aufwache und nicht einschlafen kann, in der Stille zwei Töne höre, diese Töne verwandeln sich nach einer Weile in Mozarts „Kleine Nachtmusik“, deren Töne lösen sich dann in einem Nebel von Klängen auf, der verfliegt, und dann erklingen Musikstücke, die der Komponist in der Zelle gehört haben könnte; bevor sie jedoch Gestalt annehmen, schlafe ich ein und kann mich am Morgen an nichts mehr erinnern.

Aus dem Tschechischen von Christa Rothmeier

Zoran Ferić

[Das Requiem]

Am Himmel zogen Wildenten in V-Formation nach Süden. Als würde jemand dort oben das Siegeszeichen in liegender Form machen. Unten auf der Wiese schlüpften die beiden gerade durch den Stacheldrahtzaun, der das Gut der Veterinärmedizinischen Fakultät an der Nordflanke des Sljeme umgab. Es war eine der schönsten Wiesen am Berg, gleich oberhalb der Horvatstiege, von hier konnte man weit nach Norden sehen, konnte die Berge in Slowenien und an schönen Tagen auch die bläulichen Umrisse der Alpen sehen. Das Loch im Zaun, durch das sie hindurchstiegen, befand sich gleich neben dem aus Brettern gezimmerten und mit einem großen rostigen Kettenschloß versperrten Tor. Er stützte sie am Unterarm und sagte:

– Geht's? – oder – Vorsicht, der Draht!

– Ich hasse deine Schleimerei – sagte sie.

Dann schwiegen sie eine Zeitlang. Er tat so, als betrachtete er die Ortschaften am Fuß des Berges, und sie musterte sein Profil. Es war das Profil eines Mannes, dem man in der Kindheit die Nase gebrochen hatte. Aus der Luft kam ein Laut. Vielleicht waren das die Schreie der Wildenten.

– Ich werde es nicht mehr versuchen – sagte sie schließlich.

– Wir können es wieder in drei Monaten. Wenn du dich erholt hast.

– Ich will nicht mehr! Verstehst du? Weder in drei Monaten noch in fünf, noch in einem Jahr. Ich will nicht mehr, und Schluß.

– Es gibt auch andere Wege – sagte er.

– Ich will es nicht! – erhöhte sie die Stimme. – Ich will es deshalb nicht, weil du es kaum erwarten konntest. Immer wenn sie es mir einsetzen, gefrierst du vor Angst, bis ich wieder die Blutung kriege.

– Du weißt, daß das nicht wahr ist.

– Glaubst du, ich sehe es nicht? Glaubst du, man sähe es dir nicht am Gesicht an?

Wenn jemand stirbt, der nicht einmal geboren ist, dachte er, sieht das immer so aus. In ein paar Tagen wird sie sich beruhigt haben, und die Dinge werden wieder so sein wie früher.

Dann hörten sie ein Geräusch. Auf dem breiten Weg, den die Waldarbeiter zur Holzabfuhr benutzten, näherte sich ein Auto. Es war merkwürdig, so weit weg von der Straße in dieser unwirklichen Berglandschaft ein Auto zu sehen. Es war ein alter weichselfarbener Opel Caravan, schlammbespritzt. Er hielt vor dem Tor, und ein Mann mit einem Tuch um den Kopf stieg aus und versuchte es zu öffnen. Er rüttelte an dem alten Kettenschloß, aber vergeblich.

– Was tut der? – sagte sie.

Er schien ziemlich hysterisch zu Werke zu gehen. Das ganze ausgeleierte Holztor wankte, aber das alte Wertheim gab nicht nach. Dann kehrte der Mann hinter das Lenkrad zurück, und das Auto legte die Tür einfach um. Eine Seite ging völlig zu Bruch, während er hindurchfuhr.

– Das ist ja unglaublich! – sagte sie.

Irgendwie war es ihm recht, daß sie jetzt nicht an das dachte, was heute morgen aus ihr ausgeronnen war. Der Mann im Auto fuhr langsam an ihnen vorüber, wobei er den Maulwurfshügeln und den Steinen auswich, die aus dem Erdreich aufragten, und schlug Haken, als würde er Slalom fahren.

Als sie das Krankenhaus verließen, hatte sie ihre Linsen herausgeweint. Er hatte ihr zugesehen, wie sie weinte und sie dann aus den Augen fischte. Vorsichtig hatte sie sie herausgenommen und in ein Papiertaschentuch gelegt. Als wären es geronnene Tränen, die sie als Andenken aufbewahren wollte.

– Bring mich auf den Sljeme! – hatte sie gesagt.

– Haben sie dir nicht gesagt, daß du liegen mußt?

– Mir fehlt nichts – hatte sie gesagt. – Bring mich auf den Sljeme!

Und jetzt waren sie hier, an dem Ort, den sie schon ein paar Mal aufgesucht hatten und von dem sie immer begeistert gewesen war. Es hatte etwas Besonderes mit dieser Wiese auf sich, das die beiden nicht ergründen konnten. Die Steine, die aus dem Erdreich aufragten wie in einer Karstlandschaft, die Wacholderbüsche, der dichte Kiefernwald, der sie umstand wie ein Kranz. Diese Wiese war ganz einfach ein Ort zum Wohlfühlen. Das mit dem Auto indessen war ziemlich merkwürdig. Der junge Mann hinterm Lenkrad, sein nach Seeräuberart gebundenes orangefarbenes Kopftuch, die große Tätowierung auf dem Oberarm, die unter dem kurzen Ärmel des T-Shirts hervorsah. Noch merkwürdiger allerdings war, daß der junge Mann sie überhaupt nicht bemerkt zu haben schien, obwohl er nur wenige Meter von ihnen entfernt vorbeigefahren war. Er sah vor sich hin, als wäre er mondsüchtig oder stünde unter starken Drogen. Einen kurzen Augenblick lang konnte er seine Augen sehen. Hell und glasig. Der Opel bog nach links ab, zum Wald hinüber, während sie in die Gegenrichtung gingen, auf eine Erhebung zu, von der aus das ganze Tal ausgezeichnet einzusehen war. Irgendwie war ihm leichter wegen dem, obwohl es dafür eigentlich keinen Grund gab. Sie nahmen den Pfad hinunter zur Horvatstiege. Sie kamen zu dem großen Stein, mit dem die Stiege begann.

– Wer war dieser Horvat? – fragte sie. – Und warum hat er die Stiege am Gipfel des Berges gebaut?

– Weiß ich nicht. Jedes Mal, wenn er herkam, hat er einen weiteren Stein eingebaut.

Sie standen am oberen Ende der Stiege und sahen hinunter, aber keiner von ihnen schien den Abstieg wagen zu wollen. Als würde sie unten etwas sehr Ungewisses erwarten.

– Dann sind diese Steine – sagte sie – seine Tage.

Keine schlechte Idee, dachte er, seine Tage in Steine zu verwandeln.

– Hatte dieser Typ denn keine Familie, jemanden, um den er sich kümmern konnte?

Sie war noch nie über die Stiege abgestiegen. Er schon. Als er klein war, hatte ihn der Vater auf dem Rücken hinuntergetragen. Vorsichtig hatte er mit dem Fuß jeden Stein geprüft, damit sie nicht zu Sturz kamen. Er war ein Kind gewesen, aber etwas hatte er begriffen. Die Schönheit der Landschaft, in die man über diese Stufen eintrat, bestand darin, daß man sich nicht auf dem Sljeme fühlte. Sie gab einem das angenehme Gefühl ganz woanders zu sein, an der Soča, unterm Vršić, oder gar an ihrer Quelle. Das Andersartige, das von der Wiese der Veterinärmedizinischen Fakultät aus nicht zu sehen war, schien den ganzen Raum irgendwie zu veredeln und verlieh dem gewöhnlichen Bergrücken den Reiz des Alpinen. In diesem Moment hätte er es ihr nur schwer erklären können.

Sie gingen zurück, auf einem anderen Weg, über die Berglehne. Dann sahen sie das Auto wieder. Es stand in der Senke unter ihnen. Der alte schmutzige Opel Caravan. Zwischen Fahrerkabine und Laderaum war ein Netz gespannt. Sie wurde sichtlich unruhig. Sie blieben einen Augenblick stehen, aber dann sahen sie auch den jungen Mann mit dem Tuch um den Kopf. Ganz nahe beim Auto hob er mit einer Schaufel eine Grube aus. Sie standen da und sahen zu, wie er grub. Ein ziemlich großes und tiefes Loch.

– Das gefällt mir gar nicht – sagte sie.

– Was glaubst du, warum gräbt er?

– Gehen wir – sagte sie. – Ich will es gar nicht wissen.

Ihm kam der Gedanke, daß man derartiges oft im Film sehen konnte. Ein Mann, der neben einem Auto eine Grube aushebt. Sie machte ein paar schnelle Schritte, sie geriet fast ins Laufen, als würde sie vor etwas fliehen. Als der Weg eine Kehre machte und sie den Grabenden nicht mehr sahen, sagte sie:

– Wenn ich daran denke, daß es lebendig hätte sein können, es aber jetzt nicht ist, könnte ich in diese Steine beißen.

In diesem Augenblick begriff er, daß er ohne sie konnte. Einfach so. Auf einmal. Nach fünfzehn Jahren gemeinsamen Lebens war ihm mit einem Mal klar geworden, daß er auch ohne sie konnte. Und das war die Freiheit. Die Freiheit von der Liebe, von der Pflicht, von der Angst. Die Freiheit, die manchmal jemandem den Tod brachte, der noch gar nicht geboren war, und die Freiheit eines Menschen, der Tage in Steine verwandelte.

– Im Ernst – sagte sie nach einer Zeit – was glaubst du, warum gräbt er?

Offensichtlich hatte sie die Neugier gepackt.

– Nichts – sagte er. – Kehren wir um.

– Ich weiß nicht? – sagte sie schwankend.

Er nahm ihre Hand, und sie gingen zurück.

Der Mann hatte ein ziemlich langes und tiefes Loch gemacht. Er stand bis zum Gürtel in der Grube und bearbeitete noch die Ränder. Um sie zu verschönern. Er schwitzte und wischte sich mit dem Tuch den Schweiß vom Gesicht, die Ärmel des T-Shirts hatte er aufgekrempelt. Sein rechter Arm war bunt tätowiert mit roten Details. Sie waren nahe genug, um sie zu sehen. Er nahm keine Notiz von ihnen.

Als er mit der Grube fertig war, ging er zum Auto und öffnete den Kofferraum. Sie konnten nicht sehen, was er enthielt. Dann stieg er in die Fahrerkabine, nahm seine Zigaretten, zündete sich eine an und ließ Musik laufen. Etwas sehr Lautes nahm plötzlich das Tal in Besitz. Rasch eroberte der Klang den Raum, stieg die Ränder der Senke hinauf, drang in den Wald ein, vertrieb die Vögel von den Wipfeln der Kiefern. Der Typ stand jetzt über den Kofferraum gebeugt und rauchte. Er lauschte der Musik, rauchte und sah regungslos in den Kofferraum.

– Was ist das für Musik?

Sie wirkte verwundert.

– Ich weiß nicht. Ich glaube, das Requiem.

So standen sie eine Weile: er über den Kofferraum gebeugt, rauchend, und sie beide dicht neben ihm. Und hörten Mozart. Merkwürdig war nur, daß jemand von solchem Äußeren gerade das Requiem spielte.

– Was sieht er da? – fragte sie.

Noch immer hatte sie Angst, aber jetzt überwog die Neugier. Sie konnte den Blick nicht von dem Mann lösen, so wie er seinen nicht vom Kofferraum lösen konnte. In der Luft war, neben der Musik, auch das Quaken der Wildenten zu hören. In einem Augenblick sagte er:

– Der Herbst ist da!

Hätten die Steine, Bäume und Hagebuttensträucher die Form von Buchstaben, stünde dort Tod. Der Mann warf den Zigarettenstummel ins Gras, trat ihn aus, als würde er ein ekeliges Insekt austreten, und beugte sich vor, um mit beiden Händen etwas aus dem Kofferraum zu nehmen. Das war etwas ziemlich Großes, eingewickelt in ein weißes Leintuch. Und doch nicht so groß wie ein erwachsener Mensch. Vielleicht wie ein Kind. Der Mann mit dem Tuch um den Kopf trug das Bündel im Arm, zur Musik, als trüge er eine Braut über die Schwelle.

– Jessas! – sagte sie.

Das Leintuch schlug zurück, und sie konnten zwei haarige Pfoten sehen. Sie waren braungelb. Offenbar ein ziemlich großer Hund. Der Mann legte ihn ins Grab. Er stand kurze Zeit darüber gebeugt, dann begann er mit dem Zuschaufeln. Er schaufelte rasch und entschlossen, als würde er mit etwas abrechnen. Er war jung. Wer weiß, vielleicht war er mit dem Hund aufgewachsen.

Die Wildenten meldeten sich aus der Höhe.

Wieder mußte sie weinen. Als würde der Mann ihr Kind begraben.

Aus dem Kroatischen von Klaus Detlef Olof

[Die Autorinnen und Autoren]

Ajvaz, Michal, geb. 1949 in Prag, Studium an der Karlsuniversität in Prag (Literatur und Ästhetik), Arbeiter in einem Wasserwerk, nach 1989 Redakteur des Literaturmagazins *Literární noviny* und Mitarbeiter der tschechischen Akademie der Wissenschaften.
Publikationen (Auswahl): Gedichtsammlung: *Vrazda v hotelu Intercontinental* (Mord im Hotel Intercontinental), Erzählungen: *Návrat starého varana* (Die Heimkehr eines alten Varans); Romane: *Druhé mesto* (Die andere Stadt); *Zlatý vek* (Das goldene Zeitalter) und *Prázdné ulice* (Die leeren Straßen). Weiters Studien über J. L. Borges: *Sny gramatik, záre písmen* (Die Träume der Grammatiken, der Glanz der Buchstaben) sowie die philosophische Studie: *Svetelný prales – Úvahy o videní* (Der Lichterwald – Meditationen über das Sehen). Übersetzungen seiner Bücher ins Russische, Polnische, Ungarische; Übersetzungen ins Englische, Französische und Kroatische in Vorbereitung.

Bán, Zoltán András, geb. 1954; Kulturredakteur der Zeitschriften *beszélö* und *Magyar Narancs* (seit 2001); Übersetzung ausgewählter Texte von Josef Haslinger (*Opernball*), Doderer, Adorno, Musil. Zuletzt erschienene Buchpublikation: *Az elme szabad álla* (Mein letztes Buch, 2002).
Preise u. a.: Literaturkritiker des Jahres 1993; Philip-Morris-Preis für Kulturjournalismus 2002. Herausgeber der jährlich erscheinenden Anthologie für zeitgenössische ungarische Dichtung *Schöne Gedichte* (1997, 1998, 1999).

Blatnik, Andrej, geb. 1963 in Ljubljana, wo er heute lebt. Er spielte als Bassist in einer Punkband; mit 20 veröffentlichte er seinen ersten Band mit Erzählungen. Er gilt als Hauptvertreter einer neuen slowenischen Autorengeneration. Bisher erschienen zwei Romane, drei Erzählbände, zahlreiche Stücke für den Rundfunk sowie Essays. In Deutsch erschienen die Erzählbände: *Das Gesetz der Leere* (2001); *Der Tag, an dem Tito starb* (2005).

Ferić, Zoran, geb. 1961 in Zagreb. Studium an der Philosophischen Fakultät von Zagreb. Derzeit Gymnasiallehrer für Kroatisch.
Zahlreiche Publikationen in kroatischen Zeitschriften wie *Polet*, *Studentski* list, *Pitanja*, *Oko*, *Quorum*, *Plima*, *Evropski glansnik* und *Torpedo*. In Deutsch erschienen: *Walt Disneys Mausefalle* (1999; Tb 2001); *Engel im Abseits* (2000); *Der Tod des Mädchens mit den Schwefelhölzchen* (2003).

Franzobel, geb. 1967 in Vöcklabruck, lebt in Wien, Pichlwang und manchmal auch in Buenos Aires. Bis 1991 bildender Künstler mit gelegentlichen Ausstellungen, seit 1991 vor allem Autor mit sporadischen Beteiligungen in diversen Feldern.
Publikationen (Auswahl): *Die Krautflut* (1995); *Schinkensünden* (1996); *Kafka. Komödie* (1997); *Der Trottelkongreß* (1998); *Böselkraut und Ferdinand* (1998); *Phettberg. Eine Hermeskomödie* (1999); *Met ana oaners schwoarzn Tintn. Dulli-Dialektgedichte* (1999); *Scala Santa oder Josefine Wurznbachers Höhepunkt* (2000); *Shooting Star* (2001); *Lusthaus oder die Schule der Gemeinheit* (2002); *Luna Park. Vergnügungsgedichte* (2003); *Das Fest der Steine oder die Wunderkammer der Exzentrik* (2005).
Jüngste Theaterproduktionen: *Merzedes stirbt* (2000); *Volksoper* (2000); *Mayerling. (2001); Narrenturm* (2002); *Black Jack* (2003); *Mozarts Vision* (2003); *Schwabradies* (2003); *Hunt oder der totale Februar* (2005); *Wir wollen den Messias jetzt* (2005).
Preise und Stipendien u. a: Linzer Stadtschreiber (1992/93); Ingeborg Bachmann Preis (1995); Wolfgang Weihrauch Preis (vormals Leonce und Lena Förderpreis, Darmstadt) (1997); Brecht-Medaille (2000); Elias Canetti Stipendium der Stadt Wien (2001); Arthur Schnitzler Preis (2002); Nestroy Preis (2005).

Haugová, Mila, arbeitete bis 1996 als Redakteurin der literarischen Zeitschrift *Romboid*.
Gedichtbände, insgesamt 13, in letzter Zeit erschienen: *Alfa Centauri* (1997); *Die Flügelfrau* (1999); *Der geschlossene Sprachgarten* (2002); *Genotex* (2002); *Orfea oder Winterpass* (2003); *Körperarchive* (2004).
Übersetzungen aus dem Englischen, Ungarischen und Deutschen, u. a. P. Celan, F. Mayröcker, I. Bachmann, G. Trakl und Ch. Lavant.
Ihre Gedichtbände sind ins Englische, Französische, Polnische, Russische, Ungarische und Bulgarische übersetzt. Auf Deutsch erschienen: *Kahlfrieren* (1998); *Das innere Gesicht* (1999); *Sandatlas* – zweisprachig (2001).

Havryliv, Tymofiy, geb. 1971 in Ivano-Frankivs'k/Stanislau (Galizien, Ukraine). Lebt in Lviv (Lemberg). Germanistikstudium an der Univesität Lviv. Lyrikbände: *Arabesken der Erinnerung* (1995); *Gesetze der Geographie* (1997); *Die Stunde der Einsamen* (1998); *Auf das Gesagte zurückgreifend* (2002). Essaybücher: *Zeichen der Zeit* (2001) und *Ein Text zwischen den Kulturen* (2005). Übersetzer und Herausgeber der Werke von Ferdinand Raimund, Johann Nepomuk Nestroy, Georg Trakl, Joseph Roth, Thomas Bernhard, Hans-Georg Gadamer u. a. Begründer und Herausgeber der in Lviv erscheinenden *Studien zur österreichischen Literatur*, Herausgeber der *Schriften zum Expressionismus* in 3 Bänden. Der erste Erzählband *Odysseus' Tagebuch* ist im April 2003 erschienen. Schreibt seinen ersten Roman (die ersten beiden Teile – *Die Stadt am Fluß* (2002) und *Die Reise* (2005) – sind in der Zeitschrift *Četver* veröffentlicht worden). Mitherausgeber des Buchs *Die Reise nach Europa. Galizien, Bukowina und Wien auf dem mitteleuropäischen kulturellen Schachbrett* (2005). Deutschsprachige Veröffentlichungen in Literaturzeitschriften und Anthologien: LICHTUNGEN, PASSAUER PEGASSUS, KONZEPTE, Anthologien *Poetik der Grenze. Über die Grenzen sprechen – Literarische Brücken für Europa* (Graz 2003) und *Zweiter Anlauf. Ukrainische Literatur heute* (Passau 2004).
Franz-Werfel-Forschungsstipendium (1999–2001) und Paul-Celan-Übersetzungsstipendium (2000). Literaturstipendien in Graz (2002) und Wien (2003).

Hell, Bodo, geb. 1943 Salzburg, lebt in Wien und am Dachstein.
Prosa, Radio, Theater, Schrift im öffentlichen Raum, Texte zur bildenden Kunst, Fotos, Film, Musik, Ausstellungen, Almwirtschaft.
Bücher (Auswahl): *Mittendrin*. Erzählungen. Stickbilder von Hil de Gard (1994); *die Devise lautet*. Erzählung (1999); *im Prinzip gilt*. Erzählung (2001); *Tracht: Pflicht, Lese- und Sprechtexte* (2003); CD Broadlahn live (2001).
Ausstellungskonzeption: Auf der Alm ... (Joanneum Schloß Trautenfels 2004/2005).
Filme (Auswahl): *Am Stein* 1996. Regie: Othmar Schmiderer (Preis der Jugend Nyon 1997). *Im Anfang war der Blick*. Produktion: amour fou, Cannes 2003.

Henisch, Peter, geb. 1943 in Wien. Studium der Germanistik, Philosophie, Geschichte und Psychologie. Mitbegründer der Zeitschrift *Wespennest* und der Musikgruppe „Wiener Fleisch und Blut". Buchpublikationen seit 1971. Zahlreiche Auszeichnungen, u. a. Rauriser Sonderpreis für Literatur (1976), Anton-Wildgans-Preis (1977).

Werke (Auswahl): *Hoffmanns Erzählungen. Aufzeichnungen eines verwirrten Germanisten.* Roman (1983); *Pepi Prohaska Prophet.* Roman (1985); *Die kleine Figur meines Vaters.* Überarb. Neufassung. Roman (1987); *Hamlet, Hiob, Heine.* Gedichte (1989); *Morrisons Versteck.* Roman (1991); *Schwarzer Peter.* Roman (2000); *Figurenwerfen. Der Peter Henisch Reader.* Hg: Franz Schuh (2003); *Die schwangere Madonna.* Roman (2005).

Kreidl, Margret, geb. 1964 in Salzburg, lebt als freie Schriftstellerin in Wien. Theaterstücke, Hörspiele, Prosa, Gedichte.
Veröffentlichungen, u. a.: *Ich bin eine Königin. Auftritte* (1996); *In allen Einzelheiten.* Katalog (1998); *Süße Büsche* (1999); *Grinshorn und Wespenmaler. 34 Heimatdramen* (2001; *Laute Paare. Szenen Bilder Listen*, mit CD (2005); *Le bonheur sur la colline/Das steile Glück,* ins Französische übers. v. Catherine Weinzaepflen u. a. (2005). *Mitten ins Herz* (2005); Hitri streli, resnicne povedi/*Schnelle Schüsse, wahre Sätze,* ins Slowenische übers. v. Urska P. Cerne (2005).

Kubaczek, Martin, geb. 1954 in Wien. Studium der Germanistik und Philosophie, Violinstudium an der Musikakademie in Wien, Dissertation über Oswald Wiener. Autor und Musiker (Improvisations- und experimentelle Musik, Jazz, Klezmer, Folk), Arbeit in der Literaturvermittlung (Kritiken, Veranstaltungsmoderationen), Gastprofessur für vergleichende Kulturwissenschaften in Tokio. Literarische und literaturwissenschaftliche Publikationen, u. a.: *Poetik der Auflösung* (1992); *Somei.* Erzählungen (1997); *Strömung.* Erzählung (2001); *Amerika.* Roman (2002); *Bevorzugt beobachtet. Zum Japanbild in der zeitgenössischen Literatur* (Hrsg., 2005)

Maurer, Herbert, geb. 1965 in Wien, Studium der Sprachwissenschaft, Theologie und Altphilologie in Venedig, Jerusalem, Köln, Bilbao und Jerevan. Österr. Staatsstipendium – Stipendium Rheingau – Literaturpreis.
Bisher erschienen: *Gnädige Frau oder die Kunst des Tiefschlafs* (Erzählungen). *Ein Rabenflug – der Mönchsroman. Beata, Beatae, Beatae, Beatam, Beata, Beata* (Gedichte). *Venetia – Vivarium der Malerei* (Erzählungen). *Pannonias Zunge* (Roman). *Im Schatten der Hirschin* (Erzählungen). Zahlreiche Beiträge in Anthologien und Literaturzeitschriften.
Theater: Die Bibel im Lusthaus (mit Justus Neumann) Otto, Franco, Harald (echoraum)

Mayröcker, Friederike, geb. 1924 Wien, Dichterin, Verfasserin von Lyrik, Prosa und Hörspielen; Großer Österreichischer Staatspreis 1982, Österreichisches Ehrenzeichen für Wissenschaft und Kunst 1987, F.-Hölderlin-Preis 1993, E.-Lasker-Schüler-Preis 1996, A.-von-Droste-Hülshoff-Preis 1997, G.-Büchner-Preis 2001 und zahlreiche weitere Auszeichnungen.
Werke: Lyrik: *metaphorisch* (1965); *Tod durch Musen* (1966); *Ausgewählte Gedichte 1944–78* (1979); *Gute Nacht, guten Morgen. Gedichte 1978–81* (1982); *Winterglück. Gedichte 1982–85* (1986); *Das besessene Alter* (1992); *Den Fliegenschrank aufgebrochen* (1995); *Notizen auf einem Kamel* (1996); *Benachbarte Metalle* (1998). – Prosa: *Minimonsters Traumlexikon* (1968); *Fantom Fan* (1971); *je ein umwölkter gipfel* (1973); *Das Licht in der Landschaft* (1975); *Fast ein Frühling des Markus M.* (1976); *HEILIGENANSTALT* (1978); *Die Abschiede* (1980); *Magische Blätter I–V* (1983–99); *Reise durch die Nacht* (1984); *Das Herzzerreißende der Dinge* (1985); *Mein Herz, mein Zimmer, mein Name* (1988); *Gesammelte Prosa 1947–75* (1989); *Stilleben* (1991); *Lection* (1994); *Brütt oder Die seufzenden Gärten* (1998); *Requiem für E. Jandl* (2001); *Und ich schüttelte einen Liebling*. Roman (2005). – Zahlreiche Hörspiele, zum Teil zusammen mit E. Jandl (*Fünf Mann Menschen*, 1968).

Mihalić, Slavko, geb. 1928 in Karlovac, lebt als Erzähler, Essayist, Dramatiker und Lyriker in Zagreb. Herausgeber der Literaturzeitschrift *Forum*. Auswahlbände seiner Gedichte liegen in albanischer, englischer, italienischer, mazedonischer, polnischer, schwedischer, slowenischer, ungarischer und deutscher Sprache vor. In Deutsch: *Stille Scheiterhaufen*. Gedichte (1990, Tb 1993).

Nowak, Ernst, geb. 1944 in Wien, Studium an der Akademie für angewandte Kunst und der Universität Wien.
Veröffentlichungen: *Kopflicht*. Erzählungen (1974); *Die Unterkunft* (1975); *Entzifferung der Bilderschrift*. Gedichte (1977); *Addio, Kafka* (1987); *Schubert spielen* (1996); *Das Versteck* (1978, Neuaufl. 2002).
Zahlreiche Beiträge in Anthologien zur österreichischen Erzählliteratur im 20. Jhdt. sowie in Katalogen zur Bildenden Kunst (z. B. Franz Rosei) .

Perfahl, Jost, geb. in Linz, studierte Germanistik und Kunstgeschichte in Florenz und Rom und promovierte in Wien. Anschließend Verlagslektor und Sachbuchautor. Er verfaßte Romane, u. a. *Thomas Bernhard im Traum erschienen*, *Das Paradies des Abschieds*, und Theaterstücke, *Adlersruhe*, *Muse-*

um, *Tage in Apulien* u. a. und edierte textkritische Werkausgaben vor allem deutschsprachiger Klassiker. Über Mozart publizierte er vier Bücher.

Prigow, Dmitrij, geb. 1940, lebt in Moskau und London. Dichter, Künstler, Erfinder und „Patriarch“ des Moskauer Konzeptualismus. Verfasser von „mehr als 30.000 Gedichten“. Zahlreiche Gedichtbände und Prosatexte. 1993 mit dem Puschkin-Preis ausgezeichnet. Publikationen auf Deutsch u. a. in *Schreibheft*, *Akzente*, *Wespennest*. Bücher: *Poet ohne Persönlichkeit* (1991); *Der Milizionär* (1991); *Lebt in Moskau* (2003). Eine auf zehn Bände angelegte russische Werkausgabe erscheint seit 1995 in München.

Rosendorfer, Herbert, geb. 1934 in Bozen, Jurist, zuletzt Richter am Oberlandesgericht Naumburg/Saale, Professor für Literatur an der Universität München; lebt seit 1997 wieder in Südtirol. Veröffentlichung von Romanen, Erzählungen und Theaterstücken.
Mozart in New York war eine Auftragsarbeit der Stiftung Mozarteum, Salzburg; der Text wurde vertont von Helmut Eder, uraufgeführt bei den Salzburger Festspielen 1991.
Abdruck mit freundlicher Genehmigung des Autors.

Rubinstein, Lew, geb. 1947 in Moskau, lebt in Moskau. Dichter, Performer. In Sowjetzeiten als Bibliothekar tätig, seit 1991 freier Autor. Kolumnist diverser Moskauer Wochenzeitungen. Übersetzungen u. a. in *Schreibheft*, *Akzente*, *Wespennest*. Bücher: *Immer weiter und weiter – Aus der großen Kartothek* (1994); *Programm der gemeinsamen Erlebnisse – Kartothek* (2003).

Rühm, Gerhard, geb. 1930 in Wien, Besuch der Staatsakademie für Musik und Studium der orientalischen Musik in Beirut. Mit Konrad Bayer, H. C. Artmann und Oswald Wiener Mitglied der „Wiener Gruppe“, die seit den späten 1950er Jahren durch ihre sprachexperimentellen Schreibformen und Aufführungspraktiken den zeitgenössischen Kunstgeschmack herausforderten.
Veröffentlichungen (Auswahl): *Hosn, rosn, baa*, Dialektgedichte gemeinsam mit Achleitner und Artmann (1959); *konstellationen*. nr. 4 der reihe *konkrete poesie* (1961); *rhythmus r, söbstmeadagraunz* (1966); *fenster*. texte (1968); *die frösche und andere texte* (1971); *mann und frau* (1972); *Die geregelte vereinigung europas, ein beitrag zu einer erotischen geographie* (1978, neuaufl. 2004); *die winterreise dahinterweise* (1991); *visuelle poesie*. arbeiten aus vier

jahrzehnten (gemeinsam mit christina weiss, 1996). Herausgeber: *Die Wiener Gruppe, Texte, Gemeinschaftsarbeiten, Aktionen* (1967).
Drucknachweis zu *Mozart-Litanei*: Gerhard Rühm: *Gesammelte Werke in 2 Bden.* Bd. 1: *Gedichte.* Hrsg. von Michael Fisch (2005), S. 334–336 (mit freundlicher Genehmigung des Autors).

Schlösser, Hermann, geb. 1953 in Worms/BRD. Dr. phil. Redakteur bei der *Wiener Zeitung* (extra-Beilage) und Literaturwissenschaftler. Aufsätze zur europäischen Kultur und Literatur, insbesondere des 20. Jahrhunderts, zur Ästhetik der Großstadt, zum Reisen und zur Reiseliteratur. Reportagen aus dem Alltagleben. Neueste Buchpublikation: *In Büchern unterwegs. Gedanken beim Lesen von Reiseliteratur* (2003).

Schmatz, Ferdinand, Dichter und Essayist, lebt in Wien. Studium der Germanistik und Philosophie in Wien. 1983–1985 Lektor in Tokio. Herausgeber des Nachlasses von Reinhard Priessnitz. 1995–96 Juror beim Bachmann-Wettbewerb. Christine Lavant Lyrik-Preis 1999; Anton Wildgans-Preis 2002; Georg Trakl-Preis 2004.
Veröffentlichungen (zuletzt): *das grosse babel.* gedicht (1999); *portierisch.* Roman (2001); *tokyo, echo. oder wir bauen den schacht zu babel, weiter.* gedicht (2004); *Felicitas Leitner und der verlorene Rettungsring.* Hörspiel (ORF 2004).

Julian Schutting, geb. 1937 in Amstetten, lebt als freier Schriftsteller in Wien. Erste Buchveröffentlichung 1973. Mehrere Auszeichnungen, darunter Anton-Wildgans-Preis, Georg-Trakl-Preis.
Veröffentlichungen (Auswahl): *Am Morgen vor der Reise* (1978); *Sistiana* (1980); *Der Vater* (1980); *Liebesgedichte* (1982); *Hundegeschichte* (1986); *Zuhörerbehelligungen.* Grazer Poetikvorlesungen (1990); *Flugblätter.* Gedichte (1990); *Leserbelästigungen* (1994); *Katzentage* (1995); *Das Eisherz sprengen.* Gedichte (1996); *Der Tod meiner Mutter* (1997); *Jahrhundertnarben. Über das Nachleben ungewollter Bilder* (1999); *Gezählte Tage.* Notizen (2002); *Metamorphosen auf Widerruf* (2003); *Tanzende* (2005).
Drucknachweis: *Gralslicht.* Ein Theater-Libretto. Wien u. Salzburg 1994 (mit freundlicher Genehmigung des Autors).

Schwaner, Birgit, geb. am 8. 9. 1960 in Frankenberg (Hessen), lebt seit 1984 in Wien. Seit 1994 Veröffentlichung von Prosa, szenischen Texten und

Hörspielen, zuletzt *Don Schote und Rasinante* (ORF 2004). Auszeichnungen u. a. Siemens Literaturpreis 2000, Österreichisches Staatsstipendium.

Turrini, Peter, geb. 1944 in St. Margarethen im Lavanttal (Kärnten), Schriftsteller, vor allem Dramatiker und Drehbuchautor, zunächst Werbetexter. Turrinis Werke wurden in über dreißig Sprachen übersetzt, seine Stücke werden weltweit gespielt.
Werke: Dramen: *Rozznjogd* (1971); *Sauschlachten* (1972); *Der tollste Tag* (1972); *Die Wirtin* (1973); *Campiello* (1982); *Die Schlacht um Wien* (1995); *Eine Liebe in Madagaskar* (1998); *Da Ponte in Santa Fe* (2002); *Der Riese vom Steinfeld* (2002); *Josef und Maria*. Ein Spiel (2003). – Drehbuch: *Alpensaga* (1976–80) (mit W. Pevny); *Jugend* (1984) (mit K. Kratz). – Roman: *Erlebnisse in der Mundhöhle* (1972). – Gedichte: *Ein paar Schritte zurück* (1980); *Im Namen der Liebe* (1993). – Essays: *Es ist ein gutes Land* (1986); *Mein Österreich* (1988). – Ausgabe: *P. Turrini Lesebuch*, 3 Bände, 1999.
Im Suhrkamp Verlag erscheint eine umfassende, von Silke Hassler betreute Werkausgabe. Jüngste Publikation: *Masken und Gesicht* (2006).
Drucknachweis: Szenenausschnitt *Da Ponte in Santa Fe*. Frankfurt/M. 2002 (mit freundlicher Genehmigung des Autors).

Venclova, Tomas, geb. 1937 in Klaipeda (Litauen), Studium der Philologie, lebte von 1961 an in Moskau und Leningrad, Freundschaft mit Joseph Brodsky, 1977 ins Exil in die USA, seit 1980 an der Yale University (russische Literatur, Slawistik).
Auszeichnungen: International Vilenica Price 1990 (Slowenien); National-Preis von Litauen 2001; Mitglied des Internationalen PEN.
Veröffentlichungen (auf Deutsch): *Zeichen der Sprache* (1972); *Aleksander Wat, life and art of an iconoclast* (1996); *Vor der Tür das Ende der Welt*, Gedichte (2000); *Die Zukunft der Erinnerung* (Günter Grass, Czeslaw Milosz, Wislawa Szymborska, Tomas Venclova, 2001); *Vilnius. Eine Stadt in Europa*. Essay (2006).
Drucknachweis: *Die Schritte des Komturs*. In: Die Horen 4/2004. Mit freundlicher Genehmigung des Autors.

Vörös, István, geb. 1964 in Budapest; unterrichtet tschechische Literatur und Kreatives Schreiben an der Pázmány Péter Catholic University. Zahlreiche Preise in Ungarn, zuletzt 2005 Premia Bohemica.
Buchveröffentlichungen: *Só, kenyér* (Gedichte) (1988); *Innenvilág* (Kurzge-

schichten) (1992); *A Kafka-paradigma* (Essays gemeinsam mit István Kemény) (1993); *A csodaöreg* (Gedichte) (1996); *A fatelepítoknél* (Kurzgeschichten) (1998); *A szelídekre várva* (Ausgewählte Gedichte) (1999); *A darázs tanításai* (Gedichte) (2000); *A kéz öt ujja* (Kurzgeschichten) (2001); *A svejki lélek* (Essay) (2002); *Heidegger, a postahivatalnok* (2003); *Die leere Grapefruit* (Gedichte) (2004); *Gregorián az erdon* (Gedichte) (2005).
Demnächst erscheint: *Svejk gyóntatója* (Kurzgeschichten).

Waterhouse, Peter, geb. 1956 in Berlin, lebt derzeit in Norfolk in England. Zuletzt erschienen: *Von herbstlicher Stille umgeben wird ein Stück gespielt* (2004); *Die Nicht-Anschauung. Versuche über die Dichtung von Michael Hamburger* (2005). In Vorbereitung ist der vierte Band der Ausgabe ausgewählter Werke von Andrea Zanzotto: *Die Welt ist eine andere.* Essays (2006).

Adam Wiedemann
Geb. 1967 in Krotoszyn (Polen). Er wohnt in Krakau. Dichter, Prosaschriftsteller, Literatur- und Musikkritiker.
Veröffentlichungen: *Samczyk* (Männchen, 1996); *Bajki zwierzêce* (Tiermärchen, 1997); *Rozrusznik* (Schrittmacher, 1998); *Konwalia* (Ein Maiglöckchen, 2001); *Kalipso* (Kalypso, 2004) und drei Prosabände: *Wszêdobylstwo porzadku* (Die Allgegenwart der Ordnung, 1997); *Sêk Pies Brew* (Pudel und andere Erzählungen, 1998) und *Sceny łôżkowe* (Bettszenen, 2005).
Auf Deutsch ist 2001 sein Erzählband *Gewaltige Verschlechterung des Gehörs* erschienen.